BASTEI
LÜBBE

Taschenbücher von ANDREW M. GREELEY
im BASTEI-LÜBBE-Programm:

13 159 Engelsgeduld

und als Paperback

28 167 Der Mann, der Gott spielen durfte
28 172 Planet der Verheißung

ANRDREW M. GREELEY

SELIG SIND DIE SANFTMÜTIGEN

Ein Father Blacky Ryan Krimi

Ins Deutsche übertragen von
Bringfried Schröder

BASTEI
LÜBBE

BASTEI-LÜBBE-TASCHENBUCH
Band 13178

Erste Auflage: Februar 1989

Deutsche Lizenzausgabe 1989
Bastei-Verlag Gustav H. Lübbe GmbH & Co., Bergisch Gladbach
Originaltitel: Happy Are the Meek
Titelillustration: Warner Books
Umschlaggestaltung: Quadro Grafik, Bensberg
Satz: VID Verlags- und Industriedrucke GmbH & Co. KG,
Villingen-Schwenningen
Druck und Verarbeitung:
Brodard & Taupin, La Flèche, Frankreich
Printed in France
ISBN 3-404-13178-9

Für Nat und Judith

Dr. phil. John Blackwood Ryan ist viel zu weise und zu sanft, um irgendeinem tatsächlich existierenden Rektor der Holy Name Cathedral zu ähneln. Kardinal Sean Cronin ist viel zu redlich und couragiert, um irgendeinem tatsächlich existierenden Erzbischof von Chicago zu ähneln. Alle anderen Personen dieses Buches, ob sie nun zum Ryan-Klan gehören oder nicht, sind imaginäre, fiktive, erfundene oder in anderer Weise Produkte meiner Fantasie. Jeder, der etwas anderes denkt, irrt sich, das ist alles.

Die Seligpreisungen

Diese Reihe von Geschichten, in deren Mittelpunkt Pfarrer Monsignore John Blackwood Ryan S.T.L., Ph. D., steht, basiert auf den Seligpreisungen der Bergpredigt Jesu. Eine abgewandelte Form findet sich in der Bergpredigt des Lukas-Evangeliums. Den Seligpreisungen folgen dort entsprechenden Warnungen. (»Wehe euch, die ihr . . .«) Ich habe die Version des Matthäus gewählt, obwohl sie wahrscheinlich aus einer späteren Zeit stammt und von der ursprünglichen abgeleitet ist, weil sie bedeutend bekannter ist.

Die Bergpredigt ist nach der Auffassung der Schriftgelehrten keine wirkliche Predigt, die Jesus gehalten hat, sondern ein Kompendium seiner Aussprüche und Lehren, die von dem Autor des Matthäus-Evangeliums herausgegeben wurden, der dabei mit hoher Wahrscheinlichkeit ein bereits existierendes Kompendium als Quelle benutzt hat.

Die Seligpreisungen stellen – wenn auch nicht wortwörtlich – einen wichtigen Bestandteil der Lehren Jesu dar, sie sollten aber nicht als eine neue Liste von Regeln interpretiert werden. Jesus ist gekommen, um uns beizubringen, daß Regeln in unserer Beziehung zu Gott von geringem Nutzen sind. Wir können Gottes Liebe nicht dadurch erzwingen, daß wir uns an Regeln halten, denn diese Liebe ist eine freie Vorgabe unserer Beziehung (eine leidenschaftliche Liebesbeziehung) zu Gott. Wir sollten uns an Regeln halten, da jede Gemeinschaft in ihrem Zusammenleben Regeln braucht und wir als ethische Wesen uns ethisch verhalten sollten. Trotzdem macht das nach Jesus den kleineren Teil unserer Beziehung zu Gott aus.

Nichtsdestoweniger haben sich in früheren Zeiten einige Christen auf das Spiel mit den Regeln zurückgezogen. Dadurch stellte sich Religion oft als eine Art Vertrag dar: Wir halten uns an die Regeln, und Gott hält das, was er uns versprochen hat – ungefähr so, wie wir einem Professor im Rahmen unserer Examensarbeiten das zurückgeben, was wir aus seinen Skripten in unsere Skripten übertragen haben.

In diesem Zusammenhang wurden aus den Seligpreisungen

neue Regeln gemacht, die viel strenger waren als die, die auf dem Berg Sinai verkündet worden waren. Gut, haben da einige Christen gesagt, unsere Religion ist eben eine viel strengere als die der anderen. Da der Katholizismus die strengsten Regeln hatte, war er die beste christliche Religion, sozusagen die Elitetruppe der Christenheit.

Man kann sich vorstellen, daß Jesus und der Vater das gar nicht so amüsant finden.

Tatsächlich sind die Seligpreisungen deskriptiv und nicht normativ zu verstehen. Sie skizzieren ein christliches Leben, wie es für diejenigen möglich ist, die an die Liebe Gottes glauben, die Jesus Christus uns offenbart hat. Wenn wir auf Gott vertrauen, sind wir in der Lage, die Risiken auf uns zu nehmen, die die Seligpreisungen nahelegen. Wir werden sie natürlich nie vollkommen leben können, aber wir können im Schutz ihrer strahlenden Güte wachsen und uns entwickeln und das Lebensglück erfahren, das aus solcher Güte entsteht.

Monsignore Ryans Erklärung des Begriffs »Sanftmut« in dieser Geschichte entspricht der allgemeinen Auffassung der Theologie unserer Zeit. Sie werden feststellen, daß die Hauptpersonen dieser Geschichte erst (und dann ganz vorsichtig) versuchen, eine solche Sanftmut zu praktizieren, nachdem sie vorher eine Ahnung von Gottes leidenschaftlicher und unbeirrbarer Liebe durch ihren Nächsten bekommen hatten.

AMG
Grand Beach
Spätsommer 1984

Warum ist es so, daß die Versuchung dem Menschen nur deshalb gegenübertritt, damit er sie meistern und in die Knie zwingen kann, um sich dann triumphierend auf einen Sockel stellen zu lassen?

– Robert Browning
The Ring and the Book

Aus Schimmern nur besteht die Seele
Aus vernebelten Herausforderungen, bewußtseinsfernem Glitzern und gemeinen, halbwahren Unterpfändern wahrer Liebe
Und einer ganzen späten Flut von Vorfahren.

– Seamus Heaney
›Old Pewter‹

Wozu all diese Liebe, wenn wir hinaus in die Finsternis gehen.

– M. R. James

Wolfe Quinlan starb in dem sprichwörtlichen verschlossenen Raum. Man fand ihn in seinem Arbeitszimmer, in der Tasche hatte er den einzigen Schlüssel. Er lag unter einer mittelalterlichen Rüstung, deren scharfes Breitschwert zwischen seinen Rippen steckte.

Er war ein Mann gewesen, der das Leben liebte und alles mitnahm, was sich ihm anbot, ein Mann mit vielen Feinden. Am Abend seines Todes hatte Wolfe Quinlan alle Leute in seiner Umgebung verärgert – seine verschmähte Frau, seine entfremdeten Kinder, seine Geliebte, die er nicht sehen wollte, den Geschäftspartner, dem er Hörner aufgesetzt hatte, seinen etwas zwielichtigen Rechtsanwalt und den verrückten Priester, mit dessen ›Teufelsanbetungskult‹ Wolfe im Streit gebrochen hatte.

Blackie Ryans sanfte Fragen bringen jeden von ihnen dazu, seine oder ihre Geschichte zu erzählen – und in diesen Geschichten pervertierter Leidenschaften sucht der Priester den Schlüssel zu Wolfe Quinlans Tod.

Und er muß ihn finden . . .
wenn nicht noch jemand sterben soll.

1 Blackie

Nennen Sie mich Blackie.

»Monsignore, das Problem ist«, – Lawrence Frances Xavier Burke ignorierte meinen Hinweis; seine sanfte, vernünftige Stimme säuselte weiter, als ob er mir eine komplizierte Methode, Steuern zu sparen, erklären wollte –, »daß Mrs. Quinlan Beweise dafür hat, daß der Geist ihres Mannes in ihrem Hause spukt. Weil man ihm ein christliches Begräbnis verweigert hat.«

»Aha.«

Also, mein erster Satz kann zu Mißverständnissen führen. Er beschwört die Vorstellung von Melville und dem Schwarzen Prinzen herauf, von Chester Morris, der spät in der Nacht (ganz spät) in diesen Kabelfernsehfilmen Boston Blackie spielt, und vom Schwarzen Ritter und der Schwarzen Horde. Vielleicht auch vom Schwarzen Bartholomäus oder von der Schwarzen Pest. Oder vielleicht erinnert er sogar an die historische Truppe der Schwarzen Pferde von Chicago.

»Man hat ihm ein christliches Begräbnis verweigert, weil er zu einer Sekte gehörte, die dem Teufelskult huldigt.«

Kardinal Sean Cronin, von dem ich meine Anweisungen bekomme, hatte bemerkt (bevor Burke zu dieser Verabredung erschienen war), daß das Quinlan-Problem genau in meine Sparte paßte. Ich glaube sogar, er fügte mit einem völlig unangemessenen amüsierten Leuchten in seinen braunen keltischen Kriegeraugen hinzu, daß ich mich, soweit er sich erinnern könne, noch nie mit dem klassischen Rätsel des von innen verschlossenen Raums herumgeschlagen hätte.

»So ist es«, sagte ich zu Larry Burke.

Ich bin in Wirklichkeit ein völlig harmloser und unromantischer Mensch. Sie könnten zu mir in einen Fahrstuhl einsteigen und mich nicht einmal bemerken. Ich bin tatsächlich sehr oft der kleine Mann, der nicht da war. Manchmal gelingt es mir sogar, heute schon wieder einmal nicht da gewesen zu sein. Die Sprößlinge meiner Geschwister behaupten, daß ich mich absichtlich bemühe, so auszusehen wie G. K. Chestertons Pater Brown. Meine Schwester Mary Kate (die berühmte Psychoanalytikerin, von der Sie sicher schon gehört haben) kommt der Wahrheit schon näher. Sie sagt, »der Kerl (eine normalerweise lieb gemeinte Verniedlichungsform, die sie besonders mag) ist schon mit dieser Persona auf die Welt gekommen und hat dann seine Persönlichkeit so entwickelt, daß sie dazu paßt.«

»Sie sollten sich an die Diözese von Gary wenden und einen Exorzisten bestellen«, sagte ich vorsichtig. Seine Eminenz Sean Cronin, Kardinal und Erzbischof von Chicago, der Lawrence F. X. Burke in mein Büro geschickt hatte, hält nicht viel von Okkultem. Deshalb delegiert er jedes gelegentlich auftauchende Phänomen an mich, damit ich es – um seine Neubildung zu benutzen – ›deokkultiere‹. »Kümmere dich drum, Blackie«, sagt er dann gewöhnlich, und seine Doc Holliday-Augen blitzen gefährlich. »Und sorg um Himmels willen dafür, daß die Presse keinen Wind davon kriegt.«

Sie würden staunen, wieviel blutende Statuen in meinem Büro im Pfarrhaus der Holy Name Cathedral aufhören zu bluten.

»Mrs. Quinlan wünscht keinen Exorzismus, Monsignore. Sie möchte ein christliches Begräbnis, und daß eine Messe für die Seele ihres Mannes gelesen wird.«

Suzie (niemals Susan oder Susanne oder gar Sue) Wade Quinlan ist eins der bemerkenswertesten Spatzenhirne unserer Zeit. Gar nicht mal so unattraktiv, so lange sie ihren Mund nicht aufmacht. Wie rosarote Zuckerwatte auf der Kirmes.

»Und was möchten Sie, Mr. Burke?«

Bei der Erwähnung ihres Namens waren seine dünnen Lippen noch dünner, seine harten blauen Augen noch härter geworden, und sein kantiges Gesicht hatte einen hungrigen Ausdruck angenommen. Das war keine Liebe, nein, beileibe nicht, das war Begehrlichkeit und Wollust, so stark wie sein massiger Körper und seine gleichermaßen massige Seele. Es war eine Besessenheit von der Art, wie man sie häufig bei willensstarken Männern mit Prinzipien antrifft. Vor allem, wenn sie sexuell total unbefriedigt sind. Wie ein Einsiedler, der nach zwanzig Jahren in der Wüste durch ein Nuttenviertel geht.

Wie konnte man solch eine Begierde für Suzie Wade empfinden? Nun, im Bett braucht man wohl nicht zu reden, nehme ich an.

»Ich möchte die Hilfe der Kirche, damit wieder Ordnung in das Leben der Quinlan-Familie gebracht wird. Das erscheint mir kein unbilliges Verlangen zu sein, nicht wahr, Monsignore?«

Larry Burke sah aus wie ein alternder Footballspieler, der sich aber gut gehalten hatte, aus den Tagen, als man in der Liga im Angriff noch Leute hatte, die über zwei Zentner wogen. Breite Schultern, massiver Brustkorb, kräftige Arme; das Ganze in einen maßgeschneiderten dunkelblauen Anzug gezwängt. Volles, vorzeitig ergrautes Haar hob sich von dunkler Haut ab, die darauf schließen ließ, daß er von einem Überlebenden der Armada abstammte; niedrige Stirn, kräftiges Kinn – er hätte auch ein übriggebliebener irischer Schläger für die »Einheit« sein können, ein Sicherheitsmann in einem Luxushotel oder stellvertretender Vorsitzender der Lastwagenfahrergewerkschaft. Nur ein schnelles, ansteckendes Lächeln wie vom Captain eines Polizeireviers bewahrte ihn davor, wie ein Ganove auszusehen.

In Wirklichkeit hatte er nie Football gespielt. Außerdem arbeitete er mit dem Kopf und nicht mit den Muskeln. Er stand in dem Ruf, einer der besten Investment-Berater Chicagos zu sein und ein absolut redlicher Mann, nach meinen Informationen fast zu redlich. »Larry Burke ist so verdammt ehrlich, daß man glauben könnte, er wäre ein Protestant.«

»Von ihrem Investment-Berater?« Ich schnippte eine Staubflocke von meinem Schreibtisch und führte damit wieder einmal einen kläglichen Schlag in dem hoffnungslosen Kampf des Kosmos' gegen das Chaos, der ständig in meinem Büro tobt.

Seine riesigen Pranken, die besser zu einem Barmann oder Rausschmeißer in einer alten irischen Kneipe in Bridgeport gepaßt hätten, verschränkten sich ineinander.

»Der Klerus hat kein Monopol auf Altruismus, Monsignore.« Sein schnelles, scheues und warmes Grinsen bewahrte ihn davor, wie der Boß einer Bande von Gefängniswärtern zu wirken. »Jemand muß sich um sie kümmern. Und zufällig bin ich gerade da.«

»Warum haben Sie sich nicht direkt an Ihren Pfarrer gewendet, statt den Umweg über den Kardinal zu machen?«

Ich wußte natürlich genau, warum, aber ich wollte es von ihm hören.

»Die ganze Zeit, seit mein Sohn und ich in den ›Wasserturm‹ eingezogen sind, bin ich nicht mehr in der Messe gewesen« – er grinste weiter –, »und da, wo ich großgeworden bin, ist man nie direkt an die Leute herangetreten.«

»Ach ja. Über einen Kardinal, wenn gerade einer verfügbar ist.«

Er zuckte die Achseln. Der Mann hatte einen gewissen Charme. Das war einmal eine Abwechslung für Suzie Spatzenhirn. Vielleicht war ich ja zu streng. Wolfe Tone Quinlan sollte vor langer Zeit auch ein netter junger Mann gewesen sein. Lange bevor man ihn mit einem mittelalterlichen Breitschwert gefunden hatte, das in seinem Bauch steckte.

»Warum nicht?«

»Wütend auf Gott, Mr. Burke?«

Sein Grinsen verschwand. »Was hat das mit dem Quinlan-Fall zu tun, Monsignore?« Seine Augen funkelten gefährlich.

Ich brauchte nicht die psychotherapeutische Ausbildung meiner Schwester, um zu erkennen, daß Lawrence F. X. Burke emotional total durcheinander war, eine Mischung aus Altruismus, Schuldgefühlen und Wollust. Buße tun und mit der Frau ins Bett gehen, alles zur gleichen Zeit.

Um dann immer wieder das gleiche Problem zu haben.

Ich ließ einer meiner sorgfältig kultivierten ›Ire-fern-von-der-Heimat‹-Seufzer vom Stapel. »Schließlich bin ich Ihr Pfarrer.«

Seine Schultern sackten zusammen; plötzlich war aus diesem kraftvollen Mann Anfang Fünfzig ein niedergeschmetterter, leerer Koloß geworden. »Ja, Father Blackie.« Sein Seufzer war echt. »Ich bin wütend auf Gott. Ich kann nichts daran machen.«

Zweifellos war unser Fliegengewicht Suzie mit all ihrem Geschwätz auch wütend auf Gott. Und, wie mir schien, mit viel mehr Grund. Ein Paar wütende, schuldgeplagte Naive. Zwei

Sanftmütige, wenn auch nicht in dem Sinne, in dem Matthäus das Wort benutzt, auf dem besten Weg, blindlings in eine Selbstaufopferung hineinzustolpern.

Wie meine Mutter Kate Collins Ryan (Gott hab sie selig!) zu sagen pflegte, der Herr hat sie geschaffen, und der Teufel hat sie zusammengebracht.

»Meine eigene Theologie« – ich baute aus den alten Taufbüchern auf meinem Schreibtisch einen Stapel, denn das schien mir das angemessene Verhalten für einen Monsignore zu sein – »verlangt nicht, Gott die Schuld zu geben. Ähnlich wie George Burns in diesem grandiosen Film versucht Gott nur, sein Bestes zu tun. Wie dem auch sei, denken Sie doch einmal über die Situation nach: Sie beschäftigen sich mit den Problemen der Quinlan-Familie. Sie treffen Seine Eminenz Cronin, wahrscheinlich in einem dieser Ausschüsse, in denen Sie beide sitzen und sich verschwören, Gutes zu tun, und erklären ihm Ihr Problem. Er ist nicht gerade begeistert von der Aussicht, den Leichnam des verstorbenen Wolfe Tone Quinlan wieder ausbuddeln zu lassen, um ihn in geweihter Erde wieder zu begraben, damit die Seele des Verblichenen ihren Frieden findet. Aber er sagt Ihnen, daß das ein Fall für den bereits erwähnten Monsignore Ryan sein könnte.«

Larry Burke war vor Verlegenheit rot geworden. Dieser nüchterne, hochherzige Beschützer des Geldes anderer Leute war trotzdem zu jungenhaftem Charme fähig. Suzie hatte so etwas bei ihrem Mann wahrscheinlich schon lange vor seiner Begegnung mit dem Breitschwert nicht mehr gesehen. »Ich glaube, ich hätte gleich zu Ihnen kommen sollen.«

(Seine Eminenz Cronin fand die ganze Angelegenheit eher amüsant. »Ich kann schon dieses Funkeln in Ihren Augen sehen«, gluckste er über seinem Jameson's pur – natürlich aus meinen Vorräten.)

»Wenn ein West-Side-Ire Ihrer Generation jemals den direkten Weg gehen sollte«, sagte ich zu Larry Burke und faltete meine Hände fromm, wie das die Monsignores früherer Tage zu tun pflegten, »dann müßte man sofort in den Lincoln Park-Zoo laufen, um nachzusehen, ob die Leoparden wirklich diese Woche andere Flecke bekommen. Aber das Kernproblem,

Larry, das Ihnen bisher entgangen zu sein scheint: Was ist dabei für den Pater Brown des kleinen Mannes drin?«

»Ich könnte eine Spende machen . . .« Er griff in seine Jackettasche nach dem Scheckbuch.

Ich rollte meine mitleiderregend kurzsichtigen Augen in meiner typischen Verzweiflungsgeste über die Torheit der Menschen.

»Ich verstehe.« Er ließ das Scheckbuch stecken. »Sie helfen den Quinlans, und ich kehre in den Schoß der Kirche zurück?«

Ich spreizte meine Hände auf dem Schreibtisch. »Ein interessanter Vorschlag . . .«

»Ich muß nicht aufhören, wütend auf Gott zu sein?«

»Das ist eine Sache zwischen Ihnen und IHR, ich denke nicht im Traum daran, mich da einzumischen.«

»Und das bedeutet auch nicht, daß ich zur Beichte muß?«

»Natürlich nicht.« Ich sagte ihm nicht, daß das, was er mit meinem früheren Gemeindemitglied La Suzie in verschwitzten Bettüchern zustandebringen würde, wenn er denn zuguterletzt wirklich diese Position erreichen sollte, schlimmstenfalls eine läßliche Sünde war.

»Abgemacht, Monsignore.« Er streckte mir seine riesige rechte Hand entgegen.

Ich habe ihm natürlich auch nicht gesagt, daß ich ihm nur eine Entschuldigung geliefert habe, wieder in den Schoß der Kirche zurückzukehren, was sich der bessere Teil in ihm ohnehin sehnlichst wünschte.

Wir Monsignores haben eben so unsere Tricks.

»Ist Ihnen klar, daß Sie riskieren, die Frage aufzuwerfen, ob Mr. Quinlan ermordet worden ist?« fragte ich leichthin, während ich mit ihm in die Diele unseres düsteren Pfarrhauses ging.

»Ich wüßte nicht warum«, wehrte er entrüstet ab. »Nach dem Urteil des Coroners war es Tod durch Unfall. Die Polizei hat ihre Ermittlungen letzte Woche eingestellt.«

Wolfe Quinlan war am 4. Juli gestorben. Inzwischen hatten wir den 7. August. Eine dreiwöchige Untersuchung – Zeit genug, um die ganze Routinearbeit zu erledigen und zu dem Schluß zu kommen, daß man in einer Sackgasse gelandet war.

Irgendwo gab es bestimmt Polizisten – in Long Beach, LaPorte, Michigan City oder Chicago –, die damit nicht zufrieden waren. Aber die Mordkommissionen waren notorisch überlastet. Man tat, was man konnte.

»Sind Sie damit zufrieden?« Ich hielt ihm die Tür auf und lockte ihn mit der strahlenden Helligkeit der Wabash Avenue.

»Nein, nicht ganz.« Er schüttelte entmutigt seinen Kopf. »Da ist etwas faul in dieser Familie, Monsignore. Schrecklich faul.«

Es gab keinen einleuchtenden Grund dafür, daß ein Mann, der womöglich die Ursache für das war, was da faul war, die ganze Geschichte wieder aufwärmen wollte.

Es sei denn, er war davon überzeugt, daß der Fall noch nicht endgültig abgeschlossen war, und versuchte nun, den Verdacht in eine andere Richtung zu lenken – zum Beispiel auf einen Nebenbuhler, der ihm nicht paßte.

In die Enge getrieben könnte Larry Burke sehr wohl einem Rivalen ein Schwert zwischen die Rippen stoßen.

Und dann zur Besinnung kommen, wenn er feststellen mußte, daß die Frau den ganzen Wirbel gar nicht wert war.

Ich erklärte ihm, wie ich normalerweise vorgehe. Die verschiedenen Verdäch . . . eh . . . Leute kommen in mein Büro oder mein Wohnzimmer und erzählen mir ihre Geschichten. Ich setze zusammen, was sie mir erzählen und was ich zwischen den Zeilen heraushöre, und füge dann das Fleisch auf die Knochen, ähnlich wie Robert Browning in *The Ring and the Book,* wobei ich zu ihrem womöglich zu knappen Bericht ein paar eigene Beschreibungen hinzugebe. Manchmal spekuliere ich auf einem Blatt Papier über das, was in einem Teil der Geschichte geschehen sein mag, von dem mir keiner der Zeugen etwas erzählt hat. Diese Abschnitte tippe ich kursiv; sie entstehen unter der Mitwirkung meiner Schwester Nancy Ryan O'Connor, die Science Fiction schreibt (und sich immer über meine mangelnde Fantasie beklagt).

Dann ziehe ich meine Schlüsse. Vielleicht.

Wenn es nötig ist, eine Geschichte zusammenzufassen, rekonstruiere ich manchmal auch Ereignisse in solchen Kursiv-Szenen, die sich im Verlauf der Untersuchung herausstellen, ohne daß ich tatsächlich daran beteiligt gewesen wäre.

Ich betreue, zugegebenerweise mehr schlecht als recht, eine große und ziemlich bunt zusammengewürfelte Pfarrgemeinde. Man kann nicht von mir erwarten, daß ich sie im Stich lasse, nicht einmal wegen eines Hauses, in dem es spukt. (Nun ja, für ein Spukhaus könnte ich eventuell eine Ausnahme machen.) Wenn es ein Problem absolut erfordert, dann reise ich auch, obwohl ich das sehr ungern tue. Vor vielen Jahren sind Nick Curran und ich auf der Jagd nach einem Phantom gewesen, so sah es jedenfalls aus, und dabei bis Mobile, Alabama, gekommen. Letzten Sommer habe ich mich bis nach Irland gewagt, auf einer sinnlosen Verfolgungsjagd hinter meinem Vetter Brendan Ryan her, der plötzlich völlig übergeschnappt war. Sie sehen also, meine Prinzipien schließen Reisen nicht völlig aus. Sie sind nur ein gewisses Hindernis.

Kein Mann ohne Frau sollte sich gezwungen sehen, eine Reisetasche zu packen.

Larry Burke schlug vor, ich sollte mir die Zeitungsausschnitte über den angeblichen Unfalltod von Wolfe Tone Quinlan durchlesen – ich war nämlich Anfang Juli, zu der Zeit, als der Fall wie eine Bombe geplatzt war, mit Brendan in Irland – und ihn dann befragen, vielleicht morgen.

Als er forschen Schrittes südwärts zu seiner Höhle hoch über dem LaSalle Street-Canyon ging, schloß ich, daß er die arme dußlige Suzie doch erst noch in seinen Besitz bringen mußte. Eine bewunderswerte, wenn auch überflüssige Selbstbeschränkung. Vom ersten Tag ihrer Existenz an war diese Frau erzogen worden, sich zu unterwerfen.

Als ich wieder in meinem Büro war, suchte ich nach dem Telefon, entdeckte es unter der Post von gestern und wählte die Nummer des Cardinals.

»Cronin«, sagte er und klang dabei wie ein überbezahlter Moderator der Fünfuhrnachrichten.

»Betrachten Sie einmal das Elend der Frauen«, sagte ich, indem ich meine Gedanken über Suzie weiterspann.

»Also, diese Aufforderung finde ich in der Hälfte meiner täglichen Post.« Er schien nicht sonderlich begeistert von meinem Vorschlag zu sein.

»Sie sind erschaffen worden, um uns unwiderstehlich

anzuziehen, und wenn auch nur, um das Band zwischen Mann und Weib fester zu knüpfen. Der körperliche Unterschied zwischen den Geschlechtern Unsere Spezies ist – wie die meisten höheren Primaten – mit einem ausreichend großen Unterschied im Körperbau gesegnet, daß sie im Durchschnitt nicht so stark sind wie wir. Außerdem kann man mit Recht behaupten, daß sie nicht so aggressiv sind wie wir . . .«

»Und netter«, unterbrach er mich.

»Außerdem sind sie« – ich ignorierte diesen irrelevanten, wenn auch nicht von der Hand zu weisenden Einwurf – »dazu ausersehen zu gebären und die Brut großzuziehen. Dadurch sind sie uns gegenüber körperlich noch mehr im Nachteil. Wenn man also dem bewunderswerten französischen Soziologen Michel Faucault – Gott hab ihn selig – glauben darf . . .«

»Kommen Soziologen in den Himmel?«

». . . haben die Männer in jeder Gesellschaftsform, die die Welt je gekannt hat, die Frauen unterdrückt. Das ist eine Situation, die aus der Sicht einer Frau außerordentlich unbefriedigend ist und, um die Wahrheit zu sagen, auch einen Mann nicht gerade sehr glücklich machen kann.«

»Ah«, sagte er; er wollte mich auf den Arm nehmen.

»Wenn es auch ganz vorteilhaft und amüsant sein mag, sie herumzukommandieren und wie Juwelen oder Vieh zu sammeln, so machen sie einen doch erst richtig glücklich, wenn sie als Gleichberechtigte behandelt werden.«

»Im alten Irland kostete eine Frau vier Stück Vieh.«

»Ein hoher Marktpreis, wenn man ihn mit anderen Ländern der Antike vergleicht. Wie dem auch sei, Sie kennen ja die Statistiken über Vergewaltigungen, Gewalt gegen Ehefrauen, Inzest und Kindesmißbrauch. All das gibt es schon viel zu lange, Eminenz, es muß ein Ende haben.«

»Ist Quinlans Frau von ihrem Mann verprügelt worden?«

»So sicher wie das Amen in der Kirche. Des Menschen Schicksal ist es, im düsteren Schatten des Schreckens durchs Leben zu wandeln. Für die Frauen ist dieser Schatten sowohl düsterer als auch noch näher. Sogar in unserer sogenannten zivilisierten Welt lauert er hinter ihnen, bedrohlich wie ein dunkler, böser Vogel; ein Fremder, ein Freund, ein Wahnsinniger, ein Vater, sogar ein Ehemann kann sie verletzten und demütigen, das ist das Vorrecht des Mannes. Ein kurzer Abendspaziergang zum Strand hinunter kann zu einer Reise in die Hölle werden. Ein paar Serientäter, für die ein besonderer Kitzel darin liegt, daß sie sich erst in der letzten Sekunde einer Vergewaltigung entscheiden, ob sie ihr Opfer nun töten, können die Frauen einer ganzen Stadt terrorisieren. Ihr polnischer Freund in Rom hilft da auch nicht sehr, wenn er sagt, daß sie keine Priester werden dürfen.«

Ich hatte mich in Rage geredet. Spatzenhirn oder nicht, Republikanerin oder nicht, Suzie Wade war aus der Nachbarschaft. Sie gehörte zu uns, ein hübsches Mädchen aus der achten Klasse, das die Mutter Maria gekrönt hatte, als ich in der fünften war. Wie kann irgend so ein Mistkerl sie zusammenschlagen?

»Ich wußte, daß dieser Vortrag irgendwo eine Pointe haben würde; dieser Burke wird sie auch herumkommandieren?«

»Vielleicht.«

»Hindern Sie ihn daran.« Ich konnte mir vorstellen, wie seine Augen zornig blitzten.

»Und was ist, wenn sie sich gerne herumkommandieren läßt?«

»Das ist egal. Wie Sie gesagt haben, das muß aufhören.«

»Jawohl, Eminenz.«

Auf diese Weise teile ich ihm mit, daß ich den Fall übernehmen werde, den er mir aufgedrängt hat. Ich notierte mir außerdem im Geiste, Lawrence F. X. Burke denselben Vortrag zu halten, wenn er wiederkam. Es würde ganz nützlich sein, einen kleinen Mißklang in seine Haltung gegenüber der entzückenden Suzie zu bringen. Vielleicht würde es ihm zu denken geben, wenn er sich fragte, ob seine Besessenheit nicht vielleicht daraus resultierte, daß diese Frau geradezu um jemanden bettelte, der sie zwang, sich zu unterwerfen.

»Sie sagen, diese Frau hat Stroh im Kopf?«

»Spatzenhirn war mein Wort.«

»Das ist egal. Ihr soll niemand mehr wehtun. Sorgen Sie dafür, Blackie.«

Ich seufzte gehorsam. Zum größten Teil war dieser Gehorsam gespielt. Ich muß zugeben, daß dieses Rätsel des verschlossenen Raums meine Neugier ein ganz klein wenig erregt hatte.

In Wirklichkeit wären schon ein paar zornige Erzengel nötig gewesen, um mich davon abzuhalten.

Weder der Kardinal noch Lawrence F. X. Burke noch ich hatten die geringste Ahnung, wie sehr Suzie Quinlan unter der uralten, ungerechten Grausamkeit gegenüber Frauen hatte leiden müssen.

Und wieviel mehr sie noch würde ertragen müssen.

2 Blackie

Im Keller der Reilly-Galerie war Mike Casey, einer aus der schier endlosen Zahl der Ryan-Vettern, emsig dabei, die Kopie eines Polaroid-Fotos von einem *supermercado* in Pilsen auf Leinwand zu übertragen. Annie, seine neue Frau, die letztes Jahr zu einer der fünfzehn schönsten »älteren Frauen« in Chicago gewählt worden war (absolut zu Recht, möchte ich hinzufügen), goß mir noch etwas Apfelzimttee ein. Wie die meisten Frauen findet Annie meine kleinkarierte, kurzsichtige Inkompetenz »niedlich«. Auch meine Bewunderung für ihren Charme findet sie amüsant. Die meisten Frauen, die ich bewundere (und davon gibt es viele), bemerken es kaum. Annie ist nicht so leicht zu täuschen und genießt es geradezu unmäßig, ein bißchen mit ihrem Pastor zu flirten. Nicht daß ich etwas dagegen hätte, um Himmels willen, nein. Einer der Vorteile des Älterwerdens (ich bin gerade über vierzig) besteht darin zu sehen, wieviel mehr schöne Frauen es auf der Welt gibt, als man mit zwanzig wahrgenommen hat. Annie ist über ein Jahrzehnt älter als ich, und sie kann mich immer noch aus der Ruhe bringen. Vielleicht, dachte ich wehmütig, könnte das auch Suzie Quinlan, die ich seit vielen Jahren nicht mehr gesehen hatte.

Allerdings bezweifelte ich das. Wenn man im Zölibat lebt und nicht vorhat, mit einer Frau ins Bett zu gehen, dann bekommt das Gespräch mit ihr eine größere Bedeutung. Und es würde mich überraschen, wenn Suzie Wade in der Lage sein sollte, mehr als drei aufeinanderfolgende Sätze zusammenzubringen.

»Du siehst Larry Burke ganz richtig.« Er tupfte etwas mehr Zinnoberrot auf den Supermarkt und verwandelte ihn dadurch auf wunderbare Weise, so schien es mir, in etwas Trauriges und doch auch Archetypisches. »Clever, ein bißchen dickköpfig, geradlinig und streng gegen jeden, auch gegen sich selbst. Er war ein paar Jahre nach mir in St. Ursula.«

»Könnte er ein Mörder sein?«

Mikes Pinsel hielt mitten in der Bewegung inne. »Für eine gute Sache, sicher.«

Mike ist ein schlanker, hochgewachsener Mann mit dünnem, silberweißem Haar, der eher wie der Abt eines Benediktinerklosters aussieht als wie ein pensionierter stellvertretender Polizeipräsident. Er hat zwei sehr kluge Bücher über kriminalistische Methoden geschrieben und einmal den Posten des Polizeichefs von New York City abgelehnt. Wie Annie bemerkte, waren das ausgezeichnete Qualifikationen, um ihn zuweilen zu meinem Watson und Lestrade in einer Person zu machen.

Er hatte die Polizei von Chicago aus rassenpolitischen Gründen verlassen müssen (was nützt es schließlich, eine Wahl zu gewinnen, wenn man nicht einen der eigenen Leute zum Chef der Polizei macht, egal wie gut der amtierende Polizeipräsident ist?). Er verdient mit seiner Malerei bedeutend mehr Geld und hat immer noch erheblichen Einfluß auf die meisten wichtigen Entscheidungen im Polizeipräsidium, dem er als »Berater« dient. (»Was sollen wir jetzt machen, Mike?«)

»Aha.«

»Glaubst du, er hat Wolfe Quinlan den Bauch aufgeschlitzt?«

»Nicht unbedingt. Was ist mit Father Armande und der Kirche der Engel des Lichts?«

»Ich habe mir gedacht, daß du danach fragen würdest.« Mike wischte sich Farbe von den Händen, nahm pflichtschuldigst eine Tasse Kräutertee von seiner Frau entgegen und öffnete ein Notizbuch. »Father Armande ist tatsächlich ein Priester. Aus Neuengland. Aber er heißt nicht Armande de St. Cyr, sondern Louis Connery, und er wurde vor etwa zehn Jahren aus seiner Diözese hinausgeworfen, weil seinem Bischof die Honorare nicht gefielen, die er für das Vollbringen von Wundern kassiert hatte.«

»Ach ja.«

»Seine Kirche ist in Hyde Park. Nenn mir irgend etwas Verrücktes, und du wirst es in der Nähe der Universität von Chicago finden. Du, verehrter Doktor Monsignore, bist die Ausnahme.« Er zwinkerte spitzbübisch. »Ein altes Haus an der siebenundfünfzigsten Straße, vollgestopft mit Altären, Fackelhaltern, Drudenfüßen und Geheimkabinetten. Im großen und ganzen eine aufgewärmte Version der Werke des Alastair Crowley, die du sicher kennst.«

»Ja. Nur haben diejenigen, die da mitmachen, vermutlich nie etwas von dem guten Mr. Crowley gehört.«

»›Gut‹ hast du gesagt, nicht ich. Wie dem auch sei, er hat eine ziemliche Menge von Außenseitern angezogen, die alle reich sind. Viele von ihnen geben der ›Kirche‹ ganz ›spontan‹ ihr Geld, so wie es Wolfe Quinlan versucht hat. Zwei ältere Spenderinnen« – er blickte mich an und runzelte die Stirn – »starben plötzlich. Eines natürlichen Todes, so weit wir wissen. Beide lebten in der Vorstadt, gehörten also zur Zeit ihres Todes nicht in unseren Zuständigkeitsbereich. Trotzdem hat die Polizei, vor allem seit Quinlans Tod, ein scharfes Auge auf ihn. Es gibt da einen Hinweis, daß eine der beiden Frauen möglicherweise vergiftet worden ist, eine gewisse Mrs. Carson Long. Ihr Dienstmädchen verschwand nach dem Begräbnis spurlos, und sowohl die Polizei von Wilmette als auch die von Chicago suchen nach ihr.«

»Schlimme Sache.«

»Schrecklich«, stimmte die schöne Annie zu.

»Glaubst du, daß er Quinlan auf dem Gewissen hat?« Mike klappte sein Notizbuch zu.

»Es gibt zwanzig Leute, die ihn in der Nacht in der Kirche der Engel des Lichts gesehen haben, in der irgend jemand Quinlan die Klinge in den Bauch gerammt hat. Es war eine ihrer Andachten, die die ganze Nacht dauern.«

»Könnten die hypnotisiert oder betäubt worden sein?« Annie stöpselte den elektrischen Teekessel wieder ein.

»Nicht der Polizist von der Universität von Chicago, der draußen in einem Streifenwagen saß und das ganze im Auge behielt, damit keinem der Studenten, die dieser Kirche angehören, etwas passieren konnte.«

»Also hätte er Quinlan nur dann filetieren können, wenn er in der Lage wäre, an zwei Orten zugleich zu sein?« fragte Mike.

»Er behauptet, das könne er. Glauben deine Kollegen, daß er ehrlich ist?«

»War das denn Crowley? Natürlich haben meine früheren Kollegen nie von Alastair Crowley gehört. Aber der Mann vom Betrugsdezernat, mit dem ich gesprochen habe, sagte, Father Armande wäre kein reiner Betrüger.«

»Herrlich. Ja, natürlich, Annie. Wenn sonst alles schiefgeht, gibt es immer noch Apfelzimttee.«

»Sie möchten ihnen helfen, nicht wahr, Monsignore, ich meine Blackie?«

Obwohl sie inzwischen zur Familie gehörte, mußte sich die vormalige Annie Marie O'Brien immer noch dazu zwingen, ihren Pastor mit dem Vornamen anzureden.

Ich nahm meine Brille ab und bemühte mich, die Gläser mit dem Ärmel meiner Soutane zu polieren. »Beide sind unschuldig, aber ihre Unschuld steht auf wackligen Beinen. Die eine ein Spatzenhirn, der andere ein Mensch voller Skrupel. Sie sind durch das Leben gestolpert und waren überzeugt davon, daß nichts Unrechtes passieren könnte, wenn man nur das Richtige tut. Wie soll man den Pseudosanftmütigen helfen?«

»Werden denn nicht die Sanftmütigen das Erdreich besitzen?« Sie nahm mir vorsichtig die Brille aus der Hand und begann, sie mit einem Papiertaschentuch zu polieren.

»Nicht diese Art von Sanftmütigen. Matthäus hat diejenigen gemeint, die mit dem, was das Leben bringt, im Einklang stehen, und nicht diejenigen, die versuchen, all dies durch Sanftheit oder ein zwanghaftes Verantwortungsgefühl zu unterdrücken. Die Franzosen nennen das *débonnaire.* Ich nehme an, Teenager wie The Cat oder Packy Jack würden ›cool‹ sagen. Suzie Quinlan und Larry Burke sind weder *débonnaire* noch ›cool‹.«

›The Cat‹ ist die Tochter meiner Schwester Nancy O'Connor, die diesen Sommer als Rettungsschwimmerin in Grand Beach arbeitet. Der Name ist wahrscheinlich eine Abkürzung von Kathleen oder vielleicht auch Catherine. Obwohl ich das Kind vor sechzehn Jahren getauft habe, bin ich mir nicht sicher, wie sie wirklich heißt, weil sie einfach immer ›The Cat‹ war.

»Woher weißt du, daß sie ein Spatzenhirn hat?« Annie zauberte von irgendwoher eine Sprayflasche und war dabei, meiner Brille die erste vernünftige Reinigung dieser Woche zu verpassen. Ich beschloß, einmal die Woche vorbeizuschauen.

»Sie war ein paar Klassen über mir in St. Prax. Ein Jahr nach Eileen.«

»Hält Eileen sie auch für ein Spatzenhirn?« Sie setzte mir die Brille wieder auf die Nase.

»Eileen sagt, sie sei eine arme, liebe Frau. Das bedeutet dasselbe.«

»Kann nicht einmal Gott ihnen helfen?« Sie lächelte in der überlegenen Art irischer Frauen, die wissen, daß sie recht haben – und das ist in 99 Prozent der Fälle so.

Ich grunzte nicht sehr überzeugend und richtete die Bügel meiner Brille. Das war natürlich der springende Punkt. Larry Burke und Suzie Quinlan waren vom Anfang ihres Lebens an auf einen Weg geraten, der sie von Katastrophe zu Katastrophe stolpern ließ. Und das würde mit großer Wahrscheinlichkeit genau so weitergehen.

Aber Gott, der Weggenosse, der auf dieser Pilgerfahrt mit uns leidet, um Professor Whitehead zu zitieren, bereitete sich möglicherweise gerade darauf vor, einen schnellen Wurf zu landen. Und es sah ganz so aus, als sei ich in die Rolle des Fängers hereingestolpert. Ich, der Jody Davis in ihrem Leben, um noch einmal auf die Cubs zurückzukommen.*

Oder vielleicht auch nur der Schiedsrichter.

Hoffnung hat nur dann einen Sinn, wenn die Situation hoffnungslos ist.

»Schwester Hilaire« – Mike tupfte wieder an seinem Bild herum –, »seine Assistentin, sprich Mätresse, ist nie Nonne gewesen; aber dafür hat sie Erfahrungen als Puffmutter in Providence. Das ist eine schlimme Kulisse, Blackie. Sieh dich vor. Und wenn sie das Zeugs, das sie predigen, wirklich glauben, dann sind sie noch gefährlicher.«

»Das gilt für den ganzen Klerus.« Annie küßte mich auf die Stirn, als ich mich anschickte zu gehen. »Nicht wahr?«

»Allerdings.«

Draußen strahlte ein gutmütiger blauer Himmel über der Magnificent Mile und tat so, als ob das wunderschöne, alte Gebäude an der North Michigan Avenue 900, eins der Wahrzeichen meiner Pfarrgemeinde, nicht gerade unter der Wucht der schweren Kugel eines Abbruchunternehmens zusammenbrechen würde.

---

* Jody Davis ist ein Baseballspieler, ›Catcher‹ der ›Cubs‹. (Anm. d. Übers.)

Ach ja, es war August, und die ›Cubs‹ hatten viereinhalb Punkte Vorsprung vor den ›Mets‹. Man konnte schließlich nicht alles haben.

Typisch Suzie Wade, mit ihrer Durchschnittsnote ›vier‹ die ganze Schulzeit über. Ausgerechnet sie mußte an einen Mann geraten, der tatsächlich glaubte, er sei ein Hohepriester Lucifers, dieses ehemaligen Chefs der Engel des Lichts.

3 Blackie

Die Polizei von Long Beach war, so entschied ich, während ich die Zeitungsausschnitte beiseite schob, die mir Larry Burke überlassen hatte, eine durch und durch moderne, professionelle Kleinstadtpolizeitruppe.

Das hieß, sie hatten ziemliche Erfahrung darin, nachts jugendliche Biertrinker am Strand zu schikanieren, waren aber in einem Mordfall absolut nicht zu gebrauchen.

Und die Staatspolizei war nur unwesentlich besser.

Wolfe Tone Quinlan hatte in der Nacht auf Mittwoch, den 4. Juli, seine ewige Ruhe gefunden, in dem von innen abgeschlossenen Arbeitszimmer seiner 1920 erbauten Nachbildung eines Schweizer Chalets am Ufer des Michigan Sees, umgeben von seinen Briefmarken, Münzen, kostbaren Steinen, seinen Dolchen, seinen nackten Statuen und seinen spätmittelalterlichen Ritterrüstungen.

Er wurde in dem Raum durch ein speziell angefertigtes System von Schlössern geschützt, an jeder der drei Türen das gleiche – eine Tür zum Flur, eine zu einem Balkon mit Blick über den See, und eine zu einem Badezimmer, das die Verbindung zum Schlafzimmer darstellte, das er mit seiner Frau teilte. Es gab für alle drei Türen nur einen Schlüssel, nach dessen Herstellung die Gußplatten, von denen man Kopien hätte fertigen können, zerstört worden waren. Wenn man einen neuen Schlüssel haben wollte (weil man zum Beispiel den alten verloren hatte), mußte man neue Schlösser für alle drei Türen kaufen.

Die Schlösser hatten Doppelzylinder – das heißt, auf beiden Seiten mußten sie mit dem Schlüssel auf- oder abgeschlossen werden. Aber es waren keine Schließriegel ohne Feder. Wolfe Quinlan konnte also die Tür zu seinem Arbeitszimmer öffnen, sie von innen abschließen, während sie noch offen war, in das Zimmer gehen, die Tür schließen, und dann war sie hinter ihm verriegelt. Wenn er bei der Arbeit ungestört sein wollte – was meistens der Fall war – schloß er die Türen ab, und der Rest der Welt mußte draußen bleiben. Er hatte außerdem von seinem Arbeitszimmer aus direkten Zugang zum ehelichen Schlafzimmer, aber seine Frau, die keinen Schlüssel hatte, konnte ohne

seine Einwilligung sein Zimmer nicht betreten, Sie konnte ihn nicht einmal aus dem Schlafzimmer ausschließen, wenn sie das wollte.

Es sei denn, sie hätte einen Schlosser bestellt, um neue Schlösser einbauen zu lassen, für die es zwei Schlüssel gab, von denen sie dann einen an den Schlüsselbund ihres Mannes praktiziert hätte.

War Suzie Wade, die Maikönigin und das Spatzenhirn mit der Durchschnittsnote vier, zu einer solchen Gaunerei fähig?

Nicht sehr wahrscheinlich. Aber waren die Long Beach-Polizisten, die sich ja so eifrig der verantwortungsvollen Aufgabe widmeten, die männlichen, biersaufenden Teenager vom Strand wegzujagen, intelligent genug gewesen, auch diese Möglichkeit zu überprüfen?

Das Breitschwert von einer der Ritterrüstungen, die schon öfter vornüber gekippt war, wenn der Wind um das Haus tobte, hatte seine linke Lunge durchbohrt. Als die Gäste des Hauses, Lawrence F. X. Burke, Burkes Sohn Thomas, achtzehn Jahre alt, und Quinlans Rechtsanwalt Kiernan O'Rourke die Tür aufgebrochen hatten, war Quinlan bereits verblutet. Da Mr. Quinlan getrunken hatte, und da niemand in sein Zimmer konnte (das von innen abgeschlossen war), ging man davon aus, daß sein Tod entweder auf Selbstmord oder auf einen Unfall zurückzuführen sei. Da es keinen Abschiedsbrief gab, nahm die Polizei an, daß Quinlans Tod die Folge eines grotesken Unfalls war.

Die Verdächtigen (um ein Wort zu gebrauchen, das die Presse vermieden hatte)?

Im Hause anwesend waren Burke, Suzie Quinlan, die beiden noch lebenden Kinder der Quinlans – Laurel, sechzehn, und Kevin, zwanzig –, Tom Burke und Kiernan O'Rourke.

Nebenan waren Greg Foster, Quinlans langjähriger Geschäftspartner (Geschäftsführer der Quinlan Möbel, wo Quinlan Aufsichtsratsvorsitzender gewesen war), und seine Frau Melanie. Die Fosters waren früher am Abend zum Dinner im Quinlan-Haus gewesen.

Außerdem standen Father Armande und Schwester Hilaire von der Kirche der Engel des Lichts im Mittelpunkt des

Interesses, was ihnen durchaus nicht unangenehm war. Quinlan war im Begriff gewesen, ihnen die Aktienmehrheit an seiner international bekannten Möbelfirma zu übertragen. Und er hatte ihnen in seinem Testament alles vermacht.

Sowohl Father Armande als auch Schwester Hilaire waren, so wurde gesagt, die ganze Nacht in einer Messe in ihrer Kirche gewesen.

Insgesamt elf Verdächtige, mehr oder weniger, und ein verschlossenes Zimmer, in das niemand hinein konnte. Faszinierend!

Unfalltod, hatte die Polizei gesagt. Trottel!

Es roch nach Mord, und sowohl Larry Burke als auch ich wußten es, ein kluges, ein wirklich brillantes Verbrechen. Vielleicht nicht einmal völlig ungerechtfertigt. Die Zeit würde es erweisen.

Ich sah mir die Zeitungsbilder der Leute an, die in den Fall verwickelt waren. Das war ein interessanter Haufen: Kevin, der sich die größte Mühe gab, der Welt zu zeigen, daß er schwul war; Laurel, großgewachsen, reizend, geistesabwesend wie ihre Mutter und durchaus nicht sicher, was sie mit ihrer neugewonnenen weiblichen Attraktivität anfangen sollte; Foster, eine übergewichtige Krämerseele mit beginnender Glatze; Melanie, die mit eher dürftigem Erfolg versuchte, eine Art ›Frau in den besten Jahren‹-Sexappeal auszustrahlen. O'Rourke, der typische aalglatte, rotgesichtige, etwas zu elegante, leicht halbseidene irische Anwalt; Tom Burke, größer als sein Vater, ein vielversprechender Rückrammspieler in der Baseball-Mannschaft von Notre Dame; Schwester Hilaire, eine überdimensionale Nutte in einem weißen Gewand mit einer riesigen Sonne auf ihrem entsprechend riesigen Busen, die an ein Spiegelei erinnerte.

Am interessantesten von allen war Father Armande, dessen wogendes weißes Gewand noch durch einen roten Umhang ergänzt wurde. Er sah mehr nach einem Kardinal aus als Sean Cronin selbst. Schneeweißes Haar, breite Schultern, hageres Gesicht, durchbohrende Augen, die Hände in einer dramatischen Geste ausgebreitet, damit die Falten des Gewandes elegant seinen auffallend stattlichen Körper umwogten. In früheren Zeiten wäre er wohl bei der Inquisition gewesen. Jetzt war er der Hohepriester Lucifers, der Engel des Lichts.

Großartig.

Ich beschloß sofort, daß ich ihn überhaupt nicht mochte, ob er nun ehrlich war oder nicht, wahrscheinlich weil er so imposant aussah und ich so albern, wenn ich einmal – was selten vorkommt – das purpurrote Gewand eines Monsignore trage.

Mein Bruder Packy pflegt zu sagen – und dabei hat er bestimmt nicht sich selbst vor Augen –, daß manche Leute nur dann passend gekleidet wirken, wenn sie einen Trainingsanzug tragen, der ein paar Nummern zu groß ist.

Nun folgte aus der Tatsache, daß ich ihn vom ersten Augenblick an nicht mochte, noch lange nicht, daß der sogenannte Armande St. Cyr derjenige war, der Wolfe Quinlan getötet hatte.

Und Mrs. Carson Long?

Das war im Moment nicht mein Problem.

Keith Morland schlug einen ›Line-drive-double‹ zwischen ›short‹ und dritter Base und verschaffte damit den Cubs einen weiteren Sieg über die Mets.

Die Zeit der Zeichen und Wunder ist vielleicht doch noch nicht völlig vorbei!

»Father Ryan«, murmelte ich in das Telefon und versuchte dabei, so zu klingen, wie Weihrauch riecht. Es hatte in demselben Moment geklingelt, in dem Moreland den Ball geschlagen hatte.

»Monsignore Ryan«, antwortete die blutjunge Sekretärin, »ein Anruf von Mr. Burke.«

Ich hörte mir Larry Burkes atemlose und besorgte Botschaft an.

»Ganz im Gegenteil, Lawrence«, sagte ich und fühlte, wie es mich kalt überlief, und das konnte nicht mit meiner defekten Klimaanlage zusammenhängen. »Ich glaube, das Verschwinden von Laurel Quinlan ist eine äußerst ernstzunehmende Angelegenheit. Es würde mich nicht überraschen, wenn sie in großer Gefahr wäre. Es wäre ein schwerwiegender Fehler, nicht die Polizei zu rufen. Was? Ja, natürlich kann sie in Chicago sein und dort eine Freundin besuchen. Nichtsdestoweniger haben wir es mit einem Mörder zu tun, und wir können nicht sicher sein, ob er nicht noch einmal zuschlägt.«

Burke polterte am anderen Ende der Leitung los.

»Ja, ich habe ›Mörder‹ gesagt«, schnitt ich ihm das Wort ab. »Das haben Sie doch von Anfang an gewußt, nicht wahr?«

Ganz vorsichtig, so wie ich Taufwasser auf den Kopf eines Säuglings tropfen lasse, legte ich den Hörer auf die Gabel. Warum hatte ich ihn gewarnt, daß Laurel, das Mädchen mit den verträumten Augen, in Gefahr sei?

Ich habe eigentlich keinerlei übersinnliche Qualitäten. Ich würde ein ESP-Erlebnis nicht einmal dann bemerken, wenn ich auf der Straße darüber stolpern würde. Trotzdem habe ich manchmal Ahnungen, deren Ursprung ich im Augenblick nicht erkennen kann.

Daß sich Laurel in Gefahr befand, war eine solche Ahnung, die ich zur Zeit noch nicht analysieren konnte. Damit ganz eng zusammen hing eine andere. Ich rief Burke zurück.

»Sie lassen doch Mrs. Quinlan da oben nicht allein, oder?« fragte ich.

Als ob man die Spinne schickt, um auf die Fliege aufzupassen. Alles, was Larry gefehlt hatte, war ein Vorwand. Egal, welche Art der Paarung stattfinden würde, es war besser, die Frau paarte sich und lebte, als daß sie sich nicht paarte und tot war.

»Natürlich, ich verstehe, was Sie meinen. Tommy und ich werden heute nachmittag hinauffahren.«

Viel Glück, Tommy.

4 **Lawrence F. X. Burke**

Ich habe Wolfe Quinlan immer beneidet.

Nicht wegen seines Reichtums, denn ich habe mehr Geld, als er besaß. Auch nicht wegen seines Lebensstils, denn ich könnte genauso leben wie er es tat wenn ich das wollte. Auch nicht wegen seiner Frau, denn so stark mein Verlangen nach ihr auch ist, zur Frau möchte ich sie nicht haben.

Beneidet habe ich ihn vielmehr wegen der Leichtigkeit, mit der er sein Leben gelebt hat. All das, wofür ich arbeiten mußte, hatte er geerbt – Bildung, Geschäft, gesellschaftliches Ansehen; im Lebenswettlauf hatte er von Anfang an einen Vorsprung. Ich habe mir oft gesagt, wenn ich mit seinen Vorteilen angefangen hätte, hätte ich viel mehr daraus gemacht.

Aber das ist eine absurde Annahme. Überhaupt ist jeder Vergleich mit anderen absurd. Man muß sich selbst streng im Rahmen der eigenen Möglichkeiten und Verantwortlichkeiten beurteilen. Ich kann in meinem eigenen Leben nicht auf irgendwelche überragenden Leistungen zurückblicken, wie sollte ich da annehmen, es wäre eindrucksvoller verlaufen, wenn ich sein Leben gelebt hätte?

Also habe ich meine Neidgefühle überwunden und ihn bei seinen Investitionen gut beraten, akzeptierte dankbar seine Freundschaft, denn er konnte oft ein anziehender und charismatischer Mann sein, fand Entschuldigungen für seine offensichtlichen Schwächen und stand ihm in allen Stürmen bei. Ich bin ihm näher gewesen als all meinen anderen Klienten, und doch habe ich ihn nie wirklich gemocht. Jetzt, wo er tot ist, frage ich mich, ob der Stachel des Neides nicht doch tiefer gesessen hat, als ich es selbst wahrhaben wollte. Ich frage mich, ob ich mich nicht insgeheim an seinen Problemen ergötzt habe. Ich frage mich tatsächlich auch, ob ich ihn vor dieser letzten Tragödie nicht hätte bewahren können, wenn ich mit meiner Freundschaft großzügiger umgegangen wäre.

Es fällt mir schwer, großzügig zu sein. Die größten Fehlschläge meines Lebens sind das Resultat meiner mangelnden Großzügigkeit – oftmals, wenn ich mich in Situationen befinde, die mir überhaupt nicht entsprechen; manchmal sind es auch

Situationen, in die ich mich in dem albernen, irregeleiteten Versuch gestürzt habe, großzügig zu sein. In diese Kategorie paßt möglicherweise auch meine augenblickliche Beziehung zu Suzie Quinlan als ihr Freund und Helfer, obgleich ich hier den Verdacht habe, daß mein Motiv eher sexuelles Verlangen ist als Großzügigkeit. Intensives und brennendes sexuelles Verlangen.

Mir fehlt es nicht an finanzieller Großzügigkeit, weder karitativen Organisationen noch meinen Kindern gegenüber. Es ist leicht, Geld zu verschenken, wenn man genug davon hat. Mir selbst gegenüber bin ich nicht großzügig. Wenn ich meiner eigenen Person gegenüber nicht so knauserig gewesen wäre, hätte ich meine Frau nicht verloren, und vielleicht hätte ich es geschafft, Wolfe Quinlan zu retten. So gesehen bin ich verantwortlich für seinen Tod. Wenn ich ihn an diesem Abend des vierten Juli nicht verflucht hätte . . . aber ich nehme meine Geschichte vorweg.

Ich bin sechs Jahre älter, als er zur Zeit seines Todes war; meine Erinnerung geht, im Gegensatz zu seiner, bis in die Jahre vor dem Krieg zurück, bis in die schreckliche Zeit der großen Depression. Nichts, was ich in meiner Kindheit erlebt habe, war dazu angetan, aus mir einen großzügigen oder charmanten Menschen zu machen. Wenigstens mache ich mir selbst nichts vor: Ich bin ein Mensch mit großen Fehlern. Man hat ein paar Teile vergessen, als meine Seele zusammengesetzt wurde.

Mein Vater war Kassierer bei einer Bank, ein verdrießlicher, düsterer Mann, dessen vielversprechende Karriere, so sagt meine Mutter, durch die Depression zerstört worden war. Er wäre mit Sicherheit stellvertretender Direktor der Bank geworden, pflegte sie traurig zu sagen, wenn nicht der große ›Krach‹ gekommen wäre. Hatte nicht sogar Mr. Roberts persönlich Anteil an seiner Karriere genommen? Unglücklicherweise war Mr. Roberts an einem schönen Frühlingsmorgen des Jahres 1937 während einer Prüfung durch die staatliche Finanzbehörde aus dem Fenster seines Appartements in der Edgewater Beach Road gesprungen.

Als mein Vater 1957 starb – nicht viel älter als ich jetzt bin –

war er zweiter Kassierer, und seine Kollegen priesen ihn als ein Musterbeispiel an Redlichkeit und Ehrenhaftigkeit.

»Er hätte nicht einmal einen Bleistift mit nach Hause genommen, der der Bank gehörte«, sagte mir der stellvertretende Direktor bei der Totenwache.

Wenn ich jetzt auf meine Kindheit zurückblicke, gebe ich mich mit der Familienlegende, daß der »Krach« seine Karriere zerstört hat, nicht mehr zufrieden. Er war Anfang vierzig, als auf die Depression der Krieg folgte und die amerikanische Wirtschaft buchstäblich explodierte. Wenn er nie eine wirklich wichtige Stellung in der Bank bekam, so lag das nicht an Pech, sondern daran, daß eiserner, ehrlicher Starrsinn einfach nicht ausreichte, um es in der Nachkriegswelt, wie wir das damals nannten, zu etwas zu bringen.

Meine Mutter war eine große, hagere Frau mit einem verkniffenen Mund und wunderschönen Händen, die sie freudig im Spülwasser ruinierte; sie opferte sich sozusagen auf dem Altar seiner Redlichkeit. Oft predigte sie uns Kindern, wie glücklich wir uns doch schätzen könnten, einen der wenigen ehrlichen Menschen der Stadt zum Vater zu haben.

Zu der Zeit gab es, weiß Gott, jede Menge Ganoven in St. Ursula. »Einige von ihnen gehen täglich zur Kommunion«, schimpfte meine Mutter immer, aber wenn es außer Redlichkeit noch andere Tugenden gab, so erfuhren wir zu Hause nichts davon.

Ich glaube, sie haben sich geliebt. Dennoch kann ich mich nicht erinnern, daß sie sich auch nur einmal geküßt oder umarmt hätten.

In unserem Haus wurde weder geraucht noch getrunken. Wir durften uns auch nicht den *Lone Ranger* oder *Little Orphan Annie* oder *Jack Armstrong* im Radio anhören, auch Kino am Samstagnachmittag gab es nicht. Als Ältester war ich für das Rasenmähen zuständig, für das Einkaufen im Jewel Store in der Division Street (wobei ich über jeden Pfennig Rechenschaft ablegen mußte, damit ich nicht etwa heimlich in das griechische Eisgeschäft ging und kostbares Geld für Milch-Shakes verschwendete), dafür, daß im Frühling die Doppelfenster durch Mückengitter ersetzt wurden und umgekehrt im Herbst. Dann

Heckenstutzen, Fensterrahmen streichen, den Mülleimer leeren und Küche und Badezimmer putzen. Mit neun Jahren habe ich angefangen, Zeitungen auszutragen – ich zog mit einem gelben Wägelchen durch die Straßen unseres Viertels –, bis ich meine Abschlußprüfung auf dem St. Mels-College bestanden hatte. Wenn ich mich beschwerte, daß es doch unfair sei, daß meine beiden Brüder und die beiden Schwestern nicht auch einen Teil der Arbeit übernehmen mußten, erklärte mir mein Vater, daß ich als der Älteste allein dafür verantwortlich sei.

So war das.

Keiner von uns wurde geschlagen. Wir hatten alle so viel Angst vor seinem eiskalten Zorn, daß physische Gewalt unnötig war. Ich glaube, wir haben ihn alle gehaßt. Ich habe versucht, meine eigenen Kinder toleranter zu behandeln, aber ich bezweifle, daß mir das gelungen ist.

Tommy, mein Jüngster, der vielleicht einmal Priester werden will, lacht über meine Befürchtungen. »Du siehst doch keinen von uns die Stadt verlassen, oder?«

Meine Brüder und Schwestern haben alle eine Collegeausbildung, die von Geld finanziert wurde, das ich nach Hause brachte. Alle haben ein Jahr nach dem Examen die Stadt auf Nimmerwiedersehen verlassen. Von einer Schwester, von der, die mir am wenigsten nahestand, höre ich noch zu Weihnachten.

Für Sport war während meiner Schulzeit keine Zeit. Ich mußte zuviel im Haus arbeiten. Außerdem war Sport etwas für die Reichen, nicht für uns arme, aber rechtschaffene Leute. Ich war kräftig genug, um Football zu spielen, und der Trainer der St. Mels-Schule war völlig entsetzt über meine Ablehnung und wollte meine Erklärung, daß ich meine Zustelltour nicht aufgeben könnte, kaum glauben.

Wie Sie sich vorstellen können, war ich bei meinen Mitschülern nicht sehr beliebt. Tatsächlich war ich eine Witzfigur für sie, wenn ich stur mein Wägelchen durch den Schnee schob oder an heißen Sommersonntagen brav meine katholischen Zeitungen hinter der Kirche verhökerte.

Schon am Tag meiner Einschulung in die Oberschule wurde mir klargemacht, daß das College für mich nicht in Frage kommen würde. Meine Eltern waren zutiefst davon überzeugt, daß »Bildung« der Schlüssel zum Erfolg im Leben sei: Recht und Medizin für die Söhne, Krankenpflege und Schuldienst für die Töchter. Im Gegensatz zu anderen irischen Familien dieser Zeit salbten sie allerdings ihren Erstgeborenen nicht zum Kronprinzen. Im Gegenteil, mir wurde erklärt, daß ich als Ältester gemeinsam mit meinem Vater die Verantwortung für die Erziehung der anderen zu tragen hätte. Und solch eine Verantwortung, erklärte man mir, sei für meine Erziehung wichtiger als der Schulbesuch. Vielleicht könnte ich ja später einmal, wenn die anderen ihre Examen hatten, auf die Abendschule gehen.

Ich habe mich oft gefragt, ob mein Vater mich wohl gehaßt hat. Er war ein kleiner, glatzköpfiger Mann, der mit seiner roten Nase und seinem runden Gesicht hätte lausbubenhaft aussehen können, wenn er gelächelt hätte. Da er das aber selten tat, sah er eher wie ein übellauniger Popanz aus. Ich war schon als kleines Kind kräftig und ansehnlich, der Gegenstand grenzenloser Bewunderung aller Frauen, die entzückt waren, wenn sie mich auf den Arm nehmen durften.

Hat er mich so beneidet, wie ich später Wolfe Quinlan beneidet habe? Vielleicht. Wahrscheinlicher ist allerdings, daß der Groll, den er aus welchen Gründen auch immer empfand, ihn nur in seinen Prinzipien bestärkte: Wenn man der Älteste war, hatte man das Privileg, größere Verantwortung zu tragen.

So trat ich dann am Tag nach meiner Abschlußprüfung auf der St. Mels High school im Jahr 1948 eine Stelle als Angestellter im Büro von John S. Sweeney an, einem Freund meines Vaters vom Commodore Barry Knights of Columbus-Council. »Buttons and Bows« und »I'll Dance at Your Wedding« war wohl das, was junge Leute damals zu singen pflegten, der jungen Frau nach zu urteilen, die in unserem Büro arbeitete, und wenn sie sich – wie sie – für ernste Filme interessierten, dann sahen sie *Hamlet* oder *Oliver Twist*. Ich hatte weder Zeit für Schlager noch für Filme. Ich war immer noch für meine Arbeiten zu Hause verantwortlich – mein Vater deutete sogar an, wenn ich nicht so faul wäre, hätte ich meinen Zeitungsjob nicht aufgegeben. Meine einzige freie Zeit hatte ich, während ich mit der elektrischen Lake Street-Hochbahn in die Stadt fuhr, und die nutzte ich dafür, Bücher über Buchführung und Betriebswirtschaft zu verschlingen. 1948 bin ich zum erstenmal morgens mit der Elektrischen gefahren, und erst letztes Jahr, als Tommy und ich in das nüchterne Appartement am Water Tower Place gezogen sind, habe ich meine letzte Fahrt gemacht – das waren mehr als fünfunddreißig Jahre.

Später habe ich auch andere Sachen gelesen, um das nachzuholen, was mir fehlte, weil ich nicht auf das College ging. Gerry, unser zweites Kind, die nach ihrem Examen noch im anglistischen Institut arbeitet, behauptet, ich wüßte mehr über Romane als irgendeiner von ihren Lehrern. Ich glaube allerdings, daß es ihr genau wie den anderen eher darum geht, ihren Vater bei Laune zu halten, als darum, die Wahrheit zu sagen.

John S. Sweeney kam in der Welt meines Vaters und meiner Mutter direkt nach der Heiligen Dreifaltigkeit. Schon damals fand ich es eigenartig, daß Eltern, die doch jede Art von Spiel derart verabscheuten, einen der ganz großen Spekulanten dieser Zeit bewundern konnten. Sweeney, ein mürrischer, zynischer kleiner Junggeselle mit rosarotem Gesicht, völlig kahl, mit dicken Brillengläsern und einer hohen, weinerlichen Stimme, war mit der Überzeugung aus dem Krieg zurückgekommen, daß es einen enormen wirtschaftlichen Aufschwung geben würde. Während die meisten irischen Katholiken seiner Generation die Wiederkehr der Großen Depression erwarteten, setzte Sweeney alles auf eine Karte, machte langfristige Investitionen und damit riesige Gewinne.

»Mit all dem Geld, das da draußen herumschwirrt«, sagte er mit seiner hohen, weinerlichen Stimme, und seine blauen Kinderaugen blinzelten, »werden sie kaufen und kaufen und kaufen. Der Markt wird explodieren.«

Eine einfache Feststellung, die später eine Binsenwahrheit der Betriebswirtschaft werden sollte – aufgestaute Nachfrage und das Geld, um sie zu befriedigen, schafft Wohlstand und Inflation. Die meisten Wirtschaftswissenschaftler hatten um keinen Deut klarere Vorstellungen als unsere Nachbarn in

St. Ursula davon, wieviel Geld und wieviel Nachfrage in den Vereinigten Staaten im Begriff war hochzukochen. John S. dagegen schon, und er machte ein Vermögen. Und ich hing an seinen Rockzipfeln und legte so einen bescheidenen Grundstein zu meinem eigenen Vermögen.

John S. war ein viel komplizierterer Mann als mein Vater; er war schroff, anspruchsvoll, arrogant, verschlossen und häufig bösartig. Andererseits war er auch großzügig, gefühlvoll, witzig und hin und wieder mitfühlend. Ich bin sicher, er brauchte keinen Angestellten. Seine Investitionsphilosophie war, daß man nur ein kleines Büro, eine Sekretärin, die Börsenkurse, einen Bleistift und ein Notizbuch brauchte. Ich war eher ein Lehrling als ein Angestellter und vielleicht auch ein Ersatzsohn. Obwohl das gar nicht nötig gewesen wäre, machte er mich an dem Tag, an dem Dorrie und ich heirateten, zum Partner.

Ich glaube, er mochte mich, hat mich sogar geliebt und erwartete von mir, daß ich seine Liebe erwiderte. Ich wußte nur nicht wie. Als er vor achtzehn Jahren starb, erbte ich seine Konten und seine Philosophie (wobei ich dem Notizbuch und Bleisitft einen Computer hinzugefügt habe). Ich habe heute noch Schuldgefühle, weil ich den armen Mann enttäuscht habe.

Dorrie habe ich noch mehr enttäuscht.

Ich lernte sie 1958 auf der Abendschule kennen. Damals war ich ein junger Mann, Ende zwanzig, der noch nie eine Verabredung mit einem Mädchen gehabt hatte, und ich war sofort von ihrem Lachen und ihrem Witz hingerissen. Sie war die Tochter einer Installateurswitwe und bediente tagsüber einen Fahrstuhl bei Marshall Field. Abends ging sie zur DePaul-Schule auf der Jackson und Wabash. Nach dem Tode meines Vaters und gegen den Widerstand meiner Mutter – jetzt wäre ja noch mehr »Arbeit« im Haus zu tun – schrieb ich mich für meinen ersten College-Kurs ein.

»Du hast ja völlig verschreckt ausgesehen«, sagte das schlanke, brünette Mädchen mit den blitzenden Augen neben mir fröhlich. »Das ist doch nur Schule.«

Ihr karierter Rock und der weiße Pullover ließen gewaltige

weibliche Energien ahnen. Ich war gleichzeitig zu Tode erschrocken und fasziniert.

»Ich bin seit zehn Jahren in keinem Klassenzimmer mehr gewesen«, murmelte ich und versuchte, nicht allzu linkisch zu wirken.

»Dann mußt du von der Mittelschule geflogen sein«, sagte sie lachend. »Mach dir keine Sorgen, ich sag' dir vor.«

Da wurde mir plötzlich mit einer Wucht klar, die einem Zusammenstoß mit der Elektrischen nicht unähnlich war, daß ich eine Frau brauchte und wollte, daß ich tatsächlich schon lange eine gebraucht und gewollt hatte. Ich war ein Widerling. Wie sollte mich jemals ein so temperamentvolles Mädchen interessant finden? (Sie war knapp neunzehn, erfuhr ich bei einer Tasse Kaffee nach der Vorlesung.)

Einerseits machte es ihr Spaß, freundlich zu mir zu sein, andererseits war sie auch fasziniert, aus Gründen, die ich auch heute noch nicht recht verstehe. Unser Lied, so erklärte sie mir an diesem Abend, war »Catch a Falling Star«. Ich hatte tatsächlich eine Sternschnuppe aufgefangen, aber das war mir zu dem Zeitpunkt noch nicht klar.

Wenn ich heute darauf zurückblicke, dann gab es damals schon bestimmte Anzeichen, die mich hätten warnen können, wenn ich nur ein wenig über das Leben und über die Frauen gewußt hätte. Dorries Stimmungen wechselten abrupt und ohne ersichtlichen Grund. Wenn sie nicht lachte, dann weinte sie. Sie nahm zu einer Zeit Tranquilizers, als sie noch nicht so populär waren wie Aspirin. Wenn ich ihr am Ende eines Zusammenseins einen Gutenachtkuß gab, dann klammerte sie sich oft an mich und weinte, ohne daß sie einen plausiblen Grund dafür angeben konnte.

Aber ich war jung, verliebt und begehrte ihren Körper. Wir heirateten drei Monate nach dem Tod meiner Mutter, zogen in ein kleines Haus auf der Lathrop Road in der Gemeinde St. Lucas in River Forest und machten beim Wahlkampf für Kennedy und Johnson mit, während sie Mark erwartete, unseren Ältesten.

Nach seiner Geburt hatte sie eine schwere Wochenbett-psychose. Verwirrt und unwissend wie ich war, nahm ich zwar den Rat des Arztes ernst, wir sollten mit weiteren Kindern erst einmal warten, aber nicht so ernst, daß ich mich gegen Dorries Entschlossenheit durchgesetzt hätte, so schnell wie möglich eine große Familie zu haben, und gegen den Rat unseres Pfarrers, wir sollten auf Gott vertrauen.

Wir produzierten Mark, Gerry, Eileen und Tommy noch bevor Johnson Goldwater bei einem Referendum gegen den Krieg vernichtend schlug. Gott hat sich um unser Vertrauen nicht gekümmert. Dorrie war nach Tommys Geburt sechs Monate lang in einer der besten privaten Nervenkliniken, die ich finden konnte. Der manisch-depressive Teufelskreis war in vollem Schwung. Wie der Doktor sagte, als sie entlassen wurde: »Ich wünschte, ich könnte Ihnen sagen, daß es nicht schlimmer wird, aber . . .«

Ich hatte keine Ahnung, was ich machen sollte. Dorrie und ich waren glücklich und zufrieden, solange es ihr gutging. Unser Sexualleben kam vielleicht ein bißchen zu kurz; wir waren beide in der Beziehung nicht sehr gut – ich lernte die Techniken erst in einer späteren Liebesbeziehung, nachdem mir die Ärzte eröffnet hatten, daß Dorrie den Rest ihres Lebens in einer Anstalt zubringen würde. Aber wir wußten es nicht anders und genossen unser gemeinsames Leben und unsere Kinder außerordentlich. Ich arbeitete zu viel, sie verausgabte sich völlig; wir nahmen uns zu wenig freie Zeit; wir wollten beide nicht wahrhaben, daß ein Damoklesschwert über unseren Köpfen hing.

Dann kamen plötzlich die Depressionen wieder.

Mark, der im dritten Jahr Medizin auf der Loyola Universität studiert und Psychiater werden will, sagt mir, und ich kann das nicht widerlegen, daß wir nichts dagegen hätten machen können, »jedenfalls nach dem gegenwärtigen Wissensstand«.

Ich fühle mich versucht, nach diesem Strohhalm zu greifen. Aber dann wird mir klar, wie ich unsere kostbaren gemeinsamen Jahre habe verrinnen lassen. Wir hätten öfter miteinander Urlaub machen müssen. Wir hätten öfter ausgehen müssen. Wir hätten mehr miteinander reden müssen.

Ich besuchte sie einmal im Monat. Sie sieht aus wie eine Frau Ende sechzig und erkennt weder mich noch unsere Kinder. Die lebhafte junge Frau mit den straffen, anmutigen kleinen Brüsten und den lebendigen Augen, die mir in jenem Kurs für englische Literatur in DePaul versprochen hatte, sie würde mir die Antworten ins Ohr flüstern, vegetiert nur noch dahin und wartet auf den Tod.

Letzten Mai war unsere Silberhochzeit.

Ich kann mich nicht von der Schuld freisprechen. Vielleicht konnte ich das Ende nicht vorhersehen. Vielleicht. Aber ich hätte mich mehr anstrengen müssen. Wenn Gott mich im Stich gelassen hat, so habe ich auch Dorrie im Stich gelassen.

Eileen, die eine begeisterte Theologiestudentin ist, meint, ich sollte die Ehe für ungültig erklären lassen.

»Und die Liebe verleugnen, die es so lange zwischen uns gegeben hat?« fragte ich entsetzt. »Und ihr wäret dann alle unehelich.«

»Nein, dadurch werden wir nicht unehelich«, sagte diese junge Frau mit dem knabenhaften Gesicht, die in erschreckender Weise aussieht wie ihre Mutter in demselben Alter. »Und dadurch wird auch die Liebe nicht verleugnet. Eine solche Annulierung würde dir bloß helfen, mit den Herausforderungen deines Lebens besser fertigzuwerden. Aber das willst du nicht, denn dann müßtest du dir endlich selbst verzeihen und wieder anfangen zu leben.«

Kluges Mädchen. Die Kinder geben mir erstaunlicherweise keine Schuld. Aber ich selbst fühle mich schuldig.

Ich habe kein Recht, mir zu verzeihen. Und ich will auch nicht wieder heiraten. Hin und wieder eine unerfreuliche sexuelle Affaire mit jemandem, der genau so wenig wie ich eine längere Beziehung erwartet, das reicht. Nie wieder die Verantwortung einer ehelichen Liebe, nie wieder.

Gerry sagt, ich müsse dankbar sein für die Liebe, die ich erfahren habe. »Mom und du, ihr wart schrecklich glücklich«, sagte sie zu mir. »Ihr habt mehr Liebe in diesen paar Jahren erlebt als die meisten Leute in der doppelten Zeit. Glaubst du nicht, daß Gott möchte, daß du wieder glücklich wirst?«

Alle meine Kinder sind tief religiös, mehr als ich es je war.

»Ich möchte nichts von Gott hören«, antworte ich lahm.

Das ist ziemlich viel zum Hintergrund, Monsignore. Aber

wenn Sie verstehen wollen, warum ich vielleicht Wolfe Tone Quinlan hätte töten wollen, und warum ich mich so intensiv für seine Familie engagierte, dann müssen Sie erkennen, aus was für einem wirren Durcheinander von Angst, Schuldgefühlen, Verantwortung und krampfhafter Vorsicht ich zusammengesetzt bin.

Aber ich fürchte, daß ich trotz dieser Vorsicht einen noch schlimmeren Fehler gemacht habe, und das mit noch weniger Entschuldigung für mein unverantwortliches Verhalten.

5 Lawrence F. X. Burke

Als ich Wolfe Quinlans Frau zum erstenmal auf einer Wochenendparty in ihrem eigenartig düsteren Haus in Long Beach sah, überkam mich unvermittelt, wie ein stechender Schmerz, ein Gefühl – es gibt kein anderes Wort dafür – der Wollust. Es war so überraschend und schmerzhaft, als ob man am Strand plötzlich auf einen spitzen Stein tritt; die Qual schoß wie ein Messer durch meinen ganzen Körper.

Ich glaube, es gehört zur normalen Lebenserfahrung, daß man die Frau eines anderen Mannes kennenlernt, sofort von der Fantasie besessen ist, sie zu bumsen (ich gebrauche das Wort, weil die Reaktion fast ausschließlich körperlicher Natur ist), mühsam sein Gleichgewicht wiedergewinnt und dann die zukünftigen Beziehungen zu der Frau sehr vorsichtig gestaltet.

In unserer religiösen und ethnischen Gruppe denkt man jedenfalls nicht einmal daran, wirklich mit ihr ins Bett zu gehen. Es ist ein spontaner Reflex, eine Funktion der Hormone, der Nervenenden und der übriggebliebenen pubertären Fantasien (um eine Formulierung zu gebrauchen, die meinem Sohn Mark gefällt).

Es gab keine vernünftige Erklärung für meine Reaktion. Ich habe attraktiveren Frauen in Sommerkleidern gegenübergesessen. Dorrie war bei uns zu Hause und offenbar total gesund. Wir genossen unser übliches mäßiges, aber befriedigendes Sexualleben. Quinlans Frau plapperte unzusammenhängend und ziemlich dumm über ihren Urlaub in Brasilien, kaum die Art eines reifen Gesprächs, das man von einer Frau erwarten würde, die schon zwei Kinder auf tragische Weise verloren hatte.

Eine oberflächliche und nichtssagende Frau, sagte ich mir. Man wäre sie nach einer Nacht leid.

Trotzdem, so sagte meine beginnende Besessenheit, wäre es eine köstliche Nacht, vor allem, wenn man sie vorher knebeln würde.

»Eine nichtssagende Frau«, sagte ich zu Dorrie, als wir uns im Gästezimmer auszogen.

»Eine traurige Frau«, erwiderte sie. »Armes Ding.«

Das war vor acht Jahren, 1976, zur Zweihundertjahrfeier. Wir sahen uns am nächsten Tag die großen Schiffe auf Wolfes riesigem Bildschirm an. Meine Besessenheit dauerte unvermindert das ganze Wochenende über. Jeden Morgen wachte ich mit obszönen Fantasien über das auf, was ich wohl mit ihr tun würde, wenn ich die Gelegenheit dazu hätte.

Wenn ich dann richtig wach war und unter der Dusche stand, sagte ich mir, daß meine Wünsche völlig irrational seien, und daß ich mich eigentlich schämen müßte.

Das Irrationale und Beschämende meiner Lust hinderte mich jedoch nicht daran, sie bei jeder möglichen Gelegenheit im Geiste auszuziehen. Solche Fantasien hatte es in meinem Leben bis zu dem Zeitpunkt sehr selten gegeben. Sie hatte, wie die meisten Frauen, ein Gespür für meine Gefühle, und ich glaube, sie war dadurch verwirrt und peinlich berührt. Sie vermied es an diesem Wochenende, mit mir zu sprechen und blickte mich auch nicht an.

Damals war sie Mitte dreißig und noch nicht annähernd ein so exquisiter Leckerbissen wie heute. Als Suzie Wolfe heiratete, war sie »niedlich«, jetzt ist sie »hübsch«, und wenn es ihr gelingen sollte, um die Taille herum nicht zu dick zu werden, dann wird sie in einigen Jahren eine Schönheit sein.

Sie war eine Westentaschenvenus, klein, mit großartig geschwungenen Hüften, großen, aber festen und reizend geformten Brüsten, kräftigen Schenkeln, schlanken Beinen und so kunstvoll getönten blonden Haaren, daß sie echt aussahen. Die grauen Augen in ihrem ovalen Gesicht kullerten begeistert umher, was aber nichts mit dem zu tun hatte, was sie gerade sagte oder tat. Vielleicht hing es damit zusammen, daß sie ohne Brille kaum bis zur anderen Seite des Zimmers sehen konnte.

Wenn man sie auf diese Weise auszog und überprüfte, war und ist sie ganz gewiß ein Leckerbissen. Ich objektiviere sie natürlich; aber was ich damit sagen will ist, daß meine Besessenheit von Suzie Wade Quinlan von Anfang an eine Objektivierungsübung war. Im Lauf der Zeit wurde das schlimmer, nicht besser – und das trotz der Tatsache, daß sie sogar nackt in meiner Fantasie keineswegs die schönste Frau war, die ich je gesehen habe.

Ach ja, ihre Stimme. Aus irgendwelchen Gründen spielt sie bei meinen Gefühlen für sie eine große Rolle. Wenn man bei ihnen zu Hause anruft und sie ist am Telefon, dann meint man, mit der Sekretärin eines erstklassigen Anwaltsbüros zu sprechen – ihre Stimme klingt tief, weich, melodisch und sehr intelligent. Nur wenn man mehr auf die Worte als auf den Klang achtet, merkt man, daß sie nicht sehr klug ist. So ähnlich wie eine Frau, die ganz normal aussieht, auch wenn sie eine Nutte ist. Am liebsten würde ich ihrer Stimme zuhören, ohne die Worte verstehen zu müssen.

Ich nehme an, das kann man auch Objektivierung nennen. Von wem habe ich eigentlich dieses Wort gelernt? Sicher nicht von Suzie. Von meinen Kindern. Von wem sonst?

Am Anfang war meine Besessenheit nicht nur brutal und sogar grausam, sie war auch völlig sinnlos. Und es war genauso sinnlos, daß ich ein paar Stunden vor dem Tod ihres Mannes aktiv wurde, weil mein Verlangen so stark war, daß ich mir gut vorstellen konnte, ihn umzubringen.

Der Dämon, der da in mir frei geworden war, wollte mich dazu bringen, mit Wolfe Quinlan abzurechnen und meinen aufgestauten Neid zu entladen, indem ich ihm die Frau wegnahm, auch wenn das Mord bedeutete.

Der Dämon hat nicht gesiegt, aber er hat mich in Angst und Schrecken versetzt.

Niemand hat am Tag dieser Zweihundertjahrfeier gemerkt, welches erotische Spannungsfeld sich zwischen uns aufbaute. Nicht einmal Dorrie, die mich sonst immer neckte, wenn sie merkte, daß ich hinter anderen Frauen herschaute. »Na, Junge, drückst dir wohl die Nase am Schaufenster platt?« pflegte sie mir dann ins Ohr zu flüstern. »Die Auslagen in dem Supermarkt gefallen dir wohl?«

Normalerweise genügte das, um den Dämon der Wollust auszutreiben. Aber dieser spezielle Dämon war wohl zu stark, um so offensichtlich zu sein.

Ich war seit anderthalb Jahren Wolfes wichtigster Investmentberater. Die Einladung nach Long Beach, über die Dorrie entzückt war, sollte der erste Schritt sein, aus einer Geschäftsbeziehung eine Freundschaft zu machen. »Die brauchen weiß

Gott dringend Freunde, nach allem, was sie durchgemacht haben«, sagte meine gutmütige Frau.

Die Geschäftsverbindung hatte in einem Umkleideraum begonnen, als Wolfe splitternackt (er gehörte zu den Männern, die sich gern in Umkleideräumen zur Schau stellen; im Gegensatz zu vielen anderen konnte er sich das bei seiner Figur auch leisten) zu mir herübergeschlendert kam. »Heh, Larry, kann ich dich zum Lunch einladen? Dann können wir vielleicht ein bißchen übers Geschäft reden, ja?«

Sein Grinsen war ansteckend. Es veranlaßte mich zu einem für mich völlig untypischen Witz. »Ich brauche zwar keine Möbel, Wolfe, aber ein kostenloses Mittagessen nehme ich immer mit.«

Er lachte begeistert; es war ein gewaltiges, donnerndes, unbekümmertes Lachen. Dann klopfte er mir genauso begeistert auf die Schulter und bellte: »Abgemacht!«

Er war ein großer Mann, über einsneunzig – fast dreißig Zentimeter größer als seine Frau, schätzte ich später – aber schlank, mit einem nur schwach ausgeprägten Bauchansatz. Er war ein athletisches Naturtalent und blieb mit einem minimalen Aufwand und trotz seiner Höchstleistungen bei Essen und Trinken immer in Form. Sein stahlgraues, krauses Haar war auf dem Kopf kurzgeschnitten, bedeckte aber seinen ganzen Körper. Er hatte ein volles Gesicht und rote, gutmütige Lippen. Nur seine haselnußbraunen Augen ließen Selbstzweifel und Unsicherheit erkennen.

Wir hatten schon früher im Umkleideraum miteinander gesprochen, aber nur beiläufig. Ich wußte, daß er eine Fabrik in Harvey hatte, einem Vorort am südlichen Ende der Stadt, und fragte mich, woher er die Zeit nahm, sich jeden Vormittag in der Sauna, im Dampfbad oder im Schwimmbad des CAA (Chicago Athletic Association. Anm. d. Übers.) herumzutreiben.

Nach diesem Lunch faßte ich meine Eindrücke zusammen:

1) er war ein außerordentlich liebenswürdiger Gastgeber und Geschichtenerzähler;

2) er hatte in den letzten Jahren eine Menge Geld verdient,

ohne sich Gedanken darüber zu machen, wie er es inflationssicher anlegen könnte;

3) er war clever und einsichtig, hatte aber kaum etwas gelesen, obwohl er drei Jahre auf dem St. Ambrose College gewesen war; und

4) trank er bei weitem zu viele Martinis.

Dorrie hatte noch weitere Informationen. »In der Familie hat es jede Menge Tragödien gegeben; sie haben drei Kinder verloren – eins ist in der Wiege gestorben, ein kleines Mädchen ist letzten Sommer im See ertrunken. Und sie haben gerade einen Jungen verloren, er hatte Leukämie. Ich glaube, wir wissen gar nicht, wie gut es uns geht. Die arme Frau.«

Wolfe Quinlan wirkte nicht wie ein Mann, der von Tragödien gezeichnet war. Verdrängte er den Schmerz, oder war er wirklich immun, fragte ich mich.

»Haben sie noch mehr Kinder?«

»Ja, noch drei, glaube ich. Zwei Mädchen und einen Jungen. Sie haben in Beverly gewohnt, sind aber nach Elmhurst gezogen, um von den Schwarzen wegzukommen« – sie runzelte mißbilligend ihre Stirn über diesen Rassismus – »und außerdem haben sie noch ein großes, altes Gespensterhaus drüben in den Dünen.«

Elmhurst, Harvey, und Long Beach – eine Menge Grund und Boden für einen Mann, der so viel Zeit damit verbrachte, seine Männlichkeit im CAA zur Schau zu stellen.

Im Laufe der nächsten achtzehn Monate erfuhr ich eine Menge mehr über ihn. Trotz all seines Geldes teilte er immer noch die Weltanschauung der Iren vom Garfield Boulevard, die sich hinter ihren Spitzengardinen versteckten. Allerdings war er ein Garfield Boulevard-Ire mit viel Geld. Geld für Autos, Anzüge, Reisen, Ferien in Fernost, Schmuck, Häuser in den Dünen oder auf Hawai, aber kein Geld für ein Haus in Lake Forest, wo er leicht hätte wohnen können, oder für eine Mitgliedschaft im Ausschuß eines Kunstvereins oder der Lyrischen Oper oder des Symphonieorchesters oder wenigstens der Caritas. In seinem musikalischen Geschmack war er nicht weiter gediehen als bis zu Lawrence Welk (Akkordeontanzorchester. Anm. d. Übers.), und seine Bildersammlung bestand aus *Saturday Eveding Post*-Originalen und Aktdarstellungen italienischer Meister des 19. Jahrhunderts, deren ironischer Stil ihm völlig entging.

Es war nicht so, daß er und Suzie den Lebensstil der North Shore-Leute zu protzig fanden und ihn ablehnten. Sie wußten vielmehr gar nicht, daß es eine solche Welt überhaupt gab.

Aber sein ungeschliffener Geschmack war nicht ausschließlich schlecht. Sein Instinkt beim Bau teurer Möbel versetzte ihn in die Lage, aus dem bescheidenen Schrankgeschäft seines Vaters eine international angesehene Firma zu machen. Wenn er Facharbeiter brauchte, gab er seinen Angestellten den Auftrag, die besten der Welt zu finden. Als er sein Haus in den Dünen umbauen wollte, nahm er sich den besten Architekten, den er bekommen konnte. Als er einen Berater für seine Stacheldrahtsammlung benötigte, suchte er sich den Weltexperten auf diesem Gebiet aus. (Ja, er sammelte Stacheldraht.) Ich vermute, ich hätte mich geschmeichelt fühlen sollen, daß er mich zu seinem Investmentberater erkoren hatte.

Es ist allerdings nicht immer die wirkungsvollste Strategie, sich den angeblich Besten auszusuchen. Der Versuch des Architekten, aus dem Haus ein Schweizer Pseudochalet im Sinne Frank Lloyd Wrights zu machen, endete mit einer absoluten Katastrophe. Das Ergebnis war ein unfreundliches, düsteres Bergschloß am Ufer eines Sees, in dem sich das Sonnenlicht spiegelte. Aber weil der Architekt das beste war, erzählte Wolfe jedem, der es hören wollte, auch sich selbst, daß das Haus ein Meisterstück sei.

Niemand widersprach. Wolfe war grundsätzlich nicht zu belehren, denn er brachte seine Überzeugungen mit einem solchen Selbstbewußtsein, einer solchen Entschiedenheit oder einem solchen Zorn vor, daß sich kaum jemand traute zu widersprechen. Was Politik, Religion und die Gesellschaft im allgemeinen anging, war er erzkonservativ; er gehörte zu den fünfundzwanzig Prozent der Leute im Lande, die überzeugt davon waren, daß Nixon in Watergate nichts Unrechtes getan hatte. Wenn man irgendeine dieser Überzeugungen anzweifelte, riskierte man, daß er einen Wutanfall bekam, wie man ihn bei Kindern im Trotzalter kennt.

Außerdem war er zutiefst mißtrauisch wegen der Verschwörungen, die seiner Meinung nach überall auf der Welt existierten. Aber er reagierte darauf nicht, indem er dagegen kämpfte, sondern er versuchte, selbst eine Verschwörung zu finden, an der er sich beteiligen konnte. Er war immer hinter der »wahren Geschichte« her, hinter den »vertraulichen Informationen«, den »Tatsachen« und schloß sich bereitwillig den haarsträubendsten Verschwörungstheorien an. Zum Beispiel war er überzeugt davon, daß Dwight D. Eisenhower ein kommunistischer Agent gewesen ist, und daß Senator Joseph McCarthy vom CIA umgebracht worden war, »genau wie die Kennedys«.

Wenn man etwas wußte, was er nicht wußte, aber für wichtig hielt – zum Beispiel über Kredite für Investitionssteuern oder über die Geschichte der mittelalterlichen Rüstung –, dann hörte er sehr aufmerksam zu. Wenn die Information für ihn aber uninteressant und nutzlos war, dann würgte er einen mit einer Floskel ab, und Gnade einem Gott, wenn man dann noch versuchte, Widerworte zu geben. Wolfe wirkte damals wie ein kleiner Junge, er war überschwenglich wie ein Kind und besaß dessen naive Vorurteile. Vielleicht war er ja ein fürchterlicher Mensch, aber es war trotzdem schwer, ihn nicht zu mögen. Sogar Dorrie mußte zugeben, daß er eine sehr »amüsante Person« wäre, fügte dann aber schnell hinzu: »Es ist wahrscheinlich die Hölle, mit ihm zusammenzuleben.«

Ich glaube, was mich am meisten an ihm faszinierte, war seine jungenhafte Sammelleidenschaft. Die meisten Jungen haben irgendwann einmal Briefmarken gesammelt (ich nicht, aber meine Kindheit war ja auch kaum normal zu nennen). Wolfe setzte diese Leidenschaft im Erwachsenenalter fort und gab erhebliche Summen dafür aus. (Sein Argument war immer, Sammlungen seien Investitionen.) Der vordere Teil des Hauses in Long Beach war in ein kleines Museum für seine Sammlungen umgewandelt worden. (Daran angrenzend lag das Schlafzimmer der Eheleute).

»Ist das nicht großartig, Larry?« polterte er, während er mich bei unserem ersten Wochenendbesuch durch den Raum im zweiten Stock der »Villa«, wie er es nannte, schleppte.

Ich versuchte immer noch, den Anblick der wohlgeformten Brüste seiner Frau aus meiner Fantasie zu verbannen, und konnte mich deshalb nicht so gut auf die Münzen, den Stacheldraht, die afrikanischen Masken, die kostbaren Steine und die Ritterrüstungen konzentrieren. Auch fand ich nicht, daß ein Raum mit schweren Eichenpaneelen, einem dazu passenden Teppich und dicken, dunkelbraunen Vorhängen, die immer zugezogen blieben, der beste Ort sei, um die Schönheit des Lake Michigan an einem Sommernachmittag zu genießen.

Das Arbeitszimmer, wie er es nannte, war nur für ihn und den einen oder anderen interessierten Gast bestimmt, von dem er annahm, daß er seine lärmende Begeisterung teilte. Wie wir gesehen haben, gab es drei Türen: eine von dem Balkon, der an der Vorderseite des Hauses entlangläuft, eine von der Diele oder »Galerie«, die zum Schlafzimmer und zu einigen der Gästezimmer führt, und eine vom Badezimmer, die das eheliche Schlafzimmer mit dem Arbeitszimmer verbindet. Man konnte alle drei Türen mit ein und demselben Schlüssel öffnen, und eine Drehung des Schlüssels verschloß sie alle von innen.

»Hier kommt niemand herein«, sagte er stolz und zeigte mir den magischen Schlüssel, »wenn ich nicht will. Meine Frau hat am anderen Ende des Schlafzimmers ihr eigenes Bad. Sie hält das ganze Zeugs hier sowieso für Schrott. Sie wissen ja, wie die Frauen sind!«

Er tat seine Frau und die ganze Weiblichkeit mit einer lässigen Handbewegung ab, so als rede er über die Chancen der Chicago Bears, die Meisterschaft zu gewinnen – als seien sie ein trivialer, aber nun einmal unvermeidlicher Teil der Wirklichkeit, in der wir lebten.

Die Frivolität der Frauen war übrigens eins seiner Lieblingsthemen. Frauen waren dumm, oberflächlich, stellten die Geduld eines Mannes ständig auf eine harte Probe, so wie ein Stau auf der Autobahn, sie waren ein notwendiges Übel, man mußte Verantwortung für sie übernehmen und gute Miene zum bösen Spiel machen.

»Wenn sie keine Fotze hätten«, sagte er mir einmal, als er

besonders gut gelaunt war, »wäre ein Kopfgeld auf sie ausgesetzt.«

Es war bekannt, daß er auch Frauen sammelte, und zwar schöne und teure, aber darüber redete er mit mir nicht, denn er vermutete ganz richtig, daß ich über das Thema der ehelichen Treue anderer Ansicht war als er. Ich konnte mir aber vorstellen, daß er sie in gleicher Weise schätzte wie seine kostbaren Edelsteine. »Fühlen Sie den einmal!« Er drückte mir mit leuchtenden Augen einen blutroten Stein in die Hand. »Ein Rubin; als ich ihn gekauft habe, war er zehntausend wert. Jetzt wahrscheinlich zehnmal so viel.«

Man konnte wahrscheinlich schon für viel weniger Geld eine ziemlich tolle Frau finden.

Dann zeigte er mir seine Sammlung von Messern, Stiletten, Dolchen und anderen schlanken Verstümmelungsinstrumenten.

»Fassen Sie einmal dieses kleine Schätzchen an.« Er gab mir ein kleines, fleischfarbenes Päckchen. »Ein Druck, und die Klinge springt heraus. Alles in allem nur fünfzehn Zentimeter lang.« Eine bösartige scharfe Klinge kam heraus. »Im fünfzehnten Jahrhundert hat irgendeine Frau das unter ihrem Kleid getragen, wahrscheinlich hinten am Schenkel, über dem Knie. Da mußte der Typ schon ziemlich an ihr rumfummeln« – die Klinge glitt wieder zurück – »um überhaupt zu merken, daß sie so etwas trug. Wenn er seine Sache nicht gut genug machte, zog sie es heraus, und zack« – die Klinge kam wieder zum Vorschein – »kriegt er sie zwischen die Rippen! Nett, nicht wahr? Er ist in ihr, und sie ist in ihm!«

»Großartig«, sagte ich ohne große Begeisterung und dachte an die homosexuellen Aspekte seiner Gefühle. Ob er wohl männliche Liebhaber hatte? Er würde sich bestimmt nicht zu solchen Wünschen seiner Seele bekennen können.

»Manchmal meine ich, Suzie sollte es tragen, wenn sie durch die Niggerviertel in der Nachbarschaft fährt, aber sie ist so dumm, sie würde wahrscheinlich bei dem Versuch, es zu benützen, nur Scheiße bauen, sich selbst damit erstechen und nicht den Ganoven!« Er lachte rauh und hielt mir die Klinge entgegen. »Hier, fühlen Sie mal die Spitze!«

Seine Augen leuchteten gefährlich, wie zwei Hochöfen, in denen seine unbewußten perversen Begierden loderten. Als die Messer wieder ordentlich in die weich gefütterten Schrankschubladen zurückgelegt wurden, die speziell für den Zweck eingerichtet waren, und die Edelsteinsammlung wieder in dem großen Safe eingeschlossen wurde, der geschickt als Schrank getarnt war, seufzte ich erleichtert.

Warum, fragte ich mich, war ich von diesem primitiven Mann so fasziniert? Ich konnte mir nicht einreden, daß er die unglaublichen Dinge, die er sagte, nicht auch wirklich meinte. Er meinte das alles genauso, wie er es sagte, obwohl er nichts so ernst nahm wie ich es mit allem tat. Er hatte das Wesen eines Buffos in der Oper. Vielleicht war es gerade diese Frivolität, die mir gefiel.

Während mir diese philosophischen Gedanken durch den Kopf gingen, machte Wolfe weiter mit seiner exaltierten Besichtigungstour durch das Museum. Er zeigte mir ein luxuriöses Faltbett, das in einem Sofa am Ende des Zimmers verborgen war. »Das habe ich selbst entworfen.« Er streckte sich genüßlich auf dem Bett aus. »Wenn ich abends länger arbeite, kann ich mich hier hinhauen, ohne meine Frau zu stören. Sie wissen, wie die Frauen sind. Und« – er schloß einen großen Schrank mit einem zweiten Schlüssel auf, der an seinem Schlüsselring aus Florentiner Leder hing – »in diesem Schrank sind alle Kleidungsstücke, die ich brauche, wenn ich frühmorgens in die Fabrik fahre. Und hier ist ein Kühlschrank eingebaut, da ein kleiner Herd, auf dem ich mir Frühstück machen kann, bevor ich fahre.«

Ich nahm an, daß es unhöflich gewesen wäre, ihn zu fragen, wie oft er denn diese Dinge schon benützt hätte, um sich frühmorgens sein Frühstück zu machen.

Es gab in dem ganzen »Arbeitszimmer« kein einziges Bild der Kinder. Ellen, Joseph und Wolfe, die drei, die gestorben waren, wurden in der Familie nie erwähnt, und die drei lebenden, Margaret, Kevin und Laurel, waren stille und schwermütige Nicht-Wesen, die verstohlen durch das düstere Haus geisterten – hinreichender Beweis, wenn es dessen noch bedurft hätte, daß Wolfes strenge, altmodische Erziehungsmethoden den gewünschten Effekt hatten, nämlich stille Kinder.

Mein Vater hatte mich nie geschlagen. Wolfe brüstete sich damit, daß er die Kinder jederzeit schlug, um sie »auf Vordermann zu bringen«. Er sagte das in einem Ton, als beschreibe er eine Tapferkeitsauszeichnung, auf die er als Patriot besonders stolz wäre.

»Fantastisches Haus, nicht wahr?« Er schlug die Schranktür zu – Wolfe machte nie etwas sanft zu. Das Zuschlagen von Türen gehörte zu seinem Kampf mit dem Leben.

»Ja . . . was zum Teufel!«

Das Geräusch hinter mir klang so, als ob die Müllabfuhr morgens um sechs die Tonnen leert. Ich drehte mich um und sah ein Breitschwert, das ziemlich genau auf meinen Hals zielte. Es lang in den Händen eines unfreundlichen Wesens auf einem Podest hinter Wolfes Arbeitstisch.

»Das ist Tancredi«, lachte er fröhlich, »eine echte Ritterrüstung aus dem vierzehnten Jahrhundert. Sein Schwert rutscht manchmal weg.« Wolfe steckte das Schwert wieder in seine richtige Position in der gepanzerten Faust. »Auf den muß man aufpassen. Wenn jemand hier im Dunkeln reinstolpert, könnte es passieren, daß dieser Junge ihm das Schwert in den Bauch rammt. Er ist übrigens mindestens fünfzigtausend Dollar wert. Wahrscheinlich noch jede Menge mehr.«

Ich fand das gar nicht komisch, aber Wolfe merkte nichts davon. Er merkte fast nie, wenn jemand, den er mochte – und aus unerfindlichen Gründen mochte er mich – etwas nicht komisch fand.

»Seien Sie vorsichtig.« Ich entfernte mich behutsam von dem Mann mit dem Schwert, der von seinem Podest aus auf Wolfes Brust zielte.

»Er würde mir nie etwas tun.« Wolfe klopfte auf Tancredis Metallarm. »Er weiß, daß ich hier der Boß bin. Genau wie Suzie und die Kinder das wissen.«

Die Ironie dieser Aussage wird mir im Gedächtnis bleiben, solange ich lebe.

Habe ich meine Faszination für Wolfe Quinlan erklären

können, und den Grund dafür, daß aus dieser Faszination schließlich eine eigenartige Freundschaft wurde?

Vielleicht nicht. Mark würde wahrscheinlich sagen, und das wäre gar nicht so falsch, daß ich von Wolfe besessen war, teils weil ich sowieso zur Besessenheit neige, und zum Teil auch, weil ich ihn als die andere Hälfte meines Selbst sah. Als Kind war mir jeder jugendliche Überschwang versagt geblieben, während Wolfe all diesen Überschwang ins Erwachsenenalter hinübergerettet und dafür mit einem Mangel an etwas bezahlt hatte, das ich im Übermaß besaß – Verantwortungsgefühl und Reife. Wenn man aus uns beiden eine Person gemacht hätte, wäre die unter Umständen ein ziemlich ordentlicher Mensch geworden.

Vielleicht war das der Grund, warum ich seine Frau begehrte. Vielleicht wollte ich ihm einen seiner Preise abnehmen, um ihm zu beweisen, daß ich ihm überlegen war. Das hätte ihn allerdings ohnehin nicht überzeugt, aber er wäre fürchterlich wütend auf uns beide geworden, wahrscheinlich wütend genug, um uns umzubringen.

Ich glaube, er hätte mehr um Tancredi getrauert als um Suzie. Sie war wohl kaum fünfzigtausend Dollar wert. Ehefrauen sind heutzutage billig. Sie wissen ja, wie die Frauen sind . . .

Mein Wunsch, ihn bei seiner Frau auszustechen, war, wie gesagt, völlig verrückt. Aber das konnte mich nicht davon abhalten, gefährlich nahe an den Punkt zu kommen, wo ich ihm Tancredis Schwert in den Körper gerammt hätte, eine halbe Stunde bevor es dann ein anderer tatsächlich tat.

6 Lawrence F. X. Burke

Im darauffolgenden Jahr, 1977, hatte Dorrie einen schweren Anfall; als ich sie ins Krankenhaus brachte, weinte sie in meinen Armen wie ein armes verlassenes Kind am Weihnachtsabend. Sie steckte tief in ihrer Depression und war genau wie ich fest davon überzeugt, daß dies das letzte Mal sein würde. Sie beschwor mich mehrmals, wieder zu heiraten.

»Du mußt unsere Ehe für ungültig erklären lassen«, sagte sie unter Tränen. »Du brauchst jemanden, den du lieben kannst, und der dich liebt, Larry. Ich werde dir den Teufel auf den Hals hetzen, wenn wir uns im Himmel wiedertreffen und du das nicht getan hast.«

Sogar aus dem Abgrund ihrer beginnenden Psychose heraus konnte sie noch über ihre eigene Pietätlosigkeit lachen.

Irgendwie hat sie dann doch überlebt, dünn, bleich und bittersüß, eine wehmütige Erinnerung an das, was sie einmal war. Der Psychiater schüttelte zweifelnd seinen Kopf, als ich in seinem sterilen, weißen Büro, in dem es nach Desinfektionsmitteln roch, mit ihm sprach. »Ich wünschte, ich könnte Ihnen sagen, was Sie tun sollten und was Sie nicht tun sollten, Mr. Burke. Wir haben alle Pharmaka ausprobiert, die in den letzten Jahren entwickelt worden sind. Mrs. Burke gehört zu den seltenen Fällen, die weder auf Lithium noch auf ähnliche Therapiemethoden ansprechen. Das Problem ist die Depression, aber das Ergebnis ähnelt oft einer Schizophrenie. Wenn der nächste Schub lange genug hinausgezögert werden kann, haben wir vielleicht bis dahin eine Wunderdroge entdeckt. Ansonsten können Sie nur beten, wenn Sie ans Beten glauben.«

»Dorrie und die Kinder ja. Ich glaube, ich auch. Außerdem habe ich das sowieso schon die ganze Zeit getan.«

Der Doktor nickte, wollte noch etwas über das Beten sagen, gab es dann aber auf.

»Das nächste Mal wird das letzte sein?« Ich stand auf.

»Ohne jeden Zweifel. Sie ist eine wunderbare Frau, Mr. Burke. Wir wissen zuwenig über diese Dinge. Irgendein fehlgesteuerter biologischer Prozeß vielleicht . . .«

»Sie wollen mir sagen, daß die wunderbare Frau . . . wie soll ich das ausdrücken . . . beim nächsten Schub für immer untergeht?«

»›Untergehen‹ ist eine sehr gute Formulierung.«

Fantastisch, in Metaphern war ich gut. Es war ja nicht unbedingt nötig zu sagen, daß meine Frau das Schicksal erwartete, ein geistig-seelischer Krüppel zu werden.

Wolfe bestand darauf, daß wir Ferien in einem seiner Häuser in Maui machten. Ich wollte eigentlich nicht mit ihm zusammensein; weil ich Angst wegen meiner Besessenheit für Suzie hatte, und weil er inzwischen noch viel stärker trank als zu Anfang unserer Freundschaft.

»Mach dir keine Sorgen«, sagte er grinsend, »ich werde mich benehmen. Kein Schnaps, keine Weiber. Ihr braucht euch um uns gar nicht zu kümmern.«

Dorrie ließ sich nicht davon abbringen, daß es unhöflich wäre, die Einladung abzulehnen. Außerdem war sie noch nie in Maui gewesen.

Er benahm sich tatsächlich, und wir waren die meiste Zeit mit den beiden zusammen. Wolfe war freundlich, charmant, und er organisierte alle möglichen guten, sauberen, nichtalkoholischen Vergnügungen in der Brandung und am Strand, er war Animateur, Camp-Direktor und väterlicher Ratgeber in einer Person. Dorrie sagte, es wäre der schönste Urlaub, den wir je gehabt hätten. »Ich werde mich immer daran erinnern«, sagte sie lachend in der letzten Nacht, »jedenfalls wenn in mir noch etwas übrigbleibt, womit ich mich erinnern kann.« Ich hielt sie in meinen Armen und weinte, bevor wir voller Wehmut miteinander schliefen, so wie in jenen Tagen alles bei uns voller Wehmut war.

Suzie war flatterhaft und frivol wie immer. Morgens machte sie sich schon Sorgen, wo wir abends essen würden, schwärmte von ihrem Urlaub in Bahia, verbrachte die meiste Zeit mit Einkaufsexpeditionen, las vielleicht dreißig Seiten von *Trinity* am Strand, redete über Kinder, Kleider, Seifenopern, Essen, Schmuck und über ihre Eltern und stolzierte jeden Tag in einem anderen aufreizenden Badeanzug am Strand auf und ab.

Diese Frau, das wurde mir klar, war so veranlagt, daß sie sich nicht länger als fünf Minuten auf irgendein Thema oder irgendeine Tätigkeit konzentrieren konnte.

»Sie hat einen wunderschönen kleinen Hintern, eh?« sagte Wolfe zu mir, als er ihr nachschaute, wie sie in einem zweiteiligen, geblümten Badeanzug zum Wasser hinunterging.

Ich hatte die gleichen Worte über die Anatomie einer Frau schon in seinem vollgestopften kleinen Museum in Long Beach gehört. In seiner Sammlung gab es drei nackte italienische Statuen aus dem neunzehnten Jahrhundert, sanfte, sittsame, teilweise verhüllte Frauen; von einer behauptete er, sie sei eine Canoca. Als er sie mir voller Besitzerstolz zeigte, streichelte er die kalte Marmorhüfte einer Figur. »Eine Schönheit,nicht wahr?« Er hatte das gleiche harte Leuchten in seinen Augen, das er auch gehabt hatte, als er den Rubin oder einen seiner Dolche in der Hand hielt. In seinem Blick war kaum sexuelle Gier. Die Statue war ein Objekt, an dessen Besitz man sich erfreute. Er beobachtete Suzie, die zum Strand hinunterging, mit dem gleichen harten Blick. So wie der Edelstein, der Dolch oder die nackte Statue war sie ein Teil seiner Sammlung, wurde ihrem Wert entsprechend geschätzt und genossen, mußte aber auch in angemessener Weise abgestaubt und poliert werden.

»Absolut sensationeller Hintern, nicht wahr?« Er stieß mich an, um eine Reaktion zu bekommen.

Ich stimmte ihm schließlich zu und mußte nicht einmal lügen.

»Sie würde sich total gehen lassen, wenn ich mich nicht um sie kümmerte. Ich schicke sie zur Kur und kaufe ihr Geschenke, wenn sie ihr Gewicht gehalten hat. Sie ist stinkend faul. Aber du weißt ja, wie Frauen sind.«

Ich schwieg und fragte mich, was es wohl für ein Gefühl war, ein Sammlerstück zu sein. Aber vielleicht gab es ja schlimmere Schicksale.

»Margie wird nie sehr gut aussehen«, fuhr er mit einem Seufzer fort. »Aber sieh dir einmal Laurel an. Die wird groß und gertenschlank, ein Weib nach meinem Geschmack.«

»Margie ist sehr gut in der Schule, nicht wahr?«

»Ja und? Wozu braucht eine Frau ein Gehirn?« sagte er

angewidert. »Margie glaubt, sie wüßte alles. Sie will nach Yale aufs College. Kannst du dir das vorstellen? Na ja, du mußt mich jetzt entschuldigen, ich muß den eingelegten Schweinebraten abarbeiten, oder was zum Teufel das unter der Sauce gestern abend war. Sie *hat* einen fantastischen Hintern, nicht wahr?« sagte er noch einmal.

Ich murmelte zustimmend.

Er rülpste laut. »Ich habe gar nicht gemerkt, wie schwer dieses verdammte polynesische Essen war. Heh, haben wir uns nicht toll amüsiert? Dorrie sieht wunderbar aus, nicht wahr? Sie und Suzie verstehen sich gut, oder?«

Er lief in die Brandung, ein vor Lebensfreude strotzendes, großzügiges, unbekümmertes Kind.

Er hat recht, was unsere Frauen anbetrifft, dachte ich bei mir, als ich mir Sonnenöl auf meine unbehaarte Brust schmierte. Suzie ging sehr diskret und freundlich mit Dorrie um, und Dorrie war geduldig mit Suzie und brachte ihr sogar Interesse entgegen.

»Sie ist eine arme Frau«, hatte Dorrie gesagt, als wir uns am Abend zuvor zum Dinner umzogen. »Sie ist nicht so dumm, wie sie redet und wie sie sich geben muß, um diesen großen Lümmel glücklich zu machen.«

»Inzwischen ist es unheilbar geworden«, antwortete ich und küßte sie zärtlich.

»Mit mir darfst du nicht über ›Unheilbarkeit‹ reden.« Sie kicherte. Ich wünschte, ich hätte nur halb so viel Mut wie sie.

»Arme Frau«, wiederholte Dorrie, »weißt du, ich glaube, du magst ihre Titten mehr als er.«

»Dorrie!« rief ich aus.

»Mir macht das nichts. Sie sind wirklich hübsch . . . mach mal die Knöpfe zu, ja? . . . Irgendwie ist das komisch. Ich glaube, der genießt das mehr, wenn andere Männer sie anglotzen, als wenn er selbst es tut.«

Ich sagte ihr, daß ich das übertrieben fände. Wir ließen das Thema fallen, und ich nahm mir im Stillen vor, beim Dinner an diesem Abend nicht mehr so zu glotzen, jedenfalls nicht so auffällig.

»Darf ich mich einen Augenblick hinsetzen?« unterbrach

Suzie meine Tagträume. Das Oberteil ihres Badeanzugs ließ keinen Zweifel mehr an der perfekten Form ihrer Brüste. Natürlich hatte Wolfe den Badeanzug gekauft. Tolle Titten, Wolfe. Ich glotzte schamlos.

»Klar, Sue, setz dich.«

Sie zog ihre Beine an, trotz ihrer halbentblößten Brüste ganz das damenhafte Produkt einer katholischen Schule und eines Mannequinkurses. Ihre unruhigen grauen Augen blickten mich nachdenklich an; sie runzelte die Stirn, so als suche sie die Lösung eines Kreuzworträtsels.

»Du hältst nicht viel von mir, nicht wahr?« Sie senkte ihren Blick. Sie sah mich selten direkt an, wenn wir vier zusammen waren. Vielleicht, weil mein begehrlicher Blick zu offensichtlich war, dachte ich. »Du hältst mich für ein Doofchen, das nichts im Kopf hat?«

»Wenn du das wärst, würdest du eine solche Frage nicht stellen.«

»Larry, ich liebe ihn.« Ihre magische Stimme war anziehend intim, obwohl sie Unsinn redete. »Kannst du das verstehen? Ich liebe ihn wirklich. Es war so schwer für ihn, als wir die Kinder verloren haben . . .«

»Wolfe ist ein liebenswerter Kerl«, erwiderte ich vorsichtig.

»Dann verstehst du auch« – sie suchte die rechten Worte und stotterte, als dann doch nur Klischees herauskamen –, »daß ich bereit bin, alles zu opfern, um ihn zu beschützen.«

»Sogar vor sich selbst?«

»Vor allem vor sich selbst.«

Sie stand auf, wischte sich den Sand von den Waden und ging wieder zur Hütte hinauf.

Es war tatsächlich ein wunderschöner kleiner Hintern, stellte ich wieder einmal fest. Und ein rührendes, wenn auch ziemlich vereinfachendes Treuebekenntnis. Ich fragte mich, wie tief das ging. Wahrscheinlich nicht sehr tief. Das bedeutete natürlich nicht, daß es nicht ehrlich gemeint war.

Beim Dinner an diesem Abend fiel mir zum erstenmal auf, daß sie bei ihrer Bestellung Zustimmung in seinem Blick suchte. Wenn er die Stirn runzelte, weil das Essen zu viel Kalorien enthielt, änderte sie hastig ihre Bestellung.

Armes kleines Weibsbild.

Wolfe benahm sich in Maui vorbildlich und blieb bei Diät-Cola und Mineralwasser. Aber sobald wir wieder zu Hause waren, versackte er total. Ende März fuhr er seinen BMW morgens um zwei auf der Eisenhower zu Schrott. Die DuPage-Bezirkspolizei sagte uns, es grenze an ein Wunder, daß er nicht getötet oder zumindest schwer verletzt worden wäre. »Jemand, der so betrunken ist«, sagte der Polizist, »hat wahrscheinlich einen besonderen Schutzengel.«

»Oder Dämonen, Officer.«

Es gelang ihm nur mit erheblicher Mühe, an einer Anzeige wegen Trunkenheit am Steuer vorbeizukommen, die ihn seinen Führerschein gekostet hätte. Unter Tränen erzählte Suzie meiner Frau, daß sie alles versucht hätte: er wollte weder zu den Anonymen Alkoholikern noch zu einem Psychotherapeuten gehen. Er weigerte sich sogar, an einem dieser Ehepaar-Therapiewochenenden teilzunehmen. Von solchen Dingen hielt er nichts. Außerdem wäre bei ihm alles in Ordnung. Schließlich wäre er doch kein sabbernder Alkoholiker.

»Ehepaartherapie?« entfuhr es mir.

»Sie hat nichts unversucht gelassen, die arme Frau.«

»Glaubst du, daß er sie brutal behandelt, wenn er betrunken ist?«

Dorries Augen wurden groß vor Überraschung über meine Frage. »Betrunken oder nüchtern. Wahrscheinlich schlimmer, wenn er betrunken ist. Wozu sind Frauen schließlich da?«

Ich sagte es ihr, und sie stimmte mir begeistert zu. Lieber Gott, warum hast Du sie mir genommen?

Schließlich fand Suzie etwas, das funktionierte – ausgerechnet eine katholische charismatische Sekte in den westlichen Vororten.

»Ich glaube, ich habe endlich zu Jesus Christus gefunden«, sagte er im darauffolgenden Herbst beim Mittagessen begeistert zu mir. »Mein ganzes Leben lang war mir nicht klar, daß er mein Herr und Heiland ist. Kannst du dir vorstellen, daß ich mir bei unserem Gebetstreffen letzten Abend fast die Augen ausgeweint habe?«

Nein, das konnte ich mir nicht vorstellen. So wie ich mir auch nicht vorstellen konnte, daß er sich mit derselben unbekümmerten Energie, mit der er Edelsteine sammelte, in die Charismatische Bewegung stürzen würde. Seine Gebetsgruppe war für ihn ein Ersatz für das Sammeln geworden. Und für den Schnaps, die Frauen und das Verprügeln der Kinder. Er warf mir Bibelzitate an den Kopf, drängte mich förmlich, den Herrn zu finden, betete vor und nach den Mahlzeiten für mich und bot mir an, einen Gesundbeter für Dorrie zu finden.

Wolfe, der das Geheimnisvolle, das Mysteriöse, das Mystische, die »Geschichte für Eingeweihte« liebte, gab sich mit dem Brimborium der charismatischen Bewegung zufrieden, auch wenn ihm vielleicht die grundsätzlichen religiösen Wahrheiten, die die vernünftigen Leute der Bewegung verkünden wollten, entgingen.

Er wurde im Namen des Heiligen Geistes getauft (sprach mit fremden Zungen), dann im Namen des Heiligen Geistes erschlagen (wurde bei einer Versammlung ohnmächtig). Er teilte mir im Vertrauen mit, daß er glaubte, Heilkräfte zu besitzen. »Nicht viel, Larry; und es ist eine Gabe Gottes, die man für andere Menschen einsetzen muß, aber tief in meinem Herzen weiß ich, daß ich heilen kann.«

Er versuchte Dorrie ›gesundzubeten‹, und Gott sei Dank brach sie nicht vor Lachen zusammen, bevor er gegangen war. Seine Gebete nützten natürlich nichts. Mein Glaube sei nicht stark genug, erklärte er mir traurig.

Ich glaube, ich habe mich über seine Verwandlung gefreut. Aber es war andererseits doch ziemlich schwer, mit Wolfe als einem religiösen Fanatiker umzugehen. Sogar sehr schwer.

Wir waren gerade dabei, seinem Partner Greg Foster die Geschäftsanteile abzukaufen, der dabei einen großen Gewinn machen würde, zumal ihm nach dem Abschluß eine Position in der Fabrik versprochen worden war. Das Versprechen war ehrlich genug gemeint. Denn ohne Foster würde der Laden keine Woche weiterlaufen. Wolfe steuerte die Ideen bei, Greg hatte die Geschäftsführung der Firma.

»Deshalb kann er auch so viel Zeit im CAA zubringen«, sagte ich zu Foster, als ich in seinem Büro in der schmucken, modernen Fabrik in Harvey saß.

»Ich weiß nichts über diese Sektengeschichte«, sagte Foster leichthin. »Er ist jetzt öfter hier. Einen Tag in der Woche ist Wolfe wichtig für uns. Zwei Tage sind schon hart. Wenn er drei Tage pro Woche hier wäre, gingen wir pleite.«

»Er wird wahrscheinlich noch lange leben«, erwiderte ich.

»Mißverstehen Sie mich nicht.« Fosters vorsichtige braune Augen verrieten kein Gefühl. »Wolfe ist die Seele des Geschäfts. Wir könnten ohne ihn nicht auskommen. Ich freue mich für ihn und Suzie und die Kinder. Nur . . .«

»Sie möchten nicht, daß er neue Möbelmodelle gesundbetet . . .«

Wir lachten beide, und die Spannung löste sich.

Foster mag ihn nicht, dachte ich bei mir. Sie waren Schulkameraden in der Grammar School gewesen, sind Partner in einem höchst erfolgreichen Geschäft, ihre Sommerhäuser liegen nebeneinander . . . und er mag ihn nicht. Neidet ihm das Flair, die Begeisterungsfähigkeit und die Klasse, jedenfalls das, was er dafür hält.

Ist er vielleicht auch scharf auf Wolfes Frau?

Sowohl Wolfes als auch mein Glaube wurden kurz nach Ronald Reagans Wahl auf die Probe gestellt. (Ich habe ihn nicht gewählt, aber da die Demokraten uns Städter vergessen hatten – ›urban ethnics‹ nannten uns die Medien –, hatten sie es verdient zu verlieren.)

Nach einem gemeinsamen Mittagessen – es war wie eine Totenwache, bei der die Leiche noch lebt und Witze macht – fuhren Mark, Gerry und ich Dorrie ins Krankenhaus, in der völlig unbegründeten Hoffnung, wenn wir den manisch-depressiven Zyklus früher unterbrechen würden, wäre vielleicht noch etwas zu machen.

»Sorgt dafür, daß er wieder heiratet, wenn ich nicht mehr nach Hause komme«, sagte sie zu den Kindern.

Und so ungefähr als letztes sagte sie zu mir: »Kümmere dich um die Quinlans; sie brauchen dich sehr.«

Mir war gar nicht klargeworden, daß sie mich überhaupt brauchten.

Welche Dämonen auch immer dann schließlich Besitz von

meiner Frau ergriffen haben, sie haben sie nicht unglücklich gemacht. Die alte Frau, die wir im Krankenhaus besuchen, scheint glücklich und zufrieden zu sein. Sie sieht den ganzen Tag fern und strickt – etwas, was meine Frau stets energisch abgelehnt hat. Sie lächelt uns genauso an, wie sie alle Leute anlächelt. Vielleicht ist solch ein einfaches Leben weniger qualvoll, als ständig in dem Bewußtsein zu leben, daß man eines Tages diesen Kampf gegen die Angst und die Depression verlieren wird.

Ich sage mir immer, Dorrie ist tot. Aber sie ist nicht tot.

Warum hat Gott mir das angetan?

Margaret Quinlan, die älteste von Wolfes übriggebliebenen Kindern, ist allerdings ganz tot. Sie starb in ihrem Apartment in New Haven an einer Überdosis irgendwelcher Drogen, nachdem sie eine Woche vorher bei zwei Prüfungen in Yale durchgefallen war. Ich hätte nie geglaubt, daß Wolfes neuer Glauben diese Krise überleben würde.

Aber er überlebte, auch wenn Wolfe im Verlauf dieser Krise aus der Katholischen Kirche austrat.

Sie wünschten sich ein »charismatisches« Begräbnis, oder besser gesagt, Wolfe wünschte sich das. Was Suzie wollte, spielte ohnehin kaum eine Rolle. Ihr Gemeindepfarrer, ein unsensibler Idiot, sagte ihnen, daß es in seiner Kirche solch ein verdammtes Gejaule nicht geben würde. Außerdem habe die junge Frau wahrscheinlich Selbstmord begangen und damit keinen Anspruch auf ein christliches Begräbnis.

Sie hätten sich eine andere katholische Kirche suchen können, da bin ich sicher, aber statt dessen fanden sie eine Kirche der ›Gemeinde Gottes‹ in der Nachbarschaft, zu der schon verschiedene Mitglieder ihrer Gebetsgruppe übergelaufen waren, weil sie unzufrieden mit der katholischen Kirche waren, die sich weigerte, wortwörtlich aus der Heiligen Schrift zu predigen.

Es war die seltsamste Zeremonie, an der ich je teilgenommen habe – natürlich wurde geweint, aber es wurde auch gesungen, getanzt, in fremden Sprachen geschrien, und es gab ekstatische Zusammenbrüche. Die Gemeinde steigerte sich in solche Wahnzustände hinein, daß es so aussah, als erwarteten sie jeden Augenblick die Wiederauferstehung, und daß Margie den Deckel ihres Sarges aufbräche.

»Komm heraus, Liebling«, flehte Wolfe und liebkoste den Sarg. »Du lebst, komm heraus. Komm zu uns zurück.«

Ich fragte mich, was wohl der alte Robert Emmett Quinlan dazu gesagt hätte. Schließlich war er oberster Zeremonienmeister der Little Flower-Pfarrgemeinde gewesen, und nach Greg Fosters Auskunft die Säule des Katholizismus auf der South Side und außerdem ein militanter, protestantenverachtender irischer Nationalist.

Margie stand nicht wieder auf, aber das schien die Party – ich benütze dieses Wort ganz bewußt – nicht zu stören.

Suzie nahm an der Party teil, ganz damenhaft natürlich, aber ohne eine Spur von Verlegenheit oder Verkrampftheit. Laurel, die zu der Zeit zwölf und schon gut entwickelt war, machte einen verwirrten und unsicheren Eindruck; und Kevin, schlank, blond und zart, war mürrisch und in sich gekehrt.

So lange ich sie gekannt habe, war Laurel schon immer unsicher und Kevin immer mürrisch.

Bei unseren jetzt selteneren gemeinsamen Mittagessen, bei denen wir über Wolfes umfangreiche Investion im Ölgeschäft redeten (sehr erfolgreiche, wenn ich das hinzufügen darf), sprach er von Margie so, als ob sie noch lebte und jeden Abend mit ihnen essen würde.

»Sie ist der Grund, warum es zwischen mir und Suzie jetzt so gut klappt.« Er schaufelte seinen Salat mit der für ihn typischen Begeisterung in sich hinein (die ganze Familie war inzwischen vegetarisch geworden). »Ist nie besser gewesen, Larry. Ist nie besser gewesen.«

Ich freute mich für sie, aber irgendwie war ich doch nicht so ganz überzeugt. Trotz Dorries beschwörender Bitte ging ich etwas auf Distanz zu ihnen. Ich konnte Wolfes lärmende Religiosität so wenig ertragen wie Suzies verbindliches Schweigen.

Sie hatten ihren Weg von Elmhurst nach Hyde Park, von der ›Gemeinde Gottes‹ zur Kirche der ›Engel des Lichts‹ gemacht, als Kevin sich zu seiner Homosexualität bekannte, in Marquette das Handtuch warf und einen Job als Aushilfskellner in einem

Near North-Restaurant fand. Ich bin mir nicht sicher, wie schwul Kevin wirklich ist, aber er hätte keinen besseren Weg finden können, seinen Vater zu bestrafen, als der Welt mitzuteilen, daß er schwul sei. Wolfes neue Religion tendierte noch stärker dazu, die Schwulen als »Gotteslästerung« zu verdammen, als der Katholizismus nach dem letzten Vatikanischen Konzil.

Ein älteres Ehepaar aus der ›Gemeinde Gottes‹ war Father Armandes Kirche beigetreten und hatte Wolfe gebeten, doch wenigstens einmal zu einer Versammlung zu kommen. »Ich habe endlich meinen Frieden gefunden, Larry«, erklärte er mir. »Luzifer war kein böser Engel. Ein paar jüdische und christliche Religionsführer haben das alles erfunden. Er repräsentiert die Lebenskräfte in der Natur. Er ist das Licht der Welt. Er bereitet den Weg für die Rückkehr Christi, für den wahren Christus, nicht für diesen schwachen Typen, über den in der Bibel berichtet wird. Unser neuer Glaube ist voller Würde und Intelligenz.«

Mark, der seine Facharztausbildung als Psychiater hinter sich hatte, bot eine einfache Erklärung an. »Es ist eine Form von eskalierender Verhaltensveränderung. Jemand mit einer völlig diffusen und unorganisierten Persönlichkeit erlegt ihr eine starre externe Kontrolle auf, zuerst in Form einer enthusiastischen Religiösität, dann mit Hilfe eines esoterischen Kultes, an dessen Spitze ein Führer steht, dem alle Verantwortung für das eigene Leben zugeschoben wird. Das Über-Ich wird auf diese Weise nach außen verlegt. Bei vielen Leuten funktioniert das. Eine Zeitlang.«

»Bis Gift unter das Kool-Aid gemischt wird.«

»Das muß nicht unbedingt sein. Bei den meisten Kulten passiert das nicht. Nach und nach ist die Persönlichkeit natürlich vom völligen Zerfall bedroht. Das wird wahrscheinlich bei Quinlan so sein. Nicht einmal eine Gottfigur kann so viel Diffuses unter Kontrolle halten.«

»Eine Satansfigur.«

Ich wurde auch eingeladen, an einem solchen »Gottesdienst des Lichts« in Father Armandes Hyde Park-»Kirche« teilzunehmen. Ich beschloß, nicht hinzugehen, aber ich hatte den Fehler gemacht, meinen Kindern davon zu erzählen. Sie bestanden darauf, daß ich es »der Wissenschaft schuldig sei«, wie Tommy mit einem breiten Lächeln sagte, herauszubekommen, wie das war, wenn man Luzifer anbetete.

Es war nicht so toll – weiße Gewänder, Kerzen, Prozessionen, Gesänge in einer Sprache, von der man mir sagte, es sei Babylonisch (warum Luzifer die besser verstehen sollte als Englisch, war mir nicht klar); eine blumige Predigt von Father Armanda über ›Lebenskräfte‹ und ›heilige Energien‹, die überhaupt keinen religiösen Inhalt zu haben schien, Verbeugungen und Kniefälle vor einem Bild der Sonne – vor dem Father Armanda in einer weißen Robe und einem roten Umhang stand, als wäre er persönlich der Großwesir des Engels des Lichts.

Nichts erinnerte auch nur im Entferntesten an eine Schwarze Messe. »Wo wollen die denn in der Gegend überhaupt eine Jungfrau hernehmen?« sagte Eileen hochmütig.

»Keine Andeutung von Sexualität?« fragte Mark.

Nichts Offensichtliches. In einem gemeinsamen Raum legten Männer und Frauen ihre Oberbekleidung ab und zogen lockere weiße Roben über ihre Unterwäsche, das war die angenehm erregende Andeutung eines ausschweifenden Verhaltens ohne besondere Gefahr. Ich bemerkte, daß viele der Gläubigen sich nicht wohl dabei zu fühlen schienen und sich hastig umzogen, während einige der Jüngeren sich durchaus Zeit dabei ließen – für sie war es ein legitimer und vorsichtiger Striptease. Father Armande kannte sich in dem Geschäft gut aus. Man depersonalisiert zuerst die Gemeinde und erzeugt gleichzeitig Schamgefühle und leichte sexuelle Erregung.

Wolfe hatte es nicht eilig, sich sein Hemd und seine Hosen auszuziehen. Nur noch ein schwacher Abklatsch seines exhibitionistischen Verhaltens im Umkleideraum des CAA, aber er schwatzte in derselben geselligen Weise dabei.

Suzie zog ihr blaues Strickkleid mit einer energischen Bewegung aus und schaffte es, gleichzeitig gelassen und sittsam zu wirken – der Instinkt der katholischen Schule triumphierte schon wieder. Da ich ein ›Außenseiter‹ war, durfte ich im Straßenanzug an dem Gottesdienst teilnehmen.

(Allerdings ohne Kerze, und mitsingen durfte ich auch nicht.)

»Wir legen mit den Kleidern unser altes Selbst ab und ziehen unser neues weißes Selbst an, so daß wir eins werden können mit dem Licht«, sagte Suzie unpersönlich und wich dabei wie immer meinem Blick aus. »Damit drücken wir unsere innere Verwandlung aus.« Als sie einen Augenblick so dastand, nur mit ihrem Büstenhalter und einem Slip bekleidet, sah sie hinreißend schön aus. Meine Finger zuckten wie die Füße eines Breakdancers und sehnten sich nach ihrem festen, weißen Körper. Ich hätte sie am liebsten in meine Arme genommen und aus diesem Tollhaus herausgetragen.

Hätte ich damals schon gewußt, was für ein schlimmes Tollhaus das in Wirklichkeit war, hätte ich sie mit brutaler Gewalt von dort weggebracht.

Die Roben waren kaum durchsichtig, und es gab auch nichts ausdrücklich Sexuelles in der Liturgie. Wenn die weißen Roben die neue Person darstellen sollten, dann war der Rest der Liturgie nichts als ein primitiver, pervertierter Abklatsch des traditionellen katholischen Symbolismus.

Father Armandes Magnetismus allerdings war eindeutig sexueller Natur. Hochgewachsen, männlich, gutaussehend, mit unglaublich blauen Augen und einer vollen tiefen Stimme hätte er auch Filmstar oder vielleicht noch eher ein männliches Mannequin sein können. Wenn die Frauen – ungefähr zwei Drittel der ungefähr fünfzig Leute der Gruppe waren Frauen – vor ihm knieten, dann gab es keinen Zweifel, welcher Art ihre Bewunderung war.

Schwester Hilaire dagegen war trotz ihrer blauen Madonnenrobe ganz offensichtlich eine Nutte und übte, so weit ich das beurteilen konnte, auf niemanden irgendeine magnetische Wirkung aus.

»Sie sind neu?« Father Armande schüttelte meine Hand und schenkte mir ein warmes Lächeln. Wenn man so dicht vor ihm stand, konnte man doch die Spuren des Alters sehen. Sehr gutes Make-up.

»Ein Außenseiter.« Ich hatte mich bisher vor niemandem verbeugt, verdammt noch mal.

»Niemand ist ein Außenseiter. Kommen Sie wieder. Bitte.«

Ich hatte nicht die Absicht, noch einmal in Quinlans neuesten Affenstall zu gehen. Aber in dem Moment war es so, daß das Timbre seiner Stimme, der Druck seiner Hand und das Leuchten seiner Augen mir die Idee vermittelten, daß ich vielleicht doch noch einmal hingehen sollte.

Sexueller Magnetismus und Hypnose, sagte ich mir später, als ich in die relative Normalität meiner Familie in River Forest zurückkehrte.

Ich fragte mich, ob das auch Jimmy Jones' Geheimnis gewesen war.

Wolfe war nach der Zeremonie in seinem Überschwang wieder ganz der Alte. »Ist das nicht fantastisch, Larry? Ist Father Armande nicht sensationell? Du kannst mir glauben, der weiß wirklich, was auf der Welt los ist. Er lebt im Gleichklang mit dem Licht, dem Leben und mit der Liebe wie kein anderer, den ich bisher kennengelernt habe. Dies ist die glücklichste Zeit meines Lebens!«

Seine Augen leuchteten so, wie sie geleuchtet hatten, als er mir den Rubin gezeigt hatte, oder wenn er Suzies Hinterteil betrachtete.

Sie schwieg und hatte offenbar überhaupt keine Gefühle mehr. Das war schon seit Margies Tod so.

»Er hat seit drei Jahren keinen Tropfen Alkohol mehr angerührt«, murmelte sie, während sie sich nach dem Gottesdienst das blaue Kleid wieder überzog. Und wieder hätte ich sie am liebsten weggetragen, wobei sich vorübergehend Zärtlichkeit mit meiner Besessenheit vermischte. Dann wurde mir klar, daß ich gar nicht wüßte, was ich mit einer Frau anfangen sollte, die es ihrem Mann erlaubte, sie in eine solche Torheit mit hineinzuziehen. Der Hauch von Zärtlichkeit war nur ein Trick meiner Lust.

»Großartig.«

»Dorrie?«

Ich schüttelte meinen Kopf.

»Tut mir leid.« Zwei Tränen erschienen auf ihren Wangen. »Es tut mir sehr leid.« Sie drehte sich schnell um und mühte sich mit dem Reißverschluß auf ihrem Rücken ab. Ich bot ihr keine Hilfe an.

Wolfe war völlig abstinent. Angeblich hatte er auch seine kostspieligen Liebesaffären aufgegeben. Das Geld, das vorher in diese Kanäle geflossen war, ging jetzt wahrscheinlich an Father Armande und Schwester Hilaire. Suzie, Laurel, ja nicht einmal Kevin brauchten noch Angst vor seinen Wutausbrüchen zu haben.

Wie hoch war wohl der Preis, den sie für diesen Familienfrieden bezahlen mußte?

Er wäre für jeden zu hoch gewesen, aber daran hatte sie sich schon gewöhnt.

Trotz dieses gespenstischen Abends bei Father Armande war ich doch überrascht, als Wolfe mir erklärte, daß er nicht mehr länger ins Ölgeschäft investieren könnte.

»Father Armande sagt, daß solche fossilen Treibstoffe nicht harmonisch sind. Ich kann in Wind – oder Solarenergie investieren . . .«

»Gut«, sagte ich kurz und war fast versucht, ihm zu sagen, daß er ja Father Armande als Investmentberater engagieren könnte. Es stellte sich heraus, daß er das schon getan hatte.

»Natürlich brauche ich seine Erlaubnis für jede Investition.«

Von diesem Augenblick an waren wir alle in einen Prozeß verstrickt, der nur damit enden konnte, daß sich das Breitschwert durch seine Lunge bohren würde.

7 Lawrence F. X. Burke

1983 ging vorüber. Ich hatte eine heiße Liebesaffäre, in der ich mehr über Sex lernte, als uns die Fratres in der St. Mel's High School Ende der vierziger Jahre beigebracht hatten. Sie endete in unbefriedigender Weise, wie das bei solchen Affären meistens der Fall ist. Ich hatte Schuldgefühle und bereute das Ganze, aber Gott sei Dank (normalerweise habe ich ihm nicht viel zu danken) konnte ich mir nicht mangelndes Verantwortungsgefühl vorwerfen.

Ich hörte nichts mehr von den Quinlans. Offensichtlich hatte Father Armande mich als Investmentberater entthront. Ich war froh darüber, Wolfes ansteckendem Überschwang und Suzies intensivem, aber letzlich unerklärlichem Sex Appeal entkommen zu sein.

Dann rief mich in der letzten Juniwoche 1984 Greg Foster an. Zuerst konnte ich mich nicht an ihn erinnern. Dann fiel mir ein, daß er Wolfes Kompagnon gewesen war, und, wie mir zu Ohren gekommen war, sein ganzes Kapital bei Warentermingeschäften verspekuliert hatte.

»Ich sollte Sie fragen, ob Sie am Vierten Juli frei wären und nach Long Beach kommen könnten«, fragte er, und seine Stimme klang so neutral und vorsichtig wie immer. »Suzie hat mich gebeten, Sie einzuladen. Bringen Sie eins von Ihren Kindern mit, wenn Sie wollen. Sie sagt, Sie könnten dort übernachten, dann brauchten Sie sich auf dem Heimweg nicht mit den Verkehrsstaus herumzuschlagen. Auf der I 90 und der I 94 ist der Teufel los, da sind jede Menge Baustellen.«

Mir drehte sich der Magen, alle meine wirren Gefühle den Quinlans gegenüber kamen wieder hoch, heftig und drängend.

»Warum?«

»Das ist ganz verrückt. Wolfe will seinen ganzen Besitz dieser irren Kirche vermachen, in die er geht. Er will Father Armande zum Chef der Firma machen.«

»Und Suzie will das verhindern?« fragte ich skeptisch.

»Sie wissen doch, wie sie ist. Er könnte ihr sagen, sie sollte in einen Hochofen springen, dann würde sie das auch tun. Aber sie ist natürlich nicht begeistert von der Idee. Kevin auch nicht, aber auf den kommt es ja nicht an. Kiernan O'Rourke und ich, wir sind natürlich total dagegen, wie Sie sich vorstellen können. Sie möchte, daß wir mit Wolfe über das Problem reden und vielleicht irgendeinen Kompromiß aushandeln.«

Er klang allerdings skeptisch, als er das mit dem Kompromiß sagte.

»Ist er einverstanden?«

»Klar. Er ist seit einiger Zeit außerordentlich umgänglich, aber er sagt, er würde seinen Entschluß nicht ändern.«

»Warum ich?«

»Suzie sagte, er hätte schon immer viel auf Ihr Urteil gegeben.«

»Gegen Father Armande habe ich kaum eine Chance. Wird der auch da sein?«

»Um Gottes Willen, nein.«

»Ich sehe keine Möglichkeit, wie ich da helfen könnte. Aber . . .«

»Bitte, kommen Sie, Larry, wir brauchen Sie.«

Also sagte ich zu. Die höchst zweifelhaften Ergebnisse kennen Sie ja schon. Tommy war das einzige meiner Kinder, das an diesem Vierten Juli, mitten in der Woche, frei war.

»Nette Mäuschen da?« fragte er gähnend, als er seinen neuesten Rock and Roll-Lärm leiser gestellt hatte.

»Kannst du dich an Laurel erinnern?«

»Lieber nicht«, sagte er verächtlich, aber irgendwie kam das nicht von Herzen. »Na ja, ich bin in der Stimmung, mit den Engeln der Finsternis zu kämpfen. Klar, ich komme mit und helfe dir.«

»Engel des Lichts«, verbesserte ich ihn.

»Quatsch. Sag mal, wie alt ist Laurel eigentlich?«

Alt genug, das wurde ihm klar, als wir dort angekommen waren.

Und ihre Mutter war gelinde gesagt jung genug.

Trotz der weißen Sonnenbrille, in ihrem Alter wahrscheinlich erforderlich, hatte Suzie sich überhaupt nicht verändert. In ihrer rosaroten Bluse und den Yves Saint Laurent-Shorts – wenn ich das richtig sah (ich hatte während meiner unglücklichen Liebesaffäre auf dem Gebiet eine Menge gelernt) – war sie so attraktiv wie eh und je. Selbst wenn Wolfe jetzt nicht mehr seinem preisgekrönten Stück unentwegt schöne Sachen kaufte, war sie immer noch eine mondäne Schaufensterpuppe.

»Wolfe ist in seinem Arbeitszimmer und befaßt sich mit seinen Edelsteinen«, sagte sie. »Er kommt später zu uns. Kiernan, Greg und Melanie werden auch noch herüberkommen. Ich glaube, Kiernan spielt mit den Fosters Pinokel. Tommy, möchtest du mit Laurel wasserskifahren?«

»Eh, oh, ja, klar, warum nicht?« Er grinste breit.

Klar, warum nicht. Laurel war eine große, schlanke Blondine, sehr hübsch, wenn auch ein bißchen ungelenk. Sie war über Nacht zu einer Schönheit aufgeblüht und wußte noch gar nichts damit anzufangen. Aber in ihrem weißen Bikini, der für sie maßgeschneidert zu sein schien, brauchte sie auch nicht viel zu tun, um das Interesse eines achtzehnjährigen Jungen zu wecken.

»Möchtest du wasserskifahren, Laurel?« fragte ihre Mutter geduldig.

»Ist mir egal«, sagte Laurel ohne Begeisterung. »Ich glaub' schon.«

Arme Laurel. Bei ihr hatte die Familiengeschichte ihre Spuren hinterlassen. Wenn es einen Jungen am Strand des Lake Michigan gab, der sie ein bißchen aufmuntern konnte, dann war es Tommy.

Suzie quartierte mich im Hauptgästezimmer in der südöstlichen Ecke des Hauses ein. Das war dasselbe Zimmer, in dem Dorrie und ich auf den Tag genau vor acht Sommern – mir kam es wie eine Ewigkeit vor – gewohnt hatten. Wir vermieden es beide, diesen Besuch zu erwähnen.

Die düstere Stimmung dieses Hauses überfiel mich gleich wieder – es sollte eine Schweizer Villa sein, aber in Wirklichkeit war es von einem Architekten aus Transsylvanien entworfen worden, der einen weiten Umhang trug, und den man nie bei Tageslicht sah. So wie früher wurde das Sonnenlicht und der schöne Blick auf den See durch schwere Vorhänge verdeckt, und alle Zimmer waren mit schweren – und kostbaren – Antiquitäten möbliert: Sheraton, Queen Anne, Early American, Second Empire, Louis XVI. Ich hatte zu wenig Ahnung von solchen Sachen, um die echten Stücke von den respektvollen

»Rekonstruktionen« der Möbelfabrik Quinlan unterscheiden zu können.

Ich zog die Vorhänge zurück, öffnete die Glastür und trat auf den Balkon. Direkt neben dem Haus hatte man über der Garage einen Swimming-pool gebaut, der von einer hohen Ziegelmauer umgeben war. Kevin lag mit der sparsamsten aller sparsamen schwarzen Badehosen bekleidet in einem Plastikstuhl und las in einem Magazin. Dabei bemühte er sich, wie ein zorniger Schwulenaktivist auszusehen – dünn, blond wie seine Mutter und Schwester, mit schlaffen Muskeln und einem krummen Rücken. Das war die Art Sohn, die einen Vater wie den alten Quinlan zum Wahnsinn treiben konnte.

»Sag Mr. Burke Guten Tag, Schatz.«

»Tag, Mr. Burke«, sagte er verächtlich, ohne sich die Mühe zu machen hochzublicken, und äffte die Stimme seiner Mutter nach.

»Wir machen schwierige Zeiten durch, Lawrence«, sagte sie ganz ruhig, »das kannst du dir sicher vorstellen. Es tut mir leid, daß ich dich hierherbestellt habe, denn wahrscheinlich ist das alles nur Zeitverschwendung. Wie dem auch sei« – sie nahm ihre Brille ab –, »wenn du etwas trinken möchtest und vielleicht ein bißchen schwimmen, komme ich zu dir.«

»Großartig.«

Was war anders an ihr? fragte ich mich, als ich im Gästezimmer meine Kleider ablegte und meine Badehose anzog. Kein Geplapper mehr, statt dessen eine unnatürliche, beinahe gefährlich selbstbewußte Ruhe (eine Kostprobe davon hatte ich schon in der Kirche der Engel des Lichts bekommen) und eine Düsternis in ihren grauen Augen.

Der Name des Spiels hieß Verzweiflung. Ich kannte die Versuchung. Gab es noch irgend etwas in Suzies Persönlichkeit, das Widerstand leisten konnte?

Wahrscheinlich nicht.

Ich war etwa eine halbe Meile in dem Pool geschwommen, hatte dabei den leicht zu ignorierenden Kevin ignoriert, als Suzie in einem langen grünen Rock mit einem passenden Oberteil zurückkam. (Yves Saint Laurent war offenbar für ihre gesamte Sommergarderobe zuständig). Sie trug ein Tablett mit zwei Schinken-Käse-Sandwiches, ein Glas, das bis oben voll war mit einer braunen Flüssigkeit, und eine Martinikaraffe. Daß sie sich an meine Vorliebe für Jameson's erinnerte, war schmeichelhaft. Zwei Martinis für sie, das war mit Sicherheit neu. Wolfe hatte ihr immer nur ein Glas zugestanden.

»*Santé*« prostete ich ihr zu.

»Ich war froh, daß ich eine Flasche Jameson's in dem Schnapsladen in Trail Creek bekommen habe«, sagte sie mit einem kleinen Lächeln.

Wir aßen unsere Sandwiches. Kevin stapfte wütend ins Haus zurück, mit sich und der Welt im Unfrieden. Suzie schien das gar nicht zu bemerken.

»Er trinkt wieder«, sagte sie so leise, daß ich es kaum hören konnte.

»Wolfe? Ich dachte, er hätte es aufgegeben.«

»Vier Jahre lang. Seit wir den Charismatikern beigetreten sind. Deshalb habe ich . . . ach, ist egal. Er kam letzte Nacht hierher und hat den Weinkeller geplündert. Dann hat er sich in seinem Arbeitszimmer eingeschlossen. Ich weiß nicht warum.«

»Wegen des Streits um das Geld?«

Sie zuckte die Achseln. »Ich habe keine Ahnung. Die Auseinandersetzungen waren fürchterlich. Ich habe mich so gut wie möglich herausgehalten. Aber ich muß auch an die Kinder denken, vor allem an Laurel. Was aus mir selbst wird, ist mir egal.«

»Das sollte es aber nicht.« Ich schlürfte meinen Jameson's.

Sie sah mich immer noch nicht an. »Ich weiß es nicht mehr . . . Vielleicht sollte ich etwas mehr Sport treiben. Laurel liegt mir schon immer damit in den Ohren.«

Laurel, nicht Wolfe.

Sie nahm ihre italienische Sonnenbrille ab, rückte die Träger ihres Oberteils zurecht, warf den Wickelrock zur Seite, blieb graziös einen Augenblick am Beckenrand stehen und sprang dann ins Wasser.

Sie schwamm nur ein paar Bahnen – mehr, als ich in der Vergangenheit von ihr gesehen hatte –, stieg wieder aus dem Wasser und setzte sich neben mich, um ihren Martini zu trinken. Das Wasser tropfte von ihrer Haut, und ihr nasses blondes Haar lag in attraktiver Weise eng an ihrem Kopf an.

Seit ich sie zum letzten Mal im Badeanzug gesehen hatte, hatte ich ein paar Sachen im Hinblick auf das, was ich in meiner Fantasie mit ihrem Körper anstellen könnte, dazugelernt. Nüchtern sagte ich mir allerdings, daß ich sie als ein Opfer der Verzweiflung noch weniger begehrte, denn als oberflächliche Schwätzerin. Aber trotz solcher realistischer Ermahnungen ließ mich der Anblick ihrer Brüste wie immer dahinschmelzen.

»Ich bin froh, daß du gekommen bist, Lawrence«, sagte sie müde. »Ich weiß nicht mehr, wie lange das noch so weitergehen kann.«

»Ich bin hier, um zu helfen.«

Sie blickte auf und betrachtete mein Gesicht, wie mir schien zum erstenmal seit vielen Jahren. »Ich bin dir sehr dankbar . . . Ich . . . Ich wünschte, ich wüßte, um was ich dich bitten soll . . . Jedenfalls« – sie stand auf, und man konnte ihr anmerken, wie sehr es sie anstrengte, zu einer Entscheidung zu kommen – »ich muß dich noch einmal um Geduld bitten. Ich . . . habe letzte Nacht nicht viel geschlafen. Wärst du mir böse, wenn ich mich ein bißchen hinlege?«

Nein, ich war ihr überhaupt nicht böse. Ich würde noch den Rest meiner Meile schwimmen und dann auch versuchen, ein bißchen zu schlafen.

Es fiel mir zunächst schwer einzuschlafen. Sie war in dem Zimmer auf der anderen Seite der Diele, in das ich vorher einen kurzen Blick werfen konnte und rosarote Vorhänge mit Rüschen erblickt hatte. Sie war für mich erreichbar und – das war Teil meiner Besessenheit – mir absolut ergeben.

Das waren keine Fantasien, die mir hätte helfen können, mich auf die Krise vorzubereiten, die mit Sicherheit noch vor dem Ende dieses Vierten Juli entstehen würde. Als ich schließlich von meinen eigenen Ermahnungen müde geworden war, schlief ich endlich ein.

Tommy weckte mich auf. »Mein lieber Mann, du wirst aber verdammt alt, wenn du jetzt sogar schon am Vierten Juli dein Nickerchen machen mußt.«

»Du siehst nicht so aus, als ob du sehr gelitten hättest«, brummelte ich verschlafen.

»Nöh, sie ist ein ganz cooles Mäuschen; ich habe eine halbe Stunde gebraucht, um sie zum Lachen zu bringen. Aber ihr Alter muß ja ein richtiges Arschloch sein.«

»Mir gefällt deine Sprache nicht, Tommy.«

»Ja, ja, aber stimmt's nicht?«

»Manchmal.«

»Ihre alte Dame scheint ja auch eine ziemliche coole Mieze zu sein. Mom mochte sie.«

Tatsächlich?

»Ja, manchmal ist sie das. Es sah so aus, als hätte sie dich heute morgen ein bißchen angelächelt.«

»Sie hat gelacht, als ich ihr erzählt habe, daß ich der Göre Skilaufen beibringen wollte. Die Miezen mögen mich, Dad: das weißt du doch. Sogar ältere Miezen.«

Das Dinner wäre eine düstere Angelegenheit gewesen, wenn Tommy nicht dabei gewesen wäre. Während Suzie mittags Schinken und Käse nicht verschmäht hatte, hielt sie sich beim Abendessen streng an die Regeln der Kirche der Engel des Lichts. Der riesige Obstsalat – alles aus dem eigenen Garten, wie Suzie uns mitteilte und dabei vorübergehend wieder in die Rolle der schwatzenden, plappernden Suzie zurückfiel – war zwar sehr schmackhaft, aber es war nicht das Essen, das man am Vierten Juli am Ufer eines Sees erwarten würde.

Das Eßzimmer war im Stil der Jahrhundertwende eingerichtet – über einem Grund aus dunklem Holz waren die Wände mit goldfarbenen Seidentapeten bespannt, die Stühle waren mit dunkelbraunem Stoff gepolstert, Kronleuchter mit Gaslicht hingen an der Decke, auf der Kredenz stand ein silbernes Teeservice und auf dem Tisch brennende Kerzen und Powerscourt-Kristallschalen. Es war wie Weihnachten in der Stadt und nicht wie der Vierte Juli, und obendrein wurde auch noch Michigan-Obstsalat serviert.

Es gab natürlich nichts zu trinken, und das war ein hartes Schicksal für die Gäste, von denen die meisten verzweifelt einen Schluck gebraucht hätten: Kiernan O'Rourke, der trotz seines roten Koboldgesichts besorgt aussah (mit einem Schuß

Durchtriebenheit, die, im Gegensatz zu den Hollywoodkobolden, charakteristisch für die echten ist); Greg Foster mit seinen kalten, wachsamen Augen, er sprach kaum ein Wort: Melanie, seine Frau, die versuchte, ihr Alter mit exzessiven Schlankheitskuren und ebenso exzessivem Make-up zu bekämpfen; die Quinlans verhielten sich so, wie sie sich schon den ganzen Tag über verhalten hatten, still, angespannt, vielleicht hatten sie sogar Angst.

Also unterhielt Tommy die Leute mit Wasserskigeschichten. Außer Kevin und Greg Foster mußten alle fürchterlich lachen. Lieber Gott, Dorrie, du könntest stolz auf ihn sein. Mochtest du Suzie wirklich? Hast du etwas in ihr gesehen, was mir entgangen ist? Oder warst du nur wieder einmal die Mitfühlende?

»Was zum Teufel soll diese verdammte Lacherei?« Wolfe Quinlan kam die Treppe heruntergetorkelt, sein gemustertes Hemd hing ihm aus der hellblauen Hose heraus. Seine Augen waren gerötet, er war unrasiert. Mir wurde in dem Augenblick klar, und es überraschte mich selbst, daß ich ihn noch nie betrunken gesehen hatte. Mit Ausnahme von Tommy hatten alle anderen das schon erlebt und waren entsetzt.

»Möchtest du etwas zu Abend essen, Liebling?« versuchte Suzie ihn zu beruhigen. »Es gibt dein Leibgericht, Obstsalat aus eigenen Früchten. Himbeeren aus unserem Garten.«

»Scheiß auf die Himbeeren.« Er fegte den Salat vom Tisch, so daß Früchte und Sauce auf den alten österreichischen Teppich fielen. Suzie versuchte ihn mit einer Serviette wieder sauberzumachen.

»Laß das so!« brüllte er, stieß sie weg und warf sie auf den Boden. »Besorg ein ordentliches Essen für mich und meine Gäste. Geier fressen Fleisch. Und Wein, guten Wein, den 67er. Da ist noch welcher; ich trinke ihn schon den ganzen Tag über.«

Gehorsam rappelte sie sich wieder hoch und lief in die Küche, so als wäre sie eine erschreckte Leibeigene bei Hof. Laurel verschwand mit ihr.

Wolfe ließ sich in seinen Stuhl fallen und legte seinen Kopf auf den Tisch, dorthin, wo vorher der Salat gestanden hatte.

»Verdammte Geier«, murmelte er immer wieder.

Ich war genau so gelähmt wie die anderen, die solche Szenen schon aus der Vergangenheit kannten. Ich hatte das starke Bedürfnis, ihn zu schlagen. Und so ging es auch allen anderen Männern im Raum, da war ich ziemlich sicher. Aber Wolfes betrunkene Wut lähmte uns alle, machte uns unfähig zu handeln.

Aber schließlich waren wir hergekommen, um das Quinlan-Geld davor zu bewahren, in absurder Weise an eine Kirche weggeschenkt zu werden, die Wolfe jahrelang nüchtern gehalten hatte. Bedeutete die Tatsache, daß er betrunken war, daß er sich über diese Kirche keine Illusionen mehr machte? Warum war er wieder bei seinen Sammlungen, die er doch gleichzeitig mit den Weibern und dem Schnaps aufgegeben hatte? Was war los?

Nach einiger Zeit brachten Suzie und Laurel die Steaks und den Wein und servierten das Ganze völlig verschüchtert. Wir nahmen unsere Messer und Gabeln und fingen genauso verschüchtert an zu essen.

Wolfe stach mit dem Messer in sein Steak und fegte es genau so vom Tisch wie vorher den Salat. »Verdammte Fotze«, schrie er. »Kannst du denn nichts richtig machen? Du weißt genau, daß ich meine Steaks roh haben will. Was zum Teufel ist mit dir los? Und hör mit dieser Scheißheulerei auf, sonst schlag ich dir den Arsch wund.«

»Wolfe«, sagte ich mit fester Stimme.

»Halt's Maul, Arschficker«, brüllte er mich an. »Du willst mein Geld und die Titten meiner Frau. Du kriegst beides nicht. Ihr bekommt alle nichts. Ich habe mein Testament schon unterschrieben, unter Zeugen. Es liegt schon bei Father Armandes Anwälten. Ihr Geier habt alle viel Pech gehabt . . . Gib mir die verdammte Weinflasche, du kleiner Kotzbrocken.«

Zitternd brachte ihm Laurel die Weinflasche.

»Was für ein stinkender Haufen von Geiern.« Er goß die Hälfte der Flasche auf das Tischtuch, es sah aus wie ein Blutfleck. »Foster, diese Niete. Der ist mir doch schon in der siebten Klasse in den Arsch gekrochen. Dann kommt er endlich mal zu etwas Geld. Was macht er damit? Er verbrät alles, nur

weil seine Nutte von Frau meint, sie müßte unbedingt mit Warentermingeschäften rumspielen. Du und dieser Winkeladvokat Bunny O'Rourke, ihr staubt doch schon seit Jahren ab. Glaubt nur ja nicht, daß ich das nicht der Polizei erzählen werde. Ihr habt beide eine lange Zeit im Gefängnis vor euch. Vielleicht schreibt Melanie dir einmal nach Statesville oder Leavenworth, oder wohin die euch auch schicken werden. Jawohl, wenn sie den Strich lange genug verlassen kann, um dir zu schreiben. Ich würde nicht darauf wetten, du Versager.«

Ich versuchte mir einzureden, daß er zu betrunken war, um zu wissen, was er da sagte, daß dieser Verrückte eine Perversion meines Freundes Wolfe Quinlan war. Aber das half alles nichts.

»Und du, mein ausgeflippter schwuler Sohnemann. Du verläßt dich darauf, daß dein Daddy die Rechnung bezahlt, wenn du dir einen blasen läßt. Denk mal scharf nach, Schwuli. Kriech zurück in deine Höhle mit deinen schwulen Freunden. Heh, was ist das denn für ein Junge, da am Ende des Tischs? Was will der Arschficker denn hier?«

»Ich heiße Tom Burke, Mr. Quinlan.« Die Augen meines Sohnes leuchteten gefährlich.

»Ach ja? He, deine Mutter ist nur noch ein verdammter geistiger Krüppel, nicht wahr? Weißt du was? Du hast dasselbe schlechte Blut; du wirst genau so enden, du blöder kleiner Ganove.«

»Arschloch«, konterte Tom.

»Was hast du gesagt, du Scheißkrüppel?« Wolfe stand vom Tisch auf und hielt ein Steakmesser in der Hand.

»Ich habe gesagt, daß du ein verblödeter, besoffener Kerl bist, ein widerlicher Penner, eins der größten Arschlöcher der Westlichen Welt. Wenn du blöd genug bist, mich mit dem Messer anzugreifen, nehme ich es dir ab und schneide dir damit die Eier ab!«

Sieh mal einer an, mein lieber, ausgeglichener kleiner Tommy.

Wolfe sank wieder auf seinen Stuhl. »Scheißkrüppel.«

»Ich muß mir diese Scheiße nicht gefallen lassen.« Tommy amüsierte sich prächtig. »Ich gehe. Komm, Kind.« Er faßte

Laurels Hand. »Du kommst mit. Wir gehen in Grand Beach tanzen und hören uns Diamond an. Vielleicht ist das Arschloch ja wieder nüchtern, wenn wir zurückkommen.«

»Du hast recht, Tommy.« Ich stand auf. »Ich muß mir das auch nicht gefallen lassen.«

»Einen Scheiß tust du!« Wolfe holte aus und versuchte einen völlig ineffektiven Schlag auf meiner Brust zu landen.

»Arschloch.« Ich verpaßte ihm einen Kinnhaken, der ihn gegen die Kredenz warf, und stürmte dann aus dem Haus. Wir waren wie zwei pubertierende Jungen, die es einem dritten gezeigt hatten.

Großer Held.

Es war fast so, als hätte Wolfe Quinlan vorgehabt, jedem im Raum einen Grund zu geben, ihn umzubringen.

Noch vor Mitternacht würde ich noch mehr Gründe dafür haben.

8 Lawrence F. X. Burke

Ich lief stundenlang am Strand entlang, trat mit meinen Füßen in den weichen Sand und war wütend auf mich, weil ich mich überhaupt mit den Quinlans eingelassen hatte und noch wütender, diesen vierten Juli in einem solchen Tollhaus zuzubringen. Ich hätte etwas Besseres mit meiner Zeit anfangen können.

Was zum Beispiel?

Zum Beispiel mit meiner Familie. Warum schlug ich mich mit einem kleinen Sklavenmädchen herum, das nur Stroh im Kopf hatte und nicht genügend Courage, diesen Verrückten zu verlassen?

In Maui hatte sie behauptet, ihn zu lieben. Wie konnte jemand ein solches . . .

Nun, gebrauch ruhig Tommys Wort: ein solches Arschloch.

Ich spazierte nach Grand Beach und hörte die Musik, die aus der Entfernung herüberklang. Natürlich Rockmusik. Wahrscheinlich Diamond. Ein ironischer Name für eine Rockgruppe.

Dann ging ich in die andere Richtung nach Michigan City und sah mir das Feuerwerk am Himmel an. Nach meinem Gefühlsausbruch war ich völlig ausgelaugt und erschöpft, also drehte ich mich müde um und ging zurück nach Long Beach zum Haus der Quinlans.

Eine Zigarette glühte am Fuß der Treppe, die zum Strand hinunterführte. Es war Suzie. Sie trug Jeans und ein weißes T-Shirt. Ich hatte sie noch nie rauchen sehen, wahrscheinlich weil Wolfe ihr das nicht gestattete.

Die Nachtluft war drückend und feucht, der See plätscherte gleichgültig gegen den Strand, und auch die Sterne waren völlig desinteressiert an unserem unbedeutenden Planeten. Von weitem konnte man das Krachen des Feuerwerks hören, hin und wieder leuchteten Raketen unter den gelangweilten Sternen auf, um uns herum summten Mücken.

»Wie geht es ihm?« fragte ich.

»Er ist im Museum und versucht, nüchtern zu werden, glaube ich. Du hättest ihn nicht schlagen dürfen, Lawrence. Er wird solche Schuldgefühle haben, wenn er wieder zu sich kommt.«

»Er ist verrückt.« Ich berührte ihren Arm. »Warum machst du das alles mit?«

»Ich bin seine Frau.« Sie zog ihren Arm nicht weg. »Es ist doch jetzt längst zu spät, mich zu entscheiden, das nicht mehr mitzumachen. Du machst das mit Dorrie doch auch mit.«

»Das ist etwas anderes.« Ich wollte wütend auf sie sein, brachte es aber nicht fertig. Mein Herz schlug wie wild und trieb das hormongesättigte Blut durch meine Arterien.

»Ich weiß. Außerdem ist es das erste Mal, daß so etwas passiert, seit wir aus Maui zurück sind, und er den schrecklichen Unfall hatte. Einmal in vier Jahren ist doch nicht so schlimm.«

»Um welchen Preis?« Ich hielt ihren Arm fester.

»Es liegt bei mir, ob ich bereit bin, den Preis zu zahlen«, sagte sie matt.

Ich spürte den heftigen dumpfen Druck der Sehnsucht in meinem Körper, wie ein Zahn, der gezogen werden mußte. Meine irrationalen, sinnlosen und törichten Gefühle für sie waren kurz davor überzukochen. Du darfst nichts tun, warnte ich mich selbst. Ist dein Leben nicht schon so chaotisch genug?

»Was ist denn diesmal der Grund? Warum ist er heute ausgeklinkt? Das Testament? Was kann denn so ein Testament schon bedeuten?«

»Er meinte nicht sein Testament, sondern die Überschreibung der Firma auf Father Armande. Ich glaube, es gibt außerdem auch noch ein Testament. Aber das spielt keine Rolle.«

»Ist er deshalb so betrunken?«

»Ich weiß es nicht, Lawrence. Ich weiß es einfach nicht. Und es ist mir inzwischen auch völlig egal.«

Da nahm ich sie in meine Arme und küßte sie, leidenschaftlich, wild, wie ein Wahnsinniger. Sie in den Armen zu halten, war noch köstlicher, als ich es mir vorgestellt hatte. Sie leistete keinen Widerstand und reagierte auch nicht. Sie ließ es einfach über sich ergehen, so wie sie es sicherlich auch bei Wolfe machte. Ihr ganzes Leben lang hatte sie sich Männern hingegeben. Ich war nur einer mehr. Den man tolerieren, bei Laune halten, manipulieren und für den man sich opfern mußte.

Ihr Mund schmeckte nach Zigarettenrauch, ihre Lippen gaben sich meinen Küssen mit geduldiger Resignation hin. Ihr Körper lag schlaff in meinen Armen und wartete darauf, mir sexuelle Lust zu bereiten.

Ich war wütend. Schließlich war ich nicht daran interessiert, ein Sklavenmädchen zu besitzen. Welche Ehre sollte darin liegen? Ich war doch kein Wilder wie Wolfe Quinlan, oder?

Meine Wut steigerte meine Begierde nach ihr noch mehr. Wenn sie unbedingt ein Sklavenmädchen sein wollte, dann wenigstens meins und nicht seines. Ich behandelte meine Sklaven jedenfalls anständig. Meine heißen, ungeduldigen Hände streiften über den oberen Teil ihres Körpers und begannen dann hektisch ihre Entdeckungsreise unter das T-Shirt.

Wieder ließ sie das über sich ergehen, geduldig, unbeweglich, schutzlos.

Was zum Teufel war in mich gefahren? Ich war doch kein brutaler Vergewaltiger? Ich hielt in dem Augenblick inne, als meine Finger gerade anfingen, ihr warmes, feuchtes Fleisch unter dem Büstenhalter zu betasten. In demselben Augenblick, in dem sie sich unter meiner Berührung anzuspannen schien.

»Es tut mir leid«, sagte ich und zwang mich dazu, meine Hände von ihrem Körper zu nehmen.

»Schon gut.« Sie zündete sich noch eine Zigarette an und ihre Hände zitterten dabei, was mich freute. »Ich verstehe das.«

Diese verdammte warme, intelligente, verständnisvolle, trügerische Stimme machte mich wütend.

»Mußt du denn, verdammt noch mal, immer alles verstehen?« fragte ich und hätte den Küssen am liebsten Schläge folgen lassen.

»Ja« – sie blies den Rauch weg – »das muß ich.«

Ich gab es auf, drehte mich um und ging zum Balkon der unteren Etage. Aber anstatt ins Haus zu gehen, ging ich bis zum zweiten Stock, um meine Wut, meine Enttäuschung und

Verwirrung auf den Treppenstufen abzureagieren. In der Dunkelheit stolperte ich über einen der eleganten Sessel, die an der Tür jedes Schlafzimmers standen. Ich fluchte und bemerkte dann, daß ich vor Wolfes Zimmer stand. Drinnen brannte Licht, aber es war kein Laut zu hören. Ich blickte auf meine Uhr und sah, daß es viertel vor Zwölf war, das habe ich auch am nächsten Morgen der Polizei gesagt. Der Vierte Juli war fast vorüber.

Ich blickte auf den See, der über dreißig Meter unter mir lag, der Abhang ging fast senkrecht nach unten. Ihre Zigarette glühte immer noch.

Arme, liebe Frau. Eine Gefangene ihrer eigenen unreifen Romantik. Eine verlorene Seele.

Ich schlenderte um die Ecke, ging in mein Zimmer und fiel auf das Bett. Sehr bald war ich fest eingeschlafen.

Jedenfalls habe ich das der Polizei erzählt. Aber es gab noch einen anderen Vorfall, den ich ihnen nicht erzählt habe, weil ich keinen Grund dafür sah. Ich konnte in Wirklichkeit nicht einschlafen. Ich hörte Stimmen in Wolfes Zimmer, seine und eine hohe Stimme – eine Frau oder vielleicht Kiernan O'Rourke, dessen Gästezimmer auf der anderen Seite der Diele neben Tommys lag. Ich stand wieder auf, hörte einen Augenblick zu und schlich dann in Shorts und T-Shirt zum ersten Stock, fand eine Flasche Jameson's, goß mir ein Glas voll und kehrte lautlos mit nackten Füßen zum zweiten Stock zurück.

Ich blieb einen Augenblick vor der Tür von Wolfes Arbeitszimmer stehen, mein Herz schlug wie wild, meine Schläfen pochten. Dann klopfte ich an die Tür.

Drinnen hörte ich ein rumpelndes, schlurfendes Geräusch. Ein Schlüssel drehte sich im Schloß. Die Tür ging auf. Wolfe stand da in einem knallig-bunten Morgenmantel, einem japanischen Kimono mit einem Drachen auf dem Rücken und blickte mich finster an.

»Was willst du? Ach, du bist es, Larry. Was zum Teufel machst du denn hier oben?« Er rieb sich sein unrasiertes Gesicht. »Ich fürchte, mir geht es nicht so gut.« Er grinste und war jetzt wieder ganz der verschämte, charmante Junge. »Möchtest du etwas trinken? Ach, du hast ja schon was.«

»Vielleicht hast du den Vorfall beim Abendessen schon wieder vergessen«, fing ich an.

»Pst«, murmelte er, »wir dürfen meine Frau nicht aufwecken. Du weißt doch, wie die Frauen sind.«

»Ich habe das nicht vergessen. Du hast den Verstand verloren. Wolfe Quinlan, du gehörst eher in eine Anstalt als meine arme Frau . . .«

»Das ist aber verdammt schlimm, so etwas mitten in der Nacht über Dorrie zu sagen. Dorrie ist eine verdammt gute Frau. Ich wünschte, ich hätte auch so eine Frau geheiratet.«

»Wenn du weiter darauf bestehst, diesem Scharlatan dein Geld zu geben, wird es mir ein Vergnügen sein, als Zeuge vor Gericht auszusagen, daß du nicht geschäftsfähig bist. Darauf kannst du dich verlassen.«

»Ja?« Er machte einen verwirrten Eindruck. »Weißt du, das ist ziemlich komisch, Junge, wirklich komisch.«

»Ob komisch oder nicht komisch, das wird jedenfalls passieren. Und wenn ich jetzt das täte, was ich eigentlich tun möchte, dann würde ich dir das Schwert von Tancredi durch den aufgeblähten Bauch rammen.«

»Wirklich komisch.«

Er schob die Tür zu. Ich hörte, wie er den Schlüssel von innen herumdrehte.

Ich trank das Glas Jameson's in ein paar großen Schlucken aus und fiel dann ins Bett. Kurz bevor ich einschlief, glaubte ich noch Stimmen auf der anderen Seite der Diele zu hören.

Ich nehme an, sie können sich vorstellen, warum ich diese Vorfälle der Polizei verschwiegen habe. Das Staatsgefängnis von Indiana, direkt hinter Michigan City – so nah, daß die Sträflinge auch das Feuerwerk sehen konnten, das ich gesehen habe – ist eine berüchtigt unangenehme Einrichtung.

Viel mehr ist nicht zu berichten. Später wurde ich durch das Schreien einer Frauenstimme aus dem tiefsten Schlaf gerissen. Ich stolperte auf den Flur und sah Suzie im Nachthemd. Sie hielt sich mit beiden Händen den Kopf und schrie hysterisch.

»Da drinnen ist etwas Schreckliches passiert«, heulte sie. »Ich habe dumpfe Geräusche gehört, dann fiel etwas um, und dann stöhnte er. Ich habe Angst, er hat sich verletzt. Bitte, bitte tu doch etwas! Um Himmels Willen tu etwas!«

Ich holte Tom und Kiernan aus dem Bett, und dann dauerte es noch einige Minuten, bis wir gemeinsam die Tür aufgebrochen hatten. Sie haben die Fotos gesehen. Wolfe Quinlan lag mit ausgestreckten Armen und Beinen auf seinem Arbeitstisch – ein Produkt seiner Firma, wie die Zeitungen berichteten – und Tancredis Schwert steckte in seiner Brust. Überall war Blut, auf dem Boden, an der Wand, auf dem Schreibtisch, sogar auf der Rüstung, die auf ihm lag, wie ein außerirdischer Liebhaber. Unter seinem bunten japanischen Kimono, dessen rote Farbe noch dunkler geworden war, war er nackt. Er war offenbar sehr schnell verblutet.

Die drei nackten Statuen am anderen Ende des Zimmers schienen das ganze zu betrachten, wobei ihr Ausdruck von Sanftmut und Sittsamkeit sich in eine Miene des Schreckens verwandelt zu haben schien.

»Holt die Fosters«, sagte ich automatisch, »und ruft die Polizei. Nein. Wartet. Laßt uns erst einmal sehen, ob da noch jemand drin ist.« Ich kontrollierte die Schlösser der Balkontür, der Badezimmertür und am Schrank. Alle waren abgeschlossen, das habe ich der Polizei ja dann auch ein paar Stunden später gesagt; das gleiche galt für die Tür vom Badezimmer zum Eheschlafzimmer. Sie fanden das Schlüsseletui aus Florentiner Leder mit dem Türschlüssel und dem Schrankschlüssel in der Tasche seines roten Morgenmantels. Alle standen im Türeingang und sahen mir zu. »Niemand hier. Also los jetzt, ruft die Polizei.«

»Ich rufe einen Priester von Notre Dame«, sagte Suzie ganz ruhig, alle Hysterie war verschwunden. Sie meinte den hiesigen Gemeindepfarrer. Tommy ging die Treppe hinunter und in die dunkle Nacht hinaus, um die Fosters zu holen. Kiernan telefonierte von seinem Zimmer aus mit der Polizei. Suzie lief in die Küche im ersten Stock hinunter, um im Telefonbuch die Nummer des Gemeindepfarrers zu suchen und von unten aus anzurufen.

Ich ging wieder auf den Flur und wartete auf den Priester

und auf die Polizei. Niemand hätte an mir vorbei durch die Tür schlüpfen können.

Suzie kam wieder nach oben und weckte Kevin und Laurel, die beide einen sehr tiefen Schlaf hatten und nichts gehört hatten. Laurel wurde natürlich sofort hysterisch, als sie einen Blick in das Zimmer geworfen hatte. Es war uns nicht gelungen, sie von der Tür wegzuhalten. Erstaunlicherweise tröste Kevin sie sehr zärtlich.

Das ist die ganze Geschichte. Wolfe Burke Quinlan starb so, wie er es meiner früheren Äußerung nach verdient hatte, kaum eine Stunde, nachdem ich gedroht hatte, ihn zu töten.

9 Blackie

Das war eine bewundernswerte Darstellung, objektiv, aufrichtig, diszipliniert und vollständig, er hatte sogar eine sorgfältige Zeichnung angefertigt. Lawrence Burke wäre ein guter Rechtsanwalt geworden.

Oder ein sehr geschickter Mörder.

»Ist es nicht höchst interessant« – ich ging zum Fenster meines Büros und sah zu, wie sich der abendliche Spitzenverkehr auf der Wabash Avenue zurückstaute – »daß Sie ihre Umarmung mit Mrs. Quinlan genau in dem Moment abbrachen, als sie anfing, sexuell zu reagieren?«

Ich wartete vergeblich auf einen Ausbruch.

»Billigen Sie Ehebruch?« fragte er ruhig.

»Glauben Sie nicht, daß Sie auf dem besten Wege waren, sie auszubeuten?«

»Klar.« Er rutschte unruhig hinter mir auf seinem Stuhl hin und her. »Ich habe Ihnen doch gesagt, es war eine Besessenheit.«

Ich drehte mich zu ihm um. »Ich bin diese Entschuldigung leid, Lawrence, vor allem, wenn Sie sich damit rechtfertigen wollen, weil Sie sie benützen, aber nicht zulassen, daß Sie von ihr benützt werden.«

»Ich hatte Angst.« Er stützte seinen Kopf in seine Hände. Er sah aus wie ein überführter Gefangener, der auf den harten, aber verdienten Urteilsspruch des Richters wartet. Sein Vater war wie ein zorniger Kobold aus dem Grab wiederauferstanden und wies mit einem anklagenden Finger auf ihn.

»Wovor?« fragte ich sanft.

»Vor ihr.«

»Aha.«

Ich ließ diese Einsicht erst einmal auf ihn wirken und fuhr dann fort.

»Wie kommt es«, fragte ich und blickte angestrengt auf die Zeichnung, »daß Laurel nur so ein kleines Zimmer hat und sich außerdem noch das Bad mit ihrer Mutter teilen muß? Man könnte doch annehmen, daß so etwas zwangsläufig zu Konflikten führen muß.«

»Das war früher, als die Kinder noch klein waren, das

Kinderzimmer. Laurel war die Jüngste, und ich vermute, sie ist dann einfach in dem Zimmer geblieben.«

»Ist die Beziehung zwischen ihr und ihrer Mutter gut?«

Er zuckte die Achseln. »Ambivalent, wie meistens zwischen Müttern und Töchtern in dem Alter. Vielleicht noch ambivalenter als bei anderen, weil in der Familie so viel passiert ist.«

»Aha.«

Ich fragte mich, ob ihm klar war, wieviel er von sich selbst offenbart hatte, als er seine Beziehung zu seinen Kindern beschrieb. Wahrscheinlich nicht. Er war zwar ein kluger Mann und hatte sich in bewunderswerter Weise eine gute Allgemeinbildung verschafft, aber es gab da so einige ganz feine Nuancen der Selbsterfahrung, die ihm wohl immer verborgen bleiben dürften.

Das war vielleicht auch gut so, obwohl es ihn sicher etwas über den Verlust seiner Frau und seine Schuldgefühle hinweggetröstet hätte, wenn er gewußt hätte, daß er ein ganz bewundernswerter Vater war, ganz im Gegensatz zu seinem eigenen, der verabscheuungswürdig gewesen war.

Da waren auch noch ein paar nicht so einfach zu definierende, aber sehr interessante Nuancen in seinen Reaktionen Suzie gegenüber, die einer weiteren Analyse bedurften. Außerdem schien sie doch insgesamt ein bißchen interessanter zu sein, als ich vermutet hatte.

Alles war, wie Nero Wolfe händereibend sagen würde, ziemlich zufriedenstellend.

Ich sah mir die Skizze noch einmal an. »Sie sind sicher, daß das Schlüsseletui in Wolfe Quinlans Tasche war?«

»Ich habe natürlich nicht danach gesucht. Dann hätte ich ja die Leiche berühren müssen, und wie ich aus den Kriminalromanen weiß, darf man das nicht.«

»Hmm . . . richtig. Und Sie sind auch sicher, daß niemand das Zimmer verlassen konnte?«

»Wie denn? Die anderen Türen waren abgeschlossen, das Bad war leer, ich habe sogar in der Dusche nachgesehen. Und die Polizei öffnete als erstes den Schrank, um sicherzugehen, daß sich keiner darin versteckt hatte.«

»Ich nehme an, die Polizei hat auch überprüft, ob tatsächlich nur ein Schlüssel für die Schlösser gemacht worden war, bevor die Gußplatten vernichtet worden sind?«

»Natürlich.« Seine Finger verschränkten sich in mühsam unterdrückter Ungeduld.

»Und daß das Schloß nicht früher im Sommer ausgetauscht worden ist?«

»Davon gehe ich aus.«

Er geht davon aus, aha? Ich nahm mir vor, die Sache von Mike Casey überprüfen zu lassen.

»Sagen Sie . . . Sie konnten natürlich von Ihrem Platz im Flur aus die Leiche sehen?«

»Nicht ganz. Sehen Sie sich das einmal aus der Perspektive der Türöffnung an.« Er legte einen Bleistift auf die Skizze. »Ich konnte seinen Kopf und die Brust mit dem Schwert sehen, und die Rüstung, die auf ihm lag. Den Rest des Körpers konnte ich nicht sehen, weil der so zur Seite des Tisches hin ausgestreckt lag.«

»Ja, tatsächlich. Können Sie sich erinnern, wie die anderen Bewohner des Hauses angezogen waren?«

»Ach so, Sie meinen, ob irgendeiner von ihnen Blutflecke verbergen mußte? Nein, überhaupt nicht. Warten Sie mal . . .« Er faltete seine Hände nachdenklich unter seinem eckigen, sturen irischen Kinn. »Tommy und ich trugen Shorts und T-Shirts, Kevin hatte so einen durchsichtigen schwarzen Morgenmantel an, die arme Laurel trug ein dunkelblaues College-T-Shirt und ein weißes Höschen. Ich erinnere mich, wie sie gezittert hat. Ihr Bauch war fast so blau wie das T-Shirt, obwohl es eine warme Nacht war. Suzie hatte ein kurzes weißes Gewand an, so eine Art Nachthemd. Kiernan trug einen altmodischen, rot-weiß gestreiften Pyjama. Die Fosters trugen Bademäntel, als sie herüberkamen. Als die Polizei kam, hatten die Frauen natürlich alle Bademäntel an.«

Ich hatte nicht an Blutflecken gedacht. Darauf hätten selbst die Long Beach-Polizisten geachtet, so infantil sie auch sein mochten.

»Sah Mrs. Quinlan so derangiert aus, wie eine Frau aussieht, wenn sie plötzlich aus dem Bett gerissen wird?«

Er zögerte. »Nein, sie ist in der Beziehung sehr ordentlich. Jedes Haar auf ihrem Kopf lag an seinem Platz.«

»Und ihr Make-up war auch in Ordnung?«

»Sie müssen das verstehen.« – Er reckte mir sein eckiges Kinn trotzig entgegen – »Ihr äußeres Erscheinungsbild ist für sie furchtbar wichtig.«

»Ihr Nachthemd war nicht verknittert?«

»Sie ist immer perfekt gekleidet«, sagte er hartnäckig. »Jederzeit. Sie ist eine von diesen Frauen.«

»Tatsächlich.«

Er wußte, daß das ein schwaches Argument war.

»Und dann?«

»Der Rest ist inzwischen Geschichte. Die Polizei ist uns ein paar Wochen lang auf die Nerven gegangen. Jeder im Haus und in dem Haus nebenan hatte ein Motiv, Wolfe Quinlan umzubringen. Und die Möglichkeit war auch gegeben. Aber sie konnten keinem von uns etwas beweisen. Ich habe mich einem Lügendetektortest unterzogen, um klarzustellen, daß ich die Wahrheit über den abgeschlossenen Raum gesagt hatte. Suzie tat dasselbe. Schießlich haben sie es aufgegeben. Es gab keinen Abschiedsbrief, also gingen sie davon aus, daß er im Suff die Rüstung auf sich gerissen hat. Der Winkel, in dem das Schwert in seinen Körper eingedrungen war, stützte diese Theorie. Wie Sie sicher wissen, hat die Staatsanwaltschaft im LaPorte-Bezirk den Fall letzte Woche zu den Akten gelegt.«

»Ja, das ist richtig.« Ich betrachtete mir die Skizze noch einmal genau. »Wenn die Eingangstür offen war, wie es in der Zeitung stand, dann konnten die Fosters ja leicht ins Haus kommen. Und übrigens jeder andere auch.«

»Aber wie hätten sie in das abgeschlossene Zimmer erst einmal hinein und dann wieder herauskommen können?«

»Genau. Und der hochgeschätzte Father Armande, alias Louis Connery, hatte ein unerschütterliches Alibi. Daran konnten auch so verdienstvolle Zeitungen wie zum Beispiel der *National Enquirer* nichts ändern, der den Mord einem ›Teufelskult‹ in die Schuhe schieben wollte.«

»Selbst wenn er im nördlichen Indiana gewesen wäre, und selbst wenn er durch die offene Eingangstür in das Haus gekommen wäre, hätte er immer noch in den abgeschlossenen Raum hinein- und herauskommen müssen.«

»Der bereits erwähnte *National Enquirer* geht davon aus, daß der Teufel durch Wände gehen kann. Eine interessante Hypothese, die wir im Falle von Father Louie nur unter sehr großen Schwierigkeiten überprüfen können . . . In der Zeitung steht, daß Mrs. Quinlan das Testament anfechten will?«

»Sue wollte das nicht, wie Sie sich vorstellen können. Aber sie steht praktisch ohne einen Pfennig da; und sie muß an ihre beiden Kinder denken. Außerdem ist Armande ein Scharlatan und ein Dieb. Und wahrscheinlich obendrein noch verrückt.«

»Ein ganz kleines bißchen.« So, jetzt hieß sie also schon Sue. Ach ja, unverwüstliche Natur.

Außerdem, lieber John Blackwood Ryan, bist du ja schließlich mitverantwortlich, du hast ihn dorthin geschickt, damit er auf sie aufpaßt. Du kannst aber noch exkulpiert werden, weil vorläufig nicht klar ist, ob sie und ihre Tochter nicht wirklich schutzbedürftig sind. »Noch ein letzter Punkt. Da Sie der Polizei nichts von Ihrem nächtlichen Besuch bei Wolfe Quinlan erzählt haben, wußten die auch nicht, daß er aufgehört hatte zu trinken und dabei war, sich von seinem Rausch zu erholen.«

»Ich habe mir gedacht, daß Sie das sagen würden.« Er sah mich mit festem Blick an. »Die Alkoholmenge, die sich in dem Blut befand, das noch übrig war, genügte, um einen solchen Unfall wahrscheinlich erscheinen zu lassen.«

»Würden Sie denn sagen, daß es wahrscheinlich war, daß der Mann, mit dem Sie gesprochen haben, einen solchen Unfall hatte?«

Er zögerte und befeuchtete seine Lippen mit der Zunge. »Ich glaube es nicht, Blackie.« Er seufzte müde. »Ich glaube es nicht.

»Wolfe konnte enorm viel vertragen, selbst nach ein paar Jahren Abstinenz. Es könnte natürlich trotzdem so passiert sein; und er könnte auch noch eine neue Flasche aufgemacht haben, nachdem wir miteinander gesprochen hatten.«

»Tat er das normalerweise, wenn er anfing nüchtern zu werden und sich der Kater meldete?«

»Ich glaube nicht. Aber er hatte andererseits seit vier Jahren keinen Tropfen mehr angerührt.«

»Sie sind also nicht sicher, daß das Urteil ›Tod durch Unfall‹ zutrifft.«

Es gab eine lange Pause, in der Lawrence F. X. Burke sein Gesicht mit seinen riesigen Pranken rieb. »Nicht unbedingt.«

»Es bereitet Ihnen genügend Kopfzerbrechen, daß Sie um jeden Preis die Wahrheit herausfinden möchten?«

Er nickte feierlich, wie ein Bischof auf seinem Bischofsstuhl. »Erst wenn wir wissen, was wirklich passiert ist, wird es für alle Beteiligten Frieden geben können.«

»Also.« Ich lehnte mich nach vorn und hoffte, daß man mir meine brennende Neugier nicht ansehen konnte.

»Jetzt erzählen Sie mir einmal etwas über die spirituellen Erscheinungen, die dann folgten.«

10 Lawrence F. X. Burke

Zuerst muß ich Ihnen berichten, daß Laurel wieder aufgetaucht ist. Sie hatte sich bei der Familie einer Freundin in Elmhurst einquartiert. Ich glaube, sie will Sie einmal zusammen mit Tommy besuchen. Verständlicherweise ist der Aufenthalt in dem Haus in Long Beach für sie unerträglich geworden. Ich fahre jeden Abend nach der Arbeit dorthin; die Gründe dafür werde ich Ihnen später erklären. Tommy ist den ganzen Tag über dort – es ist mir gelungen, ihn bei dem Händler, für den er bei der Handelskammer arbeitet, für ein paar Wochen beurlauben zu lassen. Auf diese Weise ist Sue auch in Sicherheit.

Und jetzt zu den übernatürlichen Phänomenen. Vor zehn Tagen, als der Staatsanwalt seine Bluthunde zurückgepfiffen hatte, rief Sue mich an. Sie klang irgendwie verängstigt. Ob ich am Samstagmorgen einmal vorbeikommen könnte. Etwas Seltsames passiere in dem Haus. Ich schlug vor, daß sie von Long Beach wieder nach Elmhurst zurückkehren sollte. Schließlich gab es zu viele schlimme Erinnerungen in Long Beach.

»Ich bin noch nicht so weit, daß ich mich mit den Erinnerungen in Elmhurst konfrontieren kann. Und Laurel amüsiert sich mit diesen netten jungen Leuten in Grand Beach, die sie durch Tommy kennengelernt hat.«

Ich nehme an, daß diese jungen Leute Verwandte von Ihnen sind, Monsignore. Laurel, die in den letzten Jahren sehr scheu geworden war, hat sich besonders eng an ein gleichaltriges Mädchen angeschlossen. Sie hat den kuriosen Spitznamen ›The Cat‹. Ich glaube, sie arbeitet als Rettungsschwimmerin bei der Strandwache.

»Tommy und ich, wir können uns wahrscheinlich Freitagabend freimachen«, schlug ich vor.

»Gott sei Dank.« Sie seufzte erleichtert. »Ich mache mir ein bißchen Sorgen. Ich glaube nicht an Gespenster, aber . . .«

Ich natürlich auch nicht. Wolfe Tone Quinlan war lebendig schon problematisch genug. Ich möchte mich nicht auch noch mit einem toten Quinlan herumschlagen müssen. Trotzdem faszinierte mich immer noch die Energie und der Überschwang dieses Mannes. Ich fragte mich, halb im Spaß mit vollem Ernst, wie Dorrie das ausgedrückt hätte, wie würde er wohl als Geist sein?

Vielleicht bin ich von ihm genau so besessen wie von seiner Frau. Ich frage mich, ob ich ihn trotz seiner eklatanten und offensichtlichen Fehler so sehr hätte lieben können, wie ich seine Frau liebe.

Dann sagte ich mir, daß ich sie nicht liebe, sondern begehre. Denn an der Frau ist wenig, was man lieben könnte, sagte ich mir, während wir durch das nördliche Indiana fuhren und uns Tommys Lieblingsrockgruppe im Autoradio anhörten. Sie hat weder bei den Untersuchungen der Polizei, noch bei der Totenwache und dem Begräbnis oder bei den darauffolgenden rechtlichen Auseinandersetzungen eine gute Figur abgegeben. Ihre typische Reaktion war, leise zu weinen, sich zurückzuziehen und den anderen die Verantwortung zuzuschieben. Kevin war noch schlimmer, er war überhaupt nicht zu gebrauchen. Laurel war noch zu jung. Kiernan O'Rourke, der schäbigste Typ, den ich kenne, Greg Foster und ich trugen dadurch zwangsläufig die Verantwortung für alles. Der Pfarrer in Elmhurst hat, wie Sie sicher wissen, ein christliches Begräbnis verweigert. Erst jetzt hat man mir gesagt, daß wir die Kanzlei in Joliet hätten anrufen sollen, dann hätte er seinen Entschluß revidieren müssen. Man hat Quinlan in dem nichtgeweihten Teil des Mount Carmel Friedhofs begraben. Ein Kaplan, den Laurel gut kannte, hat in der Leichenhalle und am Grab ein paar Gebete gesprochen.

»Ich habe ihn geliebt, ich habe ihn immer geliebt«, war alles, was Suzie unter ständigem Weinen herausbringen konnte. Das hat sie sicherlich hundertmal gesagt. So als ob sie sich selbst davon überzeugen müßte. Sie beteuert das einfach zu oft, dachte ich. Und sie legte auch gar keinen Wert mehr auf ihr Äußeres. Ihre Trauerkleidung war ohne jeden Schick, und sie trug kein Make-up. Wolfes Körper war kaum kalt, und schon ließ sie sich total gehen.

Ich war, wie Sie zweifellos schon bemerkt haben, eifrig dabei, mich von meiner Besessenheit zu befreien, und hatte sogar ein paar Erfolge dabei. Ich kann polizeiliche Ermittlungen in einem Mordfall und Begräbnisse als gute Kur gegen sexuelle Besessenheit empfehlen. Zumindest vorübergehend. Sie und Laurel fuhren nach dem Begräbnis nach Long Beach zurück, und ich sagte mir, daß ich ihnen wohl zum letzten Mal Lebewohl gesagt hatte.

Trotzdem bin ich nach ihrem Anruf Freitagabend hingefahren und habe mich sowohl mit den Baustellen auf der Autobahn als auch mit einem sehenswerten Gewitter herumgeschlagen.

Sie wissen, wie deprimierend ein Feriengebiet aussehen kann, wenn es ein paar Tage lang immer nur geregnet hat, matschig, trostlos, irgendwie unrein, verseucht – es sah aus, als ob das aufgeputzte Sommerkleid durch einen zu frühen Herbst weggerissen worden wäre. Die Quinlan-Villa ähnelte jetzt noch mehr einem transylvanischen Gruselschloß.

»Wenn ich ein Gespenst wäre, würde ich auch hier spuken«, sagte Tommy fröhlich, als ich unseren Chevrolet neben dem BMW des Verstorbenen parkte.

Sue hatte sich verändert. Ihr Haar war kurz und adrett, nicht mehr toupiert. Sie sah auch nicht wie eine Matrone mit Rüschen aus, die um die Mitte herum etwas dick wurde. Ganz im Gegenteil, aus ihr war eine schlanke, tüchtige Geschäftsfrau in einem schicken Sommerkleid geworden. Ihr Make-up war sorgfältig aufgetragen, und sie schien sich völlig unter Kontrolle zu haben.

Tommy pfiff anerkennend, und sie errötete, als sie ihn zur Begrüßung küßte.

»Ich nehme dich statt der Kleinen morgen mit nach Grand Beach zu Diamond«, sagte er.

»Das kommt gar nicht in Frage, junger Mann.« Sie nahm meine beiden Hände und küßte mich auf die Wange. »Es ist schön, daß ihr gekommen seid, Lawrence.«

Sie werden natürlich sagen, das Ganze wäre für mich in Szene gesetzt worden. Klar. Und doch war es bedeutsam, dachte ich, daß sie es für mich in Szene gesetzt hat, und daß sie genau wußte, welches Bild mich am meisten beeindrucken würde.

Meine Besessenheit lebte sofort wieder auf.

Tommy fand Laurel, und die beiden gingen weg, nicht ohne vorher auf die eindringlichen Bitten Suzies das Versprechen abzugeben, »nicht so spät nach Hause zu kommen« – eine Phrase, die für junge Leute überhaupt keine Bedeutung hat, was sie eigentlich wissen sollte.

In dem riesigen Wohnzimmer im Erdgeschoß stand auf dem »nachempfundenen« Early American-Kaffeetisch eine Flasche Jameson's und zwei Gläser. (Es war die Art von Kaffeetisch, den die Early Americans gebaut hätten, wenn sie überhaupt daran gedacht hätten, Kaffeetische zu bauen.) Die Vorhänge waren zurückgezogen, und alle Lichter brannten. Sue versuchte, das Haus hell und freundlich erscheinen zu lassen. Trotzdem sah es immer noch aus wie ein Beerdigungsinstitut aus dem neunzehnten Jahrhundert.

Wahrscheinlich standen im Keller auch die Särge für die Vampire.

Sue goß uns beiden einen ziemlich kleinen Drink ein, und wir plauderten. Der übliche Small talk, zwischendurch entstand häufig ein peinliches Schweigen. Sie zwang sich dazu, entspannt zu sein, hatte aber wenig Erfolg damit. Ich erkundigte mich nach ihrer finanziellen Situation. Obwohl abzusehen war, daß man mit Father Armande zu einer Einigung kommen würde, und sie eine Menge Geld und die Kontrolle über die Firma behalten würde, war ihre augenblickliche Situation doch sehr kritisch. Wolfe hatte praktisch alles, auch das Haus in Long Beach, Father Armande vermacht. Sie hatte noch genügend Geld auf ihrem persönlichen Konto, um über den August und den September zu kommen. Aber dann war sie pleite. Armandes Anwälte wußten das bestimmt und würden es ausnutzen, um bei der Einigung möglichst viel herauszuschlagen.

»Vielleicht solltest du dir einen anderen Anwalt nehmen. Ich bin nicht sicher, ob man Kiernan über den Weg trauen kann.«

»Er war Wolfes Anwalt und der Anwalt von Wolfes Vater. Vielleicht ist es ja auch gut, wenn ich einmal arbeiten muß. Ich weiß allerdings nicht, was ich tun könnte. Ich kann nicht einmal Schreibmaschine schreiben. Vielleicht Kellnerin. Ich habe noch keinen einzigen Tag in meinem Leben gearbeitet. Wolfe wollte nicht, daß seine Frau arbeitet.«

»Ich bin sicher, daß du nicht Kellnerin werden mußt, wenn du das nicht möchtest.« Ich goß uns beiden noch einen Drink ein, der genauso bescheiden war wie der erste.

»Vielleicht möchte ich das aber. Dann könnte ich wieder mit Menschen umgehen. Vielleicht könnte ich sie mit einem unerwarteten Lächeln ein bißchen glücklicher machen.«

Sie probierte das Lächeln an mir aus. Und, weiß Gott, es machte mich glücklicher.

»Wenn du möchtest . . .«

»Vielleicht könnte ich auch wieder aufs College gehen.« Sie redete weiter, als hätte sie mich nicht gehört. Dann wurde mir klar, daß sie von mir Zustimmung erwartete, daß ich Wolfe in seiner Rolle als Feudalherr ersetzen sollte. »Ich müßte drei Jahre nachholen. Glaubst du, daß ich es schaffen würde, nach einer gewissen Zeit Jura zu studieren? Ich hatte gute Noten.« Sie betrachtete ihr Glas nachdenklich. »Das ist allerdings schon fünfundzwanzig Jahre her.«

Naive und frivole Träume, aber sie waren wichtig für ihr seelisches Wohlergehen. Ich wollte sie dabei nicht stören.

Vielleicht glauben Sie, daß das Ganze eine Art romantisches Zwischenspiel war: Jameson's nach einem schweren Gewitter am Ufer des Sees. Das war es nicht, das können Sie mir glauben. Sie war wieder unwiderstehlich attraktiv für mich geworden; aber inzwischen hatte ich soviel Angst vor ihrer Oberflächlichkeit, daß ich nicht einmal dann mit ihr in das große Schlafzimmer gegangen wäre, wenn sie mich dazu eingeladen hätte.

Das hat sie natürlich nicht getan. Witwen, die ihre Erziehung in einer katholischen Schule genossen hatten, denken nicht einmal an so etwas. Oder wenn sie daran denken, setzen sie ihre Gedanken nicht in die Tat um.

Ganz vorsichtig fragte ich sie nach den Geistererscheinungen. Ich hatte inzwischen den Verdacht, daß sie die nur als Vorwand benützt hatte, um einen mitfühlenden Mann herzulocken, mit dem sie reden könnte.

Sie stellte ihr Glas hin, verschränkte ihre Hände fest und

erzählte mir davon, wie ein Unterstufenschüler, der etwas auswendig Gelerntes herunterbetet.

Angefangen hatte es mit Geräuschen in Wolfes Arbeitszimmer. Dann kamen blaue Lichter, nicht im Inneren des Hauses, aber auch nicht draußen. Die Rüstungen stürzten dann mit lautem Krachen zu Boden (nur Tancredi war aus dem Haus entfernt worden). Am nächsten Morgen fand man dann Edelsteine, Briefmarken und Münzen, die aus ihren Schränken gerissen worden waren, überall auf dem Boden. Stühle waren umgestürzt, Bücher aus den Regalen geschleudert und die Vorhänge aufgerissen worden.

In den letzten Nächten hatten sich die Störungen auch auf andere Zimmer des Hauses ausgedehnt. Erst auf die Gästezimmer und dann auf Kevins Schlafzimmer. Sogar am hellichten Tag fielen Bilder von der Wand, Stühle um, alles ohne jede äußere Einwirkung.

Sie und Laurel hatten niemandem etwas davon erzählt, mit Ausnahme der Fosters. Die waren skeptisch, was Geistererscheinungen anbetraf, und machten den Seewind dafür verantwortlich, der auch tatsächlich in den letzten Tagen sehr kräftig gewesen war.

»Ich habe mir gedacht, wenn ein nüchterner und verantwortungsvoller Geschäftsmann wie du, Lawrence« – dabei hatte sie so etwas wie einen lausbubenhaften Ausdruck in den Augen – »einmal sehen könnte, was hier vorgeht, dann würde ich endlich wissen, ob ich die Angelegenheit ernst nehmen kann und irgend etwas unternehmen muß.«

»Was könntest du denn überhaupt unternehmen?«

Sie blickte überrascht hoch. »Versuchen, für Wolfe ein christliches Begräbnis zu arrangieren. Ich bin sicher, er möchte das. Er ist nie wirklich aus der Katholischen Kirche ausgetreten, Lawrence.«

Mir schien das eine der dümmsten Bemerkungen zu sein, die sie je gemacht hatte. Ein paar Stunden später war ich mir da nicht mehr so sicher. Auch was alles andere anbetraf.

Ich goß mir noch einen Jameson's ein, »auf den Weg«, und zwar einen doppelten, um die bösen Geister zu vertreiben, und ging nach oben in das Hauptgästezimmer. Sue sagte, sie würde so lange aufbleiben, bis die Kinder wieder zu Hause wären.

Laurel war eigentich alles, was sie noch hatte, das wurde mir klar. Ein Strohhalm. Außerdem schien das Mädchen der Mutter gegenüber ziemlich feindselig gewesen zu sein, als sie und Tommy weggegangen waren, um Diamond zu hören.

Ich versuchte die Tür zu Wolfes Arbeitszimmer zu öffnen. Sie war fest verschlossen. Ich fragte mich, wo wohl der Schlüssel sein könnte.

Ich öffnete die Tür zum Balkon vor meinem Zimmer. Es hatte aufgehört zu regnen, aber die Nachtluft war drückend und feucht, sie roch nach Erde und Sturm, der typische Sommergeruch, den ich so liebe. Ein wehmütiges Gefühl überkam mich, als ich daran dachte, daß es für mich als Kind nie Ferien in den Dünen gegeben hatte und daß ich nicht wenigstens versucht hatte, mich gegen Dorries Angst vor dem ›zuviel Geld auszugeben‹ durchzusetzen, und ein Ferienhaus zu kaufen.

Dann mußte ich mir selbst sagen, daß das eine absurde Reaktion war, trank meinen Jameson's aus und ging ins Bett.

Später wachte ich auf und zitterte vor Kälte. War der Winter zurückgekehrt? Es war, als ob ein arktischer Sturm vom See her wehte. Ich stolperte zu der Balkontür. Kein Wind. Die Luft draußen war sanft und warm, eine laue Sommernacht. Ich trat auf den Balkon. Da verschwand die Kälte – es war eine klamme Kälte gewesen.

Ich ging wieder in das Schlafzimmer zurück. Es war ein Gefühl, als ob man in ein Tiefkühlhaus geht. Einen Augenblick lang tanzten seltsame kleine blaue Lichter über den Boden und schienen dann durch die Tür in den Flur zu huschen. Ich war immer noch zu schlaftrunken, um klar denken zu können. Aber ich war mir immer noch ganz sicher, daß ich nicht an Gespenster glaubte.

Dann verschwand die Kälte ganz langsam, und wie mir schien, widerstrebend.

Ich taumelte wieder in mein Bett und war nicht einmal sicher, ob das alles wirklich passiert war. Ein Traum, ein Alptraum, das wird es wohl gewesen sein, dachte ich.

Dann hörte ich plötzlich, wie Gegenstände gegen die Wand geworfen wurden und eine Frau voller Entsetzen schrie.

Ich rannte durch die Diele zu Sues Zimmer. Die Tür rappelte, als ob schwere Sturmböen dagegen prallten. Im Inneren des Eheschlafzimmers fielen die Möbel um, Glas zerbrach und Gegenstände flogen gegen die Wand. Sue schrie vor blankem Entsetzen.

Ich versuchte die Tür aufzudrücken. Sie war nicht abgeschlossen und gab meinem Druck zunächst ein paar Zentimeter nach, knallte dann aber wieder zu, als sei sie ärgerlich über meine Einmischung.

Dann kamen Laurel und schließlich auch Tommy verschlafen und ängstlich aus ihren Zimmern. Tommy vom anderen Ende der Diele und Laurel aus dem Zimmer zwischen meinem und dem ihrer Mutter. Zu dritt stemmten wir uns gegen die Tür und drückten sie auf.

Monsignore Blackie, ich muß an dieser Stelle eins besonders betonen: Wir drei sahen nicht nur das Ergebnis der Phänomene in dem Schlafzimmer, als der Spuk zu Ende war, sondern konnten auch die letzten Augenblicke beobachten, bevor er zu Ende ging.

Suzie wurde gegen die mit Chintz verkleidete Wand gedrückt und war offenbar mit einem der durchsichtigen Vorhänge des riesigen Bettes gefesselt, so als läge sie in Ketten. Sie trug ein langes, lavendelblau und weiß gestreiftes Nachthemd, absolut sittsam, das können Sie mir glauben. Aber das Nachthemd war von ihrer Schulter gerissen worden, und Gegenstände knallten direkt neben ihr gegen die Wand – Bürsten, Spiegel, Uhren, Kissen, Kämme und Crèmeflacons. Sogar Kleider und Röcke flogen aus dem Schrank und Blusen und Unterwäsche aus den Kommodenschubladen. Das Entsetzen in ihrem Gesicht erinnerte mich an die schlimmsten Patienten in Dorries Klinik – eine Frau, die in der Falle saß, am Rande des Wahnsinns. Das ganze Zimmer roch nach Kloake. Die Gegenstände prallten mit einer enormen Wucht gegen die Wand, so als würden sie aus einer Kanone abgeschossen. Sues Schlafzimmer war eine chaotische Folterkammer geworden, in der eine böse Macht versuchte, sie in den Wahnsinn zu treiben.

Wir waren nur ein paar Sekunden lang Zeugen dieser schrecklichen Ereignisse. Es hörte so abrupt auf, als hätte jemand einen Fernseher abgeschaltet. Ein Crèmeflacon verharrte mitten im Flug direkt vor uns und polterte dann zu Boden. Der Lärm hörte ebenso plötzlich auf, außer Suzies Schreien. Man hörte sonst nur noch die leisen Geräusche des Sees bei Nacht.

Sie brach auf dem Boden zusammen, wie die Stoffpuppe eines müden und verdrießlichen Kindes am Ende eines Tages.

Es dauerte eine Stunde, bis wir sie wiederbelebt hatten. Dann mußten wir sie beruhigen. Tommy und ich waren sehr mitfühlend, Laurel am Anfang weniger. Schließlich transportierten wir sie wieder ins Bett zurück, gaben ihr eine Schlaftablette und versprachen ihr, den Rest der Nacht an der Schlafzimmertür Wache zu halten. Wir haben uns zu dritt abgewechselt. Am nächsten Morgen flehte sie mich an, jemanden zu finden, der uns helfen könnte, Wolfes Seele den ewigen Frieden zu bringen.

Ich fuhr nach Chicago und rief Red Kane an. Er arrangierte sofort einen Termin beim Kardinal für mich. Seine Eminenz war sehr freundlich und hat mir vorgeschlagen, mit Ihnen zu reden. Den Rest kennen Sie.

Ich habe wiederholt gesagt, daß ich nicht an Gespenster glaube. Aber das ist ein törichter Glaube, wenn man mit dieser gewalttätigen Furie konfrontiert worden ist, die von Suzies Zimmer Besitz ergriffen hatte. Ich muß mir selbst immer wieder sagen, daß die Toten nicht zurückkommen, um bei uns zu spuken.

Und trotzdem weiß ich ganz tief in meiner Seele, daß Wolfe Quinlan in dieser Nacht aus dem Reich der Toten zurückgekehrt ist, um noch als Toter seine Frau so zu quälen, wie er das als Lebender getan hatte. Meine einfache Frage lautet: Können Sie ihn daran hindern?

11 Blackie

»Könnte es nicht sein, daß er sie bestraft, weil sie ihn getötet hat?« fragte ich leise.

Er betrachtete seine riesigen Hände. Draußen ballte sich ein Sommergewitter zusammen und ließ mein Büro in der Wabash Avenue wie eine verwahrloste Katakombe aussehen.

»Ehrlich gesagt, ich weiß es nicht. Ich weiß nicht, wie sie ihn getötet haben soll. Wenn sie es getan hat, dann hatte sie weiß Gott Grund genug dafür. Es gibt auch noch so etwas wie Notwehr, nicht wahr?«

»Ja, sicher.«

»Sie stand mit uns vor der Tür, als wir sie aufgebrochen haben und seine Leiche fanden. Wie soll sie ihn getötet haben?«

»Ich bitte Sie, Larry, Sie sind doch wohl intelligent genug, um die Frage selbst beantworten zu können.«

»Wir haben keine Beweise dafür, daß er nicht vielleicht schon fünfzehn Minuten tot war, bevor sie uns geholt hat, um die Tür aufzubrechen?!«

»Genau.«

»Aber dann bleibt immer noch das Problem der abgeschlossenen Tür.«

»Wer sonst könnte am ehesten heimlich einen Zweitschlüssel gehabt haben?«

»Die Polizei hat uns gesagt, daß dieser Schlüsseltyp nicht kopiert werden kann; die Gußplatten, nach denen die Schüssel gemacht worden sind, sind anschließend sofort vernichtet worden. Es ist ein Unikat-Schlüssel.«

»Trotzdem bin ich der Meinung, daß jemand, der wirklich fest entschlossen ist, auf irgendeine Weise an eine Kopie zu kommen, das auch schafft.«

»Diese Enschlossenheit hat Sue nicht.« Sein markantes Gesicht kämpfte mit den Zweifeln.

»Seien Sie da nicht so sicher.«

»Sie glauben doch auch nicht, daß sie ihn umgebracht hat, oder? Doch nicht wirklich?« Er flehte mich fast an, ihn in dem Punkt zu beruhigen.

»Wie erklären Sie sich sonst diese Erscheinungen?«

»Ich weiß es nicht. Bei Gott, ich weiß es nicht.«

»Aber die Erscheinungen haben aufgehört, nicht wahr?«

»Ja.« Er dachte angestrengt über diese Tatsache nach. »Es sieht fast so aus, als ob der Geist Angst vor Ihnen hätte.«

»Ja, vielleicht.«

»Die Erscheinungen sind allerdings nicht völlig verschwunden.«

»Was?« Ich richtete mich vor Überraschung kerzengerade in meinem Stuhl auf. Diese Tatsache paßte nicht zu meinen Hypothesen. Das gefiel mir überhaupt nicht.

»In kleinerem Maße. Ein Schrank im Arbeitszimmer rumpelt immer noch. Und die Videokamera kommt jede Nacht aus dem Schrank.«

Ein deutlicher und unangenehmer Schauer lief mir über den Rücken. »Videokamera?«

»Wir packen sie jeden Abend wieder weg. Am nächsten Morgen liegt sie dann wieder auf dem Arbeitstisch . . . auf dem seine Leiche gelegen hat.«

»Äußerst ungewöhnlich.« Und unheimlich.

He, was soll das, ich bin Blackie Ryan, so etwas kann mir doch keine Angst machen, denn ich habe doch für alles eine Erklärung. Stimmt's? Wie meine Schwester Kate sagen würde.

Es stimmt.

»Sie kommen nach Long Beach, um das Ganze persönlich zu untersuchen?«

»Vielleicht.« Es wäre sehr schwer, mich jetzt noch daran zu hindern. »Ich muß erst noch ein paar andere Leute befragen, die in die Sache verwickelt sind.«

Ich blickte auf die Akte, die ich von der Diözese bekommen hatte, in der Louis Connery Priester gewesen war. Die gefiel mir auch nicht. Könnte es einen Zusammenhang zwischen diesen ganzen Absonderlichkeiten geben? Es gab nichts besonders Übernatürliches in Father Armande St. Cyrs Lebensgeschichte. Und doch war auch er unheimlich.

Vor fünfunddreißig Jahren war er ordiniert worden, also mußte er über sechzig sein, obwohl er angeblich zehn Jahre jünger aussah. Seine Mutter war Immigrantin und stammte von einer Farm in Quebec; sein Vater hatte bei der städtischen Müllabfuhr gearbeitet – erst hatte er als Fuhrmann den alten

Pferdewagen kutschiert, und dann war er Helfer auf einem der ersten Müllautos. Louis hatte keine besonders guten Noten im Priesterseminar gehabt, und es hatte ein paar Schwierigkeiten gegeben, bis er endlich ordiniert worden war. Der Rektor war der Meinung gewesen, er sei nicht so ganz vertrauenswürdig.

Zu der Zeit gab es noch keine Persönlichkeitstests, mit denen man potentielle Psychopathen hätte aussortieren können.

Aber dann hatte er mit Begeisterung fünfzehn Jahre lang in zwei schwarzen Pfarren gearbeitet. Er hat beide Pfarren auf Grund nicht näher spezifizierter Vorwürfe einiger Frauen wegen seines Verhaltens ihnen und ihren Töchtern gegenüber verlassen müssen. Ende der sechziger Jahre hatte er an Demonstrationen der Friedensbewegung teilgenommen und wurde dann auf eigenen Wunsch Direktor der Diözese der ›Charismatischen Erneuerung‹.

Bis dahin war da noch nichts Ungewöhnliches. Ein problematischer Priester – begeistert, fleißig, aber ohne inneres Gleichgewicht und mit einer Schwäche für Frauen, die vielleicht ein bißchen problematischer war als solche Schwächen normalerweise sind. Mit der Zeit lernt man, bei solchen vertraulichen Berichten aus der Kanzlei zwischen den Zeilen zu lesen: Warum sollten wir ihm die ›Charimatische Erneuerung‹ nicht geben? Die ist neu, wird nicht lange existieren, und wir sind ihn los.

Es mag ja tausend Gründe dafür geben, derartige instabile Persönlichkeiten nicht einmal in die Nähe einer solchen zwar legitimen, aber im höchsten Grade emotionalen religiösen Bewegung zu lassen. Aber keiner dieser Gründe, das muß leider gesagt werden, wäre vor fünfzehn Jahren einem unserer Kanzleibürokraten in den Sinn gekommen.

Aber dann wurde die Geschichte seltsam – angebliche Wunderheilungen, begeisterte Anhänger, seltsame psychische Erscheinungen, paraliturgische Gottesdienste, in denen junge Frauen in weißen Gewändern als ›Jungfrauen des Lichts‹ auftraten. Angeblicher Unfalltod einer dieser Jungfrauen, die, wie sich herausstellte, schwanger war. Verschwundene Spendengelder des Charismatischen Zentrums. Eine Polizeiuntersuchung des Todesfalls. Keine Anklage. Father Connery wird sechs Monate aus dem Verkehr gezogen und in die Weston Abtei geschickt. Ist nie in der Abtei aufgetaucht. Jetzt Führer einer eigenen kleinen Sekte im Mittleren Westen.

Mit anderen Worten, ein faszinierender und gefährlicher Verrückter, der immer verrückter und gefährlicher wurde. Könnte er etwas mit dem ›Trick des abgeschlossenen Zimmers‹ zu tun haben? Und mit den anderen pseudo-übernatürlichen und nicht pseudo-übernatürlichen Erscheinungen? So etwas würde Louis Connery jedenfalls gern bewerkstelligen, wenn er wüßte wie.

Wenn man heute auf die ganze Sache zurückblickt, dann hätte ich aus dem Bericht auch noch andere Schlüsse ziehen können. Aber das habe ich eben nicht getan. Als schwache Entschuldigung kann ich nur anbieten, daß es Spätsommer war, und in meinem Kopf nicht alle Zylinder ordentlich funktionierten. Es sollte sich herausstellen, daß mein Mangel an Scharfsinn tragische Folgen hatte. Wenigstens vier Leute haben deshalb noch sterben müssen.

»Ich bin nicht sicher, ob Sue mit Ihnen reden will. Vielleicht sollten Sie erst die anderen aufsuchen. Sie können ja dann einfach einmal vorbeikommen, wenn Sie ihre Verwandten in Grand Beach besuchen.«

»Ich hatte ohnehin vor, erst mit allen anderen zu reden.« Er sah mich an, als wolle er noch einmal ihre Unschuld beteuern. »Aber warum ziert sie sich? War es nicht ihre eigene Entscheidung, Hilfe zu suchen? Ist sie nicht in Sorge wegen der andauernden, hm, Manifestationen?«

Mir jedenfalls ginge das so, das können Sie mir glauben.

»Sie schämt sich. Sie ist der Meinung, Sie könnten sie nicht leiden.«

»Das ist nicht wahr, Larry.« Ich bemühte mich, so pastoral-beruhigend wie möglich zu klingen. »Warum sollte ich sie nicht mögen?«

Sie war eine Wade, und die Wades waren, Gott möge ihnen vergeben, Republikaner. Die Ryans waren natürlich Demokraten, radikale Demokraten, wenn ich an meine Mutter denke. Weniger gravierende Unterschiede hatten damals im alten 19. Bezirk zu erbitterten Feindseligkeiten geführt. Das war lange her. Die alte Feindschaft war vergessen. Nun ja, fast. Außerdem war sie ein Dummchen.

Niemand war allerdings dazu verdammt, ein solches Schicksal sein ganzes Leben lang zu ertragen. Ich würde mich bemühen, nett zu Suzie Quinlan zu sein, auch wenn sie eine Republikanerin war. Schließlich war sie schon so auf die Welt gekommen, also konnte sie nichts dafür. Ich würde sogar besonders nett zu ihr sein, denn sie war ja inzwischen von Suzie zur Sue befördert worden.

Da war natürlich immer noch das Problem des Schlüssels. Kurz vor Larry Burkes Rückkehr hatte mein Telefon geklingelt.

»Father Ryan«, hatte ich gemurmelt und versucht, wie ein klerikaler Bürokrat zu klingen, wissend, diskret, weise. »Du lieber Gott, ich dachte, ich spreche mit dem Papst . . . wie dem auch sei, du hattest recht mit dem Schlüssel. Vielleicht solltest du einmal die revidierte Auflage meines Buchs lesen.«

»In der Tat.«

»Jawohl.« Mike Casey war jetzt ganz der clevere Kriminalbeamte. »Im Frühling ist tatsächlich auf Wunsch von Mrs. Quinlan ein neues Schloß für die Tür gemacht worden, mit zwei Schüsseln. Es ist kurz vor dem Memorial Day-Wochenende eingebaut worden – als du in diese Schießerei im Karwick Supermarkt verwickelt warst.«

»Aha.« In Wirklichkeit war ich nicht einmal in der Nähe des Supermarkts gewesen, aber ich ließ das durchgehen. Schließlich war ich bei der Sache tatsächlich nicht so ganz unbeteiligt. Ich und mein Freund P. O./3d C. S. McLeod von der United Staates Küstenwache.

»Wie du auch schon vermutet hattest, haben diese Schwachköpfe in Long Beach sich außerdem nicht die Mühe gemacht zu überprüfen, ob die Registernummer des Schlosses in seiner Schreibtischschublade auch tatsächlich mit dem Schloß übereinstimmte, was natürlich offensichtlich nicht der Fall war.«

»Es gibt oder gab also noch einen Schlüssel? Und Mrs. Quinlan besaß ihn?«

»Das ist anzunehmen.«

»Sie gehört eigentlich nicht zu den Frauen, die ohne Wissen

ihres Mannes ein Schloß austauschen würden«, sagte ich mehr zu mir selbst als zu Mike Casey.

»Vielleicht hat er ihr den Auftrag gegeben.«

»Und den Schlüssel dann selbst an sich genommen?«

»Warum nicht? Vielleicht hat er ihn deinem Freund Father Armande gegeben.«

»In der Tat.«

Ich dankte Mike für seine Hartnäckigkeit. Ich beschloß, Lawrence F. X. Burke kein Wort von der Existenz des zweiten Schlüssels zu sagen. Ich würde mir dieser kleine Überraschung für La Suzie persönlich aufsparen.

Das Ganze gefiel mir überhaupt nicht.

»Ich habe in den letzten paar Tagen eine Menge über sie erfahren, Blackie«, fuhr Larry im Ton eines Mannes fort, der ein Kunstwerk aus einer anderen Welt beschreibt. »Sie hat sehr gute Gründe, ängstlich zu sein. Möchten Sie die hören?«

Ist der Papst katholisch?

12 Lawrence F. X. Burke

Ich kann den Rest meiner Geschichte nicht mehr sehr objektiv wiedergeben. Ich bin nicht mehr in der Lage, zu beurteilen, was richtig und was falsch ist. Die ganze Angelegenheit wird, jedenfalls aus Ihrer Sicht, noch weiter dadurch erschwert, daß es mir inzwischen auch gleichgültig ist, was richtig und was falsch ist.

So weit habe ich mich von der Redlichkeit meines Vaters entfernt.

Vorgestern habe ich meine Sekretärin angerufen und ihr gesagt, sie solle allen Anrufern mitteilen, ich hätte mir einen Tag freigenommen. Die arme Frau war so überrascht, daß sie sich anhörte, als hätte sie einen Herzanfall.

Ich bin nach Long Beach gefahren und kurz vor dem Mittagessen dort angekommen. Weder Tommy noch Sue schienen überrascht zu sein, mich zu sehen. »Das Mäuschen in deinem Büro hat gesagt, du hättest dir einen Tag frei genommen.« Tommy blickte kaum von seinem Computermagazin hoch, das er am Rand des Swimming-pools las. »Wir haben uns gedacht, daß du hierhinkommen würdest. Das ist klasse, denn dann kannst du hier aufpassen, und ich kann heute nachmittag ein Match mit Packy Jack Ryan machen.«

»Ich habe hier in der letzten Zeit eine ganze Truppe von Teenagern, die auf mich aufpassen.« Sue unterbrach ihre Schwimmübungen und blickte zu mir hoch. »Sie haben versprochen, mir Wasserskifahren beizubringen, wenn du nichts dagegen hast.«

Sie klang fröhlich; Tommys neue Freunde hatten ihr ein bißchen von der Freude vermittelt, die sie bei ihren eigenen Kindern nie erlebt hatte. Ich fragte mich, ob sie genug Fantasie hatte und intelligent genug war, um die Bitterkeit dieser Tatsache zu begreifen. Und ihre Vergänglichkeit.

Sie servierte das Mittagessen am Pool. Es gab Hamburger und eine Flasche Rotwein, den Tommy zugunsten von Diätcola ablehnte.

»Die Hamburger sind besser als bei MacDonalds«, stellte er zwischen zwei Bissen fest, während er den zweiten verschlang, »und ich bin auf dem Gebiet ein Experte.«

»Sie sehen mich erröten, gnädiger Herr.«

Tommy betrachtete sie skeptisch. »Da kann man aber nichts von sehen.«

Die beiden kamen fantastisch miteinander aus. Es stellte ja auch keiner von beiden für den anderen eine Bedrohung dar.

Nachdem Tommy die Reste der Hamburger und die leere Weinflasche weggebracht hatte, ging er zum Golfplatz in Grand Beach. Weder Sue noch ich wußten, worüber wir miteinander reden sollten. Sie zog den geblümten Wickelrock aus, den sie über ihrem zweiteiligen Badeanzug getragen hatte, und sprang wieder ins Wasser. Ich las die Zeitung und stürzte mich auf die *Business Week*.

Sue zog sich dann erschöpft am Beckenrand hoch und wickelte sich in ein großes Badetuch. »Diese verflixten Kinder kriegen mich doch wieder richtig an die Arbeit.«

»Kommst du gut mit Tommy aus?«

»Er ist ein richtiger Schatz. Du kannst stolz auf ihn sein.«

Ich hätte beinahe gesagt, daß ich tatsächlich stolz bin, aber ich hatte Angst, das würde sie an Kevin erinnern. Wenn ich jetzt daran zurückdenke, war das Unsinn. Sie war nicht neidisch auf mich wegen Tommy.

Ich kämpfte mich weiter durch die *Business Week*, verstand kaum etwas von dem, was ich las, und sagte mir, wie absurd doch dieser »Ferientag« war.

Sue lag auf einer dieser dicken gelben Gummimatten neben dem Swimming-pool, trug ihre weiße Sonnenbrille und kämpfte sich ihrerseits durch ein Buch, dessen Titel ich nicht erkennen konnte; ich vermutete aber, daß es ein Vorlesungsverzeichnis war.

Es war ein glühendheißer Tag, weit über dreißig Grad, mit der typischen Feuchtigkeit des Mittleren Westens. Sue löste die Träger ihres Oberteils, um die allgemein so beliebte gleichmäßige Bräune zu bekommen, (von der ich, glaube ich, noch nie viel gehalten habe).

Ich dachte, es sei an der Zeit, meine Pflichtbahnen im Pool zu absolvieren. Ich schwamm mit kräftigen Stößen, bis ich mich total verausgabt hatte. Ich hoffte, daß ich noch so lange aushalten würde, bis Tommy zurückkäme. Dann, so sagte ich mir, würde ich mich für einen kleinen Mittagsschlaf entschuldigen.

Ich setzte mich ein paar Minuten in einen der Liegestühle, nur um meine Haut ein bißchen trocken werden zu lassen, bevor ich mich in mein Gästezimmer zurückziehen wollte.

Ich konnte meinen Blick nicht von ihr wenden. Sie saß drüben auf der anderen Seite des Pools und hatte für mich eine fast unwidersehliche Anziehungskraft. Der juristische Terminus *attraktives öffentliches Ärgernis* kam mir wiederholt in den Sinn. Sie war tatsächlich ein Ärgernis. Ich hätte sie nie in mein Leben treten lassen dürfen, ich hätte ihrem Bild nie erlauben dürfen, in meiner Fantasie herumzuspuken. Sie war nur eine seichte, oberflächliche Frau in mittleren Jahren, das sagte ich mir zum millionsten Mal.

Ein attraktives Ärgernis.

Ich erhob mich voller tugendhafter Vorsätze aus meinem Stuhl. Aber meine Füße wurden zu Verrätern und ließen mich nicht zum Haus, sondern zu ihr gehen. Ich stand über ihr, fasziniert von ihrem zerbrechlichen und so anziehenden bloßen Rücken und all den Versprechungen und Möglichkeiten, die er bot. Sie war dazu erzogen worden, sich Männern zu unterwerfen. Sie hatte sich anderen hingegeben. Jetzt würde sie sich mir hingeben. Dazu war sie da.

Ich schäme mich, diese Gefühle zu beschreiben, besonders im Zusammenhang mit dem, was Sie mehrfach über die Männer gesagt haben, die jahrhundertelang die Frauen benützt und ausgebeutet haben. Theoretisch bin ich auch grundsätzlich dagegen. Aber in der Praxis erlag ich der Versuchung. Ich war stark. Sie war zerbrechlich. Ich wollte sie haben.

Als sie spürte, daß ich hinter ihr stand, obwohl sie meine bloßen Füße auf dem Boden des Beckenrandes nicht gehört hatte, drehte sie sich zu mir um. Sie nahm ihre Sonnenbrille ab, hielt mit einer Hand das Oberteil ihres Badeanzugs und sah mich prüfend an. Mein Gesichtsausdruck verriet ihr alles und sie drehte sich betroffen, und ich glaube auch resigniert, wieder um.

Das, was ich mir acht Jahre lang gewünscht hatte, würde jetzt endlich geschehen. Es würde schnell vorbei sein, vielleicht auch grob, mit Sicherheit aber unbefriedigend. Und doch mußte es geschehen.

Ich zog sie hoch. Sie wehrte sich einen Augenblick lang ohne viel Kraft und preßte gleichzeitig immer noch das Oberteil gegen ihre Brüste. Ich riß es ihr weg und zog sie in meine Arme. Ich war inzwischen fast wahnsinnig vor Sehnsucht nach ihr. Ihr Widerstand ließ nach und sie unterwarf sich sanftmütig, genau wie ich es erwartet hatte.

Die Sanftmütigen werden das Erdreich besitzen? Vielleicht. Ich weiß allerdings nicht, warum sie das überhaupt wollen.

Ich küßte und streichelte sie, drückte sie an mich und zog ihr das Unterteil ihres Badeanzugs aus. Sie war nackt noch viel schöner als in meinen Fantasien. Ich drückte sie auf die Matte hinunter und warf mich über sie. Sie roch nach Wein, Schweiß und Sonnenöl, eine sehr empfindsame Frau, der man sogar ihre letzte Verteidigungsmöglichkeit, ihr Parfüm, genommen hatte.

Mein, alles war mein, sie war mir ausgeliefert. Die Sexualfantasie eines Pubertierenden wurde wahr. Eine Seite aus einem *Playboy*-Artikel.

Und es kam genau so, wie ich es erwartet hatte. Es machte nicht viel Spaß. Ich strebte hastig und brutal nach sexueller Entspannung und nach der Entladung einer lang aufgestauten sexuellen Besessenheit; aber es gab wenig Befriedigung bei der Eroberung eines so passiven, stillen und resignierenden Preises.

Dann sah ich, daß ihre Augen feucht waren. Tränen, dumme Frauentränen. Ich hörte den idiotischen Refrain ihres verstorbenen Mannes. »Du weißt doch, wie die Frauen sind!«

Ihre Tränen lösten bei mir eine seltsame Reaktion aus. Ich habe mich davon noch nicht erholt und werde mich vielleicht nie davon erholen. Ich unterbrach meine wilde Jagd nach dem Orgasmus und küßte zärtlich ihre Augen und dann ihre Lippen, nicht in der verschlingenden Weise wie vorher, sondern . . . sondern wie? Beruhigend? Liebevoll? Wollte ich ihr einen Augenblick lang wirkliche Zuneigung zeigen?

Jedenfalls legte ich ganz unbewußt, vermute ich, in diese

Küsse alle Zärtlichkeit, alles Mitgefühl und alle Freundlichkeit, die in mir waren.

Für ein paar Sekunden brach etwas in meiner Persönlichkeit auf, ich spürte eine plötzlich aufbrandende Welle von Zärtlichkeit, von der ich wußte, daß ich sie nicht auf Dauer würde aufrechterhalten können. Drei Küsse, fünf, wenn man die beiden auf ihre Brüste mitzählt, so zart wie die eines schüchternen, verliebten dreizehnjährigen Jungen. Mitten in meinem qualvollen Bemühen um sexuelle Entspannung sah ich aus den Augenwinkeln, so wie ich zum Beispiel beim Lesen auf einer Sonnenterrasse eine Motorjacht weit draußen auf dem dunstigen See erblicken konnte, daß sie eine Kostbarkeit war, die man äußerst liebevoll behandeln mußte, eine magische Frau, die in jeder Schicht ihres Wesens geheimnisvoll und faszinierend war.

Meine Vision verblaßte im Nebel. Ich fühlte, wie die heimtückische Versuchung der Zärtlichkeit nachließ. Ich spürte, wie eine noch größere Grobheit wiederkehrte, sich sogar zur Brutalität steigerte. Hatte sie nicht auch an ihrem Mann die Brutalität geliebt?

Bevor die letzte Spur von Zärtlichkeit verschwunden war, veränderte sich auch Sue. Aus ihrer passiven Hingabe wurde eine totale Selbstvergessenheit, eine leidenschaftliche Selbstaufgabe, so absolut, wie ich es nie bei einer Frau für möglich gehalten hätte. Es war so, als hätte sie alle Kleider abgestreift und sich mir völlig nackt für den Rest ihres Lebens angeboten. Sie hielt nichts zurück, versuchte nichts zu verbergen und verweigerte mir nichts. Die Wollust, die ich durch ihre Hingabe erlebte, war wie ein brausender Tornado des Glücks, aber so zerstörerisch, daß ich nicht sicher war, ob ich einen solchen, die Seele vernichtenden Sturm aushalten und überleben könnte.

Alles andere löste sich auf. Es gab nur noch uns beide, allein auf einem Planeten, der nur der kosmischen Wollust geweiht war. Mein letzter vernünftiger Gedanke war Erstaunen darüber, daß ich diese unendliche Wollust ausgerechnet mit dieser Frau erlebte.

Das ist aber noch nicht alles. Diese erste ekstatische

Begegnung war nur ein Vorgeschmack auf das, was noch kommen sollte.

Wir preßten uns unter der unbarmherzigen Augustsonne aneinander, schnappten nach Luft, waren in Schweiß gebadet und stolz auf unsere unglaubliche Reise. Sie weinte ein bißchen, aber ich glaube nicht vor Kummer. Ich streichelte sie beruhigend und flüsterte zärtliche Liebesworte in ihr Ohr.

Dann gab sie sich mir hin. Sie hatte mir ihren Körper gegeben, jetzt gab sie mir alles andere. Sie deckte uns mit einem großen Badetuch zu, drückte ihren Körper fest an meinen und erzählte mir mit ihrer sanften, wunderschönen Stimme und ohne eine Träne die Geschichte ihres Lebens, das war keine Geschichte, die ich gerne hören wollte, denn ich wußte, daß sie schrecklich sein würde und ich befürchtete, daß sie mich andererseits faszinieren würde.

Sie waren beides, schrecklicher und faszinierender als ich erwartet hatte. Einiges war fast unerträglich abstoßend. Aber Sue wurde, während sie das alles erzähle, immer attraktiver. Die Enthüllung des Selbst ist wohl immer eine attraktive Angelegenheit. Der Mensch, der sich dir offenbart, schmeichelt dir mit Vertrauen und verzaubert dich mit seiner Verletzlichkeit. Ihr Vertrauen und ihre Verletzlichkeit waren fast total. Am Ende siegte die Faszination über das Entsetzen – und führte bei mir zu Bewunderung und Respekt.

Dort am Rande des Swimming-pools hielt ich ihren nackten Körper in meinen Armen und schwor, daß ihre Leidenszeit jetzt vorüber sein sollte.

Ihr Körper, der völlig friedlich in meinen besitzergreifenden Armen lag, war so schön, daß ich wie geblendet hin- und wieder fortsehen mußte, so wie man bei einer Sonnenfinsternis seine Augen abwendet. Sogar seine kleinen Schönheitsfehler, die Falten und die kleinen Fettpolster, die sogar die Sportlichsten unter uns entwickeln, wenn die Jugend vorüber ist, waren in rührender Weise anziehend. Ihr Gesichtsschnitt, ihr Körperbau und ihre Muskulatur waren so, daß sie immer schön bleiben würde, wenn sie nur richtig geliebt wurde.

Könnte ich sie so sehr lieben? Jetzt, unter der inzwischen dunstigen, aber immer noch heißen Augustsonne, während sich ihre Brüste an mich preßten und unsere Beine ineinander verschränkt waren, hatte ich nicht den geringsten Zweifel daran.

Die Zweifel würden später kommen.

Bevor ich wieder auf die Erde zurückgekehrt war und irgendwie auf das, was sie mir geschenkt hatte, reagieren konnte, kam ein Auto mit ziemlichem Lärm die Auffahrt hoch, und wir hörten die typischen hohen Teenagerstimmen. Sue kicherte, rollte sich aus meinen Armen, zog ihren Badeanzug an und sprang ins Wasser. Ich folgte ihr genau so schnell.

»Hallo, Leute, hattet ihr einen ruhigen Nachmittag zu Hause?« rief Tommy uns zu. »Immer noch im Wasser, Mrs. Quinlan? Sie sollten es nicht übertreiben. Alte Leute sollten sich nicht zu sehr anstrengen.«

Gegen unseren Willen mußten wir beide fürchterlich lachen. Tommy schien das nicht zu bemerken.

Aber beim Abendessen fiel ihm unsere Mischung aus Hektik und Nervostität auf. Er hob bedeutsam eine Braue, blickte mich ganz kurz verständnisvoll an, und sagte nichts mehr. Mußte er auch nicht.

Interessanterweise schien er nichts dagegen zu haben. Ich hatte Schuldgefühle. Schließlich hatte ich seine arme Mutter betrogen. Dann wurde mir klar, daß seine Mutter, wenn sie in der Lage wäre, so etwas wahrzunehmen, auch nichts dagegen haben würde.

Nach dem Abendessen sahen wir uns im Kabelfernsehen *Wifemistress* an, das war alles in allem ein Fehler, aber keiner von uns hatte den Film bislang gesehen.

»Ich stehe auf dieses Antonelli-Mäuschen«, verkündete Tommy. »Auch wenn sie richtig alt ist, fast so alt wie Sie, nicht wahr, Mrs. Quinlan?«

»Älter«, sagte Sue. »Beim Optiker habe ich in einer Film-Illustrierten gelesen, daß sie über fünfzig ist.«

»Ist ja irre.«

»Also, ich hab' genug für heute. Zu viel Anstrengung für eine alte Frau, da hattest du ganz recht, Tommy.«

Sie küßte uns beide auf die Stirn und ging die breite Treppe zum zweiten Stock hinauf. Jetzt war ich definitiv am Zug, dachte ich bei mir.

Wir sahen uns die Zusammenfassung des Tages von den olympischen Spielen auf Kanal 7 an, und Tommy staunte über die »wirklich irren« Schultern der amerikanischen Schwimmerinnen. Dann ging er ins Bett.

Ich blieb vor dem Fernseher sitzen, trank eine Diätcola, beachtete kaum den französischen Kriminalfilm, der da vor meinen Augen ablief, und dachte voller Staunen darüber nach, was für eine glückliche Familie wir drei doch waren.

Wenn es doch nur so weitergehen könnte . . .

Natürlich war das unmöglich. Das Leben besteht eben nicht nur aus heißen Sommertagen mit Hamburgern, Steaks, gutem Wein, unglaublichem Sex, interessanten Filmen und einem reizenden achtzehnjährigen Jungen.

Das alles ging mir so durch den Kopf, als ich in mein Zimmer ging, um zu entscheiden, wie der Rest der Nacht aussehen würde. Es war durchaus möglich, daß die Entscheidung darüber auch eine Entscheidung für mein ganzes Leben sein könnte. Aber ich war zu zufrieden und zu – wenn ich das Wort gebrauchen darf – glücklich, um eine so schwerwiegende Entscheidung treffen zu können.

Was da am Swimming-pool passiert war, war eine animalische Reaktion gewesen. Triebfeder war die Begierde des männlichen Tiers und die aufgestaute Energie einer langjährigen Besessenheit, die durch das ziemlich karge Sexualleben der letzten Jahre noch verstärkt worden war. Der nächste Schritt bestand jetzt darin, daß ich ganz bewußt, vernünftig und wohlüberlegt eine Entscheidung treffen mußte. Ich mußte die verschiedenen Möglichkeiten sorgfältig gegeneinander abwägen, so wie ich es für einen Klienten tun würde, der seine schwer verdienten Ersparnisse investieren wollte. Ich war ein solcher Narr, daß ich tatsächlich glaubte, noch eine Wahl zu haben.

Ich schaltete den Fernseher ab, schaute nach, ob alle Türen abgeschlossen waren, machte das Licht aus (wie ein richtiger Pater Familias!), und trottete unsicher zum zweiten Stock hinauf. Oben angekommen war ich ziemlich aus der Puste. Zu viel verschiedenartige Anstrengungen an einem Tag für so einen alten Mann wie mich.

Und ich war wirklich ein alter Mann. Warum gab ich mich auch mit solchen albernen Spielchen ab?

Ich ging in mein Zimmer, zog mein Hemd, meine Hose und meine Turnschuhe aus, und trat nur mit Shorts bekleidet auf den Balkon, so als gäbe es überhaupt keine Probleme. Die Temperatur war auf knapp über zwanzig Grad gefallen, der See war ganz ruhig, der Mond blinzelte freundlich durch den dünnen Wolkenvorhang – verfrühte Anzeichen eines Altweibersommers für eine herbstliche Liebesaffaire.

Die Schiebetür auf ihrer Seite des Balkons stand offen, und angenehm kühle Nachtluft ersetzte die Luft der Klimaanlage, die tagsüber die Hitze fernhielt. Die durchsichtigen rosafarbenen Vorhänge bewegten sich leicht in der sanften Brise.

Die ernsthafte Debatte darüber, was ich tun sollte, war vorbei – wenn es überhaupt jemals eine solche Debatte gegeben hatte. Ich ging durch die wehenden Vorhänge. Sue saß an ihrer Frisierkommode und las konzentriert in ihrem Vorlesungsverzeichnis. Sie trug ein pfirsichfarbenes Spitzennachthemd mit dem dazu passenden Make-up (im letzten Jahr hatte ich eine Menge über diese Dinge gelernt.)

Ich fragte mich, ob er sie je in einem solchen dünnen und entzückenden Nachthemd gesehen hatte. Aber das war schließlich jetzt absolut irrelevant, sagte ich mir dann.

Sue hörte mich, blickte hoch, legte das Verzeichnis weg und stand zögernd von ihrer Frisierkommode auf.

»Hast du mich erwartet?« Ich blieb in der Tür stehen und spürte, wie die Vorhänge meinen nackten Körper streiften. Sie nahm ihre Brille ab, klappte sie zusammen und legte sie neben die Flasche Jameson's und die beiden leeren Gläser auf ihrer Frisierkommode. »Ich wollte vorbereitet sein, falls du kommst.«

Ich ging vorsichtig über den dicken rosafarbenen Teppich. Jetzt war ich endlich in dem Boudoir, von dem ich so oft geträumt hatte. Ihr Gesichtsausdruck verriet Unsicherheit, sie sah aus wie ein kleines Mädchen, das nicht recht weiß, ob der Lehrer böse ist.

»Alles perfekt, Drinks für zwei?« Sie roch nach Zitrusblüten.

»Es könnte ja sein, daß du Durst hast.« Sie lächelte schwach.

»Ich rieche nicht halb so gut wie du.« Ich berührte ihr Gesicht. Sie zuckte zusammen, als ob ich sie geschlagen hätte. »Doch, tust du wohl . . . weiß Tommy Bescheid?«

»Ich habe es ihm nicht gesagt.« Mit meinem Finger folgte ich der Kontur ihres Kinns. »Ich glaube, er hat etwas gemerkt. Aber es scheint ihm nichts auszumachen.«

Sie nickte zustimmend. »Hat dir das da unten gefallen?«

»Mehr als alles andere in meinem Leben.« Ich streichelte die Muskeln ihres Halses mit federleichten Fingern.

»Ich hätte nicht gedacht –« sie atmete tief, so als hätte ich ihr die Luft abgeschnürt. Ihre Lippen öffneten sich, und ihr Kinn sank auf ihre Brust. »Ich hätte nie geglaubt, daß ich das jemals gekonnt hätte – hast du mich schon lange so begehrt?«

»Ja, das kann man wohl sagen.« Ich nahm ihr Gesicht in meine Hände und küßte sie auf die Stirn.

»Und du willst mich immer noch?« Sie schien erstaunt über diese Möglichkeit zu sein.

»Was glaubst du denn?« Ich streifte ihr den Make-up-Kittel von den Schultern.

»Ich verstehe nicht, wie du das nach allem, was ich dir heute nachmittag erzählt habe, noch kannst.« Sie war kurz davor zu weinen.

»Um so mehr.« Ich berührte den dünnen Träger ihres Hemdes und schob ihn hinunter.

»Wirklich?« Sie war so erstaunt wie jemand, der in der Lotterie gewonnen hat, obwohl er sich gar kein Los gekauft hat. »Ich verstehe das nicht. Aber ich verstehe zur Zeit ohnehin nichts mehr.«

»Mach dir darüber keine Sorgen.« Ich schob den anderen Träger weg. Sie hielt das Hemd mit ihrer Hand vor der Brust fest. Mit dem Finger der anderen Hand berührte sie ganz zart erst meine Brust, dann meinen Bauch, und kroch dann heimtückisch unter das Gummiband meiner Shorts.

»Wenn du mich willst« – sie holte tief Luft, wie ein Olympiakunstspringer oben auf dem Sprungturm – »kannst du mich haben, wann immer du willst.«

Zum zweiten Mal wurde mir das schön verpackte Geschenk angeboten.

»Und wenn du mich willst« – ich muß geschluckt haben – »kannst du mich auch haben, wann immer du willst. Ein Geschenk ist des anderen wert.«

»Ich hatte gehofft, daß du das sagen würdest.« Sie küßte mich ganz leicht und dann ganz intensiv. Sie preßte ihre Zunge in meinen Mund, warf beide Arme um mich, und drückte mich mit all ihrer Kraft ganz fest an sich.

Erst fiel ihr Hemd zu Boden und dann einen Augenblick später meine Shorts.

Wir waren in dieser Nacht sehr zärtlich und lieb zueinander, manchmal waren wir sogar richtig komisch. Als ich schließlich erschöpft einschlief, hatte ich schon eine Ahnung von dem, was mir dann am nächsten Vormittag völlig klarwurde.

Ich hatte mich zum zweiten Mal in meinem Leben verliebt, unwiderruflich und leidenschaftlich verliebt. Vielleicht war es ja eine törichte, ja sogar destruktive Spätsommerliebe, aber ich wollte und konnte nichts dagegen machen.

Ich war jetzt älter und reifer als zu der Zeit, als ich mich zum ersten Mal verliebt hatte. Ich wußte, daß meine Entscheidung problematisch war. Ich wußte, daß ich sie eines Tages wahrscheinlich bereuen würde. Aber das war mir egal, und es ist mir auch jetzt noch egal.

Wenn sie ihren Mann umgebracht hat, Monsignore Blackie, dann hatte sie ein Recht dazu, und ich werde alles tun, was in meiner Kraft steht, sie vor jedem zu schützen, der sie bedroht.

13 Blackie

»Sie haben natürlich Laurel angerufen?« sagte ich und ignorierte seine überflüssige Drohung.

»Nach dem Abendessen am gleichen Tag und am nächsten Morgen – na ja, es war schon fast Mittag. Sie war bei ihren Freunden in Elmhurst gut aufgehoben. Sue sagt, das Kind müsse erst mal wieder mit sich selbst ins Reine kommen.«

Er zitierte diese äußerst triviale Weisheit so, als hätte er sie als Inschrift auf einem alten Denkmal gefunden. Dich hat es schlimm erwischt, mein Freund Lawrence F. X. Burke. Nicht, daß es wirklich schlimm sein muß.

»Haben Laurel und ihre Mutter miteinander gesprochen?« wollte ich wissen.

»Nur kurz. Zwischen den beiden besteht offensichtlich eine gewisse Spannung; aber das war auch zu erwarten. Das beweist gar nichts.«

»Sie hatte also mehr Zeit für Sie und Tommy?«

»Vor allem für Tommy. Aber mir gegenüber war sie sehr herzlich. Sie will übrigens zu Ihnen kommen, unter der Bedingung, daß Tommy mitkommen kann.«

Warum nicht? Dann könnte ich sie anschließend von meiner Nichte The Cat O'Connor, alias O'Connor The Cat, amtierende Rettungsschwimmerin und regierende Königin und Kaiserin von Grand Beach, überprüfen lassen.

Es gab eine Anzahl von Punkten, die eher für als gegen ihn sprachen, die der wahre Israelit ohne Arg (wie es in der Bibel heißt) Larry Burke nicht beachtet hat.

Erstens ist er verführt worden. Vielleicht hat Suzie, Verzeihung Sue, das nicht ganz bewußt gemacht, aber sie war andererseits auch nicht ganz unschuldig daran. Diese Tatsache hat meine Wertschätzung für Sue nicht beeinträchtigt. Es war eher so, daß sie bei mir dadurch gewonnen hat, nicht viel, aber doch etwas. Sie hatte diese Verführung mit bewunderswerter Geschicklichkeit veranstaltet, wenn man davon ausgeht, daß das Ganze geplant war. Pfirsichfarbenes Nachthemd – also wirklich! Es ist nicht so, daß ich Verführungen generell bejahe (aber ich habe auch nichts dagegen, wenn Sie das meinen), aber ich habe entschieden etwas gegen ungeschickte Verführungen.

Die Intelligenz, die sie bei ihrer Eheschließung abgelegt zu haben schien, war doch nicht ganz verschwunden. Der Trick mit der Selbstenthüllung war nicht ohne eine gewisse Eleganz.

Zweitens irrte er sich, wenn er glaubte, die Liebe wäre in Grand Beach vom Himmel gefallen. Sie war schon lange vorher da. Er hatte versucht, sie vor sich selbst zu verbergen, indem er vorgab, sein einziges Gefühl sei das der Besessenheit. Daß er von ihr besessen war, stand ohnehin fest. Aber Larry Burke war nicht der Mann, der eine Besessenheit ohne ein anderes Motiv solang aufrechterhalten würde.

Er hatte in dem kleinen Dummchen Suzie etwas gesehen, daß Liebe verdient hatte. Er konnte es nicht identifizieren oder benennen, aber in dem dunklen Reich seines Vorbewußten wußte er, daß es da war.

War es wirklich da? Es könnte sehr gut sein, daß der Rest seines Lebens von dieser einfachen Frage abhing. Vielleicht konnte seine Überzeugung, daß dieses namenlose Liebenswerte in seiner Sue vorhanden war, es tatsächlich zum Leben erwecken.

Ich hatte da schwere Vorbehalte. Andererseits stand es mir nicht an, das Urteil eines so scharfsinnigen Frauenkenners wie Tommy Burke anzuzweifeln, der gesagt hatte, Sue sei eine »coole Mieze«.

Brigid, Patrick und Colmucille mögen uns behüten, wie meine Mutter sagen würde, wenn ein unerwartetes Wunder in unserem Leben passiert.

Andererseits war Lawrence F. X. Burke inzwischen so hoffnungslos in sie verliebt, daß er bereitwilligst jemanden umbringen würde oder einen Mord decken würde, um sie zu beschützen. Er würde das mit dem gleichen guten Gewissen tun, wie sein Vater seinen Bankschalter während der großen Depression verlassen hat, ohne auch nur einen Bleistift mitzunehmen, der der Bank gehörte.

»Sie werden sie doch nicht der Polizei übergeben?« Er fragte mich das zum zweiten Mal und unterbrach damit meinen Gedankengang.

»Bitte, Mr. Burke. Bin ich ein Angestellter der Polizei von Chicago oder Elmhurst oder Long Beach? Bin ich ein Assistent des Staatsanwalts des LaPorte-Bezirks? Ich bin ja nicht einmal ein lizensierter Privatdetektiv.«

»Sie sind mein Pfarrer.« Er runzelte die Stirn über diese tiefsinnige Bemerkung.

»Ach, ja. Das bin ich tatsächlich. Ich bin beauftragt, bestimmte psychische Phänomene in Mrs. Quinlans Haus aufzuklären, Phänomene, die inzwischen offenbar verschwunden sind.«

»Nicht ganz. Als wir gestern morgen und auch heute zum Frühstück hinuntergingen, lag die Kamera auf dem Arbeitstisch.«

Tatsächlich? Ich hielt es für äußerst unwahrscheinlich, daß Tommy Burke ihnen einen solchen Streich spielen würde. Nein, das mit der Kamera gefiel mir überhaupt nicht. Auch nicht die Gänsehaut, die ich deshalb bekam.

»Was Ihre Sorgen anbetrifft, kann ich Ihnen sagen, daß ich keinerlei Beweise habe, auf Grund deren ich Mrs. Quinlan des Mordes verdächtigen könnte. Selbst wenn es so wäre, würde daraus immer noch nicht folgen, daß ich mich deshalb gezwungen fühlte, diese Beweise der Polizei zu übergeben.«

Trotzdem könnte es gut sein, daß sie es getan hat. In jedem Fall würden viele Leute sagen, daß sie Grund genug dazu gehabt hätte. Und doch war das Rätsel des verschlossenen Zimmers ein zu hübscher Trick für unser Dummchen Suzie.

Aber nicht unbedingt für die geschickte Verführerin Sue.

»Wenn Sie mit ihr geredet haben, werden Sie verstehen, daß es, sollte sie ihn getötet haben, kein Mord war.«

»Aha.«

Vielleicht. Aber auch Wolfe Tone Quinlan – dieser attraktive, brutale Trottel, dieser Buffo-Tenor, wie Larry ihn sah – hatte ein Recht auf Leben gehabt. Ich konnte eine Verletzung dieses Rechts nicht so einfach hinnehmen, es sei denn im Falle einer absoluten Notwehrsituation. Wer auch immer sich diesen Trick mit dem verschlossenen Zimmer ausgedacht hatte, war entweder ein brillanter und vorsätzlicher Mörder oder ein noch brillanterer Improvisateur.

Gehörte mein Hauptverdächtiger zu einer der beiden Sorten? Man würde es sehen, es war jedenfalls keineswegs unmöglich.

»Sie werden also mit ihr reden? Sie fahren zum See und besuchen Sie?«

»Wenn Sie und Suzie es wünschen.«

Quatsch, Blackie Ryan; du bist doch in Wirklichkeit unheimlich scharf darauf herauszukriegen, ob es diese neue Sue Wade, die pfirsichfarbene Nachthemden trägt, einen Mann an der Brust kitzelt, bevor sie ihm die Shorts auszieht, und Jameson's trinkt, wirklich gibt.

»Sie ist sehr zerbrechlich, wissen Sie?«

»Sie verwechseln mich wohl mit diesem idiotischen Pastor aus Elmhurst, oder?« sagte ich etwas aufgebracht.

»Es tut mir leid, Monsignore.« Er stand zerknirscht auf. »Ich glaube, es ist ziemlich offensichtlich, daß ich sehr verliebt bin.«

Nenn mich Blackie.

»Noch eine letzte Frage. Als Sie vor seiner Ermordung in seinem Arbeitszimmer waren, stand da die Schranktür offen?«

Er schloß seine Augen und versuchte, sich zu erinnern. »Ich glaube nicht. Nein, sie war nicht offen. Ich kann mich erinnern: Als wir die Tür aufgebrochen hatten und in das Zimmer eingedrungen waren, habe ich den Griff angefaßt und festgestellt, daß der Schrank abgeschlossen war.« Er öffnete seine Augen wieder. »Ist das wichtig?«

»Könnte schon sein.«

»Wenn Sie es sagen, Monsignore.« Er schüttelte zweifelnd seinen Kopf.

Nenn mich Blackie.

Nachdem der arme, völlig verwirrte Mann gegangen war und im strömenden Regen die Wabash Avenue hinuntertrottete, nahm ich mit meinen Kollegen mein übliches bescheidenes Mittagsmahl zu mir – Minestrone, Salami Antipasto, Fettuccini Alfredo, Kalbfleisch Picatta, Knoblauchbrot und Tortoni, und das alles wurde mit einem dazu passenden Chianti Classico Nicolo Machiavelli Riservato hinuntergespült. Das großzügige Angebot Seiner Eminenz Cronin, der an unserer bescheidenen Mahlzeit teilnahm, zur Förderung der Verdauung noch einen Fra Angelico-Likör zu schlürfen, lehnte ich ab.

Ich müßte noch erwähnen, daß mein Stoffwechsel meine

Kollegen und Geschwister zur Verzweifelung bringt. Ich kann riesige Mengen essen oder extensiv fasten (was ich hin und wieder tue, um die Tradition der Kirche zu ehren). Ich kann jede Art von sportlicher Betätigung meiden (was ich normalerweise tue), oder ich kann mich in tollkühne sportliche Aktivitäten stürzen (was hin und wieder vorkommt, meistens wenn meine Nichten und Neffen mich provozieren), wie auch immer, meine Körpermaße verändern sich nicht im geringsten.

»Der ist schon so auf die Welt gekommen«, sagt Mary Kate immer neidisch, »eine Art Stoffwechselmonstrum. Stimmts?«

Stimmt, geliebte Schwester.

Anschließend zog ich mich in meine in beklagenswerter Weise unordentliche Wohnung zurück, um mich aufs Ohr zu hauen, wie es so schön heißt. Ein hübscher kontinentaler Brauch, den ich übernommen habe, obwohl ich hier auf dem Kontinent studiert habe. Ich wurde bei dieser tugendhaften Erneuerung meiner Kräfte durch eine Delegation der Ortsgruppe der Gewerkschaft ›Helfer des Rektors‹ abgelenkt, die mir eine Petition präsentierte mit dem Inhalt, ich möge doch zum Teufel noch mal machen, daß ich mich aus dem Pfarrhaus verdünnisierte, so jedenfalls drückten sie es in ihrer blumenreichen Sprache aus.

Diese Gruppe, die weder eine bürgerliche noch eine kanonische Legitimation hat (und hinter der mit Sicherheit Seine Eminenz der Kardinal steckt), ist gewissermaßen prärevolutionär; sie existiert einzig und allein, um dem Domkapitular die Macht zu nehmen, die er ohnehin kaum hat.

»Du hängst hier herum wie ein erschöpfter Schoßhund«, protestierte mein ranghöchster Assistent. »Fahr nach Grand Beach und laß uns hier in Ruhe. Tauf die neuen Babys. Spiel mit den Teenagern. Lies Willy James und Whitehead und Hartshorne. Trink die ganze Nacht Jameson's. Du bist nicht unersetzlich.«

Ich hatte gar keine andere Wahl, als ihren Vorschlag anzunehmen, vor allem da sie drohten, mich aus meinem Zimmer auszuschließen und den Schlüssel zu verstecken. Ein ›Rätsel des verschlossenen Zimmers‹ reichte mir. Ich flehte sie an, gebt mir noch zwei Wochen für bestimmte Gespräche, dann überlasse ich euch eurem teuflischen Plan, den Dom zur anderen Seite der State Street auf den Parkplatz zu schieben (auf das Grundstück des Blumengeschäfts, in dem ein Gangster aus der Al-Capone-Ära namens Dion O'Bannion in die ewigen Jagdgründe geschickt worden war – noch heute sind Einschußspuren in der Vorderwand des Doms zu sehen).

Drei Wochen, nicht zwei, sagte mein rangältester Kollege erbarmungslos. Marientag während der Ernte (15. August) und den Rest des Monats August.

Der Sommer endet am 15. August und nicht am Labor Day, wandte ich mehr pro forma als ernsthaft ein. Die Beamten des Erziehungsministeriums haben den August abgeschafft.

Um so eher solltest du mit gutem Beispiel vorangehen, antwortete der junge Mann (zwei Jahre jünger als ich). Auch wenn es dir schwerfällt.

Heutzutage kann man mit seinen Angestellten nicht mehr argumentieren.

»Ich habe dieses Ultimatum hier erwähnt, um zu beweisen, daß ich geistig und körperlich nicht gut beieinander war. Meine Kondition war sogar noch schlechter, als ich vermutet hatte. Ich hielt alle Fäden des Netzes in der Hand – nun ja, alle außer einem – und alle wußten intuitiv, wieviel Destruktives wahrscheinlich noch passieren würde. Und doch war ich nicht in der Lage, die Teile des Puzzles zusammenzusetzen und entsprechende Aktionen einzuleiten, bevor es zu spät war.

Diese Fakten sollen nicht als Entschuldigung für mich dienen – niemand hätte es bessermachen können – sondern als Erklärung.

Quis custodit ipse custos? fragt die Bibel weise. Wer bewacht den Wächter?

Vor allem, wenn der einschläft.

14 Blackie

Kiernan O'Rourke zog eine unsichtbare, aber üble Schleimspur hinter sich her. Er war das klassische Beispiel eines irischen Juristen, wie man sie leider allzu häufig trifft, ein Anwalt, der nach Höherem strebt, dieses Ziel aber nicht erreicht, weil ihm Korruption und Alkohol dabei im Weg stehen. Dann verbringt er den Rest seines Lebens damit, immer tiefer in die Schäbigkeit abzusinken und sich dabei mit immer weniger Geschick zu bemühen, eine Fassade der Wohlanständigkeit aufrechtzuerhalten. Er trug einen verknitterten weißen Leinenanzug, ein schlechtgebügeltes blaues Hemd und eine weiße Krawatte. Sein rotes Gesicht endete in einer gefährlich explosiven Whiskeynase. Seine Schuhe waren weiß, aber schmutzig, und sein weißer Strohhut abgewetzt und eingedrückt. Die ekelhafte Zigarre, die er in mein monsignorales Büro zu bringen wagte, stammte angeblich aus einem illegalen Import aus Havanna – Grund genug für Fidel, eine Verleumdungsklage anzustrengen, wenn er etwas für derartige Späße übrig hätte. Irgendwo mag es auch eine Mrs. O'Rourke und kleine O'Rourkes gegeben haben, aber niemand wußte etwas darüber oder war interessiert daran. Wahrscheinlich hatte der Alkohol sie längst vertrieben.

Es war leicht, diesen anmaßenden, albernen kleinen Mann mit seinen erbärmlichen Andeutungen wichtiger politischer und kirchlicher Verbindungen und seinen protzigen Ringen abstoßend zu finden. Rückblickend muß ich allerdings sagen, wenigstens einer – nämlich ich – hatte Mitgefühl. Vor langer Zeit war er einmal ein sehr intelligenter junger Mann gewesen, der mit glühendem Idealismus und großartigen Träumen sein Jurastudium abgeschlossen hat.

Aber nicht zu viel Mitgefühl. Mein Vater, Ned Ryan, gehört zu derselben Generation. »Auf den alten Geier mußt du gut aufpassen, Blackie«, hatte er mich am Telefon gewarnt und sich dabei ziemlich aufgeregt, was sonst gar nicht seine Art war. »Er hat schon immer die Rolle des harmlosen alten Mannes gespielt, schon 1942, als er sich im Rathaus vor der Armee versteckt hat. Er hatte lange Zeit direkte Verbindungen zur Mafia, hat nebenbei eine Zeitlang Kredithai gespielt, war sich nicht zu schade, Eintreiber zu benützen, vielleicht sogar hin und wieder einen Killer. Für die Quinlans ist er schon seit langem eine Art Sozialfall, so ein Typ, der nicht einfach sein Honorar kassiert und abhaut, sondern der weiter herumhängt und so tut, als verstünde er etwas von der Juristerei.«

Wenn mein Vater über jemanden so redet, dann weiß man, daß man seine Brieftasche in Sicherheit bringen muß und einer solchen Person besser nicht den Rücken zukehrt. Trotzdem hatte ich immer noch so viel Mitleid mit dem alten Typ, daß ich ihm erlaubte, seine Havanna weiterzurauchen.

15 Kiernan Patrick O'Rourke

Natürlich bin ich froh, mit Ihnen reden zu können, Monsignore; ich habe der Kirche immer nahegestanden. Monsignore McBride war ein enger Freund von mir. Das war natürlich lange vor Ihrer Zeit. Wir haben vor dem Krieg jede Woche bei Commodore Barry in Twin Lakes Golf gespielt, und nach dem Krieg fast jeden Tag auf dem Olympiafeld. Er war ein fantastischer Golfspieler, der Monsignore. Und ein großartiger Mensch. Der konnte mehr Bourbon wegstecken als irgend jemand, den ich kenne. Gott sei seiner armen Seele gnädig. Solche Menschen gibt es nicht mehr.

Aber darüber wollten wir ja nicht reden, nicht wahr? Was machen wir in dieser Quinlan-Sache, Monsignore? So ein feiner Mann und wird in den besten Jahren seines Lebens umgebracht. Großartige Kinder, eine fantastische Frau – alles, wofür es sich zu leben lohnt. Ich selbst habe noch vor wenigen Tagen zu ihm gesagt, Wolfe, habe ich gesagt, ich kenne dich schon, seit du getauft bist, und ich habe in meinem Leben noch keinen jungen Burschen gesehen, der soviel hat, wofür es sich zu leben lohnt. Gut, du hast einige Tragödien erlebt, weiß Gott. Die hätten einen gewöhnlichen Mann erledigt, aber du bist kein gewöhnlicher Mann. Reiß dich zusammen, geh nach Mayslake, zieh dich zurück, sprich mit einem Priester, leg eine gute Generalbeichte ab, mach deinen Frieden mit der Kirche und sieh zu, daß du wieder auf den Golfplatz kommst. Ich habe dich seit Jahren nicht mehr in Butterfield oder Olympia gesehen. Ich wette, du hast inzwischen ein Handicap von zehn.

Nimm dir frei, habe ich zu ihm gesagt, nimm dir frei und genieße das Leben. Vergiß die Vergangenheit. Lebe für die Zukunft.

Klar, ich bin so etwas wie ihr Rechtsberater, und zwar schon seit der Zeit vor dem Krieg, als die Firma nur ein kleiner Laden über einem Geschäft in der Ashland Avenue war, und ich noch zur Universität ging. Mein Vater hat ihr Geschäft umsonst betreut – er war eng mit dem alten Pat Nash befreundet, mein Vater, und auch mit Tom Nash, die waren aber natürlich nicht verwandt. Als sie dann während des Krieges anfingen, Geld zu verdienen und ihn bezahlen wollten, da hat mein Vater gesagt, stellt doch den Jungen ein, der kann die Arbeit für euch machen, auch wenn ich längst schon nicht mehr bin.

Und er hatte recht. Jetzt sind vierzig Jahre vergangen, und ich erledige immer noch die juristischen Sachen für sie. Das ist natürlich kein Ganztagsjob, ich habe auch noch viele andere Mandanten, die sich lieber den Rat eines cleveren altmodischen Juristen anhören als den Schmus, der heutzutage in diesen großen Rechtsfabriken angeboten wird. Ich arbeite insgesamt wahrscheinlich mehr für die Quinlan Furniture als für jeden anderen Mandanten, obwohl ich es noch nie geschafft habe, das alles auf die Rechnung zu schreiben. Es erschien mir nicht richtig. Das blieb ja gewissermaßen alles in der Familie, wenn Sie mich verstehen. Man will ja schließlich nicht an seinen eigenen Leuten Geld verdienen, nicht wahr?«

Wenn Sie mich fragen, bestand sein ganzes Problem darin, daß er die falschen Freunde hatte und den falschen Leuten vertraute. Wozu brauchte er diese alberne religiöse Sekte in Hyde Park? Nichts als typischer University of Chicago-Hokuspokus. Aus der Ecke ist noch nie etwas Gutes gekommen; wir haben sie immer nur ›Moscow Tech‹ genannt. Ich weiß auch nicht, was aus der Kirche geworden ist, seit sie dieses Konzil in den Sechzigern hatten. Warum lassen die einen verrückten Priester wie diesen Father Armande frei herumlaufen? Wenn er Pfarrer bei Monsignore McBride gewesen wäre, hätte man ihn für den Rest seines Lebens nach Coal City geschickt, oder ihn so lange in Dunning eingesperrt, bis er wieder zu sich gekommen wäre.

Können sie sich das vorstellen: Er übergibt seine Firma diesem Mann? Nach all der Arbeit, die sein Vater hineingesteckt hat? Und läßt diese billigen jüdischen Winkeladvokaten und Buchhalter seine Bücher führen? Als ob er weder mir noch dem armen Greg Foster je vertraut hätte – wo Greg doch sein ganzes Leben dieser Firma geopfert hatte und sie am Leben gehalten hat, während Wolfe entweder im CAA herumhing oder in den Tropen herumgereist ist.

Schauen Sie, Father, ich meine Monsignore. Ich will Ihnen

das einmal an einem Beispiel klarmachen. Nehmen wir einmal an, einer Ihrer Helfer hier . . . ach ja, die heißen jetzt bei Ihnen Mitarbeiter . . . nehmen wir an, er braucht Geld für, sagen wir, die Theateraufführung eines Jugendclubs. Das kommt im Verlauf der Theateraufführungen natürlich alles wieder rein, aber zunächst einmal ist nicht genügend Geld in der Kasse, um die Rechnungen, die vorher fällig sind, zu bezahlen. Gut, muß er dann zu Ihnen gehen und ein Formular ausfüllen, womit er fünfzig oder fünfundsiebzig Dollar beantragt? Natürlich nicht. Ein Mann wie Sie, der dem Kardinal so nahe steht, kann mit solchen Kleinigkeiten nicht behelligt werden. Also nimmt er das Geld aus der Portokasse oder sogar aus der Sonntagskollekte. Er weiß, daß Sie nichts dagegen hätten. Er weiß, daß Sie, wenn jemand zu Ihnen gelaufen käme, sagen würden: Moment mal, das ist einer von meinen Jungs, und das Geld ist schließlich dazu da, ausgegeben zu werden. Es bleibt alles in der Familie. Nehmen wir dann einmal an, Sie werden Bischof und gehen woanders hin. Und dann kommt ein neuer Mann mit jüdischen Anwälten und Buchhaltern und will den Jungen hochgehen lassen. Urplötzlich bleibt das dann nicht mehr in der Familie. Er hat einfach die Regeln geändert, ohne jemand etwas davon zu sagen.

So, und genau das hat der arme Wolfe getan. Greg und ich, wir haben beide die Bücher in familiärer Weise gut geführt. Wir haben alle Steuern und die Sozialversicherung bezahlt. Wenn wir uns hin und wieder ein paar Dollar geborgt haben, vor allem nachdem Greg diesen Rückschlag mit den Warentermingeschäften erlebt hatte, dann haben wir das getan, weil wir wußten, daß wir alle eine Familie waren und Wolfe nichts dagegen hätte. Verdammt noch mal, wenn er jetzt hier wäre, könnten wir ihn fragen. Aber er kam nicht oft in die Firma, vor allem seit er sich auf diese neumodische religiöse Sache eingelassen hatte.

Ich frage Sie, Father, warum läuft dieser verrückte Priester noch frei herum? Kann denn der Kardinal nichts dagegen unternehmen?

Also Wolfe kommt plötzlich mit diesen jüdischen Anwälten und Buchprüfern – man kann eine Judenvisage schon von weitem erkennen, nicht wahr? – und sie behaupten, wir hätten uns Geld genommen. Ich sage zu ihnen, klar, haben wir auch, und das ist kein Geheimnis; Wolfe weiß, daß wir uns hin und wieder Geld borgen, und er hat nichts dagegen gehabt. Dann sagen sie, es handele sich um mehr als eine halbe Million Dollar. Wolfe konferiert mit dem verdammten Priester in seiner weißen Robe und dem roten Cape und sagt, daß wir es zurückzahlen müßten, sonst würde er uns beide für den Rest unseres Lebens nach Statesville schicken.

Ich frage Sie, Father, behandelt man so seine eigene Familie? Früher hätten wir Mittel und Wege gefunden, einem jungen Schnösel, der sich so verhalten hätte, Manieren beizubringen – ein kleiner Telefonanruf hier, ein Anruf dort, dann eine kleine Aktion, und siehe da, der Typ wäre auf einmal wieder einsichtig. Da wäre nicht einmal eine besonders ernste Aktion nötig, es sei denn, der Typ wäre besonders stur gewesen.

Das hat uns viel Kummer erspart. Verstehen Sie das?

Wie dem auch sei, ich werfe das auch diesem korrupten »Berater« vor, Sie wissen, wen ich meine, diesem, wie heißt er, Burke. Ein Mann ohne jede Qualität, Father, absolut. Seine Mutter war Dienstmädchen, sein Alter Bankkassierer. Dieser Typ hat seine eigene Frau in die Klapsmühle getrieben, das arme Wesen. Warum mußte der Wolfe überreden, Greg auszubezahlen und mit all seinem Geld ins Ölgeschäft einzusteigen? Sie wissen, was heutzutage mit den Ölpreisen los ist? Was habe ich Ihnen gesagt?

Und dieser Junge, dieser Ganove, ich meine Burkes Sohn, hat ein ekelhaftes, ordinäres großes Maul. Wenn Sie meine Meinung hören wollen, Father, ich meine Monsignore, dann sollten Sie sich den mal genau ansehen, wenn Sie wissen wollen, wer den armen Wolfe umgebracht hat. Dieser Ganove hat während des Dinners unglaubliche Obszönitäten von sich gegeben, nur weil Wolfe, der einen über den Durst getrunken hatte, erwähnt hatte, daß die Mutter dieses Schnösels in der Klapsmühle wäre. Das habe ich auch der Polizei erzählt.

Nun ja, dann hat die Polizei alles herausgekriegt, was bei dem Dinner gesagt worden war, und ich hatte meine liebe Not, sie wieder zu beruhigen. Erst als ich ihnen alles erklärt hatte, wurde ihnen klar, daß Wolfe immer so war, wenn er einen zuviel hinter die Binde gekippt hatte, und daß niemand ihn in so einer Stimmung ernst nahm.

Ehrlich gesagt wäre ich besser gar nicht dorthin gegangen. Suzie – eine wunderschöne Frau, Monsignore, und eine gute Ehefrau und Mutter, aber sie hat nicht viel im Kopf, wenn Sie wissen, was ich meine – wollte, daß ich komme. Sie dachte, wenn wir uns alle an einen Tisch setzten, könnten wir dieses Durcheinander um Wolfes Schenkung an diesen verrückten Priester ein bißchen klären – wenn jeder etwas bekommt, dann gibt es auch keinen Streit in der Öffentlichkeit. Ich wollte erst nicht. Wolfe hatte mich verletzt. Ich hatte das Gefühl, er hätte zu mir kommen müssen und sich bei mir entschuldigen. Schließlich gehörte ich zur Familie, nicht wahr? Mußte er sich da nicht bei mir entschuldigen?

Ich wußte, daß alles in Ordnung kommen würde, wenn wir Wolfe Zeit lassen würden, wieder zur Besinnung zu kommen. Ich werfe es dem Mann nicht vor, daß er sich so verrannt hatte, wo doch alle Leute um ihn herum ihm ständig in den Ohren lagen damit, was er tun oder lassen sollte. Ich habe zu Suzie gesagt, Suzie, habe ich gesagt, laß ihn ein paar Tage in Ruhe, dann ist alles wieder in Ordnung. Gib dem Mann etwas Freiraum, und es wird ihm wieder gut gehen.

Sie war immer schon so ein nervöses kleines Ding, Monsignore, und sie machte sich natürlich auch Sorgen um ihr eigenes Geld – sie könnte nicht einen Tag eine ehrliche Arbeit tun, selbst wenn ihr Leben davon abhinge, also bestand sie darauf, daß ich komme, und ich konnte ihr das nicht abschlagen. Wenn ich gewußt hätte, daß dieser Gangster, wie heißt er noch, Burke, mit mir an einem Tisch sitzen würde, hätte ich mir das noch einmal überlegt. Der Mann hat überhaupt keine Klasse. Monsignore, überhaupt nicht.

Ein Mann wie Sie, der Ned Ryan zum Vater hat, und überhaupt, so einer wie Sie weiß, was Klasse bedeutet und wie wichtig sie ist. Die Stimme des Blutes, sage ich immer. Können Sie sich vorstellen, Monsignore, daß Burkes Alter nur ein Scheißbankkassierer war? Entschuldigen Sie meine Ausdrucksweise, Father, aber Blutsauger wie er regen mich wirklich auf.

Früher wären wir so jemanden ganz schnell losgeworden, verstehen Sie, was ich meine?

Es war ein Glück für Suzie und ihre Kinder, daß ich dort war – eins von den Kindern ist schwul, Father. Können Sie sich das vorstellen? Was ist heutzutage nur mit den jungen Leuten los, frage ich Sie, was ist los mit ihnen? Sie brauchten dringend einen erfahrenen Anwalt, der sich mit der Polizei und den Klugscheißern und Rindviechern von der Staatsanwaltschaft in LaPorte herumschlug. Es hat mich einige Zeit und ein paar Gespräche mit hochrangigen Leuten gekostet, bis ich das alles geregelt hatte. Ehrlich gesagt glaube ich, daß sie immer noch ein Auge auf den Burke-Ganoven haben; es kann gut sein, daß er an einem der nächsten Tage verhaftet wird, wenn Sie meine Meinung hören wollen, und zwar in dem Moment, wo sie dahintergekommen sind, wie der Gauner aus dem Zimmer herausgekommen ist, nachdem er den armen Wolfe abgemurkst hat.

Was sagten Sie, Monsignore? Ob ich in dieser Nacht noch mit Wolfe gesprochen habe? Nein, nicht richtig. Er kam zum Abendessen herunter, ziemlich besoffen, wie schon gesagt, ging dann direkt wieder in sein Zimmer und schloß die Tür ab. Ich hatte vor, über Nacht zu bleiben, um den Verkehr auf der Autobahn zu vermeiden. Sie wissen ja, wie das ist. Ich wollte direkt nach dem Frühstück fahren, und falls Wolfe sich wieder besser fühlen würde, hätten wir dann ja noch ein bißchen reden können, obwohl ich ihn nicht drängen wollte. Er braucht Ruhe, sagte ich mir; wenn er ein paar Tage Zeit hat, über alles nachzudenken, wird er sich auch daran erinnern, was Familie eigentlich bedeutet, verstehen Sie, wie ich das meine?

Ob ich mir wegen meiner Situation Sorgen gemacht habe? Ich bitte Sie, Monsignore. Ich bin ein alter Mann. Wer würde mich schon nach Statesville schicken? Wie dem auch sei, die Geschworenen in Chicago wissen, was Familie bedeutet. Die würden mir die paar Anleihen, die ich gemacht habe, nicht übelnehmen. Nee, Sorgen habe ich mir überhaupt nicht gemacht.

Also, wo Sie es gerade erwähnen, fällt mir ein, ja, ich habe noch einmal an seine Tür geklopft; ich weiß nicht genau wann.

Oh, so gegen halb elf. Es hatte wenig Sinn, das der Polizei zu erzählen. Die hätten das sowieso nicht verstanden, und es hätte sie möglicherweise von dem Ganoven abgelenkt, der der Mörder ist, das ist doch so offensichtlich wie die Nase in Ihrem Gesicht, wenn Sie mich fragen.

Jawohl, Wolfe öffnete die Tür. Es ging ihm besser. Wenn man einen Körper hat wie er, erholt man sich bedeutend schneller, wenn man einmal ein paar Gläser zuviel getrunken hat, verstehen Sie mich? Also, wir haben ein paar Minuten miteinander gesprochen, nicht so sehr über Details, aber er hat das gesagt, was ich erwartet habe. Kiernan, alter Junge, mach dir keine Sorgen. Gib mir ein paar Tage, dann klappt der Laden wieder. Ich vertraute diesen schäbigen Rechtsverdreher auch nicht. Und ich traue auch diesem Scheißpriester nicht.

Das waren genau seine Worte, Father, so wahr mir Gott helfe!

Ob die Schranktür offen war? Nun, ich war nicht richtig im Zimmer, aber, ja, ich glaube, sie stand offen. Er hatte dieses Heimkino, wissen Sie, diese Kamera so aufgebaut, als ob er etwas aufsprechen wollte oder so. Wolfe machte immer solche tollen technischen Sachen, wissen Sie? Wenn es etwas Neues gab, mußte er es haben. Ein großartiger Kerl, Father, wirklich ein großartiger Kerl. Solche gibt es heute kaum noch.

Jawohl, Father, sie war gegenüber von seinem Arbeitstisch aufgebaut. Ich erinnere mich, daß ich gesagt habe, Wolfe, habe ich gesagt, du glaubst wohl, du wärst der Präsident der Vereinigten Staaten, der im Fernsehen auftritt. Das hat ihm unheimlichen Spaß gemacht. Das Salz der Erde, Father, das Salz der Erde. Wir werden ihn alle sehr vermissen.

Sie müssen entschuldigen, wenn ich ein bißchen zu emotional geworden bin. Ich vermisse ihn so, als wäre er mein eigener Sohn gewesen, können Sie das vestehen?

Freut mich, wenn ich Ihnen helfen konnte, Father. Jederzeit zu Diensten.

Der junge Ganove war's, denken Sie an meine Worte. Verdammt noch mal, der hat wahrscheinlich genauso einen Dachschaden wie seine alte Dame in der Klapsmühle, wenn Sie meine Meinung hören wollen.

Schlüssel, Father? Nein, ich weiß nichts über die Schlüssel. Ich habe nie einen zweiten gesehen. Hat die Polizei nicht gesagt, es gäbe nur einen Schlüssel? Ich glaube, Mrs. Quinlan hat die Registernummer gefunden, und die Polizei hat sich mit den Herstellern in Verbindung gesetzt. Ich habe das Registerformular selbst gesehen.

Klar, Father, jederzeit. Hören Sie, grüßen Sie Ned Ryan von mir, ja? Wir beide kennen uns schon eine Ewigkeit. Ich sehe ihn in der letzten Zeit sehr selten.

Denken Sie daran, Father, ich meine Monsignore, der Junge war's. Die Polizei wird ihn sicherlich in den nächsten Tagen verhaften. Er hat den elektrischen Stuhl, die Gaskammer, oder was die da in Indiana benutzen, verdient wie kein anderer.

16 Blackie

Irgendwie war die Welt nicht mehr in Ordnung. Die Cubs hatten hintereinander drei Punkte gegen die Houston Astros verloren, können Sie sich das vorstellen? Mary Decker war über Zola Budd gestolpert und hatte der kleinen Südafrikanerin in sehr unfairer Weise die Schuld dafür gegeben; das arme Mädchen wird damit leben müssen. John O'Connor, der pensionierte Vizeadmiral, der die Erzdiözese New York übernommen hatte, hatte unmißverständlich angedeutet, daß Gouverneur Cuomo ein Mörder wäre. (Ich möchte hier lieber nicht die Kraftausdrücke wiedergeben, die Seine Eminenz Cronin im Zusammenhang mit dem Vizeadmiral benützt hat.) Die Libyer waren dabei, das Rote Meer zu verminen. Die Bears machten sich gegenseitig fertig, noch bevor irgendeine andere Mannschaft der Liga Gelegenheit dazu hatte. Die Zeitungen waren hinter Gerry Ferraros Ehemann her, weil er sich weigerte, seine Einkommensteuerrückzahlungen zu veröffentlichen, obwohl es kein Gesetz gab, das ihn dazu zwingen konnte. Der Präsident hatte vor laufenden Kameras einen Witz gemacht und gesagt, er erkläre die Sowjetunion für vogelfrei und das Bombardement würde in fünf Minuten beginnen. Mr. Mondale schien allerdings weder zu wissen, was er mit diesem Bonus anfangen sollte, noch wie er die Information, daß der Präsident regelmäßig in Kabinettssitzungen einschlief, für sich nützen könnte.

Ich darf dazu gar nichts sagen. Ich bin ein Dritteljahrhundert jünger als der Präsident und schlafe immer bei Mitarbeiterkonferenzen im Dom ein.

Wie dem auch sei, zu allem Übel und um die Welt noch unattraktiver zu machen, mußte ich auch noch den Gestank dieses Kiernan P. O'Rourke aushalten. Er und mein Vater kennen sich schon eine Ewigkeit, also ehrlich!

Aber während ich auf Kevin Quinlan wartete, dachte ich über seine Geschichte nach. Der Mann war widerlich, aber verdammt schlau. Er hatte den Verdacht mit Absicht auf Tommy Burke gelenkt, um seinen eigenen Ar . . . Verzeihung, sein eigenes Hinterteil zu retten. Zweifellos hatte er der Polizei einen Bericht von Quinlans Ausbruch beim Abendessen gegeben, der raffiniert frisiert war und ihn selbst gut aussehen ließ. Da die Polizei seine Version zuerst gehört hatte und die anderen nicht schlau genug waren, das aufzudecken, hatten sie seiner Version gegenüber ein positives Vorurteil.

Nicht daß Tommy Burke aus dem Schneider war. Ich kannte ihn bisher nur aus der Beschreibung seines Vaters; die Beleidigung seiner Mutter könnte ihn durchaus wütend genug gemacht haben, um jemanden umzubringen. Dazu kam, daß die Polizei von Long Beach bekanntlich eine Schwäche für Teenager hatte. Die würden entzückt sein, wenn sie sich den Jungen kaufen könnten. Wenn es auch nur den Hauch eines Verdachts gegen ihn gegeben hätte, hätten sie ihn ins Gefängnis geworfen, wie sie das auch mit den anderen jungen Leuten machten, die im Verdacht standen, früher am Abend Bierbüchsen bei sich gehabt zu haben.

Da Tommy nicht im Gefängnis war, sondern sich sogar in Long Beach aufhielt, konnte man davon ausgehen, daß die Polizei außer O'Rourkes hinterhältigen Andeutungen auch nicht den Schimmer eines Beweises gegen ihn hatte.

Ich bereitete mir eine Liste derjenigen vor, die Wolfe Quinlan an dem Abend, an dem er gestorben war, besucht hatten. Kiernan gegen zehn, Larry Burke um zwölf, die beiden Frauen nach ihm, also gegen zwanzig nach zwölf oder vielleicht zwanzig vor eins. Kiernan hatte berichtet, er wäre auf dem besten Wege gewesen, wieder nüchtern zu werden, die Schranktür hätte offen gestanden, und die Kamera wäre aufgebaut gewesen. Larry hatte ausgesagt, die Schranktür wäre geschlossen gewesen, und eine Videokamera habe er nicht gesehen. Er schien auch anzudeuten, daß Quinlan wieder angefangen hatte zu trinken.

Ich rief ihn an.

»Eine kurze Frage, Larry: Haben Sie irgendwelche offenen Flaschen gesehen, als Sie Quinlan um Mitternacht besucht haben?«

Eine lange Pause.

»Ich habe keine gesehen, aber ich habe auch nicht genau darauf geachtet.«

»Aber Sie hatten den Eindruck, daß er sich wieder mehr

unter Kontrolle hatte als früher am Abend? Glauben Sie, daß er aufgehört hatte zu trinken?«

Wieder eine lange Pause, dann eine sorgfältig formulierte Antwort: »Was ich sage, ist reine Spekulation, Monsignore, aber ich hatte den Eindruck, als habe er zunächst aufgehört, dann aber wieder angefangen. Ich kann das aber nicht mit Sicherheit sagen.«

Ich dankte ihm und legte auf.

Wenn Wolfe Quinlan tatsächlich ein bißchen nüchterner geworden war, nüchtern genug, um mit der Videoanlage herumzuspielen, und dann wieder angefangen hat zu trinken, was könnte dann wohl zwischen halb elf und Mitternacht passiert sein, was ihn veranlaßt haben könnte, noch eine oder sogar zwei Flaschen Wein aufzumachen?

Ich sah mir die Liste noch einmal genau an und trug an der Seite Halbstundenintervalle ein. Auf dem oberen Rand machte ich Notizen über sein Trinken und den Schrank, in dem die Videogeräte lagerten. Vielleicht konnte ich diese Liste später, wenn alles ausgefüllt war, mit Larry Burkes Plan der einzelnen Etagen vergleichen und so zu einer Lösung kommen.

Jeder im Haus hatte ein Motiv und eine Möglichkeit. Das Rätsel lag aber immer noch in der Gelegenheit. Ich sah mir Larrys Zeichnung noch einmal an. Jetzt glaubte ich zu wissen, wie diese Gelegenheit ausgesehen haben mochte.

Kiernan O'Rourke hatte mir mit Sicherheit eine stark redigierte Fassung seines Gesprächs mit Wolfe Quinlan wiedergegeben; im Zweifelsfall bis zur Unkenntlichkeit redigiert. Er hatte also auch mit Quinlan gesprochen. Damit waren es zumindest vier Gespräche: mit Burke, mit O'Rourke, und zwei Gespräche, die Burke von seinem Zimmer aus gehört hatte; eins davon, vielleicht auch beide, mit einer Frau. Vier Leute waren zwischen zehn und zwanzig vor eins in dem Zimmer gewesen. Der Mord geschah, wenn man den Zeitungen glauben durfte, ein paar Minuten nach zwei, besser gesagt, zu der Zeit war er entdeckt worden.

Wenn die Person, die unseres Wissens nach die letzte war, die vor Quinlans Tod das Zimmer betreten hat, also die Frau, oder vermutliche Frau, die Burke aus der Entfernung kurz nach halb eins in seinem Jameson's-umnebelten Zustand gehört hat, tatsächlich die Mörderin war, dann hätte sie möglicherweise eine Stunde oder ein bißchen länger Zeit gehabt, den Trick mit der abgeschlossenen Tür zu bewerkstelligen. Suzie, Verzeihung, Sue (vorläufig jedenfalls) hörte, beziehungsweise behauptete oder glaubte, Schreie und das Geräusch umfallender Möbel gehört zu haben. Aber daraus ließ sich nicht zwingend ableiten, daß der Mord zu der Zeit auch tatsächlich stattgefunden hat.

Hätte Kiernan O'Rourke Wolfe Quinlan umbringen können? Er war verschlagen und bigott genug, dieser alten Betrüger, um auf solch einen Trick mit dem verschlossenen Raum zu verfallen und ihn dann jemandem anderen in die Schuhe zu schieben. Aber eigenhändig mit einem Schwert Wolfe Quinlan erstechen? Er war ein schwächlicher kleiner Säufer, also war das nicht sehr wahrscheinlich.

Andererseits brauchte der Mörder ja nur auf das Podest zu springen und der Rüstung einen Stoß zu geben. Aber dazu war O'Rourke nicht mehr beweglich genug. Vielleicht aber doch. Ich mußte mir einmal den Grundriß des Museums genau anschauen. Wenn Quinlan halb bewußtlos war und aus irgendeinem Grund unbeweglich auf seinem Arbeitstisch gelegen hat, dann wäre es natürlich ein Kinderspiel gewesen, mit Tancredis Schwert auf Quinlans Brust zu zielen und dann der Rüstung einen kleinen Stoß zu versetzen.

Die Schwerkraft hätte dann die Kraft des Täters ersetzt. Auf diese Weise hätten sich sowohl Sue als auch Laurel von ihrem Unterdrücker befreien können.

Kiernan O'Rourke hatte unrecht, was die Geschworenen im Cook Bezirk anbetraf; sie hätten sich höchstens eine halbe Stunde zur Beratung zurückgezogen und ihn dann ins Gefängnis geschickt, ganz gleich wie alt er war. Richard Daley war kein Staatsanwalt, der sich eine Verteidigung, die sich auf die »gute alte Zeit« berief, lange anhören würde.

Also hatte O'Rourke gute Gründe, den lieben alten Wolfe loszuwerden, bevor die Überschreibung der Firma auf Father Armande durch seine Anwälte und Buchprüfer stattgefunden hatte. Egal, wie die Bedingungen des Vertrags oder des

Testaments auch aussehen mochten, es war viel leichter, sie anzufechten, und es war gleichzeitig auch leichter, zu einem außergerichtlichen Vergleich zu kommen, wenn Wolfe Quinlan tot war.

Solange Quinlan lebte, würde jeder außer Tommy Burke etwas verlieren. Aber auf Greg Foster und Kiernan O'Rourke wartete das schlimmste Schicksal – eine lange Gefängnisstrafe für eine beträchtliche Anzahl verschiedener Straftaten.

Aber immer wieder war da die Sackgasse des verschlossenen Zimmers, ein bemerkenswerter, genialer und gut durchdachter Plan, einen Mord zu vertuschen. Brillant, wenn es geplant war, und brillant, wenn es improvisiert war.

Vielleicht war da aber auch gar nichts zu vertuschen . . .

Vielleicht war es tatsächlich ein Unfall.

Ich sah mir die Listen noch einmal an.

Vielleicht . . .

Die Schranktür stand um half elf offen und war um zwölf Uhr zu. Interessant, obwohl ich vorläufig wenig damit anfangen konnte.

Was hatte die Videokamera mit all dem zu tun? Und warum spielte die immer noch eine Rolle bei diesen Poltergeist-Phänomenen, die längst vorüber sein sollten?

Und wieder bekam ich eine Gänsehaut. Besser gesagt, eine warnende Gänsehaut.

17 Blackie

Kevin Quinlan war kaum attraktiver als Kiernan O'Rourke. Während der eine förmlich nach Korruption stank, strahlte Kevin Haß aus. Er hatte ständig den beleidigten Gesichtsausdruck, den wir von John McEnroe kennen, wenn eine Linienrichterentscheidung zu seinen Ungunsten ausfällt. Er war eine zu schmächtige Person, als daß man ihn grob hätte nennen können, und für einen Choleriker war er zu blond, zu hellhäutig. Er war körperlich so unscheinbar, daß er wie die Karikatur eines Revolutionärs aussah. Sein ganzer Organismus schien zu nichts anderem fähig zu sein, als zu einem grandiosen ekelhaften Selbstmitleid. Obwohl er erst zwanzig war, hatte sein krauses Haar schon Geheimratsecken und sein schmales, zorniges Gesicht hätte besser zu einem alten, bösen Gnom gepaßt.

Er trug ein enganliegendes weißes T-Sirt, noch engere schwarze Jeans und verschiedene Armbänder, Halsketten und Ringe. Seine Kleidung und sein Benehmen verkündeten lautstark der Welt: »Seht her, ich bin schwul, und leckt mich alle mal am Arsch!«

Sein Verhalten erinnerte tatsächlich sehr stark an die primitive Karikatur eines bestimmten schwulen Lebensstils. Wir haben in unserer Pfarre genug Menschen dieser Gruppe, die Angehörige ihres eigenen Geschlechts attraktiver finden als die des anderen Geschlechts, um über solche Stereotypen und Karikaturen hinaus zu sein – und um mißtrauisch zu sein gegenüber Leuten, die diese Stereotype bewußt kultivieren. Einige von ihnen sind sicherlich schwul, aber einige sind es nicht, jedenfalls nicht im eigentlichen Sinn und nicht auf Dauer. Und die meisten Schwulen sind natürlich unter normalen Umständen ohne weiteres gar nicht zu erkennen.

Spielte Kevin die Rolle des Schwulen, um seinen Vater und seine Mutter zu verletzen? Ich war nicht sicher, und es ist mir bis heute nicht recht klar geworden. Ich weiß auch nicht, ob er selbst sich über seine sexuelle Identität im Klaren war. Er wußte nur, daß er voller Haß war; das war sein Lebenselixier, dieses Gefühl brauchte er wie die Luft zum Atmen.

Wenn es für ihn überhaupt eine Zukunft geben sollte, dann

müßte er, bevor man das Problem seiner sexuellen Identität löste, erst einmal von seinem Zorn kuriert werden. Und ich hätte keine Wette auf seine Chancen abschließen mögen.

Ich seufzte innerlich und vertraute darauf, daß ich mit diesen Gesprächen ein bißchen Kredit auf zukünftige himmlische Freuden sammeln würde, den ich mir sonst im Fegefeuer hätte verdienen müssen.

18 Kevin Quinlan

Mich läßt das alles kalt. Ich habe ihn gehaßt. Ich bin froh, daß er tot ist. Die Welt kann froh sein, daß sie ihn los ist. Ich habe ihn nicht getötet, aber ich hätte es getan, wenn ich eine Gelegenheit dazu gehabt hätte, und wenn ich sicher gewesen wäre, daß ich nicht erwischt werden könnte. Ich kann mich nicht erinnern, daß ich diesen Arsch einmal nicht gehaßt habe.

Sie können sich überhaupt nicht vorstellen, was für ein Ekel er war; nicht manchmal, sondern immer. Meine Mutter ist ein dummes kleines Weibsbild, sie ist nichts wert. Gegen ihn hat sie sich nie durchsetzen können, sie hatte viel zu viel Angst. Sie ist nicht wirklich böse, nur feige. Sie hat mir jede Woche einen Scheck geschickt, sogar als ich die Katze aus dem Sack gelassen hatte; die Schecks waren nicht hoch genug, aber sie mußte ihn ohnehin schon belügen, um mir überhaupt etwas schicken zu können, also kann ich ihr, glaube ich, keinen Vorwurf machen.

Ihm machte es Spaß, ein absolut widerlicher, gemeiner Sadist zu sein, und Sie können es mir glauben, ich habe gelernt, solche Typen auf Anhieb zu erkennen. Oh, er hat sich nie in Leder gekleidet und die Peitsche geschwungen, das nicht, aber ich bin sicher, das hätte ihm auch Spaß gemacht. Ich weiß es nicht; vielleicht hat er so etwas ja auch mit seinen teuren Huren gemacht. Sie wissen sicher darüber Bescheid, nicht wahr? Er war Mutter von Anfang an niemals treu. Er hat immer so getan, als sei er der große Macho, wissen Sie, männlich und stark und ein fantastischer Liebhaber. Aber in Wirklichkeit konnte er bei normalem Sex keine Befriedigung finden.

Mutter hat im Bett alles gemacht, was er wollte, im Bett oder außerhalb des Bettes; aber das genügte ihm nicht. Es mußte heimlich, exotisch und verboten sein. Wenn Sie sich seine Frauen einmal genauer ansehen würden, würden Sie feststellen, daß einige von ihnen Sadomaso-Typen und Dominas sind. Und ich bin der kaputte Typ, was? Der war viel kaputter als ich, und ich bekenne mich wenigstens dazu.

Er war viel zu feige, um offen zu sagen: »Ich krieg nur einen hoch, wenn ich meine Frau und meine Kinder betrügen und verprügeln kann, und wenn ich hin und wieder einmal eine Nutte zusammenschlage, die ich dafür bezahle, daß sie mich das tun läßt.«

Ich glaube, er hat mich immer verachtet, vom Tag meiner Geburt an. Wissen Sie, ich war das dritte Kind nach Margaret und Wolfe. Ich kam auf die Welt, als Wolfe gerade in der Wiege gestorben war. Marge mochte er auch nicht, sie war nicht so hübsch wie Ellen oder Laurel. Wenn ein Mädchen nicht hübsch war, konnte er nichts mit ihm anfangen. Wolfe war der Favorit; sogar auf den Babyfotos sieht der kleine Scheißer genauso aus wie er. Ich bin auch froh, daß der tot ist. Ich bin froh über alles, was diesem Ungeheuer Schmerzen zugefügt hat.

Also sollte ich der Ersatz für Wolfe sein, noch so ein großes, gesundes Balg, das die ganze Nacht durchschlief und ein glückliches Gesicht machte, wenn sein Vater mit ihm angeben wollte. Es war meine Schuld, daß ich blaß und kränklich aussah und erst mit zwei Jahren nachts durchschlief.

Ich war ein Schwächling, ein Feigling, ein armseliger Ersatz für den armen toten Wolfe, ein nutzloser Erbe des Familienvermögens.

Er schämte sich meiner, wenn ich zum Beispiel versuchte, ihn zu imitieren, und im Chicago Athletic Club so nackt herumlief wie er. Ich war ungelenk und hatte kein Interesse am Sport. Wahrscheinlich hatte er schon am ersten Tag, an dem er mich im Oak Park-Krankenhaus gesehen hat, beschlossen, daß ich kein richtiger Mann wäre, und dabei ist er geblieben. Ich schäme mich nicht, weil ich schwul bin, und es ist auch nicht meine Schuld. Er hat mich dazu gemacht.

Als die beiden anderen starben, war ich zehn Jahre alt. Er gab mir die Schuld. Ich hätte Leukämie bekommen müssen, nicht Joseph, der zwar nicht so gut war wie Wolfe, aber immerhin ein Mann, auch wenn er weinte, wenn er ein Spiel in der Little League verloren hatte – wofür er dann eine gehörige Tracht Prügel bekam, denn Sie müssen wissen, richtige Männer weinen nicht.

Er sagte, ich hätte am Strand besser aufpassen müssen, als Ellen ertrunken ist. Die Wellen waren an dem Tag anderthalb Meter hoch. Mutter hatte uns beide zum Spielplatz geschickt und uns verboten, an den Strand zu gehen. Ich habe gehorcht und Ellen, die eine verwöhnte kleine Göre war, hat sich nicht daran gehalten. Ich war schuld, daß sie nicht gehorcht hat. Ich war ihr großer Bruder – ein ganzes Jahr älter – ich hätte dafür sorgen müssen, daß sie auf dem Spielplatz blieb. Als sie dann zum Strand ging, hätte ich ihr folgen und auf sie aufpassen müssen. Wenigstens hätte ich bei dem Versuch, sie zu retten, sterben müssen.

Er wollte, daß ich sterbe. Er schämte sich meiner und konnte mich einfach nicht ausstehen. An dem Tag hat er mich so geschlagen, daß ich dachte, er bringt mich um. Meine Mutter hat ihn schließlich gezwungen aufzuhören. Dann ist er auch noch über sie hergefallen.

Normalerweise tat er das nicht in unserer Anwesenheit – nur hin und wieder mal einen auf die Schnauze, wie er das nannte. Ich bin sicher, er sparte sich das für das Schlafzimmer auf.

Die meisten von uns sind wahrscheinlich während eines SM-Geschlechtsverkehrs gezeugt worden; nett, nicht wahr? Und ich soll der Perverse sein. Was für eine Farce!

Nein, ich kann mich nicht erinnern, daß sie jemals ein blaues Auge oder so etwas gehabt hätte. Ich glaube, er war zu schlau, um der Welt mitzuteilen, daß er nur fertigwerden konnte, wenn er sie verprügelte. Warum fragen Sie sie nicht selbst? Jetzt wo er tot ist, braucht sie doch keinem mehr etwas vorzumachen.

Das ist alles, was sie kann – etwas vorspielen: Sie ist die glückliche Ehefrau und Mutter, die trotz aller Tragödien und trotz eines brutalen Trunkenbolds die Familie zusammenhält. Vielleicht kann sie ja auch nur einen Orgasmus haben, wenn sie verprügelt wird. Vielleicht hatten die beiden sich gegenseitig verdient. Sie hat etwas Masochistisches an sich, wenn Sie mich fragen. Warum wäre sie sonst so lange mit einem so widerlichen, brutalen Kerl verheiratet gewesen, wenn es ihr keinen Spaß gemacht hätte?

Sie ist ein Nichts, ein schwaches, untüchtiges Nichts, genauso wie ich. Warten Sie's ab, sie wird wieder einen ähnlich brutalen Typen finden, wie zum Beispiel diesen widerlichen

Burke, der sie dann für den Rest ihres Lebens unglücklich macht. Wie der sie schon anschaut! Als wollte er sie fesseln und dann mit Peitschen auf sie losgehen. Der ist genau wie mein Vater. Vielleicht schlimmer, denn er besäuft sich nicht einmal hin und wieder.

Laurel? Sie ist irgendwie ein liebes Mädchen, aber ein bißchen überspannt. Übersinnlich, verstehen Sie. Seltsam, aber nett. Sie war immer nett zu mir, nett zu jedem, das arme kleine Weibsbild, aber high. Als ob sie unter Drogen stünde, obwohl sie gar nichts nimmt. Ja, er hat sie auch herumgeschubst, aber nicht so häufig. Wahrscheinlich war er zu erschöpft, wenn er uns anderen die Beulen verpaßt hatte. Sie konnte auch besser mit ihm fertigwerden, wenn er so seine Launen hatte, etwas, was Mutter nie gelernt hat. Das ist, was ich mit ›seltsam‹ meinte. Sie hat irgendwie gespürt, wie sie ihn am besten beruhigen konnte. Manchmal schien es mir fast so, als ob sie ihn hypnotisieren könnte. Haben Sie mal in ihre Augen geblickt? Die sind ganz dunkel und undurchsichtig, ein bißchen wie bei einer Hexe, wissen Sie?

Vielleicht war sie die einzige, die dieses Schwein wirklich geliebt hat, um so schlimmer für sie. Er wird ihr fehlen, und der Rest von uns wird feiern, weil er endlich in der Hölle ist!

Klar, er hat sich mächtig verändert, nachdem er diesen gruseligen Pentecostalen, oder wie die sich nennen, beigetreten ist. Kein Schnaps mehr, keine Brutalität mehr, jedenfalls nicht außerhalb des Schlafzimmers. Alles fromm und christlich, Jesus liebt dich, du armer schwacher kleiner Junge. Bete zu Jesus, und Er wird dir die Stärke von zehn Männern geben, diese Art Scheiß. Hüte dich vor den Sünden des Fleisches. Ich sag's Ihnen, der Mann war ein Vakuum. Er war praktisch ein Analphabet. Wenn er jemanden mochte, wenn er ›Klasse‹ hatte, konnte der seinen Kopf mit jeder Art Scheiße vollstopfen, wie er wollte. Diese Widerlinge hatten also ›Klasse‹? Jedesmal, wenn er aus dem Haus ging, mußten wir uns hinknien und um seinen Segen bitten. Ich mußte mit ihm beten, Jesus sollte mir helfen, als ich in einem Theaterkurs in Marquette durchgefallen war. Dann haben wir in der Bibel eine ›Gnade‹ gesucht. Können Sie sich das vorstellen? Die ›Gnade‹

bestand fast immer darin, daß ich härter arbeiten und beten müßte, und schlechte Gesellschaft meiden sollte – genau das, was der Arsch mir auch ohne das ganze Brimborium gesagt hätte.

Schließlich sagte ich mir, scheiß doch auf alles. Ich verhungere lieber, als daß ich so weiterlebe. Ich zog aus, ging von Marquette ab und bekannte mich zu meiner Homosexualität.

Da hätten Sie ihn einmal sehen sollen! Das war der glücklichste Tag meines Lebens. Ein paar Jahre früher hätte er mich in den Arsch getreten und mich windelweich geprügelt. Wahrscheinlich hätte er das in dem Augenblick auch am liebsten getan.

Aber die ›Gnade‹, die er in der Heiligen Schrift gefunden hatte, sah so aus, daß er und Mom in mein Zimmer kamen und mich baten, doch Buße zu tun. Ich sollte inbrünstig zu Gott beten, damit ich von meinem Leiden befreit würde.

Ich habe dem Arschloch gesagt, daß ich nicht geheilt werden wollte, und daß mir mein ›Leiden‹ recht war. Wahrscheinlich hätte ich das so sowieso von ihm geerbt, denn er sei ja auch kein richtiger Mann. Er müßte Frauen schlagen, um einen hoch zu kriegen; warum sollte ich da nicht Männern einen blasen? Wo wäre da der Unterschied? Wir wären schließlich beide kaputte Typen.

Können Sie sich vorstellen, daß er auf die Knie gefallen ist und mich unter Tränen angefleht hat, doch den Pfad der Sünde zu verlassen. Mom natürlich auch; die tat ja immer, was er von ihr verlangte. Sie müssen sich das vorstellen: Wir sind alle in einem Schwulen-Apartmenthaus versammelt, drei oder vier meiner schwulen Freunde und ein paar Lesben, die eine Etage unter uns wohnen, schauen zu und lachen. Und dieses mittelalte Paar aus der Vorstadt, die ihren BMW draußen geparkt haben, sie im Nerzmantel, knien auf dem Holzfußboden und beten und weinen, das müssen Sie sich vorstellen.

Das war großartig, einfach großartig.

Schließlich habe ich ihnen gesagt, sie sollten sich verpissen, ich hätte eine ziemlich lukrative Verabredung mit einem vierzigjährigen Bankdirektor.

»Im Namen Jesu unseres Heilands flehe ich dich an« – er

sieht mich mit seinem blöden Scheißblick an, so mit leuchtenden Augen, als sei er ein Kruzifix oder so etwas, und sagt – »glaube an Jesus deinen Heiland!«

Jetzt konnte ich es ihm endlich einmal heimzahlen. »Scheiß auf Jesus«, sagte ich »scheiß auf dich und verpißt euch.«

Und dann, also das war einfach köstlich, trat ich ihn in seine Scheißvisage, nicht so kräftig, aber kräftig genug, daß er auf seinen dicken, fetten Machoarsch fiel. Mutter stürzt sich auf mich, aber meine Freunde halten sie fest. »Verpiß du dich auch«, sage ich. »Halt mir dieses Arschloch vom Leib, sonst wollen wir einmal sehen, was er von einer kleinen Vergewaltigung hält – dann blasen wir ihm einen.«

Sie sind Priester, also können Sie nicht nachvollziehen, wie köstlich das war. Er hatte es verdient. Wie dem auch sei, er hat nie wieder in meinem Apartment gekniet.

Ich glaube, dann hat man sie aus ihrem kleinen Christennest exkommuniziert, weil ihr Glaube offensichtlich nicht stark genug war, um ihren Sohn von seinen schrecklichen Sünden wegzubeten. Dann haben sie sich mit dieser geisteskranken Gruppe in Hyde Park eingelassen. Ausgerechnet die wollen mir etwas von Perversionen erzählen! Ich wette, daß die schwer auf die SM-Masche stehen. Der Alte war vielleicht längst auf die andere Seite übergewechselt. Ich hatte das Gefühl, er hat den Tritt ins Gesicht irgendwie genossen.

Egal. Mir hat es jedenfalls einen Heidenspaß gemacht.

Dann ruft Mutter mich an und sagt mir, daß er alles diesen Luziferwiderlingen vermachen will; ich sage, ich scheiß' drauf, sie sagt, dann könnte sie aber nicht mehr jede Woche so einen kleinen Scheck für mich abzweigen, ich sage, O.K., dann gehe ich eben auf den Strich.

Wie dem auch sei, ich bin ziemlich sicher, daß Foster und O'Rourke vor Gericht gehen und den Irren für verrückt erklären lassen werden.

Aber dann kommt Laurel ans Telefon und sagt, komm doch meinetwegen bitte her. Also sag ich, Scheiße, für dich mach ich das.

Ich mußte dafür ein wirklich dickes Geschäft mit einem heißen Tennistypen im Dorr-Bezirk aufgeben. Das hätte ich besser nicht getan. Als die Bullen herauskriegten, daß ich schwul bin, waren sie davon überzeugt, daß ich dem Arschloch das Schwert in den Wanst gerannt hätte. Ich sag, da habt ihr aber die Symbolik falsch verstanden. Wenn ich es getan hätte, hätte ich ihm das Schwert in den *Arsch* gesteckt!

Also sage ich zu den Bullen, ihr denkt, weil ich schwul bin, könnte ich auch durch verschlossene Türen gehen? Also komm, Mann, laß mich in Ruhe.

Wer ihm das verpaßt hat? Mir egal. Ich bin froh, daß es passiert ist. Wahrscheinlich O'Rourke und Foster; die haben keine Lust, nach Statesville geschickt zu werden, wo die schwarzen Schwulen es ihnen jede Nacht vier- oder fünfmal besorgen würden. Vielleicht war's auch Mom, weil sie hinter diesem Wichser Burke her ist. Vielleicht auch Burke, weil er in der letzten Zeit seine Peitschen nicht gebrauchen konnte. Ich weiß es nicht. Ich bin kein Detektiv.

He, woher wußten Sie, daß ich ihn wegen Geld angehauen habe? Hat dieses kleine Miststück Laurel mich verpetzt? Ja, so gegen halb zwölf. Ich war ein bißchen knapp bei Kasse, weil mir der Job im Dorr-Bezirk durchgegangen war. Wenn er sich von so einer Sauferei erholte, konnte man ihn leichter rumkriegen. Klar, er hat mir eine Fünfzigdollarnote gegeben. Nannte mich Wolfe, halten Sie das aus? Das Letzte, was er in seinem Leben tut, er verwechselt mich mit diesem kleinen Scheißer, der in seinem Kinderbettchen an seiner eigenen Kotze erstickt ist.

Ob der Schrank offen war? Ist das denn so wichtig? Wahrscheinlich nicht. Die Videokamera habe ich nicht gesehen. Ich bin aber nicht sicher, ob sie mir aufgefallen wäre.

Seine letzten Worte?

Also er sagte so ungefähr: »Man hat mich beschissen, Wolfe, schon seit einigen Jahren, aber ich bin jetzt damit fertig. Es wird sich hier viel ändern. Du wirst es sehen.«

Nein, nicht wütend, eher durcheinander, so als wäre er noch halb betrunken. Auf dem Schreibtisch stand eine offene Flasche Wein, vielleicht noch halbvoll; ich glaube, er war dabei, sich wieder einen anzusaufen.

Schlüssel? Welche Schlüssel? Ich weiß nichts über einen

zusätzlichen Schlüssel. Warum sollte ich ihn haben, wenn es einen gäbe? Ich wäre doch wohl der letzte, dem er seine blödsinnigen kleinen Schätze anvertraut hätte.

Man hat dem Arschloch einen Gefallen damit getan, ihn umzubringen. Innerhalb von ein, zwei Jahren hätte er sich ohnehin totgesoffen.

Ein Schwert ins Herz geht schneller.

Ich wünschte nur, sie hätten es ihm in seinen fetten Arsch geschoben.

19 Blackie

Ich verließ mein Büro und machte der jungen Person an der Telefonvermittlung ein Kompliment über ihre neue Frisur – meine Leute staunen immer wieder, daß ich so etwas mit unfehlbarer Sicherheit bemerke und positiv kommentiere. Die meisten Männer, sagen sie, vom größten Teil des Klerus ganz zu schweigen, wären in der Beziehung total blind.

Ich bemerke so etwas, weil ich durch meine Mutter und meine Schwester Mary Kate sozialisiert worden bin. Bei denen wäre sofort der Teufel los gewesen, wenn man dergleichen übersehen hätte. Daß ich dann immer positive Kommentare von mir gebe, hängt nur mit meiner Höflichkeit und meinem gesunden Menschenverstand zusammen.

Wenn man es gewagt hätte, einen negativen Kommentar abzugeben, wäre man Gefahr gelaufen, Gegenstand einer Morduntersuchung zu werden, die leider von jemand anderem hätte durchgeführt werden müssen. Solche Wahrheiten habe ich schon mit der Muttermilch eingesaugt.

Kiernan O'Rourke und Kevin Quinlan waren Büroarbeit genug für einen Tag. Das junge Paar, das noch auf meinem Terminkalender stand, würde ich in meinem Wohnzimmer empfangen, in dem ich mit viel Geschick eine Atmosphäre muffigen Durcheinanders geschaffen habe – Papierstapel, Bücher und Staub auf jeder freien Oberfläche. Dadurch soll meinen Besuchern der Eindruck vermittelt werden, daß ich keine Figur aus einem Roman von G. K. Chesterton, sondern eher ein Charles Dickens-Typ bin.

Vielleicht eine Art priesterlicher Bob Cratchit, der für Ebenezer Cardinal Scrooge arbeitet – eine Metapher, die Seine Eminenz Cronin gar nicht komisch findet.

Was ich damit sagen will ist, daß kein Raum in dem ganzen Pfarrhaus – ein Gebäude im Stil des ausgehenden neunzehnten Jahrhundert, hübsch häßlich – attraktiv gestaltet werden kann; also muß man versuchen, auf ›charaktervoll‹ zu machen. Mein ständiger Kampf mit dem Reinigungspersonal, meine sorgfältig kultivierte Atmosphäre nicht zu zerstören, geht bisher meistens unentschieden aus.

Ich übte mich in bewunderswerter Weise in Tugend und

Vernunft; das heißt, ich verschmähte Mr. Jameson's Nektar zugunsten von Sodawasser. (Gästen biete ich Perrier an, um zu zeigen, daß ich zur akademischen Elite gehöre, privat trinke ich gewöhnliches Mineralwasser.) Im stolzen Bewußtsein meiner Tugendhaftigkeit sagte ich mir, wenn ich je ein kleines Gläschen verdient hätte, dann nach einem solchen Morgen, an dem ich O'Rourke und Quinlan über mich ergehen lassen mußte. Dabei haben beide so herrliche irische Namen. Das ist also aus den rebellischen ›Wild Geese‹ geworden – ein korrupter Anwalt und ein zorniger Möchtegern-Homosexueller. Irgend etwas muß da schief gelaufen sein seit der Einwanderung.

Andererseits muß gesagt werden, daß es in der Alten Heimat zu viel geregnet hat, absolut viel zu viel, wie man dort sagt – das hatte ich gerade letzten Monat erst wieder einmal festgestellt.

Ich rief unsere hochgeschätzte Köchin an und bestellte drei Sandwiches und vier Diätcola. Ich würde die jungen Leute in meinem Wohnzimmer empfangen und sie in entwaffnender Weise erst einmal zum Lunch einladen (wie die meisten jungen Leute hatten sie wahrscheinlich das Frühstück ausgelassen und würden in einem total ausgehungerten Zustand im Dom ankommen). Ich bestellte Schinken-Käse-Sandwiches und Pommes Frites für sie (die Köchin ist an junge Besucher gewöhnt) und für mich selbst ein New York Pastrami-Pumpernickel-Sandwich mit viel Krautsalat und als Beilage eine Extraportion Pastrami, Krautsalat und Pumpernickel. Dazu einen großen Schokoladeneisbecher mit Nüssen und Schlagsahne.

Ich war ziemlich sicher, daß meine jungen Besucher nicht in der richtigen Stimmung für solche Köstlichkeiten sein würden.

Ich würde ihnen vorschlagen, daß wir zusammen essen, dann könnte ich beobachten, wie sie miteinander umgingen. Anschließend würde ich ihnen versichern, daß ich ihrer Kultur und ihrer Altersgruppe näher stünde als ihre Eltern, und sie anschließend einzeln befragen.

Ich hatte schon einige Nachforschungen über sie angestellt. Packy Jack Ryan (nicht zu verwechseln mit meinem Vetter

Packy Mike O'Connor, Bruder der legendären O'Connor The Cat) hatte mir versichert, daß Tom Burke ein »anständiger Kerl« sei, ein hervorragender Golfspieler, ein ganz guter Slalomskifahrer und nicht im entferntesten kaputt, bedient, abgezockt, ausgeflippt und was die Teenager noch für negative Ausdrücke kennen, mit denen sie Leute bezeichnen, die sie ungewöhnlich finden.

The Cat war bei ihrer Einschätzung von Laurel reservierter. »*Also,* Onkelchen, sie ist absolut fantastisch, aber irgendwie scheu und, na ja, ein bißchen seltsam. Aber nicht kaputt, verstehst du? Auch nicht flippy, aber irgendwie weit weg, klar? Wenn sie einmal weiß, daß man sie mag, dann entspannt sie sich, und dann macht es Spaß mit ihr. Aber da muß man schon ziemlich deutlich werden und sagen, hallo Kleine, wir finden dich echt cool, also hör auf so zu tun, als seist du ein Schneeflöckchen, das paßt doch nicht zu dir, klar? Und ihre *Augen,* Onkelchen! Ich habe noch nie solche Augen gesehen! Weißt du, wie glühende Kohlen!«

Interessant, wenn nicht sogar beruhigend – und selbst im schlimmsten Fall nicht so anstrengend wie meine morgendlichen Besucher.

Kevin Quinlan hatte sich in der High School schon mit Theater befaßt und in Marquette dann Schauspielkurse belegt. Wieviel von seinem zur Schau getragenen Haß, so fragte ich mich, sollte die Tatsache bemänteln, daß er außerdem ein geschickter Abkocher war? Daß er sowohl von seiner Mutter als auch von seinem Vater Geld bekommen hatte, war nur durch Zufall herausgekommen, nämlich als ich ihn nach seinem Besuch im Arbeitszimmer seines Vaters am Abend des Vierten Juli gefragt hatte. Ich war bei der Frage von der Annahme ausgegangen – die bisher noch nicht widerlegt ist – daß *jeder* der Dinnergäste sich, noch bevor die Nacht zu ihrem abrupten und blutigen Ende kam, zur Tür des Museums begeben hatte.

Auf diese Frage war er nicht vorbereitet gewesen, deshalb entschlüpfte ihm die Wahrheit, eine Wahrheit, die im Widerspruch zu seiner vorbereiteten Aussage/Theatervorstellung stand. Es mag ja sein, daß sein Vater so war, wie Kevin das dargestellt hatte, aber es gab in seiner Persönlichkeit auch so etwas wie Nachsicht, und diese Eigenschaft hatte Kevin in seiner Tirade absichtlich nicht erwähnt, obwohl er sie häufig ausgenutzt hat. Und das wahrscheinlich aus Not, wie man sich denken kann.

Ein durch und durch unsympathischer junger Mann, der aber auch unsympathisch sein wollte, so wie Kiernan O'Rourke verzweifelt so sympathisch sein wollte, wie er das seiner Meinung nach in der guten alten Zeit für Monsignore McBride gewesen war.

Also konnte man den größten Teil seiner Aussage vergessen und seiner augenblicklichen Rolle zuschreiben: nichts weiter als eine raffinierte Verfälschung der Tatsachen, die dadurch zur Stützung seines Selbstbildes beitrugen. Möglicherweise empfand er ja viel weniger Zorn, als er nach außen hin zeigte.

Aber der Zorn diente nicht ausschießlich der Selbstdarstellung. Er haßte seinen Vater und auch seine Mutter (sie vielleicht sogar noch mehr, sie war nur nicht so sehr das nach außen sichtbare Ziel seines Zorns). Er war so sicher, daß man ihm keinen Mord würde anhängen können, daß er seinen Zorn ohne Risiko artikulieren konnte, sogar in übertriebener Weise. Es war auch sehr gut möglich, daß er sich hinter der Maske des Zorns versteckte. Würde man nicht vermuten, daß der Täter seinen Haß auf den Vater milder ausdrücken würde?

Kevin Quinlan war ein cleverer junger Mann, so lange man ihn nicht in eine Falle lockte, wie ich das getan hatte. Ich mußte ihm gegenüber mißtrauisch sein. Wenn das gesamte Vermögen der Familie an Father Armande ging, würde seine Schnorrerei nicht mehr viel bringen. Selbst wenn man eines Tages Armande außergerichtlich abfinden würde, könnten die Zeiten für Kevin hart werden. Er könnte zum Beispiel gezwungen werden, sich einen richtigen Job zu suchen, anstatt weiter auf die Masche mit dem arbeitslosen Kellner zu reisen.

Die richtige Mischung aus Haß und Habgier könnte aus ihm durchaus einen gefährlichen und raffinierten Verbrecher gemacht haben. Eher ein Gepard als ein Löwe.

Was den verschwundenen Schlüssel anbetrifft, war er auch sehr ausweichend gewesen. Könnte es sein, daß er mit seiner Mutter unter einer Decke steckte?

Ich sah mir noch einmal den Grundriß des zweiten Stocks von Wolfe Quinlans »Transylvanischer Villa« an. Allmählich entwickelte sich in meinem Kopf eine Art Szenario, das erklären könnte, wie das Verbrechen begangen worden war, und wie der Trick mit dem verschlossenen Zimmer funktionierte. Dazu brauchte ein Mörder, dessen Gehirn auf höchsten Touren lief, eigentlich nur vier plötzliche und geniale Einfälle zu haben. Vorbewußte und beinahe poetische Einfälle, wie die eines Quarterbacks, der auf der Linie intuitiv seine Kommandos an die anderen Spieler weitergibt.

Nein, eigentlich nur drei Geistesblitze – und ein bißchen Glück. Also, zwei glückliche Zufälle, von denen einer ziemlich wahrscheinlich war – und wenn er nicht eintreten würde, wäre das auch nicht unbedingt schlimm.

Ich empfand eine gewisse Bewunderung für die Geistesgegenwart meines hypothetischen Mörders. Und eine Menge Mitgefühl.

Ich empfinde sogar Mitgefühl für Typen wie Kiernan O'Rourke und Kevin Quinlan, also verlassen Sie sich nicht auf mein Mitgefühl.

Das Wichtigste an diesem Morgen war jedenfalls, daß Kevin wie ein Zahnarzt, der einen kranken Zahn untersucht, den Nerv des Quinlan-Falles berührt hatte. Da war etwas, das mich von Anfang an beunruhigt hatte.

Warum hatte Wolfe nach vier Jahren plötzlich wieder angefangen, derartig zu saufen? Dafür hatte niemand eine Erklärung, außer der, daß er früher schon öfter rückfällig geworden wäre. Aber nach vier Jahren der Enthaltsamkeit und zwei Jahren als Jünger von Father Armande, der nach meinen Informationen Alkohol mit der gleichen Vehemenz als »unnatürlich« ablehnte, wie er auch gegen fossile Treibstoffe war? In seiner Kirche wurden mit Sicherheit Drogen genommen, wahrscheinlich gar nicht mal so schwache; aber da die nicht fermentiert waren, wurden sie als »natürlich« eingestuft und waren deshalb erlaubt.

Warum sollte ein Mensch, der diesem Louis Connery so ergeben war, daß er ihm alle seine irdischen Güter vermachte, plötzlich eine der Kardinalregeln (wenn Sie den

Ausdruck entschuldigen) seines charismatischen Führers mißachten?

War Wolfe Quinlan etwa von der Kirche der Engel des Lichts enttäuscht und desillusioniert worden? Diese Frage stellte ich mir schon, seit ich mit meiner Schnüffelei begonnen hatte. Und wenn es so wäre, warum? Und mit wessen Hilfe?

Es gab einige Andeutungen im Verlauf seines Gesprächs mit Kevin (den er Wolfe genannt haben mochte, wie seinen im Kinderbett gestorbenen Bruder, oder auch nicht), daß er in den letzten Jahren seines Lebens etwas Unerwartetes und Beunruhigendes entdeckt hatte. Vielleicht meinte er damit ja nur die Betrügereien von Foster und O'Rourke, möglicherweise aber auch die Machenschaften des Meisters der Taschenspielertricks, Father Armande de St-Cyr (alias Louis Connery).

Vielleicht hat eben dieser Meister der Taschenspielertricks einen Verbündeten oder eine Marionette oder ein Opfer in der Familie, jemanden, der vielleicht unter dem Einfluß von Drogen seine Befehle ausgeführt hat, *in distans*, wie wir das in der Muttersprache auszudrücken pflegten? Die Polizei war ihm schon auf den Fersen; hätte ihm ein plötzlich wieder klarblikkender Wolfe Quinlan nicht gefährlich werden können?

Das ließ sich durchaus mit meinen vorläufig noch skizzenhaften Arbeitshypothesen vereinbaren.

Die Sekretärin (die sich zu Anfang des Sommers eine neue Frisur zugelegt hatte, und immer noch jeden Tag von mir wissen wollte, ob sie mir gefiele) rief mich an und meldete mir, daß ein junges Paar für mich angekommen wäre.

Thomas McDermott Burke und Laurel Flavia (sic) Quinlan, sagten mit der für ihre Spezies typischen Fähigkeit, Leute aus der Fassung zu bringen, ein solcher Schokoladeneisbecher mit Schlagsahne und Nüssen wäre der echte und absolute Wahnsinn.

Also die können nicht durch und durch böse sein, sagte ich mir.

Ich fügte allerdings im Geiste schnell hinzu, daß viele Leute, die an sich gar nicht böse sind, trotzdem im Namen einer jungen Liebe manchmal Böses tun. Und diese junge Liebe leuchtete aus ihren Augen, hellblau und sonnig das eine

Augenpaar, und, wie O'Connor The Cat treffend gesagt hatte, wie glühende Kohlen und flüssiges grünes Metall das andere.

Tommy Burke war ein junger Mann, der einem sofort sympathisch war. Gelassen, respektvoll, selbstbewußt; er hatte genügend jugendlichen Elan, um attraktiv zu wirken, und genügend solide Reife, um einen Eindruck von Zuverlässigkeit zu vermitteln. Vom Vater hatte er offensichtlich das energische Kinn, die Lippen und die hin und wieder in seinen Augen aufleuchtende finstere Entschlossenheit. Der Rest erinnerte wahrscheinlich an den lachenden Kobold, der seine Mutter gewesen war, als sie noch gesund war – schlaksig, mit zerzaustem Haar, immer ein schnelles Lachen auf den Lippen. Für seine Invasion des Pfarrhauses hatte er sich in einen förmlich braunen Anzug geworfen, wobei alles, Hemd, Krawatte und Schuhe aufeinander abgestimmt waren und zu seinen braunen, halblangen welligen Haaren paßte. Er gehörte zu der Art von präsentablen, vielversprechenden jungen Männern, die eine junge Frau begeistert ihren unnötig besorgten Eltern vorstellen würde. Er wirkte ziemlich entspannt im Allerheiligsten des Pfarrhauses, an diesem heiligen Ort, den früher nicht einmal der ranghöchste Kurat ohne vorherige Anmeldung und schriftliche Genehmigung betreten durfte.

Laurel Quinlan, zu dem Schluß kam ich auf der Stelle, war ein bißchen eine Hexe. Vielleicht sogar mehr als nur ein bißchen.

20 Thomas M. Burke

Ich hab mich an dem Abend ziemlich blöd benommen, Monsignore Ryan. Ach, verflixt, ich kann sie nicht Blackie nennen, jedenfalls noch nicht. Und Monsignore, Typ, finde ich respektlos.

Normalerweise rede ich gar nicht so. Klar, es ist sozusagen die lingua franca der Teenager – cooler Ausdruck, nicht wahr? Das habe ich letztes Jahr im Religionsunterricht gelernt. Es bedeutet so viel wie Jargon und . . . na ja, Sie wissen ja, was es bedeutet.

Jedenfalls habe ich diese Sprache nie benutzt, weil meine Mutter das nicht mochte, und ich auch heute noch glaube, daß es richtig ist, wenn ich ihre Wünsche respektiere, auch wenn sie nicht mehr bei uns ist. Ich war selbst erstaunt über das, was da aus meinem Mund herauskam. Ich glaube, ich habe versucht zu beweisen, daß ich genau so männlich bin wie er. Blöde. Man beweist seine Männlichkeit nicht, indem man vulgäre Ausdrücke gebraucht, das hat Mom immer schon gesagt.

Ich fahre total auf Laurel ab, wissen Sie. Sie ist ein Klassemädchen. Ich stehe unheimlich auf sie. Es hat zwar eine Weile gedauert, bis ich Sie zum Lachen bringen konnte, aber dann hat sie sehr viel gelacht. Der Mann hat mich einfach auf dem falschen Fuß erwischt, als er sie so in Verlegenheit gebracht hat. Ja, er hat sich nicht direkt an sie gewendet, aber er hat alle anderen angegriffen, und das hat sie genau so verletzt, als wenn er es auf sie abgesehen hätte. Sie ist sehr empfindsam, Monsignore, das arme Mädchen. Ich habe noch nie jemanden gekannt, der so empfindsam war.

Ich fand das nicht so schlimm, was er über Mom gesagt hat. Wir – das heißt Mark, Gerry, Eileen und ich – haben uns schon lange damit abgefunden. Selbst wenn die Leute nichts sagen, weiß man doch, was sie denken. So ungefähr, ach, wär das nicht ein Segen, wenn sie endlich tot wäre, das arme Wesen. Nein, das wäre kein Segen. Sie fehlt uns jetzt schon, und sie würde uns dann noch mehr fehlen. Wissen Sie, man kann nicht dagegen ankämpfen, also ist es besser, deshalb kein großes Theater zu machen. Die Leute verstehen das nicht, und sie können nicht einmal etwas dafür. Wenn wir die ganze Situation von außen betrachten würden, würden wir das wahrscheinlich auch nicht verstehen.

Mom ist eine fantastische Frau. Wir hatten Glück, daß wir sie so lange bei uns haben durften. Und wir sind glücklich, immer noch ein bißchen von ihr zu haben. Wir tun ihr keinen Gefallen damit, wenn wir uns wegen ihr auf Streitereien einlassen. Eines Tages, spätestens im Himmel, werde ich 'ne Menge Ärger kriegen, wenn sie herauskriegt, wie blöd ich mich benommen habe.

Laurel hatte meinen Schutz auch gar nicht nötig. Ich meine, ich hätte ihr viel mehr geholfen, wenn ich gewartet hätte, bis er wieder gegangen war, und dann mit ihr nach Grand Beach gefahren wäre, damit sie The Cat – das ist ja vielleicht ein knallharter Zahn – kennenlernt, und um Diamond zu hören. Laurel findet diese Typen niedlich, obwohl die eigentlich für richtige Rocker viel zu ordentlich aussehen, wenn Sie mich fragen. Na ja, letzten Endes habe ich sie dann ja mit dahin genommen, nachdem ich sie vorher furchtbar aufgeregt habe und mich selbst wie ein Blödmann benommen hatte.

Dann ist die Polizei hinter all das gekommen und hat mich in die Mangel genommen. Mr. O'Rourke, der wirklich kein netter Mann ist, Monsignore, wirklich nicht, hat ihnen alles über diesen Streit beim Abendessen erzählt, und mir dabei eine viel größere Rolle zugedacht, als mir zustand. Ich war selbst schuld, weil ich so explodiert bin, aber so sehr bin ich auch wieder nicht explodiert. Sie wissen ja, wie die Polizei von Long Beach ist. Die würden am liebsten eine Belohnung auf den Kopf eines jeden Jungen aussetzen, der unter zwanzig ist. Da war ein Polizist, der hatte offensichtlich zu viel ferngesehen und kam sich vor wie so ein Typ aus der Serie C.H.I.P.S. oder so. Der hat mich die ganze Nacht bis in die frühen Morgenstunden gegrillt, bis mein Vater gesagt hat, er würde einen Rechtsanwalt holen.

Die hätten bestimmt versucht, mir das anzuhängen, wenn sie dahintergekommen wären, wie ich durch die verschlossenen Türen geflogen sein könnte, wie eine Dracula-Fledermaus oder so etwas.

Was ich glaube, wer es getan hat? Nun, ein Unfall war es nicht, Monsignore, das steht fest. Laurel hat ihn noch später am Abend gesehen, sie wird Ihnen das bestätigen. Er hatte aufgehört zu trinken und spielte mit seinen Edelsteinen und Messern herum. Er hatte fürchterliche Kopfschmerzen, aber er wußte genau, was er tat. In keinem Fall, hat sie mir gesagt, wäre er in dem Zustand aus Versehen in sein Schwert gerannt.

Ich meine, es muß Selbstmord gewesen sein. Laurel hat sich große Sorgen um ihn gemacht. Sie ist bei ihm gewesen, um ihm zu helfen, und er hat sie anschließend wieder weggeschickt. Das war, als wir von Grand Beach zurückgekommen waren, also so gegen elf. Sie hatte schlimme Kopfschmerzen und ging direkt ins Bett, aber dann hat ihr Vater noch einmal an ihre Tür geklopft und sie gebeten, ihr bei den Edelsteinen zu helfen, Sie hat die Steine immer schon gern gehabt. Er hatte auch die Messer ausgepackt.

Ja, wissen Sie, diese Bein-Messer. Ach ja, das stimmt ja. Sie sind noch nie in dem Museum gewesen. Das ist ein völlig verrücktes Ding, Monsignore, total irre. Der arme Mann war wahrscheinlich tatsächlich schlimmer dran als Mom. Also, er hatte da so acht bis zehn Messer, die die Leute damals in Italien so in der Borgia-Zeit um den Schenkel oder um die Wade geschnallt hatten, falls sie es in so einem Kampf brauchten, in den zum Beispiel Romeos Freunde geraten sind. Sogar die Frauen haben so etwas getragen, um ihre Tugend zu schützen – wenn sie das wollten, und ich glaube, das kam gar nicht so oft vor. Diese Dolche haben ganz dünne Klingen und einen extra schmalen Griff. Man merkt kaum, daß man ihn trägt. Sind scharf wie Rasierklingen. Es ist ein Wunder, daß sich nicht mehr Leute selbst damit aufgeschlitzt haben. Vielleicht ist das ja auch passiert.

Laurel hatte Angst vor diesen Messern, besonders wenn ihr Vater zuviel getrunken hatte. Dann schnallte er sich eins ans Bein und drohte, es zu benutzen, falls jemand hinter ihm her wäre. Sie soll Ihnen den Rest selber erzählen. Er war wirklich ganz seltsam. Er dachte, jemand wäre hinter ihm her. Jedenfalls gab er ihr einen der roten Steine und sagte zu ihr, sie sollte wieder ins Bett gehen; er müsse noch einiges vor morgen erledigen, bevor alles ans Tageslicht gebracht würde. Er war irgendwie durcheinander, besorgt und wütend, aber er wollte nicht sagen, auf wen er wütend war.

Sie kann natürlich nicht schlafen. Wer hätte das schon gekonnt? Und sie will gerne noch mit jemandem reden, also redet sie mit mir. Das hätte ich natürlich niemals den Polizisten erzählt, wo die mich doch sowieso schon einsperren wollten. Sie steht also wieder auf, geht über den Balkon bis zu meiner Schiebetür und klopft. Ich gehe auch auf den Balkon, und wir setzen uns da draußen auf das Sofa, und dann weint sie in meinen Armen, weil sie sich solche Sorgen um ihren Vater macht.

Mißverstehen Sie mich nicht, Monsignore; sonst ist nichts passiert. Wir waren beide nicht in der Stimmung dafür, und ich bin außerdem auch nicht der Typ, der eine solche Situation ausnützen würde, schon gar nicht, wenn ein Mädchen so traurig ist.

Das soll nicht heißen, daß ich nicht daran gedacht hätte. Aber es gibt eben Dinge, die tut man einfach nicht, auch wenn man daran denkt. Wie dem auch sei, sie hat so ein T-Shirt an, das die Mädchen als Nachthemd tragen, so eins, das praktisch bis zu den Knien reicht. Nicht gerade sehr sexy, vor allem nicht in grasgrün.

Es dauert ziemlich lange, aber dann beruhigt sie sich wieder und wird sehr müde. Ich kriege Angst, daß sie in meinen Armen einschläft, das wäre ein bißchen viel für mich gewesen, ich hätte nicht gewußt, was ich dann hätte machen sollen. Also wecke ich sie auf und schleppe sie sozusagen über den Balkon in ihr Zimmer zurück. Wir gehen ganz leise am Zimmer meines Vaters vorbei, weil ich nicht möchte, daß ausgerechnet er mich morgens um halb zwei mit einem Mäuschen im Nachthemd sieht, auch wenn das ein grasgrünes T-Shirt ist und bis zum Knie reicht.

Ich gebe ihr an der Tür einen Gutenachtkuß, keine große Sache, und bringe sie zu ihrem Bett, decke sie zu und geh so schnell wie möglich wieder hinaus. Sie war total erledigt und schlief sofort ein. Das nächste, was sie hörte, war ihre Mutter, die an ihre Tür hämmerte und schrie, daß ihr Vater tot wäre. Sie können sich vorstellen, wie sie das fertiggemacht hat.

Ich erzähle Ihnen das alles, weil mein Vater mir gesagt hat, Sie müßten alles wissen, auch das, was wir der Polizei nicht erzählt haben. Laurel hat auch versprochen, Ihnen alles zu sagen, aber sie hat Angst vor Ihnen, obwohl Sie O'Connor The Cats Onkel sind.

Ich klopfe mir nicht selbst auf die Schulter oder so etwas. Es wäre leicht gewesen, sie in dieser Nacht 'rumzukriegen, sie war so kaputt und voller Sorge. Solche Dinge hat es in ihrem Leben ständig gegeben, aber nie so etwas Seltsames. Wo er doch solange trocken geblieben war.

Als es in dieser Nacht ein bißchen heißer wurde und sie sich in ihrem hübschen, ordentlichen Schlafzimmer (man hätte es mit einem Internatszimmer verwechseln können, so aufgeräumt war das) an mich lehnte, fürchterlich schluchzte und nichts mehr über diesem verdammten grasgrünen T-Shirt anhatte, da habe ich mir gesagt, wenn ich mir schon nichts aus Gott mache und mir auch egal ist, was mit Laurel ist, dann sollte es mir doch nicht egal sein, was mit mir selbst los ist. Weil mir doch eigentlich klar war, daß ich damit der ganzen Sache mit Laurel den *quietus* – das ist ein schönes Wort; es bedeutet: ja, ja, ich weiß, vergessen Sie's. Also, daß ich der ganzen Sache mit Laurel den quietus versetzen würde, und zwar für immer und ewig. Um Laurel zu zitieren, niemals und nimmermehr. Also ließ ich sie in Ruhe, aber fragen Sie mich nicht nach den genauen Gründen. Ehrlich gesagt kann sie einen auch in so einem häßlichen Hemd immer noch um den Verstand bringen.

Wissen Sie, vielleicht möchte ich Priester werden. Aber auch, wenn ich mich dagegen entscheide, würde ich eine Frau wie Laurel vielleicht nicht heiraten. Aber das ist noch lange hin. Wenn ich Priester werde, dann bestimmt nicht, weil ich nicht heiraten will. Andererseits ist mein Vater im Investment-Geschäft, wissen Sie? Lieb zu Laurel zu sein ist eine gute Investition, egal von welcher Seite Sie es betrachten.

Ja, ich glaube auch, daß das komisch ist. Aber Sie sagen nicht, daß ich unrecht habe.

Eine verdammt gute Investition, je länger ich darüber nachdenke.

Ich weiß, daß sie große Sorgen hat. Wenn sie diesen verträumten, ausgeflippten Blick in ihre Augen bekommt, macht sie mir Angst. Aber sehen Sie sich einmal an, was sie schon alles hinter sich hat. Wäre sie nicht längst tot, wenn sie nicht eine eiserne Kondition hätte? Bei ihr ist das nicht so wie bei Mom, die nie eine wirkliche Chance hatte, weil bei ihr biologisch etwas nicht stimmt und bisher keiner weiß, was es ist. Wenn Laurel mal mit jemandem reden kann, ist sie normaler und gesünder als wir alle.

Ich habe ihr gesagt, sie sollte doch einmal mit Brigid Murphys Mutter oder Vater reden, wahrscheinlich mit dem Vater; Sie wissen, was das für ein Klassetyp ist. Ja, ich glaube, Sie haben recht; das mußte er auch sein, wenn er mit dem Clan fertigwerden wollte.

Jedenfalls hat sie nichts dagegen, vor allem, weil ich ihr erzählt habe, wie nett die Psychiater zu meiner Mutter gewesen sind. Deshalb glaube ich auch, daß sie bald wieder auf dem Damm sein wird, Monsignore. Ich kann sie nicht zwingen, das alles zu verarbeiten; und ich kann sie mit Sicherheit nicht selbst heilen. Aber vielleicht hilft es, wenn ich ein bißchen in ihrer Nähe bleibe und sie weiß, daß mir etwas an ihr liegt. Wenn ich dann eines Tages wirklich Priester werden sollte, ist das gar keine schlechte Erfahrung, nicht wahr?

Mein Dad und ihre Mutter? Ich bitte Sie, Monsignore. Dazu sage ich gar nichts. Sie ist eine coole Mieze, obwohl sie doch schon so ein alter Zahn ist. Ich mag sie sehr. Sie steht auch auf mich. Ich hätte nichts dagegen, wenn sie in meiner Nähe wäre. Mehr sage ich nicht.

Also, in Wirklichkeit fragen Sie sich, ob Laurel ihren Vater umgebracht haben könnte. Sie glauben, ich sei so total hin von dieser fantastischen blonden Puppe, daß ich sagen würde: Niemals! Nun, ich glaube nicht, daß sie es getan hat. Ich war über eine Stunde mit ihr auf dem Balkon, also weiß ich besser als jeder andere, was für eine Figur sie machte. Entschuldigen Sie den Doppelsinn, er war unbeabsichtigt. Nun, es stimmt wohl in jeder Hinsicht. Oh Mann, eine Figur ist das, Monsignore . . .

Nun, wissen Sie, ich bezweifle, daß sie so etwas überhaupt tun könnte. Aber ich gebe zu, sie ist ein geheimnisvolles Mädchen. Haben Sie einmal diese Augen gesehen, Monsignore? Was geht in ihrem Kopf vor? Es macht 'ne Menge Spaß, wenn man versucht, das herauszukriegen. Geheimnisse herauszukriegen macht mehr Spaß als jemandem die Kleider auszuziehen, hat mein Vater mir einmal gesagt. Ja, damals habe ich gedacht, nett, wie er das gesagt hat. Jetzt ist mir zum erstenmal klar geworden, wie er das gemeint hat. Ich habe bisher noch keine Kleider ausgezogen, aber es macht mir großen Spaß, Geheimnisse zu lösen.

Entschuldigen Sie die lange Pause. Ich muß Ihnen noch eine Sache erzählen, obwohl ich das wirklich nicht gerne tue. Am nächsten Tag, als die Polizei weg war, habe ich an ihre Tür geklopft. Keine Antwort. Also klopfe ich noch einmal. Immer noch keine Antwort. Ich drücke die Tür einen Spalt auf.

Laurel ist drinnen, sie sitzt auf ihrem Bett in Jeans und . . . nun, einem Büstenhalter . . . mit einem Messer in der Hand. Sie starrt mit leerem Blick auf die Wand. Dann sieht sie mich. Ihre Dschungelaugen sind ganz woanders. Sie springt auf und stürzt sich mit dem Messer auf mich. Und zielt direkt auf meinen Magen.

21 Blackie

»Sie hat dich mit dem Messer angegriffen?« Ich muß zugeben, daß mich seine Darstellung genau so überraschte, wie ihn der Vorfall selbst überrascht haben mußte.

»Nicht direkt.« Er schloß die Augen, als wollte er das Bild aus seiner Vorstellung verbannen. »Ich meine, überhaupt nicht, aber sie hat mich doch verdammt erschreckt. Sie wirft ihre Arme um mich und fängt wieder an zu weinen, dabei hält sie immer noch das Messer in der Hand. Ich nehme es ihr weg und sag ihr, sie soll ihr Hemd anziehen. Das ist ihr schrecklich peinlich, und sie sagt, ›Tut mir leid, Tommy. Ich mußte an dieses Messer denken und daran, ob die Frauen, die es getragen haben – siehst du hier, es ist ein winzig kleines Ding, das man am Bein trägt – wohl jemanden damit getötet haben.‹

Da sag ich: ›Du solltest an einem Tag wie heute nicht damit herumspielen. Könntest du nicht vielleicht das Hemd zuknöpfen . . .‹

Da wird sie ganz rot, dreht sich um und sagt: ›Ich glaube, ich bin total durchgedreht. Ich habe darüber nachgedacht, ob ich, wenn ich das Messer tragen würde und jemand mich angreifen würde, auch den Mut hätte, es zu benutzen.‹

Da sag ich: ›Hast du es denn jemals getragen, Laurel.‹

Sie schüttelte ihren Kopf, als wäre das eine fürchterliche Frage gewesen. ›Ich hätte viel zu viel Angst davor.‹

Also, mir war nicht klar, was das alles bedeuten sollte, ich wußte nur eins: Sie stand unter einer schrecklichen Anspannung. Also sagte ich ihr, sie sollte es verstecken, denn die Polizei hatte das Museum versiegelt. Als dann alles vorüber war, haben wir es wieder in den Schrank zu den anderen Messern gelegt. Die sind alle sehr häßlich, da kann man verdammt das kalte Grauen bekommen, wenn man die sieht.«

»Das glaube ich. Wie interpretierst du denn diesen ganzen Vorfall?«

Er zuckte die Achseln. »Überhaupt nicht. Sie war noch mehr weggetreten als sonst, glaube ich. Ich dachte nur, ich sollte Ihnen das erzählen. Ich meine, meistens ist sie ja sehr sittsam, Father. Sie hätte nie halb ausgezogen dagesessen, wenn sie nicht völlig weggetreten gewesen wäre, oder?«

Ich überlegte mir, ob ich ihn nach dem Schlüssel fragen sollte, entschied mich aber dagegen. Er würde es sicher seinem Vater erzählen, und ich wollte nicht, daß Suzie/Sue davor gewarnt wurde, daß ich es wußte.

»Du hast die Forsters geholt. Ich nehme an, sie waren im Bett, als du gegen ihre Tür getrommelt hast?«

»Was mit Mr. Forster war, weiß ich nicht« – er beobachtete mich aufmerksam und fragte sich, was ich wohl über Laurel und den Vorfall mit dem Messer dachte –, »aber Mrs. Forster sah sich einen Videofilm an. Sie hat direkt aufgemacht. Sie hatte ein Glas, vielleicht Wodka, in der Hand.«

»Ah ja, machte sie einen überraschten Eindruck?«

»Das konnte ich nicht feststellen. Draußen war es dunkel, und sie hat mich nicht hereingebeten. Sie ist die Treppe hinaufgelaufen und hat ihren Mann geholt. Ich habe nicht auf die beiden gewartet.«

»Wie ich gehört habe, kamen sie im Schlafanzug und Bademantel herüber.«

Er nickte. »Ich fand das irgendwie komisch. Vielleicht wollte sie nicht zugeben, daß sie noch wach war.«

Vielleicht.

»Gibt es noch etwas, was ich wissen müßte, Thomas?«

Er dachte einen Augenblick nach. »Das ist alles, Father Blackie. Ich hoffe, Sie können Laurel und ihrer Mutter helfen. Die brauchen mehr, als ich ihnen geben kann.«

»Aha.«

»Noch eins. Ich will Ihnen gegenüber ganz ehrlich sein. Ich habe keine Ahnung, was Laurel getan haben mag oder tun könnte. Aber ich stehe zu ihr, egal was sie getan hat. Jederzeit und überall. Ich stehe so sehr auf sie, daß mir gleich ist, was sie getan hat.«

22 Blackie

Sollte der junge Mann auf seiner Absicht bestehen, ein Priesterseminar zu besuchen, und sollten die Dozenten dieses Seminars mich um eine Begutachtung bitten, würde ich ihnen postwendend eine Empfehlung schicken, wenn nötig mit Goldrand. Aus dem Holz sind die Priester geschnitzt, die die Kirche in diesen Tagen so dringend braucht.

Was nicht heißen soll, daß mich seine charmante, ungekünstelte und mit Witz vorgetragene Geschichte völlig überzeugt hat.

Ist er nicht, das werden Sie – wer immer Sie auch sein mögen – sagen, seinem Vater sehr ähnlich, ist er nicht auch ein wahrer Israelit ohne Arg? Da kann ich nur lachen. Nie im Leben!

Er ist viel raffinierter als sein Vater, der eher stur, eher objektiv und in gewissem Maße ziemlich unsensibel ist. Lawrence Burke kommt gut vorbereitet zu mir, als wollte er einem Klienten ein Projekt präsentieren, er hat sogar von einem Zeichner eine Skizze machen lassen. Er weiß von mir nur, daß ich angeblich geschickt im Austüfteln von Rätseln bin, von Rätseln, die ihm Sorgen machen. Und daß ich den Ruf habe, fair zu sein, vor allem Frauen gegenüber. Mehr will er auch gar nicht wissen. Er will gar nicht mehr über diesen Monsignore John Blackie Ryan erfahren. Es kommt ihm nicht in den Sinn, sich intensiver mit dem Thema zu befassen.

Bei seinem Sohn sieht die Sache ganz anders aus. Ich bin sicher, der hat sich vorher Informationen von solchen Experten wie The Cat, Packy Jack, Packy Mike, Caitlin, Biddy und, weiß der Himmel, möglicherweise sogar von meinem Vater, meiner Stiefmutter, meiner Schwester und meinem Schwager geholt – deren Loblied er besonders kunstvoll ungekünstelt singt. Er erfährt, daß man mit dem Monsignore am besten zurechtkommt, wenn man sich als charmanter Teenager gibt, was ihm nicht schwerfällt. Man redet über dieses und jenes, beweist, daß man über sich selbst lachen kann, springt von einem Thema zum anderen, man ist offen, aufrichtig, ehrlich, freimütig. Wenn man es mit den Worten der Werbeindustrie ausdrückt, man erzählt ihm die Wahrheit, eine Menge Wahrheit, mehr Wahrheiten, als er von einem erwartet hätte, aber nicht notwendigerweise die ganze Wahrheit.

Überlegen Sie sich einmal, wieviel Wahres er mir erzählt hat. Ich erfahre von ihm, daß Laurel ihren Vater besucht hat. Das hätte ich mir auch so denken können, oder mit einer kleinen List ohne Schwierigkeiten aus ihr herausgekriegt. Er offenbart die Geschichte von dem Schenkelmesser, die zwar interessiert, aber irrelevant ist. Er gibt mir noch ein paar Details über Quinlans verwirrten Zustand, weil der etwas entdeckt zu haben glaubt, aber das hatte ich ja selbst schon herausgekriegt. Er beschreibt mit unnötiger Ausführlichkeit sein nächtliches Stelldichein mit der entzückenden Laurel. Ich zweifle keinen Augenblick daran, daß seine Beschreibung zutreffend ist. Ich bin sicher, sie war bis ins letzte Detail genau. Er hat seine gegensätzlichen, aber auch die lüsternen Gefühle für dieses verletzliche, attraktive und unergründliche Kind mit bewunderswerter Redlichkeit geschildert.

Aber was nützt mir das? Hätte ich das nicht ohnehin vermutet, auch wenn mir die ganze Farbigkeit der Umstände entgangen wäre? Außerdem, was hat es schon zu bedeuten, daß sich die beiden auf dem Balkon eine Stunde lang in den Armen gelegen – oder geknutscht haben, wenn Ihnen das Wort besser gefällt? Ein brauchbares Alibi ist das sicher nicht.

Also, warum das alles? Er will ganz subtil, aber doch auch nachdrücklich andeuten, daß die junge Frau, die er mit solch lobenswerter Keuschheit in ihr jungfräuliches Bett gebracht hat, so erschöpft, so müde, so entzückend schläfrig gewesen ist, daß es unvorstellbar wäre, sie könnte noch einmal aufgestanden sein und mit Spiegeln und Schattenspielen den berühmten ›Trick des verschlossenen Zimmers‹ praktiziert haben, um ihren Vater, diesen Störenfried, ins Jenseits zu befördern.

Glaubt er selbst, daß es sich so abgespielt hat? Wahrscheinlich. Aber er trägt die Argumente für ihre Verteidigung so indirekt vor, daß ich beinahe gar nicht gemerkt habe, was er vorhat. Und dann sagt er mir in einem bewunderswerten Anflug von raffinierter Aufrichtigkeit offen und entwaffnend, daß die wunderschöne Laurel möglicherweise zu einem Mord fähig ist, und entgeht dem Vorwurf, sie verraten zu haben, indem er seine Liebe zu ihr erklärt, die davon überhaupt nicht berührt würde.

Gegen all das kann man nichts sagen. Im Gegenteil, es bringt mich zu der Überzeugung, daß er zu jeder Zeit für mich arbeiten könnte. Aber es kann mich nicht davon überzeugen, daß er mir alles erzählt hat, was er über Wolfe Quinlans Tod weiß. Ich bin überzeugt davon, daß aus ihm ein guter Priester würde. Aber ich bin nicht davon überzeugt, daß er in dieser Angelegenheit als zuverlässiger Zeuge betrachtet werden kann.

Außerdem, wenn es überhaupt in dieser ›Rumänischen Villa‹ jemanden gab, der den Grips und die Findigkeit besaß, sich diesen Trick mit dem verschlossenen Zimmer auszudenken, der direkt aus einem Kriminalroman zu stammen scheint, dann war es dieser exzellente junge Mann, der es fast, aber nicht ganz, mit Blackwood dem Großen aufnehmen könnte.

Ich möchte fast wetten, daß er Kriminalromane frißt wie andere Popcorn.

Ich saß noch lange an meinem Kaffeetisch, trank Mineralwasser und dachte über Dinge nach, die gar nichts mit der Sache zu tun hatten, wie das Herzeleid einer jungen Liebe, die Problematik des Zölibats (die, glaube ich, auch nicht größer ist als die Problematik der Ehe) und die Unwägbarkeiten der menschlichen Existenz.

Ich sollte Laurel hereinbitten. Aber noch nicht. Es gab noch eine beunruhigende, schemenhafte Vorstellung, die ganz tief in mir lauerte; die Antike nannte so etwas ›das Wirken des Geistes‹, heutzutage nennen wir dergleichen ›vorbewußt‹. Ich wußte, daß ich das Rätsel in dem Augenblick würde lösen können, wo es mir gelänge, mir diese Vorstellung voll ins Bewußtsein zu bringen und sie zu identifizieren.

Und ich wußte auch, daß mir die Lösung gar nicht gefallen würde.

23 Blackie

Ich bin mit den weiblichen Teenagern der Spezies Homo sapiens sapiens (übrigens meiner Meinung nach eine unnötig überhebliche Verdoppelung) nicht ganz unvertraut. Außerdem habe ich, vom Schicksal mit irischen Vorvätern gesegnet, Erfahrung mit der willensstarken und unberechenbaren Abart dieses weiblichen Typs. Um nur vier davon zu nennen, die sich in meiner engsten Familie befinden: O'Connor The Cat, von der schon die Rede war; Caitlin Murphy, eine gertenschlanke blonde Komikerin, die sowohl Fotomodell als auch Modellfotografin sein könnte; Patty Anne Kane, die den Schauspielerberuf anstrebt und eines Tages die Hepburn an dramatischer Pyrotechnik übertreffen wird; und Brigid Murphy, die, wie ich sicher zu wissen glaube, ein Wechselbalg ist, der von einem Kobold ausgetauscht wurde – diesen Vorwurf hat ihre Mutter schon vor langer Zeit gegen mich gerichtet.

Nun gut. Bei Laurel Flavia Quinlan stehe ich allerdings, um die Sprache dieser Verwandten zu gebrauchen, völlig auf dem Schlauch. Sie sieht ein bißchen aus wie Caitlin, vielleicht etwas größer, noch nicht so viel Fleisch auf den Rippen und lange nicht so selbstbewußt wie meine Nichte, aber eine fast schon fertige, strahlende blonde Schönheit. Kein Wunder, daß der arme Tommy Burke von ihr geblendet worden ist. Sie trug, ohne jedes Stilgefühl, ein schickes blaues Nadelstreifenkleid mit kurzen Ärmeln. Ich bin sicher, ihre Mutter hatte es für sie gekauft, und Laurel trug es ohne Kommentar und ohne es zu würdigen.

Sie ist etwa zehn bis zwölf Zentimeter größer als ihre Mutter und insgesamt weniger üppig. Ihr Gesicht ist ein Duplikat von Suzies Gesicht, vielleicht ein bißchen schmaler und noch nicht so vollkommen. Der Liebe Gott hatte sich offensichtlich entschlossen, mit den Komponenten der Schönheit ihrer Mutter herumzuspielen. Nachdem Er aus ihr eine etwas zu klein geratene Venus gemacht hatte, hat Er/Sie diesmal eine etwas überdimensionale Diana produziert.

Laurel geht krumm, und ich wage zu behaupten, daß sie wegen ihrer Größe gehemmt ist, obwohl sie das nicht nötig hätte. Noch ein paar Jahre und etwas Glück (auf beides möchte ich allerdings im Moment keine Wette abschließen), und sie wird eine königliche Erscheinung sein – was sage ich, kaiserlich – eine Wikingerherrscherin, die Art Frau, nach der sich jeder Mann und jede Frau umdrehen werden.

Jeder Mann, dessen Hormonsystem normal funktioniert, müßte mindestens schon eine Viertelstunde tot sein, um gegen ihren Charme immun zu sein, häßliches T-Shirt oder nicht. Sie hat das gleiche entschlossene Kinn wie The Cat. Wenn sie nicht reden will, dann redet sie nicht. Und Sie können sicher sein, wenn es um hysterische Anfälle geht, steht sie Patty Anne in nichts nach, vorausgesetzt, die Situation rechtfertigt es. Ihre imponierende Größe, trotz des krummen Rückens, das Feuer in ihren Augen und ihre helle, weiße Haut – die sich gegen jede Bräune wehrt – legen den Verdacht nahe, daß sie, wie Biddy, von einem spitzbübischen Kobold auf diesem Planeten zurückgelassen worden ist.

Und ich erinnere mich, daß in der alten indoeuropäischen Mythologie die Horde der Feen die ›Truppe der Diana‹ genannt wurde, Tuatha Dē Danann in der irischen Version. Und diese Fee hier war schon dabei, ihre Truppe zu rekrutieren.

Schön und gut, aber ein paar Minuten lang kann ich nichts aus ihr herauskriegen, weder ein Lächeln noch ein Lachen, nicht einmal ein einziges Wort. Sie macht den Eindruck eines Menschen, dessen Aufmerksamkeit Lichtjahre von dem gemütlichen Arbeitszimmer entfernt ist, in dem wir hier im Pfarrhaus der Holy Name Cathedral sitzen. Vielleicht ist sie auf Alpha Centauri, einem gar nicht mal so weit entfernten Stern, aber immerhin nicht hier mit mir in einem Zimmer. Endlich fängt sie an, in einem leblosen, verzweifelten Ton zu reden, und es sieht nicht so aus, als ob sie auch nur einen Absatz zu Ende bringen würde.

24 Laurel Flavia Quinlan

Ich weiß gar nicht, ob ich reden will.

Was kann man denn noch sagen? Er ist tot; Reden macht ihn auch nicht wieder lebendig, oder?

Vielleicht ist es für ihn am besten so. Obwohl ich wünschte, er wäre noch am Leben.

Ich habe ihn geliebt, Onkel Blackie, wirklich. Ich habe ihn mehr geliebt als alle anderen. Ich glaube, ich war die einzige, die ihn geliebt hat. Ich bin nicht . . .

Niemand war schuld. Es war schwer, ihn wirklich zu kennen. Ich war die einzige, die ihn wirklich kannte, deshalb war ich auch die einzige, die ihn geliebt hat.

Mom war nie eine Hilfe. Ich glaube, sie hat es gut gemeint. Sie wußte nicht, wie man ihn nehmen mußte. Wenn er jemanden gebraucht hätte, der ihm die Meinung sagte, dann gab sie nach. Wenn er jemanden gebraucht hätte, der ihn eine Zeitlang unterstützt hätte, dann fing sie einen großen Krach an. Manchmal habe ich mir gedacht, daß sie irgendwie wollte, daß alles so schlimm war.

Er hätte jemanden gebraucht, der ihm gesagt hätte, daß er unrecht hatte, und daß man nicht länger bereit sei, sich das gefallen zu lassen, daß man ihn aber trotzdem lieb hätte. Das konnte Mom nicht.

Manchmal habe ich sie deshalb gehaßt. Aber meistens hat sie mir nur leid getan.

Wir sind anders als andere Leute. In unserer Familie sind schon so viele schlimme Dinge passiert. Daddy brauchte Hilfe, und da war außer mir niemand, der ihm helfen konnte, und was konnte ich schon groß tun?

Ich fühlte mich immer wie in einer Falle. Können Sie das verstehen? So als müßte ich etwas tun, um ihn zu retten. Ich war aber nicht in der Lage, irgend etwas zu tun.

Ich gebe Daddy die Schuld für das, was aus Kevin geworden ist. Er ist eigentlich ein so lieber, freundlicher Junge. Aber Daddy war ursprünglich auch ein lieber, freundlicher Mann, der nie die Chance hatte, sich auch so zu verhalten. Er hatte mir versprochen, daß er nett zu Kevin sein wollte, und dann hat er das Versprechen vergessen, weil er nicht wußte, wie er es halten sollte.

Er hat auch Mom unglücklich gemacht, obwohl sie das meiste selbst verursacht hat.

Ich war immer sein kleines Mädchen, Onkel Blackie – ich käme mir komisch vor, wenn ich Sie Onkelchen oder so nennen würde, und Monsignore ist eine alberne Bezeichnung, denn Sie sind doch gar kein Lord – ich meine, ich war die einzige, die sich für seine Sammlungen interessierte, für seine Briefmarken, für die Münzen und Steine und die Messer. Sogar für die Rüstungen, wie den armen Tancredi. Als kleines Mädchen habe ich sie jeden Tag abgestaubt.

Ich will nicht, daß er tot ist. Ich möchte, daß er wieder in seinem Arbeitszimmer sitzt und seine Steine betrachtet und sie mich in der Hand halten läßt, weil ich sein kleines Mädchen bin. Er war dann immer so glücklich.

In den letzten paar Jahren haben wir so etwas nicht mehr oft gemacht, vor allem seit wir in diese komische Kirche in Hyde Park eingetreten waren. Ich mochte diese Leute überhaupt nicht. Die sind richtig widerlich. Ich bin katholisch, Onkel Blackie, und werde es auch immer sein. Mir hat es in der Gemeindeschule gut gefallen, und ich wollte da nicht weg, auch nicht, als wir den Streit wegen Margies Begräbnis hatten – ich möchte lieber nicht daran denken. Es war schrecklich. Die Nonnen und die Lehrer in der Schule sagten, das wäre ganz schlimm gewesen, daß der Pfarrer sich geweigert hätte, uns die Messe zu lesen. Warum tun Priester so viele schreckliche Dinge? Ich glaube, das ist eine alberne Frage. Sie sind eben Menschen, so wie wir auch, nicht wahr?

Die York Township High School ist in Ordnung, aber Mom sagt, ich könnte nächsten Monat zur ›Unbefleckten Empfängnis‹ in Elmhurst gehen, wenn die mich nehmen. Glauben Sie, daß die mich nehmen? Ich meine, könnten Sie den Kardinal einmal fragen? Würden Sie ihn vielleicht einmal bitten, mit den Priestern und Nonnen am U.E. zu reden? Ich könnte vielleicht auch nach Benet gehen, aber meine Noten sind fürchterlich, und die nehmen nur wirklich schlaue Typen.

Ich bin in Father Armandes Kirche gegangen, weil Daddy das

so wollte, und Mom nicht den Mut hatte, ihm zu sagen, daß mich das alles ziemlich aufregte. Ich meine, ich fand die Leute albern und wollte sie eigentlich auslachen. Aber ich hatte auch Angst vor ihnen. Ich mochte nicht, wie Father Armande mich ansah, so als würde er mich mit seinen Augen ausziehen. Manchmal finde ich das schön, wenn es ein wirklich netter Junge ist, der einem nicht Böses tun will.

Aber Father Armande ist nicht nett, und ich hatte Angst, daß er mir etwas Böses antut. Jeden Samstagmorgen wurde mir nach dem Gottesdienst schlecht, aber ich habe Daddy das nicht gesagt, weil er ohnehin schon Sorgen genug hatte.

In den letzten Jahren ging es bei uns chaotisch zu. Manchmal weiß ich nicht einmal mehr, ob ich träume oder wach bin. Ich war glücklich, daß Daddy aufgehört hatte zu trinken und sich zu streiten, und traurig, weil er nicht mehr mit seinen Steinen, Messern und Münzen spielte. Können Sie das verstehen?

Ich kann nicht verstehen, was an diesem schrecklichen Tag passiert ist. Alles war chaotisch wie sonst auch, nur noch schlimmer. Da war zunächst einmal Tommy. Das ist ein sehr netter Junge, Onkel Blackie. Wissen Sie, die meisten Jungen in der Schule glauben, mich könnte man schnell 'rumkriegen, weil ich die meiste Zeit den Eindruck mache, ich sei dumm und total durcheinander. Vielleicht bin ich ja auch dumm und durcheinander. Ich hatte vorher noch nie einen netten Jungen kennengelernt, der mich mit solchem Respekt behandelt hat. Er war so lieb, hat mich zum Lachen gebracht und mir Slalomski beigebracht – ich wünschte, ich könnte zum See zurück, um damit weiterzumachen, aber ich mußte weg von dem Ort. Es gab dort zu viele schreckliche Träume . . .

Und dann kamen all diese Leute zum Abendessen, weil Daddy unser Geld verschenken wollte, und Daddy war das erste Mal seit vier Jahren wieder betrunken und sagte alle diese schrecklichen Dinge zu uns und auch zu allen anderen. Zu mir hat er so etwas nie gesagt, weil ich sein kleines Mädchen war, verstehen Sie?

Tommy hat Daddy die Meinung gesagt und mich dann von dort weggebracht. Ich war so stolz auf Tommy, denn Daddy hatte es verdient, daß ihm einmal einer die Meinung sagte, das hätte schon längst einmal geschehen müssen, nur hätte ich nicht gewußt wie. Und es tat mir gut, daß Tommy mich so sehr mochte, daß er sich gegen Daddy durchgesetzt hat und mich mit nach Grand Beach genommen hat zu Diamond – die sind wirklich fantastisch, Onkel Blackie, finden Sie nicht? Alles so nette Jungs.

Aber ich fing an, mir um Daddy Sorgen zu machen. Also bat ich Tommy, mich nach Hause zu bringen, weil ich angeblich müde wäre. Ich tat so, als ginge ich ins Bett; in Wirklichkeit ging ich zum Arbeitszimmer, klopfte an die Tür und fragte Daddy, ob ich ihm bei seinen Steinen helfen könnte. Er hatte sie auf dem Arbeitstisch zusammen mit den Messern liegen – die Messer haben mir immer fürchterliche Angst gemacht, Onkel Blackie. Er montierte gerade etwas an der Videokamera. Er sagte mir, alles würde jetzt wieder gut werden. Ganz gleich, was passieren würde, ich sollte mir keine Sorgen machen.

Wieviel Uhr? So gegen elf Uhr, glaube ich. Nein, er trank nicht mehr. Er war wieder der alte, vielleicht noch nicht ganz, aber ziemlich. Die Schranktür?

Ich glaube, sie war geschlossen. Ich kann mich nicht genau erinnern, aber es wäre es mir sicher aufgefallen, wenn sie offen gewesen wäre. Normalerweise hatte er die geschlossen. Nein, er hatte die Videokamera nicht aufgebaut.

Jedenfalls habe ich so getan, als ob ich ihn verstanden hätte, weil er immer noch so einen, wie soll ich sagen, verwirrten Eindruck machte. Ich sagte ihm, daß er sich Tommy gegenüber wirklich sehr schlecht benommen hätte, er konnte sich nicht einmal an Tommy erinnern, aber er sagte, er wollte sich am nächsten Morgen bei ihm entschuldigen. Dann legte er die Kamera in den Schrank zurück und schloß die Schranktür. Anschließend spielten wir ein bißchen mit den Steinen, so als wären wir kleine Kinder. Er war immer noch etwas durcheinander und kam mit dem Katalog überhaupt nicht zurecht, aber der war sowieso schon total überholt. Ich habe ein bißchen daran gearbeitet, und dann sagte er mir, ich sollte doch ins Bett gehen – ich hätte einen schweren Tag hinter mir, und ich brauchte meinen Schlaf. Er gab mir einen großen Rubin, den ich gar nicht haben wollte, aber ich nahm ihn an, um ihn nicht zu verletzen. Er gab mir einen Gutenachtkuß, wie er das immer machte, und sagte mir noch einmal, daß alles gut werden würde.

Wie lange ich in dem Zimmer war? Nicht sehr lange. Wir haben ja nicht ernsthaft an irgend etwas gearbeitet, verstehen Sie? Es war eher irgendwie symbolisch gemeint. Erinnerung an alte Zeiten, so in der Art. Aber es ging ihm noch nicht wieder gut genug, um irgend etwas zu tun, außer ins Bett zu gehen und zu schlafen.

Ich nehme an, ich war etwa zehn oder fünfzehn Minuten dort. Nicht viel länger, aber ich habe nicht auf die Uhr geguckt.

Er hat zu der Zeit nicht mehr getrunken, Onkel Blackie. Das weiß ich genau. Ich habe nirgendwo eine leere Flasche gesehen. Die Polizei hat später noch zwei Flaschen gefunden, und sie haben gesagt, er hätte die ganze Nacht getrunken, aber ich wußte, daß das nicht stimmte. Er hat nach dem Abendessen nichts mehr getrunken, höchstens nachdem ich gegangen war.

Tommy hat gesagt, ich sollte der Polizei nicht erzählen, daß ich noch im Arbeitszimmer gewesen bin, weil die das nur mißverstehen würden, und weil die sowieso einen Pik auf Teenager hätten. Die waren so gemein zu Tommy, ich hätte sie umbringen können.

Die Schlüssel zu dem Zimmer? Die lagen auf seinem Arbeitstisch in der Ecke, die an die Diele und an das Schlafzimmer grenzt. Er legte sie immer dorthin, weil er sonst vergessen würde, wo er sie hingelegt hat. Oder er steckte sie in die Tasche seines Morgenmantels, wenn er aus dem Zimmer ging. Also vermute ich, daß er das Zimmer verlassen wollte, als . . . es passiert ist.

Es tut mir leid, Onkel Blackie; Tommy sagt, es wäre gut zu weinen, wenn man sich schlecht fühlt. Daddy konnte es nicht leiden, wenn ich weinte. Er hielt das für einen albernen Weiberkram. Er wurde immer so wütend, wenn Mom weinte.

Ob ich etwas über Tommy sagen kann? Er ist der wunderbarste Junge, den ich kenne. Ich weiß, daß er Ihnen über uns erzählt hat, das mit dem Balkon. Ich hoffe, daß das nicht bedeutet, daß er kein Priester mehr werden kann. Das wäre nicht fair. Ich war so müde und voller Sorgen, und er war so lieb, daß er alles mit mir hätte machen können, was er wollte. Wenn er in mein Bett gekommen wäre, hätte ich ihn nicht zurückgewiesen, Onkel Blackie. Irgendwie habe ich sogar gewollt, daß er das tut, glaube ich. Ich wollte in der Nacht so geliebt werden, wie ich noch nie geliebt worden bin.

Als ich später darüber nachgedacht habe, ist mir natürlich klargeworden, daß das ein fürchterlicher Fehler gewesen wäre. Er war nicht nur lieb, er war auch klüger als ich.

Wenn Gott möchte, daß er Priester wird, würde ich nicht versuchen, ihn davon abzubringen. Warum soll man sich mit Gott streiten? Wenn Gott ihn nicht will, nun ja, Onkel Blackie, dann stell ich mich hinten an – zusammen mit Ihrer Nichte Biddy, dem kleinen Luder . . . ich mache nur Spaß, ich mag sie sehr.

Ich nehme an, Gott will uns alle, so oder so, nicht wahr?

Versprechen Sie mir, daß er keine Schwierigkeiten bekommt, weil er mich in dieser Nacht in den Armen gehalten hat? Ach, das ist schön. Da bin ich sehr froh.

Ich habe eigentlich kein Recht, so zu lachen. Mein Daddy ist tot. Ich werde ihn nicht wiedersehen, bis ich in den Himmel komme. Wenn ich dahin komme. Vielleicht wäre er noch am Leben, wenn ich ihn etwas mehr geliebt hätte. Es ist meine Schuld, nicht meine Schuld alleine, aber mich trifft vielleicht die größte Schuld. Ich hoffe, Gott ist nicht böse mit mir. Glauben Sie das, Onkel Blackie?

Ich habe schreckliche Träume, wie Gott mich bestrafen wird – zum Beispiel bin ich an eine Marmorplatte gefesselt und werde bei lebendigem Leibe verbrannt.

25 Blackie

Laurel Flavia Quinlan ist eine sehr beunruhigende Kindfrau. Sie haben zweifellos bemerkt, daß sie gleichzeitig naiv und raffiniert, unschuldig und weise, verletzlich und eisenhart, durchsichtig und geheimnisvoll, verwirrt und einsichtig ist. Unser junger Freund Tommy hatte mit diesem Mädchen alle Hände voll zu tun.

Es ist ihr gelungen, Monsignore John B. Ryan zwei Versprechen abzunötigen; sie hatte das sicherlich gut vorbereitet – einmal die Empfehlung von Sean Kardinal Cronin an die ›Unbefleckte Empfängnis‹-High School, und eine Garantie, daß ihre Romanze mit Tommy nicht gegen ihn verwandt werden könnte, wenn er sich am Priesterseminar bewerben würde.

Was das letztere anbetrifft, so habe ich ihr nicht gesagt, daß ein modernes Seminar viel eher einen jungen Mann ablehnen würde, der sie unter solchen Umständen nicht in die Arme genommen hätte.

Ihre Aufnahme auf der U.E.-School war jetzt so sicher wie der morgendliche Sonnenaufgang über dem Lake Michigan, obwohl Seine Eminenz der Kardinal ganz sicher darauf bestehen wird, diese junge Frau, der es gelungen ist, seine ›Graue Eminenz‹ zu manipulieren, persönlich kennenzulernen.

Ich würde mich ihm gegenüber allerdings gegen die Unterstellung wehren, daß sie mich mit ihrer Mischung aus tränenreicher Kindlichkeit und kluger Raffinesse während des ganzen Gesprächs manipulieren konnte.

Könnte sie ihren Vater getötet haben? Wie kann man diese Frage überhaupt stellen? Wo sie doch eine so traurige junge Frau mit solch zärtlichen grünen Augen ist! Zweifellos hat sie ihn ohne Einschränkung und mit mehr Verständnis als alle anderen geliebt, genau wie sie gesagt hat. Zweifellos fehlte er ihr mehr als allen anderen, ihre Mutter eingeschlossen. Besonders, wo die ja schnell einen neuen, und wenn ich dem offenkundig völlig subjektiven Zeugnis des Lawrence F. X. Burke Glauben schenken darf, außerordentlich zufriedenstellenden Liebhaber gefunden hatte. Wie würde Laurel Flavia reagieren, wenn sie etwas von dieser Beziehung erführe?

Wenn andererseits irgend jemand den schnellen Instinkt

eines Joe Montana auf der Torlinie hatte, der nötig war, um die günstige Gelegenheit mit dem verschlossenen Zimmer beim Schopfe zu fassen, dann war Laurel diese Person. Wer Blackie Ryan manipulieren kann, sage ich mal ganz unbescheiden, der wird mit jeder Situation fertig.

Es gab drei Fragen, zwei davon lebenswichtig, die ich ihr stellen wollte, die ich aber total vergessen hatte. Aber das ist typisch für den Charme dieser kleinen Hexe, daß ich ihr nicht einmal böse sein kann, daß sie mich so ausgetrickst hat – so wie viele Spieler der Footballiga offensichtlich nichts dagegen haben, wenn Sweetness Payton ihnen zweihundert Yards abnimmt.

Ihre Urinstinkte sind jedenfalls für ihr Überleben unverzichtbar; sie sind ihre einzige Hoffnung, daß sie sich aus diesem Sumpf befreien kann, in dem sie schon so viele Jahre steckt. Trotz ihrer angeborenen Intelligenz lebt sie am Rande des Unwirklichen. Es fällt ihr oft schwer, Wirkliches von Unwirklichem zu unterscheiden. Wie eine wunderschöne olympische Turmspringerin, die in ihrem Badeanzug nicht hoch über einem kalifornischen Schwimmbecken, sondern über einem Vulkan steht.

Sean Cronin wird den Telefonhörer in die Hand nehmen und ihre Aufnahme in das U.E. nächsten Monat mit einer kleinen Bewegung seiner wundervoll ausgebildeten Stimmbänder bewirken. Aber es könnte durchaus sein, daß ihr Platz leer bleibt. Sie könnte genausogut in einer Nervenheilanstalt in einem Zimmer neben Dorrie McDermott Burke landen und dort den Rest ihres Lebens verbringen. Intelligenz ist nicht dasselbe wie seelische Stabilität und Flexibilität.

Die einzige Verbindung mit der realen Welt ist Thomas Burke, ein schöner treuer Prinz, wie man ihn sich wünscht. Aber der ist auch erst achtzehn Jahre alt.

Nun ja, sie trickst mich schon wieder aus. Ich mache mir Sorgen um sie, anstatt mich mit dem eigentlichen Problem zu beschäftigen. Was habe ich erfahren? Ihr Vater hatte aufgehört zu trinken und war nüchtern genug, um mit seinen Steinen herumspielen zu können, aber noch nicht nüchtern genug, um den Katalog auf den neuesten Stand zu bringen. Wenn er also zur Zeit seines Todes alkoholisierter war, dann mußte er noch eine Flasche Wein aufgemacht haben, oder vielleicht sogar mehrere.

Aber warum?

Um viertel nach elf stand keine Flasche auf seinem Schreibtisch. Er kann sie natürlich vor Laurel versteckt haben. Kevin hat um halb zwölf eine gesehen. Jedenfalls behauptet er das. Larry Burke glaubt, ohne sich dessen sicher zu sein, daß Wolfe wieder angefangen hatte zu trinken. Ist irgend etwas zwischen viertel nach elf und halb zwölf passiert – vielleicht auch zwischen halb zwölf und zwölf –, das ihn dazu veranlaßt hat, die Weinflaschen aufzumachen, die die Polizei dann später leer gefunden hat?

Oder war es nur die Reaktion eines Alkoholikers, den der Restalkohol im Blut in einen Rauschzustand zurückfallen läßt?

Und was nahm er mit seiner Videokamera auf? Dieselbe Kamera, die sich seit seinem Tod so eigenartig verhält.

Wieder bekam ich meine übliche Gänsehaut beim Gedanken an dieses Phänomen mit der Kamera.

Weder in den Zeitungen noch in Larry Burkes bewundernswert detailliertem Bericht der Ereignisse des vierten und fünften Juli wurde eine Videokassette erwähnt. Sicherlich hatten die kompetenten Anwälte, die Burke inzwischen damit beauftragt hatte, den Prozeß gegen Father Armande zu führen, eine Suche veranlaßt. Ein Videoband hätte sicherlich ihr Interesse gefunden.

Natürlich wußte niemand von der Existenz einer solchen Kassette, niemand außer Laurel und Tommy. Und die waren nicht reif genug, um sich die Folgerungen vorstellen zu können.

Oder, das wäre die Alternative, zu schlau, um die Aufmerksamkeit auf eine unter Umständen belastende Stimme aus dem Grab zu lenken.

Das gefiel mir überhaupt nicht.

Sehen wir uns das doch einmal an. Hier ist die Reihenfolge der Leute, die Wolfe Quinlan vor seinem Tod besucht haben: Kiernan O'Rurke, der beruhigt werden wollte und behauptet, das wäre auch geschehen; Kevin Quinlan, der Geld wollte und es angeblich auch bekommen hat; Larry Burke, der was wollte? Vielleicht Quinlans Frau, die er dann ja auch bekommen hat. Dann, bevor Larry Zuflucht beim Jameson's gefunden hatte, ein noch späterer Besucher, wahrscheinlich eine Frau. Dann noch später, als Burke schon eingeschlafen war, noch jemand, möglicherweise auch eine Frau. Was konnten das für Frauen sein? Suzie? Melanie? Möglicherweise noch einmal Laurel. Was wollte sie? Ist diesen späteren Besuchern, wer sie auch gewesen sein mochten, auch ihr Wunsch erfüllt worden?

Und dann der Mörder – oder korrekter ausgedrückt, derjenige, der ihn getötet hat – wollte er töten, oder wollte er etwas anderes und hat aus Leidenschaft oder aus Versehen oder wegen einer Verkettung unglücklicher Umstände getötet? Noch ein weiterer Besucher? Oder einer von den früheren Besuchern, der noch einmal zurückgekommen ist? Vielleicht sogar jemand, den Wolfe Quinlan bestellt hatte?

Wann und warum hatte er wieder angefangen zu trinken?

Ich mußte das wissen. Außerdem mußte ich, wenn ich Suzie oder wenn Sie so wollen Sue beim nächsten Mal meine Aufwartung machte, einmal nach dem Videoband Ausschau halten. Und nach anderen wichtigen Beweisstücken, die ich dort vermutete.

Was für Beweisstücke? fragte ich mich und hatte ein unbehagliches Gefühl dabei.

Fast wäre das widerspenstige Bild an die Oberfläche meines Bewußtseins gedrungen, aber dann war es wieder weg.

Ich mußte mich noch mit einer Frage befassen. Sie haben sicher bemerkt, wie mich dieses traurige, charmante, schlaue kleine Mädchen davon abgehalten hat, diese Frage zu stellen: Könnte Laurel ihren Vater getötet haben?

Wir töten doch nicht die, die wir lieben, oder?

Haha! Oscar Wilde, der den kleinen blauen Fleck betrachtet hat, den ein Gefangener Himmel nennt, wußte, daß wir alle den töten, den wir lieben. Der Feigling mit einem grausamen Wort.

Der Tapfere mit einem Schwert.

26 Blackie

Ich war völlig unbekümmert und sah keinen Grund zur Eile oder zur Vorsicht. Laurel war bei ihren Freunden in Elmhurst sicher, und zwischen ihr und Tommy glühten inzwischen wahrscheinlich schon die Telefonleitungen. Suzie saß sicher mit Thomas Burke in Long Beach und wurde von ihm ständig und von Lawrence Burke häufig umsorgt. Die Polizei von Chicago, Mike Casey, der Polizist – (meine Familie hat die Angewohnheit, den Namen die Berufe hinzuzufügen, als ob man im vorliegenden Fall Mike Casey, den Polizisten, von einem anderen Mike Casey, der, sagen wir einmal, Generalmajor der Luftwaffe wäre, unterscheiden müßte, in Wirklichkeit kennen war gar keinen anderen Mike Casey) – teilte mir mit, daß die Polizei dabei war, das Netz um den guten Father Armande enger zu ziehen. Die Rechtsanwälte, die Larry beauftragt hatte, um Kiernan O'Rurke abzuwimmeln, konnten sich gegen Father Armandes Anwälte, von denen einige inzwischen offenbar eine etwas andere Meinung über ihren Mandanten bekommen hatten, ziemlich erfolgreich durchsetzen. Mit den Burkes als Beschützer (in jedem Sinne des Wortes) bestand kaum die Gefahr, daß Suzie Wade Quinlan sich eine Stellung als Kellnerin würde suchen müssen (was sowieso eine absurde Vorstellung war). Es sah also so aus, als könnte ich mir Zeit lassen und erst dann an Suzie herantreten, deren Aussage von immenser Wichtigkeit war, wenn sie bereit und begierig war zu reden; wer weiß, vielleicht weil ihre Beziehung zu Larry Burke ihr einen gewissen Auftrieb gab.

Im Gegensatz zu ihrer Tochter würde es Suzie nicht gelingen, mich auszutricksen. Ich wollte deshalb abwarten, bis sie sich wieder so weit unter Kontrolle hatte, daß sie in mir nicht ein Mitglied der Inquisition sah. Oder, was noch schlimmer wäre, einen Demokraten aus dem 19. Bezirk.

Das Bild des Beweises, den ich noch brauchte, versteckte sich immer noch in meinem Vorbewußtsein und entglitt mir immer wieder, wenn ich glaubte, es fassen zu können.

Vielleicht wollte ich es ja auch gar nicht finden.

Einer Bemerkung, die Mike Casey gemacht hatte, hätte ich viel mehr Aufmerksamkeit schenken müssen: »Es sieht so aus, als ob einige seiner ›Meßdiener‹, wie er sie nennt, ehemalige Boxer sind, einigermaßen normal aussehende Exsträflinge, die ihren Lebensunterhalt als Schläger verdienen. Wahrscheinlich brauchte er die, um sein Eigentum in Hyde Park zu schützen. Die werden die Beine in die Hand nehmen, wenn die Polizei kommt.«

Blödsinnigerweise hatte ich trotz dieser Bemerkung keine Vorahnung einer Tragödie. Ich feierte Mariae Himmelfahrt (›Mary's Day in Harvest‹ in Irland, das ehemals heidnische Fest des ›Lugsnada‹, das zwar ordentlich getauft, aber nie richtig konvertiert worden ist) zusammen mit meiner Familie, außerdem die Veröffentlichung von Nancys neuestem Science Fiction-Roman für Kinder (in dem die wunderschönsten Ungeheuer vorkamen), und machte es mir dann den Rest des Augusts über gemütlich und wartete ab, bis mein Instinkt mir sagte, daß es Zeit war, sich um Sue Quinlan zu kümmern.

Mit reinem Gewissen (was einem Monsignore nicht schwer fällt, weil er ja praktisch ständig in der Gnade lebt) trank ich also meinen Jameson's, nahm meine üblichen bescheidenen Mahlzeiten bei Redamak's zu mir (Käsesuppe aus Wisconsin, ein Chili-Käse-Würstchen, einen ordinären Hamburger, und als Beilagen Pommes Frites, Pilze, Kartoffelchips und zum Abschluß einen Eisbecher mit frischen Himbeeren in einem Eisladen in New Buffalo – nicht so gut wie der Eisbecher mit Schokoladenstreuseln und Bailey's Irish Cream in Jovan's Restaurant in der North LaSalle Street in Chicago, aber den Umständen entsprechend in Ordnung) mit dem ganzen Mob meiner Nichten und Neffen, die nie Geld bei sich hatten, fiel meinen verschiedenen Geschwistern auf den Wecker, bewunderte die beiden neuen Babys – Redmont Peter Kane Jr. und Liam Curran – und unterhielt meine Mutter und meinen Vater hauptsächlich damit, daß ich mir Geschichten von ihnen anhörte. Er war übrigens begeistert von dem Freispruch John DeLoreans. »Wenn es der Regierung erlaubt ist, Leute dazu zu verführen, Verbrechen zu begehen, Blackie, dann ist bei uns niemand mehr sicher, nicht einmal du.« Ein Blitzen in seinen hellen, eisblauen Augen. »Nicht einmal ich.«

An einem Sonntagnachmittag nach unserer christianisierten

Lugsnada rief mich Suzie Wade Quinlan bei meiner Schwester Kate an. Ich war nicht da (ich versuchte absurderweise, Slalomskifahren zu lernen), also hinterließ sie eine Nachricht für mich. Sie wäre entzückt, mich am nächsten Tag zu sehen. Melanie würde zuerst mit mir reden wollen. Dann sollte ich ins Quinlan-Haus kommen, und sie würde dann »ein paar Minuten« mit mir reden. Greg würde anschließend auf dem Weg nach Hause vorbeikommen.

Alles ganz ordentlich, respektabel und mittelklassemäßig.

»Das arme Weib klang völlig verängstigt«, bemerkte meine Schwester.

»Was hältst du von ihr?« fragte ich sie.

»Klinisch gesehen?« Sie schürzte die Lippen. »Etwas zwanghaft, in ihrer emotionalen Reife zurückgeblieben, chronisch unentschlossen. Keine schlechte Golfspielerin, als sie noch spielte. Sie ist irgendwie aus dem Long Beach Country Club verschwunden, als sie aus der katholischen Kirche ausgetreten sind. Bei den paar Begegnungen, die ich in den letzten Jahren mit ihr hatte, sah sie gehetzt und ängstlich aus. Sie kann froh sein, daß sie den Arsch los ist, würde ich sagen. Sie sah tatsächlich glücklicher aus, als ich sie vor ein paar Tagen im Gemüseladen getroffen habe. Aber auch schuldbewußt, weil sie glücklich war, das ist typisch Suzie.«

»Prognose?«

»Vorsichtig optimistisch.« Sie zuckte die Achseln. »Vorausgesetzt, sie will jetzt, wo sie den Penner los ist, endlich erwachsen werden.«

Mir läuft es kalt den Rücken hinunter, wenn ich daran denke, was passieren würde, wenn Mary Kate jemals zu dem Schluß käme, daß ihr Mann ein Penner wäre.

Glücklicherweise ist Joe Murphy, Bostoner und Jungianer, der Familienlegende zufolge ein lebender Heiliger, der sich mit uns herumschlagen muß.

Und dann erschien urplötzlich und ohne irgendeinen Zusammenhang mit diesem Gespräch das Bild des Beweises, der mir noch fehlte, deutlich und klar in meinem Bewußtsein. Wie Michael Polyani einmal so richtig bemerkt hat, bedarf es bei jedem intellektuellen Durchbruch des Glaubens, der Arbeit und der Gnade. Glaube daran, daß es eine Lösung gibt, harte intellektuelle Arbeit bei der Suche, und dann das Moment der Erleuchtung, von der man geblendet wird.

In diesem Fall wollte ich diese besondere Gnade der Erleuchtung gar nicht. Im Gegenteil, sie trieb mich ins Badezimmer, weil ich mich übergeben mußte.

Ziemlich mitgenommen stahl ich mir eine neue Flasche Jameson's aus dem Schrank und goß mir eine mittlere Portion ein.

Er schmeckte furchtbar.

Wenn Jameson's den Magen nicht mehr beruhigen kann, dann helfen nur noch Teenager.

Also spazierte ich an den öffentlichen Strand, wo O'Connor The Cat in einem blauen Trainingsanzug und dazu passendem Haarband die jungen Flegel der Gemeinde mit der gleichen Effektivität beherrschte, die die Geschichte Iwan dem Schrecklichen zuschreibt.

Ihr Name hatte weder etwas mit ihrem Äußeren zu tun (solide, gut gebaut, braunes lockiges Haar, Sommersprossen, Lausbubenaugen, laute Stimme, kurz: ein typischer, weiblicher, irisch-amerikanischer Teenager) noch mit ihrer Einstellung. In Cats Welt brauchte man nicht ›katzig‹ zu sein; es war doch viel besser, wenn man jemanden mit einer beleidigenden Bemerkung fertigmachen konnte, wie zum Beispiel: »He, du Weltraumkadett, was stellst du dir eigentlich vor?«

Meine verstorbene Mutter Kate Collins Ryan (Gott möge gut zu ihr sein, wenn Sie das nicht ist, dann wird Sie etwas von mir zu hören bekommen) war eine Frau mit einer einmaligen Präsenz, ungefähr so, als ob das Schlachtschiff *Iowa* zur Zeit des Nachmittagsstoßverkehrs plötzlich an der Michigan Bridge Avenue erscheinen würde. Deshalb finden sich in der nächsten Generation eine Menge junger (und manche nicht mehr ganz so junge, Gott steh uns allen bei) Frauen, deren Namen Abwandlungen von Kate sind – Katie, Mary Kate, Catherine, Kathy, Kathleen, Karen, Katrinka, Catheryn und so weiter, und so weiter (keine Kathi, dem Himmel sei Dank). The Cat hatte auch einen dieser Namen, aber ich kann mir nie merken, welchen; nun, das können die anderen auch nicht, ich vermute sogar manchmal, nicht einmal ihre Eltern. Dabei habe ich vor sechzehneinhalb Jahren das Weihwasser über ihren kahlen Kopf gegossen. Aber sie war schon vor diesem sakralen Augenblick The Cat und ist es voller Stolz bis zum heutigen Tag geblieben.

Ich hatte Mitleid mit ihr dort am Strand, weil sie von der absurden Praxis der Sekundarschulen, die Sommerferien einen Monat früher enden zu lassen (Mitte August, statt Mitte September), betroffen war. Ich habe eine derartige Praxis bei uns im Dom unter Androhung der Exkommunizierung persönlich durch Il Papa untersagt.

»Tja, so ist das, Onkelchen, total verrückt. Trotzdem, auch wenn der Sommer vorbei ist, geht das Leben weiter.«

Eine Redensart, die in einem zukünftigen Buch der Weisheit verzeichnet sein sollte.

Ich fragte sie nach Laurel Quinlan (das wurde offenbar ›Laurl‹ ausgesprochen, obwohl sie inzwischen ›Flavs‹ hieß, weil Flavia – natürlich nach der heiligen Flavia von dem heiligen Paar Flavia und Domitila – doch so ein ›super‹ Name war).

»Ach die Tante«, erwiderte sie ungeduldig. »Ich ruf sie alle paar Tage in Elmhurst an und sage ihr, sie soll ihren hübschen kleinen Arsch in Bewegung setzen und hierher kommen, bevor Biddy Murphy ihr den Tommy wegnimmt, dann sagt sie, Biddy ist viel netter als ich, und ich sage, du doofe Tante, darum gehts doch gar nicht; er mag dich, und sie sagt, ich fühl mich noch nicht wieder wohl in dem Haus, und ich sage, der Sommer ist ja fast vorbei, Doofie; ich möchte dich am nächsten Wochenende hier sehen.«

»Aha.«

»Ja klar, und dann ruf ich heute morgen an, um zu sehen, wo sie ist, und da sagen die mir, daß sie heute morgen weggegangen ist und noch nicht wieder zurück ist. Ist das nicht doof?«

Ich stimmte ihr zu und fügte die Bemerkung hinzu, daß viele Teenager zu Hause nicht Bescheid sagten, wenn sie ihre Pläne geändert hatten, nicht einmal, wenn sie bei anderen Leuten zu Gast waren.

»Ja, ja, eben doofe Tanten«, war The Cats unversöhnliches Urteil.

Es sollte sich herausstellen, daß eine ›doofe Tante‹ in schreckliche Gefahr kommen kann.

27 Laurel

Als sie das Nautilus-Studio verläßt, fühlt sie sich besser. Jetzt, wo sie weiß, daß sie nächsten Monat auf das U.E. gehen wird, möchte sie körperlich wieder richtig fit sein. Ihre alten Freunde sollen nicht meinen, daß sie in den Jahren, seit ihre Eltern sie von der Gemeindeschule genommen haben, total heruntergekommen ist. Sie hatte jede Begegnung mit ihren Klassenkameradinnen, von denen die meisten sie sehr mochten, vermieden, weil sie sich so schämte.

Außerdem wollte sie für Tommy nett aussehen.

Wenn Mom wieder vom See nach Hause zurückkommt, dann wird sie dafür sorgen, daß sie die Sache mit der regelmäßigen Gymnastik endlich ernst nimmt. Mom ist ja alt, aber nicht alt genug, um den Rest ihres Lebens als Witwe zu verbringen.

Es sieht so aus, als ob sie viel für Mr. Burke übrig hätte. Laurel denkt sehr sorgfältig darüber nach. Sie denkt, daß das in Ordnung ist. Er weiß, wie man nett zu Mom ist, der arme Daddy wußte das nie.

Natürlich hat sie ihm nicht sehr dabei geholfen oder ihn herausgefordert.

Sie kann immer noch nicht glauben, daß Daddy tatsächlich tot ist, daß das Schwert von dem armen Tancredi in seiner Brust steckte, und daß auf dem Arbeitstisch, auf dem Teppich und sonst überall Blut war. Manchmal wird sie mitten in der Nacht wach und glaubt, daß alles nur ein fürchterlicher Alptraum war, und daß Daddy noch lebt. Sogar morgens glaubt sie das noch, bis ihr klar wird, daß sie in Janets Haus ist, und warum sie dort ist.

Es ist schwer zu erkennen, was wirklich ist und was nicht. Vielleicht haben diese primitiven Stämme recht, von denen der Soziologielehrer berichtet hat. Vielleicht sind die Träume die Wirklichkeit, und die Welt im Wachzustand ist eine Illusion.

Sie denkt über diese Möglichkeit nach und verwirft sie wieder. Die sind dumm, so etwas anzunehmen. Außerdem sind ihre Träume normalerweise schlimmer als alles, was in der realen Welt passiert.

Trotzdem ist es manchmal schrecklich schwer zu unterscheiden, was Traum und was Wirklichkeit ist.

Tommy ist wirklich, ihre neuen Freundinnen Brigid Murphy und Kathleen O'Connor sind wirklich, Onkel Blackie ist wirklich. Mr. Burke und Mom?

Sie schüttelt ihren Kopf. Zusammen im Bett? Das erscheint ihr wie ein Traum. Nicht unbedingt ein böser Traum, aber ein Traum.

Diese seltsamen Gottesdienste in Father Armandes Kirche, die waren in gruseliger Weise unwirklich.

Sogar jetzt, an diesem schönen Sommermorgen, wo sie mit dem Fahrrad über die Bundesstraße 45 fährt, ist sie nicht sicher, daß sie wirklich an diesem schrecklichen Ort war.

In dem Weihrauch waren Drogen, und auch in dem Pampelmusensaft, den sie getrunken hatten, waren welche. Mom und Dad waren zu sehr weggetreten, um etwas zu erkennen, was jeder Teenager in fünf Sekunden entdeckt hätte – die Gläubigen in Father Armandes Kirche waren alle total high und nicht mehr bei sich.

Laurel hat es nicht viel ausgemacht. Die meisten Drogen wirkten bei ihr nicht; nicht, daß sie viel damit herumexperimentiert hätte, höchstens Haschisch und einmal Kokain.

Ihr wurde nur schlecht davon.

Ein Junge hatte gesagt: »Laurel ist sowieso schon so high, daß sie gar keinen Shit braucht«.

Sie hatte geweint und war aus dem Haus gelaufen. Später dachte sie, daß er vielleicht recht gehabt hatte.

Ein braunes Auto, irgendein ausländisches, folgt ihr schon, seit sie das Nautilus Studio verlassen hat. Was wollen die? Nicht schon wieder solche bescheuerten Jungen?

Plötzlich, als in beiden Richtungen kein Verkehr ist, prescht der Wagen nach vorn, hält auf sie zu und drängt sie in eine Seitenstraße.

»Idioten!« brüllt sie.

Zwei große Männer stürzen aus dem Wagen, einer hält ein Taschentuch in der Hand. Sie reißen sie vom Fahrrad herunter. Sie wehrt sich mit aller Macht, tritt, kratzt. Dann drückt ihr der Mann das Taschentuch auf das Gesicht und zwingt sie, diesen widerlichen, süßlichen Geruch einzuatmen, der daraus aufsteigt.

Laurels Welt verschwindet. Ihr letzter Gedanke ist, daß sie nicht genau weiß, ob sie einschläft oder aufwacht.

28 Blackie

Melanie Foster ist eine Frau Mitte dreißig, die zu dem Schluß gekommen ist, daß man dem Alter mit Diät, Gymnastik, Haarfärben und Make-up beikommen kann, leider Gottes alles in großen Mengen. Wahrscheinlich ist sie nie eine Schönheit gewesen. Aber bis vor ein paar Jahren galt sie sicher als attraktiv und sexy.

Wenn ihr Haar seine natürliche schwarze Farbe hätte, ihre Figur fülliger wäre, wie sie das von Natur aus ist, ihre Haut frei von diesem klebrigen Zeugs, nicht so von der ewigen Sonnenbaderei ausgetrocknet, und ihre Lippen, ihre Augenbrauen und Wimpern ihre natürliche Form hätten, würde man urteilen, daß sie eine gutaussehende Frau wäre und auch immer bleiben würde.

Statt dessen unternimmt sie jede Anstrengung, um die Natur zu verbessern, reduziert sich zu einem hageren Sack voller Knochen, als wäre sie ein Fall von Magersucht im fortgeschrittenen Stadium. Ihr Haar sieht aus wie Stroh, das im Winter auf den Feldern verfault, und ihr Gesicht ist eine Masse von Farben – rot, blau, grün – in einer bizarren Mischung und so dünn, daß es an einen Geierkopf erinnert.

Sie bekommt die besten Schönheitstips aus den Frauenmagazinen und von den besten Kosmetiksalons, aber irgendwie fehlt ihr das Geschick oder der Geschmack, diese Ratschläge zu befolgen. Vielleicht – und jetzt merken Sie wieder, daß es in unserer Familie verschiedene Psychiater gibt – möchte sie in einer bestimmten Schicht ihrer Persönlichkeit absichtlich unattraktiv sein.

Trotz aller dieser Konzentration auf ihr Äußeres hält sie in einer ihrer brillantgeschmückten Hände nervös eine Zigarettenspitze und in der anderen einen großen Martini, einen sehr großen sogar, obwohl es erst Nachmittag ist.

Sie trägt eine schwarze Hose und eine weiße Satinbluse und wartet auf der Sonnenterrasse ihres Hauses, das viel kleiner ist als die benachbarte Quinlan-Villa, auf mich. Ich stelle mit Interesse fest, daß die Sonnenterrasse, die vor den Blicken der Passanten unten durch einen hohen Zaun geschützt wird, direkt unterhalb des nördlichen Endes von Wolfe Quinlans Museum liegt.

Ich muß an David und Bathseba denken und frage mich, wer von dem unglückseligen Paar damals wohl den ersten Schritt getan hat.

29 Melanie

Ich weiß nicht, ob ich Ihnen viel erzählen kann, Father. Er war ein fantastischer Mann. Er kannte sich im Leben aus. Du lieber Gott, der hatte Lebensart! Er wäre heute noch gesund und lebendig, wenn er nicht dieses hohlköpfige kleine Miststück geheiratet hätte, die jetzt schon mit jemand anderem herumbumst, obwohl er kaum unter der Erde ist.

Aber ich sollte mein Maul nicht so weit aufreißen. Ich habe selbst einen Schlappschwanz geheiratet, und ich meine das wortwörtlich.

Aber wir reden ja hier nicht über die Ehe, nicht wahr, auch wenn Wolfe und ich beide miese kleine Schwächlinge geheiratet haben.

Die Wahrheit ist, daß mit Wolfe alles in Ordnung gewesen wäre, wenn er nur die richtige Frau gehabt hätte. Die Leute sagen immer, seht euch all diese Tragödien an, vier Tote und ein Kind, das weder Mann noch Frau ist. Kommen die Kinder, mit Ausnahme dieses scharfen grünäugigen Miststücks, nicht alle auf die Mutter? Ich meine, in der Familie fließt schlechtes Blut, und das kommt so sicher wie das Amen in der Kirche nicht von Wolfes Seite.

Gut, das mit dem ertrunkenen Kind war ein Unfall. Aber die anderen? Tod im Kinderbettchen? Eine Überdosis? Ein Schwuler? Blutkrankheit? Ich sag's Ihnen, es ist etwas in den Genen, ihren Genen. Es würde mich nicht überraschen, wenn das Kind, das ertrunken ist, auch nicht ganz richtig im Kopf gewesen wäre.

Schlechtes Blut, Father, schlechtes Blut.

Sogar die scharfe kleine Blonde, so klein ist sie ja gar nicht mehr, sieht doch aus, als ob sie total weggetreten wäre. Gut, sie kommt äußerlich auf ihren Vater, sie hat seine Figur, aber ich wette, sie hat das Gehirn ihrere Mutter. Das heißt kein Gehirn – und keinen Mumm und keinen Charakter und überhaupt auch sonst nichts, wenn Sie mich fragen.

Verstehen Sie nicht? Die richtige Frau hätte ihm das gegeben, was er im Bett brauchte, und sie hätte ihm die richtigen Kinder geschenkt, auf die er hätte stolz sein können, dann wäre Wolfe Quinlan total in Ordnung gewesen.

Soll er doch ein großer Junge sein, nicht wahr? Spielt gerne mit Messern und Rüstungen und Briefmarken und Münzen? Ja, und? Alle Männer sind im Grunde ihres Herzens kleine Jungs. Wolfe war in der Beziehung nur offener und hatte deshalb auch mehr Spaß dabei. Er hat mit Frauen herumgemacht? Aber, Father, das tun doch die meisten Männer. Mit Ausnahme solcher Schlappschwänze wie mein Mann, aber das ist eine ganz andere Geschichte. Männer sind so, die treiben sich eben gerne herum. Wenn die Frau nicht so ein frigides kleines Miststück wäre, dann hätte sie ihm in seinem eigenen Bett das gegeben, was er brauchte, und dann brauchte er auch nicht in andere Betten zu hüpfen. So einfach ist das. Wenn er es zu Hause bekommt, muß er es sich nicht woanders suchen.

Wolfe war fast noch ein Kind, als er sie geheiratet hat; sie war ein hübsches kleines Mädchen aus dem katholischen Konvent, wissen Sie. Ich meine das nicht despektierlich, Father, ich bin selbst katholisch, obwohl Greg und ich nicht mehr viel daran tun. Aber Sie kennen sicher den Typ. Die tragen keine Gesundheitsschuhe, diese Typen. Lieb, fromm, sittsam – und frigide und mies, nur daß man das erst in der Hochzeitsnacht merkt; und dann versucht man, wenn man ein guter St. Ambrosius-Katholik ist wie Wolfe, das Beste aus einem schlechten Geschäft zu machen. Nur war dieses Geschäft schlechter als alle anderen. Er hätte sie schon vor zehn Jahren fallenlassen sollen. Der arme Kerl, er ist ein Opfer seiner eigenen verdammten, albernen katholischen Loyalität geworden.

Dann bringt sie ihn in diese gruselige religiöse Sache hinein. Ich frage Sie, Father, glauben Sie, daß ein so starker Mann, auch in sexueller Hinsicht stark, wie Wolfe Quinlan aus eigenem Antrieb einem solchen bescheuerten Betverein beigetreten wäre? Und ›mit fremden Zungen‹ redet? Oder, noch schlimmer, in einem Gewand herumtapert, in dem er wie ein römischer Senator aussieht und eine Fackel trägt? Niemals.

Sie tut so, als ob sie dieses dämliche Theater nur ihm zuliebe mitmacht, aber, glauben Sie mir, sie macht das nur, um ihn impotent zu machen. Gut, er gibt das Trinken auf und hört auf fremdzugehen. Ist das denn alles so gut? Er war ein richtiger

Mann, als er noch trank und fremdging. In den letzten vier Jahren war er ein frommer Trottel. Ich kann es Ihnen sagen, Father, und Sie können es mir glauben, ich weiß es. Wolfe war so lange kein frommer Trottel, bis jemand ihn impotent gemacht hat.

Der kleine Greg wird Ihnen das ohnehin erzählen, also können Sie es auch genausogut von mir erfahren: Wolfe und ich, wir hatten ein paar Jahre lang so eine kleine Sache miteinander. Wir sind ja schließlich hier oben Nachbarn, verstehen Sie? Und wir sind beide nur Menschen und beide mit Schlappschwänzen verheiratet. Ich halte ihn für etwas Besonderes, und er, nun, er mag mich irgendwie auch.

Es hat Spaß gemacht, war nichts Ernstes. Ein bißchen Knutschen, ein paar Nummern im Heu, das war's. Greg ist das egal, denn er ist überhaupt nicht daran interessiert, und das kleine Miststück tut so, als wüßte sie nichts davon. Wenn sie ihre kleine Scheißnase – entschuldigen Sie, Father, aber so ist es nun einmal – nicht in alles hineingesteckt hätte, dann hätte das alles gutgehen können. Ich wäre viel besser für ihn gewesen als dieses ganze scheißreligiöse Brimborium.

Wir haben uns wirklich köstlich miteinander amüsiert, Father; und wir haben keinem wehgetan. Er verläßt sie und die Kinder nicht, und ich bleibe mit Greg gesegnet. Er ist meine Lebensversicherung oder besser, er war es, bis er auch in der Handelskammer zum Schlappschwanz wurde. Es wäre also gut für alle gewesen. Aber nein, sie muß ihn in diese verblödete Betgruppe schleppen, und Wolfe wird daraufhin zu einem verdammten Zölibatär. Tut mir leid, Father, aber Sie verstehen, wie ich das meine. Ein Mann wie Wolfe kann ohne das nicht leben und sollte es auch nicht.

Sie hat ihn umgebracht, aber klar. Ich weiß auch nicht, wie sie das mit dem verschlossenen Zimmer bewerkstelligt hat. Ich hätte nicht gedacht, daß sie so schlau ist. Ich nehme an, dieser Burke-Arsch, mit dem sie jede Nacht herumbumst, hat das geplant – das ist vielleicht ein respektabler Gangster. Er hat dem kleinen Greg seine Geschäftsanteile abgeluchst und uns dann aufs Trockene gesetzt, so daß diese religiösen Spinner uns jetzt den Rest geben können. Sie können mir glauben, sie steckt mit diesen Teufelsanbetern unter einer Decke. Sie wird alles bekommen, das Haus, das Geld, die Firma und dieses Arschloch Burke. Der arme Greg wird sich an seinem Job festhalten; sie wird versuchen, den äußeren Schein zu wahren. Vielleicht. Bei Burke versucht sie das erst gar nicht. Hinter dem ist sie doch schon seit langem her.

Das sind diejenigen, Father, denken Sie an meine Worte. Wer hat sonst einen Vorteil von seinem Tod? Ich? Greg? Der arme dumme O'Rurke? Quatsch. Sie konnte mit einem guten Mann nichts anfangen, also ließ sie ihn fallen, tötete ihn dann und tauschte ihn gegen einen schlechten aus.

Er war gut, Father, wirklich gut. Sie hat ihn fast zum Wahnsinn getrieben, sie war so etepetete und hatte eine eiskalte Art. Er hat sich dann einen 'reingekippt und ist zu mir gekommen. Verdammt noch mal, bei einem solchen Mann hatte ich nichts dagegen. Ich spielte in der Öffentlichkeit nach ihr die zweite Geige, aber wir wußten alle drei, daß ich ihn im Bett hatte.

Er war auch richtig lieb, großzügig, aufmerksam und liebevoll, nicht so der Typ, der eine schnelle Nummer macht und sich dann wieder verdrückt. Er war der beste Mann, den ich je im Bett und außerhalb des Bettes gekannt habe. Ich hoffe, ich erlebe es noch, daß sie ihr Fett kriegt. Doppelt und dreifach. Ich habe der Polizei alles erzählt, was ich wußte, aber ich glaube, sie hat sich freigekauft. Solche kleinkarierten Provinzpolizisten sind nicht teuer.

Ob ich ihn in der Nacht, in der er gestorben ist, noch gesehen habe? Nein, kein Stück.

Ich habe daran gedacht, klar. Ich hatte eine lange Zeit allein mit dem doofen Greg hinter mir. Wolfe beruhigte sich gerade wieder nach einem ziemlichen Anfall. Ich sagte mir, Mel, altes Mädchen, vielleicht braucht er dich. Ich hätte leicht die Treppen hoch und in sein Arbeitszimmer gehen können. Es war so, als ob das Haus extra für uns entworfen worden wäre. Wir schliefen gewöhnlich im Arbeitszimmer miteinander, sie lag direkt nebenan im Schlafzimmer und merkte nichts. Gar nichts. Sie konnte sich ihr Teil denken, klar, aber sie konnte nicht sicher sein, und sie war viel zu bange, danach zu fragen.

Also überlegte ich mir, ob ich auf Zehenspitzen die Treppe hinaufschleiche und mit ihm eine schnelle Nummer mache. Zum Teufel mit Greg. Der hätte es auch gar nicht gewagt, mich daran zu hindern. Aber ich habe es dann doch nicht gemacht. Heute tut es mir leid. Wir werden es nie mehr tun können. Und vielleicht hätten sie ihn nicht getötet, wenn sie mich bei ihm gesehen hätten. Oder sie hätten mich vielleicht auch getötet.

Ehrlich gesagt, jetzt, wo ich nicht mehr an ihn denken oder von ihm träumen kann, wäre es mir auch egal, wenn ich tot wäre.

30 Blackie

Waren das etwa Tränen hinter den Gläsern der großen Sonnenbrille? Aber sicher. Melanie war die bedauernswerteste von Wolfe Tone Quinlans Hinterbliebenen. Sie verbarg ihre eigene innere Leere hinter einer aufgesetzten nüchternen, harten Sachlichkeit.

Hatte sie ihn vielleicht später in der Nacht doch noch aufgesucht und sich ihm angeboten?

Und war vielleicht zurückgewiesen worden?

»Hatten Sie nach der Konfrontation beim Abendessen Schwierigkeiten einzuschlafen?« fragte ich und versuchte, möglichst beiläufig zu klingen. »Das muß doch ein traumatisches Erlebnis für Sie gewesen sein.«

Sie zuckte gleichgültig die Achseln. »Bei Wolfe war man an solche gelegentlichen Ausbrüche gewöhnt. Es hat mir nicht viel ausgemacht, jedenfalls nicht genug, um mich wachzuhalten. Ich schlief wie eine Tote, als der Junge uns aufgeweckt hat. Greg mußte mich aus dem Bett ziehen. Wissen Sie« – sie machte ein angewidertes Gesicht – »wir haben getrennte Schlafzimmer.«

»Ich verstehe.«

Entweder log sie oder Tommy. Warum war das so wichtig, es sei denn, sie wäre der letzte weibliche Besucher gewesen und machte sich jetzt immer noch Gedanken über das Ergebnis ihres Besuchs?

Wenn sie tatsächlich in seinem Zimmer gewesen ist, würde sie das niemals zugeben. Vielleicht, weil sie der einzige Besucher war, der nicht das bekommen hat, was er wollte.

»Ich hatte keine Vorahnungen oder so etwas. Ich bin nicht der Typ dafür.«

»Und Sie hatten natürlich auch nie einen zweiten Schlüssel von dem Museum.«

Sie betrachtete mich sehr aufmerksam. »Er hat das Schloß jedes Jahr auswechseln lassen, wissen Sie. Ich glaube nicht, daß die Registernummer, die dieses miese Weibsbild der Polizei gezeigt hat, die richtige war. Wie dem auch sei, ich hatte nie einen Schlüssel. Wolfe wollte mir einmal einen geben, bevor dieser ganze religiöse Quatsch mit diesen Idioten anfing. Ich sagte, warum? Wenn du mich willst, brauchst du nur zu pfeifen. Dann kannst du die Tür aufmachen. Ich komme doch nicht einfach so bei dir angetanzt.«

»War er nüchtern, als er dieses Angebot machte?«

»Natürlich nicht. Im nüchternen Zustand hätte er nicht einmal dem lieben Gott einen Schlüssel zu all seinen kleinen Schätzen angeboten.«

»Das hört sich an, als ob Sie wütend auf ihn wären.«

Sie fing an zu weinen.

»Warum mußte der Arsch sich umbringen lassen?«

31 Laurel

Sie bringen sie dazu, ihre Kleider auszuziehen und eins dieser gruseligen weißen Gewänder anzuziehen. Dann binden sie sie im Keller der Kirche der Engel des Lichts an einen kalten, harten Marmoraltar, der wie ein Grabstein aussieht. Sie ist immer noch betäubt und fürchterlich durcheinander. Sie weiß, daß sie träumt, aber dieser Traum ist so ganz anders.

Sie hört die Männer miteinander reden. Sie binden ihre Hände und Füße an den Metallringen fest, die in den Altar geschraubt sind.

»Mir gefällt das nicht, Tony. Der Alte ist übergeschnappt. Wir hatten hier eine gute Sache am Laufen. Warum sollen wir das jetzt kaputtmachen?«

»Er will die Firma, die ganze Firma. Das weißt du doch. Er wird dem kleinen Miststück ein bißchen Geld übriglassen, damit sie so gerade zurechtkommt. Aber den Rest muß sie ihm überschreiben, wenn sie nicht will, daß man diese Fotze hier von der Straße abkratzen muß. Dazu genügt ein Wort vom Alten.«

»Sie kommt also hierhin, akzeptiert seine Bedingungen und bekommt die Kleine zurück. Und was ist, wenn sie nicht mitspielt?«

»Sie wird mitspielen. Wir schießen sie zuerst einmal ein bißchen mit Stoff voll und machen ein paar Spielchen mit ihr, so wie beim letzten Mal. Erinnerst du dich? Hat doch Spaß gemacht, oder? Wenn wir mit ihr fertig sind, hat sie so viel Angst, daß wir nie wieder Schwierigkeiten mit ihr haben werden.«

»Und wenn sie zur Polizei geht?«

»Ist bei dem Alten schon jemals einer zur Polizei gegangen?«

»Die Long hat gesagt, sie würde gehen.«

»Du weißt, was mit ihr passiert ist.«

»Ja, klar. Trotzdem habe ich das Gefühl, daß die Typen, die in den letzten Tagen da draußen herumhängen, Bullen sind. Und der Alte scheint verrückter zu sein denn je.«

»Klar, er ist absolut bescheuert, aber hat sich bisher nicht immer alles für uns gelohnt? Geld? Frauen? Vertrau mir.«

»Trotzdem gefällt es mir nicht.«

»Möchtest du mal eine kleine Kostprobe von der kleinen Fotze hier? Schönes Fleisch, nicht wahr? Du kannst 'ne Menge Spaß mit ihr haben. Okay? Vertraust du mir?«

»Ich glaub schon.«

Laurel versteht nicht alles, was sie sagen. Aber sie weiß, daß dies der schlimmste Alptraum ist, den sie je hatte.

32 Blackie

Als ich die Quinlan-Villa sah, mußte ich zugeben, daß Lawrence F. X. Burkes Beschreibung sehr treffend war, es war sozusagen transsylvanische Schweiz. Ich würde mich gern auch erst einmal versichern, ob der Architekt nicht tagsüber in einem Sarg liegt, silberne Pistolenkugeln meidet und so weiter. Es war ein schwerer, unfreundlicher, düsterer, deprimierender Steinhaufen, der sich da vor den weißen Wolken, die wie Wattebäusche aussahen, und dem klaren blauen Himmel über dem See abzeichnete. Wie eine Weltraumkapsel, die sich hier am Strand von Long Beach wie ein Fremdkörper ausnahm.

(Long Beach ist ein Ort mit einem Country Club, eleganten Straßen und mit Häusern, die man, das können Sie mir glauben, niemals in Martha's Vineyard finden würde, und mit einem Straßenschild, das hilflos verkündet: »Überall Kinder.«)

Ich bekam wieder eine Gänsehaut, dachte über die Videokamera nach und hob den riesigen Klopfer an der Straßenseite des Quinlan-Hauses.

Einige der Leute, die ich befragt hatte, hatten einen Teil der Verantwortung für den Tod von Wolfe Quinlan übernommen: Larry Burke, weil er kein besserer Freund gewesen war, Laurel, weil sie keine bessere Tochter gewesen war. Alle hatten sie die Hauptschuld woanders hingeschoben – die meisten auf die Frau, mit der ich jetzt reden würde. Nur Tommy sprach sie von jeder Schuld frei. Sein Vater hatte seine Meinung geändert, nachdem die Liebesaffäre mit ihr begonnen hatte. Wem würde Suzie die Schuld geben?

Niemand war bei seinen Anschuldigungen so direkt gewesen wie Melanie Foster, sie war eine wütende, bemitleidenswerte, ordinäre Frau. Konnte ich ihren Anschuldigungen, Burke und Suzie hätten gemeinsam geplant, den Ehemann umzubringen, überhaupt irgendwelchen Glauben schenken? Das wäre ein Drehbuch für einen billigen Film – deshalb allerdings nicht unbedingt falsch. Suzie sah gern billige Filme. Könnte Burke, der seine Besessenheit und die daraus entstandene Liebesaffäre zugegeben hatte, nicht auf brillante Weise eine Nebelwand erzeugt haben, die sogar mein Vater, der im Krieg Kapitän eines Zerstörers war, bewundert hätte? Schließlich war er ein ausgezeichneter Investmentberater, der einen guten Ruf sowohl wegen seines Flairs als auch wegen seiner Redlichkeit hatte.

Aber warum gaben sie sich mit mir ab? Der Staatsanwalt von LaPorte, der, wie man sich denken kann, scharf auf einen Fall gewesen wäre, der seinen Namen in der Öffentlichkeit gehalten hätte, hatte Melanie ihre zynische Analyse nicht abgekauft. Trotzdem, wenn irgend jemand einen Grund hatte, Wolfe Quinlan loszuwerden, dann war das seine Frau, die schon lange unter ihm gelitten hatte, so sah sie das sicher auch selbst. Nach allen Überlegungen war Suzie immer noch als Hauptverdächtige anzusehen.

Und unter demselben Aspekt war Melanie am wenigsten verdächtig. Durch Wolfes Tod hat sie einen ehemaligen Liebhaber und vielleicht sogar eine dauerhafte Liebe verloren. Sie war wohl kaum zu dieser Mischung aus Leidenschaft und Dummheit fähig, die eine zurückgewiesene Maitresse dazu bringen könnte, ihren Liebhaber zu töten. Sie hatte, so weit ich das beurteilen konnte, nichts dabei gewonnen. Ich sah keinen Grund, an der Beschreibung ihrer langandauernden Affäre mit Wolfe zu zweifeln, auch ihre Darstellung von Wolfe als einem sowohl zärtlichen und liebevollen als auch starkem und virilen Mann mußte ich nicht in Frage stellen. Das stimmte sicher mit seinem Selbstbild überein. Während seiner Episoden mit Melanie hat er ein solches Selbstbild sicher aufrechterhalten können. Er war schließlich für jeden, den ich befragt hatte, ein anderer Mann gewesen – für Kevin ein Sadist, ein lieber, wenn auch bekümmerter Vater für Laurel, ein faszinierendes, überschwengliches Spiegelbild für Larry Burke, für Tommy ein Ungeheuer, das Laurel brutal behandelte, ein erfolgreiches und großzügiges Familienmitglied für Kiernan O'Rourke. Keine dieser Rollen mußte unbedingt falsch oder unvereinbar mit den anderen gewesen sein.

Mit anderen Worten, wieder einmal die Blinden und der Elefant, vielleicht aber diesmal Blinde, die nicht die ganze Wahrheit über das sagten, was sie gefühlt hatten.

Welchen Teil des Elefanten würde Suzie beschreiben?

Nicht daß ich Melanie alles glaubte. Ich war sicher, daß sie

a) enormen Druck auf Quinlan ausgeübt hat, damit er sich von seiner Frau scheiden läßt und sie heiratet, und b) daß sie die Treppe von der Garage aus zum Museum hinaufgeschlichen und von ihrem ehemaligen Liebhaber zurückgewiesen worden ist, vielleicht sogar brutal.

Sie konnte das nicht zugeben, denn dann hätte sie sich in den Augen der Polizei und der Staatsanwaltschaft verdächtig gemacht. Niemand, außer vielleicht ihr Mann, könnte etwas von diesem nächtlichen Besuch wissen.

Niemals hätte sie einen Schlüssel zu Wolfes Museum abgelehnt, wenn er ihr einen angeboten hätte. Und hat sie auch gelogen, als es darum ging, wo sie war, als Tommy sie geholt hat? Aus welchem Grund?

Aber was für einen Grund zu lügen konnte Tommy haben?

Das war leicht zu beantworten.

Melanie ist eine Frau, für die das Meckern über den Mann fast schon eine Lebensnotwendigkeit ist. Ich habe viel zu viele von der Sorte in meiner Gemeinde gehabt und längst gelernt, von dem, was sie sagen, gewisse Abstriche zu machen. Die Klagen sind nicht unbedingt unwahr, aber meistens ziemlich irrelevant und stehen nicht im Widerspruch zum Engagement dieser Frauen. Sollte zum Beispiel irgendein anderer als Melanie Gregory Foster bedrohen, würde sie als Racheengel auftreten.

Waren die beiden in der Lage, die nötige Diskretion aufzubringen, die ein solcher Plan, wenn er erfolgreich sein sollte, verlangte? Ein Plan, der ihren Zugang zu Wolfe und seine Angst vor dem Gefängnis kombinierte?

Absolut. Mir war klar, wie man das hätte bewerkstelligen können.

Und doch konnte ich mir nicht vorstellen, daß Melanie Foster diesen Trick mit den verschlossenen Türen bewerkstelligen könnte, weder geplant und vorbereitet, noch als Eingebung des Augenblicks.

Es würde andererseits viele Probleme lösen, wenn Melanie tatsächlich ihren Liebhaber mit Tancredis Schwert durchbohrt hätte, vor allen Dingen Probleme von Leuten, an denen mir inzwischen etwas lag.

»Es tut mir leid, Monsignore«, Suzie öffnete die Tür und war ganz außer Atem. »Ich habe versucht, Laurel aufzutreiben. Sie wissen ja, wie Teenager sind.«

Zuerst wurde ich von einer Welle von Wehmut und Traurigkeit erfaßt. Die Frau, die mich da nervös hereinbat, war wirklich schön, aber sie war nicht mehr das taufrische Kind, das die Muttergottes gekrönt hat, als ich in der fünften Klasse war. Warum, verdammt noch mal, müssen wir alle alt werden? Na ja, im Paradies werden wir dann alle wieder jung sein.

Nennen Sie mich Blackie.

»Das kann ich nicht, auch wenn ich weiß, daß Sie über die Kreuzung 93ste und Glenwood gingen, wo ich Schülerlotse war. Sie waren ein schrecklicher kleiner Teufel damals. Niedlich, aber schrecklich.«

Aha.

Eins zu Null für Suzie – in der Tat, das waren eine Menge Pluspunkte für den Anfang. –

Sie war tatsächlich so schön, wie Larry Burke sie beschrieben hatte, vielleicht nicht ganz so ›echt-total wahnsinnig‹, wie ihre Tochter im Augenblick beschrieben wurde, aber doch ein sorgfältig verpacktes, gut gepflegtes, kleines Exemplar weiblicher Attraktivität mit Rosenbäckchen, das das Leben eines jeden Mannes versüßen könnte; eine raffiniert aufgemachte Pralinenschachtel, die sagte »öffnen und kosten«, und zwar inzwischen mit einem Selbstbewußtsein, das zweifellos darauf zurückzuführen war, daß sie wußte, wie köstlich sie tatsächlich sein konnte. Ihr Äußeres machte an diesem Tag einen vernünftigen und geschäftsmäßigen Eindruck: ein weißer Dirndlrock, eine beigeweiß gestreifte Hemdbluse, ein marineblauer Blazer mit zwei Kupferknöpfen, beige Schuhe mit flachen Absätzen und dunkle Strümpfe (Strumpfhose, dem Stand unserer augenblicklichen kulturellen Entwicklung entsprechend – nicht, daß mich das etwas anging); ganz spärliches, aber sehr geschickt aufgetragenes Make-up, kurze blonde Haare (wobei die künstliche und die natürliche Farbe sich so mischten, daß nicht einmal mein geschultes Auge den Unterschied bemerken konnte), streng zurückgekämmt – eine tüchtige Geschäftsfrau in einem Feriengebiet, die sich mit ihrer

Garderobe auf den Besuch eines Mitglieds des päpstlichen Haushalts vorbereitet hatte.

Ihr klares, scharfgeschnittenes Gesicht und ihre hübsch gerundeten Körperformen, die förmlich darum baten, gestreichelt zu werden, wurden noch attraktiver durch die Ausstrahlung, die sie hatte, sie schien gewissermaßen aus allen Poren zu strahlen. Sex, guter Sex, und eine Menge davon. Von einer Frau, die gerade vor sechs Wochen Witwe geworden ist, würde man so etwas nicht erwarten.

Gut für dich, Lawrence F. X. Burke.

Vielleicht.

Ich wurde in den »Salon« geführt und hatte sofort das Gefühl, der Sarg stünde hier irgendwo herum, und ich würde mich gleich über ihn beugen und murmeln, wie natürlich der Verstorbene doch aussähe. Ich fragte mich, ob Wolfes Totenwache hier gehalten worden war.

Natürlich nicht. Er war in Elmhurst begraben worden, wo der Kurat gegen den Willen des Pastors ein paar Gebete in der Leichenhalle gesprochen hatte. Ich mußte seinen Namen herauskriegen. Er schien mir ein bewundernswerter Priester zu sein.

Suzie dankte mir und bat mich, auch dem Kardinal zu danken, daß Laurel auf dem U.E. aufgenommen worden war. »Es wird Zeit, daß wir alle in den Schoß der Kirche zurückkehren, Monsignore.«

Sie war froh, daß ich sie hier besuchte. Nach Chicago wollte sie noch nicht wieder zurück, so weit war sie noch nicht.

Sie hatte sich überlegt, Philosophie in Loyola zu studieren. Könnte ich ihr vielleicht einige Kurse empfehlen? Ich hätte doch in Philosophie promoviert, oder?

Wie lange würde so eine Promotion wohl dauern? Gab es eine obere Altersgrenze?

Das war eine weniger unwahrscheinliche Vorstellung (wenn auch immer noch sehr unwahrscheinlich) als die, daß sie Kellnerin würde. Larry Burkes Beschreibung ihrer Persönlichkeit war genau so präzise gewesen wie die Beschreibung ihrer körperlichen und sexuellen Attraktivität. Suzie/Sue war zwei Frauen, einmal das Doofchen, das Wolfe Quinlan geheiratet und vierundzwanzig Jahre ertragen hatte, zum anderen die intelligente und einfallsreiche Frau, die begraben worden ist, als sie von der Höheren Schule abging. Aber diese Persönlichkeit strebte eine Wiederauferstehung an; ihre Chancen standen nicht gut, überhaupt nicht gut, aber sie gab so schnell nicht auf.

Und bei dieser Persönlichkeit war die Wahrscheinlichkeit, daß sie tötet, größer, und auch besser begründet.

Wir saßen am Kaffeetisch. Ich lehnte Kaffee oder einen Drink ab. Ich wollte mich voll auf das Gespräch konzentrieren. Sue, so werde ich sie jetzt nennen und ihr damit das Prinzip Hoffnung zuordnen, nahm ein rotes, in Leder gebundenes Notizbuch und ihre Brille vom Tisch – ›Reconstructed Early American‹ wurden solche Möbel genannt. Ihre Hände zitterten. Mit einer griff sie sich – typisch Suzie – an den Hals.

»Ich habe Angst, Monsignore. Ich möchte das jetzt tun, und ich möchte es nicht. Sie waren immer so ein netter kleiner Schlingel. Ich muß mit einem Priester sprechen. Vielleicht können wir, wenn dies alles vorüber ist, noch einmal darauf zurückkommen und es eine Beichte nennen. Ich habe so viel zu beichten. Ich bin nicht sicher, ob ich alles bereue, deshalb habe ich wahrscheinlich auch keine Absolution verdient.«

»Sie brauchen überhaupt keine Angst zu haben, Sue. Ich bin doch kein Polizist.«

Na, wie gefällt Ihnen das, ist das nicht das typische nette, beruhigende Gespräch mit Ihrem freundlichen Gemeindepfarrer-Detektiv? Ich begann schon zu bereuen, daß ich den angebotenen Drink abgelehnt hatte.

»Ich weiß. Es liegt nicht an Ihnen. Es liegt an mir. Ich bin so schlimm gewesen. Ich weiß, daß es eine Sünde gegen den Heiligen Geist ist, wenn man verzweifelt. Aber ich muß mich wundern, wie es überhaupt möglich ist, daß jemand, der so leer und nichtswürdig ist wie ich, eine so große Sünde wie die der Verzweiflung begehen kann.«

»Wir müssen zunächst einmal jede Diskussion über Nichtswürdigkeit oder Verzweiflung vergessen. Diese Begriffe sind im Zusammenhang mit Ihnen völlig unannehmbar. Ich wäre nicht hier, wenn ich der Meinung wäre, daß Sie nichtswürdig wären.«

Eine hübsche kleine Blonde, die ein paar Jahre älter ist als ich, und schon klinge ich wie ein Kardinal. »Wie so'n Kardinal oder so 'was«, wie The Cat das ausgedrückt hätte.

»Kommen Sie, geben Sie mir Ihre Brille, Monsignore; ich mache sie Ihnen einmal sauber.« Sie nahm sie energisch aus meiner Hand und zauberte aus einer Handtasche, die neben ihr auf der dick gepolsterten braunen Ledercouch lag, eine kleine Sprayflasche und ein Papierhandtuch.

Vorsicht, Blackwood.

»Ich sag mir immer, ich sollte es doch wieder mit Kontaktlinsen versuchen. Dann könnte ich im Bett besser sehen –«

Ihre Hände hielten plötzlich inne.

»Es tut mir leid, daß ich das gesagt habe, Monsignore.«

Nennen Sie mich Blackie.

»Ich wünschte, ich könnte wenigstens sagen, daß ich mich schäme für das, was ich tue. Ich müßte mich eigentlich schämen. Der arme Wolfe ist kaum unter der Erde. Wenn das eine andere Frau getan hätte, wäre ich die erste gewesen, die sie verdammt hätte. Aber es tut mir nicht leid, ich schäme mich nicht, und ich werde auch nicht damit aufhören. Ist das nicht fürchterlich?«

»Was meinen Sie denn?« Ich holte mir meine Brille wieder.

»Ich kann es kaum erwarten, das Geräusch seines Wagens zu hören. Wenn zwischen mir und Wolfe alles in Ordnung war, dann war ich glücklich, wenn Wolfe nach Hause kam, weil er mein Mann war, ich ihn liebte und ein bißchen einsam ohne ihn war. Jetzt verliere ich fast den Verstand. Ich habe eine fast unerträgliche Sehnsucht danach, daß er mich berührt. Ich möchte ihn reizen, er soll verrückt vor Sehnsucht nach mir sein, ich will ihn dahin bringen, daß er an nichts anderes mehr denken kann als an mich . . . ich . . . ich habe nicht gewußt, daß ich ein solcher Mensch bin . . .«

»Mögen Sie sich denn jetzt weniger, seit Sie das wissen?«

Sie schüttelte heftig den Kopf. »Ich bin fürchterlich neugierig auf mich selbst und versuche, Abscheu zu empfinden, aber ich kann nicht. Es ist schwer zu erklären, Monsignore – und ich wollte jetzt auch noch gar nicht darüber reden, das wollte ich erst viel später.« Sie setzte ihre Brille auf, öffnete das

Notizbuch, das, wie ich feststellte, zur Couch paßte, und blätterte in ihren Notizen. »Wenn ich eine Hure bin, Monsignore, und ich glaube, daß es so sein könnte, dann liebe ich mich als Hure mehr, als ich mich als pflichtbewußte katholische Ehefrau und Mutter geliebt habe. Ist das so schrecklich?«

Sie werden verstehen, was ich mit Punkte machen gemeint habe. Diese Frau putzt nicht nur meine Brille; sie steigt auch gleich in ein zentrales Problem ein und spricht mit großer Offenheit. Sie ist verschüchtert und unsicher, was ihre Liebesaffäre anbetrifft, versucht aber trotzdem, sie zu rechtfertigen, und wenn auch nur mit der Begründung, daß sie sie genießt. Das ist nicht mehr die süße, kleine Suzie, außer wenn sie fragt, ob das schrecklich sei.

»Im Augenblick möchte ich zu Ihrer Beziehung zu Lawrence noch nicht Stellung nehmen. Keinesfalls werde ich sie jetzt verdammen. Schließlich ist es in diesem besonderen Gespräch nicht meine Aufgabe, irgendein Urteil über diese Angelegenheit zu fällen. Ich bin hier, um etwas über diese übernatürlichen Phänomene zu erfahren, die hier aufgetreten sind, und über den möglichen Zusammenhang mit dem bisher nicht geklärten Tod Ihres Mannes. Eines kann ich allerdings jetzt schon sagen: Wenn Sie in Ihrem Leben nichts Schlimmeres verbrochen haben, als mit Lawrence Burke ins Bett zu gehen, dann brauchen Sie sich keine Sorgen zu machen.«

Sie nickte ernst und blätterte auf die erste Seite ihres Notizbuchs zurück. »Das ist das Problem, Monsignore« – mit großen, ernsten Augen. »Ich habe viel schlimmere Sünden begangen, so schreckliche Sünden, daß ich es selbst kaum glauben kann.«

33 Father Armande

Als er den Telefonhörer auf die Gabel legte, zitterte er am ganzen Körper wie das Dünengras in der Bucht, in der er groß geworden war, wenn ein Sturm wehte.

Das war lange her.

Er nahm eine reich verzierte goldene Dose aus seinem Schreibtisch, tauchte ein goldenes Röhrchen hinein und inhalierte. Ah, das war schon besser. Jetzt konnte er wieder klar sehen und eine halbe Stunde lang wieder klar denken. Klare Gedanken im Gleichklang mit der Sphärenmusik, das war das wichtigste.

Er betrachtete sich im Spiegel und drehte sich schnell wieder weg. Er war kein alter Mann. Nein, nein, ganz und gar nicht. Er hatte noch viele nützliche Jahre im Dienste seiner Kirche vor sich. Warum sollte es durch die Dummheit zweier Leute verkürzt werden, die er aus der Gosse gerettet hatte, bildlich gesprochen, wenn nicht sogar im wahrsten Sinne des Wortes? Erst diese Mrs. Carson Long, diese alberne alte Frau mit ihren Privatdetektiven, und jetzt dieser unerträglich dumme Quinlan, dieser ordinäre, primitive, wirklich absolut unerträgliche Mann mit seiner aufdringlichen, lauten Stimme. Er war so fügsam geworden, daß er bereit war, alles der heiligen Sache zu vermachen.

Er lächelte bei dem Gedanken an Quinlans Frau. Ihren Willen zu brechen war ein sehr angenehmes Erlebnis gewesen. Eine köstliche Bestätigung der Lebensenergien und der Kräfte des Universums. Sie war als Novizin bedeutend vielversprechender als ihr Mann.

Aber er durfte nicht zu viel Zeit mit angenehmen Erinnerungen verschwenden. Sollte er Hilaire informieren? Nein, das wäre überhaupt nicht gut. Sie würden natürlich sofort weglaufen wollen. Er hatte schon zu oft weglaufen müssen. Jetzt könnte der richtige Zeitpunkt für das endgültige Opfer gekommen sein, nicht so primitiv wie dieser Jones, dessen Sucht nach Quantität jeden Sinn für Qualität zerstört hatte. Gift in Kool-Aid-Limonade, wie stillos.

Nein, wenn seine Zeit gekommen wäre, zum Prinzen des

Lichts zu gehen, nachdem er vorher über eine unsensible Welt ohne Glauben seinen Richterspruch gefällt hatte, dann würde das eine Qualitätsarbeit sein, ein Kunstwerk, die Art endgültiger liturgischer Geste, von der er immer schon geträumt hatte.

Entweder das, oder Gefängnis. Er und Hilaire würden dieses Mal nicht entkommen können. Die Polizei wußte zu viel; sie hatte zu gut gearbeitet. Er war sich über das Risiko immer schon im klaren gewesen. Entweder mußte die Long endgültig mit den Energien des Kosmos verbunden werden, oder man würde schwerwiegende Anklagen gegen ihn erheben. Wieso hatte sie sich verändert? Sie schien doch Spaß an den fortgeschrittenen Ritualen gehabt zu haben. Hatte er zu viel Interesse für andere Novizinnen gezeigt? Vielleicht an der Quinlan-Frau? Wenn das stimmte, wäre es eine bittere Ironie.

Er hatte die notwendigen Anweisungen gegeben, das Dienstmädchen hatte die Überdosis zubereitet, und die Geschichte hatte ihren Lauf genommen. Niemand hatte das Testament angefochten. Das Dienstmädchen wurde mit Drogen versorgt und weggeschickt, um dann zu passender Zeit beseitigt zu werden, wenn ein solcher Vorgang unauffällig vonstatten gehen konnte. Vielleicht würde sie ihnen auch diese ganze Aktion dadurch ersparen, daß sie sich selbst beseitigte.

Es gab keine Schwierigkeiten mit den Ärzten; die Frau hatte ernsthaft Herzbeschwerden. Keine Obduktion und keine Anfechtung des Testaments. Die Polizei war vielleicht etwas mißtrauisch, aber er hatte sich vorher genau ausgerechnet, daß sie sich nicht zu sehr mit ihm befassen würden, weil es so viele andere dringendere Dinge gab.

Wie konnte er ahnen, daß es doch noch den einen oder anderen hartnäckigen Kriminalbeamten gab, der die Spur dieses idiotischen Dienstmädchens verfolgen würde, die dann bei einem Ladendiebstahl erwischt worden war, den sie begangen hatte, um ihre kindische Sucht zu finanzieren. Jetzt war es möglich, daß sie unter dem Druck der Polizei von Chicago weich werden würde.

Der Hauptfehler war gewesen, die Fortdauer ihrer Existenz überhaupt zu dulden. Er hatte sich einer falschen Beurteilung schuldig gemacht. Wie oft schon in seinem Leben hatten seine Fehler, die er in allen Ehren gemacht hatte, und die Mißgunst der anderen sein Werk vernichtet?

Dann war plötzlich dieser alberne Quinlan mißtrauisch geworden, hatte Antworten auf unverschämte Fragen verlangt, hatte Anschuldigungen erhoben und dabei vergessen, wer er war. Armande hatte ihn nachdrücklich an seine Position erinnert, an seine eigene Beteiligung bei gewissen Aktivitaten, die von der Polizei gewiß nicht akzeptiert worden wären.

Er hatte mit ordinären und obszönen Beschimpfungen darauf reagiert, obwohl er ganz genau wußte, daß eine solche Sprache bei den Anhängern der Engel des Lichts nicht toleriert werden konnte.

Nun, dieser undankbare und ungläubige Mann hatte seine Strafe bekommen. Armande hatte zu Luzifer gebetet, und das Schwert hatte seine Arbeit getan. Auf eine wunderschöne Weise.

Er lachte leise vor sich hin und dachte darüber nach, wie das bewerkstelligt worden war, konnte sich aber wieder nicht genau erinnern, wie Luzifer tatsächlich seine Wünsche erfüllt hatte. Wenn doch nur die anderen auch so sang- und klanglos gegangen wären.

Er ballte seine Fäuste. Alle sollten verdammt sein. Konnten sie denn nicht begreifen, daß er zur Größe geboren war? Sie schuldeten ihm Anerkennung, Bewunderung und Lohn, damit er Gelegenheit hatte, seine Theorien der sexuellen Harmonie und Integration zu überprüfen. Er hatte schon so viel erreicht. Er war so weit gekommen. Warum mußte das jetzt zu Ende gehen?

Er beruhigte seine Nerven mit noch mehr Kokain. Was sein mußte, mußte sein. Von allen Wesen im Universum mußte er das doch am ehesten verstehen. Jetzt war es wichtig, von dem blendenden Licht, aus dem er gekommen war, wieder absorbiert zu werden, so daß er eines Tages, wenn die Welt reif für ihn war, wieder erscheinen konnte.

Er hatte schon einmal im Priesterseminar dem Direktor gesagt, daß die Welt noch nicht reif für ihn sei. Dieser dumme alte Mann wollte ihn deshalb aus dem Seminar hinauswerfen.

Wie konnte er sich am besten einen strahlenden Abgang verschaffen? Wie konnte er der Welt sein Bild am eindringlichsten einprägen?

Die Opferung, natürlich, die Opferung. Die Zeit war gekommen, das war jetzt der Augenblick, die Stunde der Wahrheit! Ja, es ist später, als ihr denkt. Steht auf! Der Feind ist da! Es ist später, als ihr denkt!

Er kämpfte sich hoch. Er mußte sich auf Armageddon vorbereiten.

Zuerst mußten die Meßdiener eliminiert werden. Die zählten nicht. Sie waren unwichtig und konnten nicht erwarten, daß sie willkommen wären, wenn er sie auf seiner Pilgerreise zum Zentrum des Lichts mitnehmen würde.

Für die große Opferung waren drei nötig. Wo sollte er die hernehmen? Die schwarze Angestellte und die Stenotypistin? Natürlich wertlos. Er würde Erbarmen haben und sie nach Hause schicken. Aber woher bekam er drei Personen?

Es mußten drei sein. Das war die richtige Zahl. Wenn es nicht drei Personen waren, würde die Musik falsch sein, und die Strahlung unsauber.

Aber das war doch ganz offensichtlich, so wie es immer schon hätte sein sollen. Vielleicht war tatsächlich seine Zeit gekommen. Er hatte zu viele Fehler gemacht, hatte zu viele Dynamismen übersehen, die voll waren von basischer Energie. Bald würde es nur noch Frieden und Licht geben.

Er öffnete seine privaten Tresor, schaffte es zweimal nicht, die richtige Zahlenkombination einzustellen, weil seine Finger zu sehr zitterten. Er nahm einen großen .45er Revolver heraus. Der hatte genug Durchschlagskraft, um einem Mann den Kopf oder die Brust mit einer einzigen Kugel zu zerschmettern, das hatte man ihm erklärt. Er legte den Revolver in seine Schreibtischschublade. Die Meßdiener waren unwichtig. Wenn sie ihre Arbeit getan hatten, würden sie auf ihre basischen Energien reduziert.

Er würde noch ein bißchen warten, vielleicht ein Nickerchen machen, und dann das erforderliche Telefongespräch führen.

Feuer und Schwert, das war es, was die Opferung erforderte – schönes, reinigendes Feuer, das jede Unreinheit ausmerzte; und ein scharfes, durchbohrendes Schwert, das bis zur Quelle allen Lebens durchdrang. Feuer und Schwert, die Instrumente der Gnade, die Mittel, mit deren Hilfe man den großen Sprung in das Innerste des Lichts selbst machen konnte.

Er legte sich sein glänzendes Cape um, zog sein schlankes, graziles Schwert aus der reichverzierten Scheide, drehte sich um und betete vor dem riesigen Auge, das die Wand hinter ihm bedeckte. Das Cape hatte einen eleganten Faltenwurf. Er hob einen der Kerzenleuchter von dem Podest an seiner Seite. Er streckte den Arm mit dem Schwert aus, dann den anderen mit dem Feuer. Das war die Position eines heroischen Opfergebets.

»Luzifer, Gott der Vater, Gott die Mutter, Engel des Lichts, Engel der Finsternis, Dämon des Feuers, Dämon des Schwertes, Quelle des Lebens, Quelle des Todes, gib mir die Kraft und den Mut, den ich brauche, um in Deinem Namen das Schwert und das Feuer zur Zerstörung zu gebrauchen. Möge meine Hand ruhig sein, und mein Herz wie Eis, wenn ich deinen Willen geschehen lasse. Dann laß mich heimkehren, bis es Dir gefällt, mich wieder in die Welt zurückkehren zu lassen.«

Als er dann taumelnd wegging, um sich zur Ruhe zu legen, wurde er einen Augenblick lang durch den Gedanken abgelenkt, daß eigentlich zwei der Opfer Jungfrauen sein sollten. Das war immer schon so geplant gewesen. Jetzt würde es nur eine sein. Das war schlecht, aber daran war nun nichts mehr zu ändern.

So war es immer schon gewesen. Man hatte sich gegen ihn verschworen, so daß er immer gezwungen war, sich mit dem Unvollkommenen zufrieden zu geben, wo er doch eigentlich das Recht auf Vollkommenheit für sich in Anspruch nahm.

Diese eine Jungfrau würde für zwei leiden müssen.

34 Suzie Wade Quinlan

Ich habe ihn getötet, Monsignore.

Wenn Sie die Person suchen, die ihn ins Grab gebracht hat, es war seine Frau, die Frau, die ihn geliebt hat, und die immer versucht hat, ihm eine gute Ehefrau zu sein.

Die Frau, die diese Ehe zerstört hat. Sie wird Ihnen sagen, daß sie ihr Bestes gegeben hat. Vielleicht meint sie das auch tatsächlich so. Aber ihr Bestes war nicht gut genug, und es war ihre Schuld, daß es nicht gut genug war.

Zum Schluß war er ein schrecklicher Mann, grausam, voller Haß, krank, wahrscheinlich viel verrückter als die arme Dorrie McDermott. Es war nicht seine Schuld, Monsignore; ganz bestimmt nicht. Etwas Böses hatte von ihm Besitz ergriffen, und er konnte das nicht begreifen, bis es ihn dann schließlich zerstört hat. Ich habe ihn da hineingetrieben. Ich hätte ihn dort wieder herausholen können. Als ich es schließlich versucht habe, war es zu spät.

Ich meine nicht, daß ich dieses schreckliche Schwert in seine Brust gestoßen habe. Ich schlief in unserem gemeinsamen Schlafzimmer, als das passiert ist. Jemand von Father Armandes Leuten hat ihn wahrscheinlich umgebracht. Trotzdem ist es meine Schuld.

Jetzt liegt Wolfe also auf dem Mount Carmel-Friedhof, und ich gehe jeden Abend mit einem seiner Freunde ins Bett, und das gefällt mir besser, als mir je etwas im Leben gefallen hat. Was ist das für eine Frau, die Mord und Ehebruch innerhalb eines einzigen Monats begehen kann?

Ja, ich bin hysterisch, genau so, wie Sie es von mir erwartet haben. Aber das hilft auch nicht weiter, nicht wahr? Ein Teil meines Selbst ist voll von Schuldgefühlen, und der andere Teil genießt die neugewonnene Freiheit und die Wollust. Der erste Teil sagt zu mir, du hast ihn getötet, du kleines Miststück, und bist auch noch froh darüber. Der zweite sagt, ja, da hast du verdammt recht, ich bin wirklich froh, und ich hätte es viel früher getan, wenn ich gewußt hätte, was für wunderschöne Sachen mein Liebhaber mit mir anstellen wird.

Gönnen Sie mir ein paar Sekunden, damit ich zu mir kommen kann.

Was ich da gerade gesagt habe, war sehr dumm, nicht wahr? Die arme, bemitleidenswerte Suzie, die einmal das klügste Kind in ihrer Klasse war, und seit 1970 keine eigene Idee mehr hatte. Und doch stimmt es. Ich bin froh, daß er tot ist. Der arme Mann – der arme, liebe Mann. Ich habe ihn geliebt, und doch habe ich ihn getötet.

Schauen Sie mich nicht so an, als wäre ich eine alberne, kleine Närrin, die eine Verantwortung übernimmt, die ihr nicht zukommt.

Ich weiß, daß ich eine alberne, kleine Närrin bin. Das war ich immer schon. Geben Sie mir noch ein paar Sekunden. Ich hatte nicht vor, unser Gespräch so zu beginnen. Ich habe mir sehr sorgfältige Notizen gemacht. Ich wollte Ihnen alles ganz ruhig und vernünftig erklären, um einmal die Antwort eines Philosophen zu hören. Jetzt habe ich mich überhaupt nicht um meine Notizen gekümmert. Aber von jetzt an werde ich das tun, das verspreche ich Ihnen.

Wußten Sie, daß ich in dem Jahr, in dem ich zum College gegangen bin, in Logik und Metaphysik eine Eins hatte? Wolfe hat sich bei unseren Verabredungen immer lustig darüber gemacht. Wozu braucht man Metaphysik, wenn man Babys großzieht? Darauf wußte ich auch keine Antwort.

Also gut, ich will am Anfang beginnen. Ich bin Jahrgang 41, das heißt, daß ich 1958 am Mother Macauley graduiert worden bin. Anschließend bin ich 1959 ein Jahr zum College gegangen und habe dann im Frühjahr 1960, sechs Monate vor der Wahl Kennedys, Wolfe geheiratet. Wir haben nicht gewählt, weil wir vergessen hatten, uns umzumelden. Wir hätten ohnehin Nixon gewählt. Wolfe war sogar noch nach Watergate ein treuer Anhänger Nixons.

Die Wades waren immer schon Republikaner, was euch Ryans überhaupt nicht gefiel. Ich kann mich erinnern . . .

Egal. Niemand scheint sich mehr zu erinnern, wie das war, wenn man als junge Frau 1960 heiratete. Ich will einmal damit anfangen.

Die Kirche und unsere Eltern haben uns erzählt, daß es für

eine Frau das Erstrebenswerteste wäre, einen Mann und eine Familie zu haben. Alles andere war unwichtig. Wenn eine von uns zu intelligent war, oder ein Talent für Malerei oder Musik hatte, konnte das sogar schlecht für sie sein, weil die Männer intelligente oder talentierte Frauen nicht mochten. Es war die Aufgabe einer Frau , Kinder großzuziehen, den Mann glücklich zu machen und ihm dabei zu helfen, in seinem Beruf erfolgreich zu sein. Wenn er Erfolg hatte, dann war das auch für sie ein Erfolg.

Mrs. Reagan ist das perfekte Beispiel für das Ideal, nach dem wir erzogen wurden.

Das Schlimmste, was einer Frau passieren konnte, war, daß sie nicht heiratete. Das wurde natürlich nie offen gesagt, denn es gab immer ein paar unverheiratete Tanten in der Umgebung, die man sehr gut als Babysitter gebrauchen konnte, und deren Gefühle man nicht verletzen wollte. Trotzdem wußte man genau, daß man etwa sieben Jahre – von achtzehn bis fünfundzwanzig – Zeit hatte, einen Mann zu finden. Wenn man keinen fand, war das Leben vergeudet.

Warum sollte man auf die Uni gehen? Zuallererst mußte ein Mann gefunden werden. Wenn man erst einmal einen gefunden hatte, war die Uni nicht mehr so wichtig. Viele Eltern waren allerdings auch stolz, wenn sie es sich leisten konnten, ihre Töchter aufs College zu schicken. Das wurde als eine Art letzter Schliff angesehen, um uns auf dem Heiratsmarkt noch attraktiver zu machen. Außerdem würde das College uns auf einen Beruf vorbereiten, den man einmal gut gebrauchen könnte, wenn dem Mann etwas passierte. Dann wäre man in der Lage, die tapfere und tragische Witwe zu spielen, die die Familie über Wasser hielt. Schließlich sagten ein paar von meinen Freundinnen, wenn die Kinder groß wären – und wir alle wollten mindestens sechs Stück haben – würden sie wieder in einen Beruf einsteigen und das anwenden, was sie zu Anfang im College gelernt hätten.

Meine Mutter und mein Vater erwarteten von keiner ihrer vier Töchter, daß sie einen College-Abschluß machte. Sie wären entsetzt gewesen, wenn eine von uns das getan hätte. Sie würden Angst bekommen haben, wir hätten uns plötzlich große Rosinen in den Kopf gesetzt. »Ein oder zwei Jahre«, pflegte Mutter zu sagen. »Stürzt euch nicht gleich in die Ehe; die dauert auch so noch lange genug.«

Das war einer der ambivalenten Hinweise, die man uns gab, obwohl wir so etwas sowieso nicht so ernst nahmen. Ehe und Familie waren unsere Würde und unser Schicksal, aber sie bestanden aus harter, ernsthafter Arbeit, für die es kaum einen Lohn gab. »Jetzt wirst du entdecken, wie die Welt wirklich ist«, sagte eine meiner Schwestern ziemlich unbarmherzig am Tag meiner Hochzeit zu mir.

Warum – das kam mir plötzlich in den Sinn – mußte man eigentlich alles einer Aufgabe opfern, die einen nicht glücklich macht?

Meine drei älteren Schwestern waren verheiratet und schwanger, noch bevor sie zwanzig waren, nach Aussagen verschiedener Nachbarsfamilien schockierend früh, aber die ganze Familie erwartete von mir, daß ich es auch so machte. Warum sollte ich diese Familienserie unterbrechen? Schließlich machte der Schnellste das Rennen, nicht wahr? Man hatte ja nur ein paar Jahre, warum sollte man also das Risiko eingehen sitzenzubleiben?

Unser ›Cana Conference‹-Lehrer in der Höheren Schule hat uns erzählt, daß er seiner Sekretärin, als sie geheiratet hatte, den Rat gegeben hat, nicht mehr weiter zu arbeiten, weil das Geld, was sie zum Familienunterhalt beitragen würde, ihren Mann in Verlegenheit bringen würde. Und das war noch ein großer Linksliberaler!

Mir hat es auf dem College besser gefallen, als ich zu Hause zugeben wollte. Ich wollte eigentlich einen Abschluß machen und graduieren. Aber Wolfe hatte es natürlich eilig. Er war vier Jahre älter, ein großer, reifer, leidenschaftlicher Dreiundzwanzigjähriger, und meine Eltern und Schwestern fragten mich, was ich mir einbildete, einen Mann drei Jahre auf mich warten zu lassen.

Außerdem wäre Wolfe ein besserer Fang, als ich es verdient hätte. Wenn ich den verlieren würde, würde ich mein Glück verspielen. Sie sind der Meinung, ich hätte ein Spatzenhirn, also werden sie mir vielleicht nicht glauben, daß ich ihn sechs

Monate lang hingehalten habe, bevor ich der Heirat zugestimmt habe. Am Ende meines ersten Collegejahres erfaßte mich dann Panik. Zehn Mädchen aus meinem Semester trugen schon Verlobungsringe. Ich sagte mir, jetzt oder nie. Ich ging im September noch ein paar Wochen in die Schule zurück, verließ das College, arbeitete bis Weihnachten im Büro meines Vaters, hörte dann dort auf, um meiner Mutter von Januar bis Mai bei den Hochzeitsvorbereitungen zu helfen, so wie das die älteren Schwestern auch getan hatten. Sie bereitete alles vor, ich half ihr. Sie hatte Erfahrung mit Hochzeiten, ich nicht. Ich kann mich erinnern, daß ich damals oft gedacht habe, es wäre in Wirklichkeit gar nicht meine Hochzeit.

Über Wolfe habe ich mir weiter gar keine Gedanken gemacht. Er war groß, sah gut aus, und man konnte eine Menge Spaß mit ihm haben. Er trank ein bißchen zuviel, aber das taten die meisten Jungen in seinem Alter. Zu mir war er lieb und sehr großzügig. Wie alle Jungen wollte auch er beim Sex die Grenze überschreiten, die wir – das hatten die Nonnen uns beigebracht – um jeden Preis verteidigen sollten. Wie alle Mädchen habe ich ihn hin und wieder ein bißchen über die Grenze gelassen. Die sündhaften Berührungen und leidenschaftlichen Küsse habe ich dann immer samstags abends dem gelangweilten Priester gebeichtet. Später, als wir dann verheiratet waren, wäre ich froh gewesen, wenn ich noch einmal so schön hätte schmusen und knutschen können. Es hat viel mehr Spaß gemacht als alles, was dann in der Ehe passiert ist.

Wolfe war ein guter Kerl, Monsignore. Niemand, der ihn damals kannte, hätte vorausahnen können, was dann geschehen ist. Er hat das College nicht beendet, aber das war nicht schlimm, denn er würde die Firma seines Vaters erben, von dem wir alle wußten, daß er sehr erfolgreich war. Seine Karriere und sein Reichtum waren schon sichergestellt, also brauchte er keine Ausbildung mehr.

Ich kannte ihn natürlich nicht; aber selbst wenn ich ihn gekannt hätte, würde das nichts geändert haben. Niemals hätte ich ahnen können, daß sich unser gemeinsames Leben so entwickeln würde.

Ich sage, ich bin schuld, daß so vieles schief lief, nicht etwa, weil er perfekt war, der arme Mann, sondern weil ich daran glaubte, daß die Frau und Mutter dazu da ist, die Familie zusammenzuhalten. Ich glaube immer noch daran. Wenigstens denke ich, daß ich das noch glaube. Die Frau ist das Herz der Familie. Sie fügt sich den Wünschen ihres Mannes, akzeptiert seine Entscheidungen und erfüllt seine Wünsche. Manchmal korrigiert sie ihn liebevoll zu seinem eigenen Besten; das macht ihm so lange nichts, wie sie ihn dabei nicht in Verlegenheit bringt. Frauen sind klüger als Männer, aber sie müssen ihren Einfluß indirekter ausüben, liebevoll und mit zärtlicher Überredungskunst.

Ein Zyniker würde sagen, der Mann glaubt, er sei der Boß, und seine Frau weiß, daß sie es ist. Meine Mutter hat mit Sicherheit in unserer Familie bestimmt, aber sie hat nie Befehle gegeben, und es sah immer so aus, als ob sie das täte, was mein Vater wollte. Wir geben nach, um unseren Willen durchzusetzen. Wir beugen uns, um zu erobern.

Nun ja, ich habe mich auch gebeugt, aber ich habe nie etwas erobert. Ich wußte nicht, wie man eine Familie unter Druck zusammenhält. Das habe ich irgendwie nie gelernt. Ich hatte nicht die Kontrolle über meine Familie, die meine Mutter über die ihre hatte. Das war einer meiner vielen Fehler.

Eine Menge Frauen haben etwas aus ihren Männern gemacht, aus Männern, die viel schlimmer sind als Wolfe. Niemand hat mir vorher gesagt, daß ich meinem Mann auch die Mutter ersetzen muß, daß man etwas aus ihm machen muß, genau so wie aus den anderen Kindern. Ich glaube, ich hätte das wissen müssen. Ich habe es weiß Gott oft genug von meinen Schwestern gehört, nachdem ich verheiratet war und Schwierigkeiten hatte. Ich glaube, ich habe nie richtig verstanden, was das bedeutet, und wie man das macht.

Der Begriff Scheidung existierte damals in unserer Umgebung einfach nicht. Das wäre ja auch das Eingeständnis einer Niederlage gewesen. Das war genau dasselbe wie pleite gehen oder sein Geschäft verlieren, nur noch schlimmer, denn Geld konnte man ja immer noch verdienen. Es war der Beweis, daß man als Ehefrau, als Mutter und als Frau versagt hatte. Wozu sollte man dann noch nütze sein?

Es spielte auch keine Rolle, wie groß die Provokation war, außer vielleicht, wenn es sich um Ehebruch in der Öffentlichkeit handelte; die Frau war immer schuld, egal wie es gelaufen war. Es gab ein paar geschiedene und wiederverheiratete Frauen in unserer Gemeinde, aber das war für den Rest von uns ziemlich peinlich. Vielleicht gab es ja auch eine Scheidung in unserer Familie, zum Beispiel Tante Martha. Aber da sie zur Familie gehörte, machten wir bei ihr eine Ausnahme und gaben dem Mann die Schuld, beziehungsweise taten so, als würden wir dem Mann die Schuld geben. Aber wir wußten, daß unsere Nachbarn sie nicht in der gleichen Weise von Schuld freisprachen. Es gab Gerüchte über eine Anullierung, aber wir wußten, daß es sehr schwer war, so etwas zu erreichen (viel Geld und Beziehungen in Rom wären hilfreich, wurde gesagt). Das würde die ganze Sache irgendwie wieder in Ordnung bringen, nicht nur, weil dann ihre neue Ehe den Segen der Kirche hätte, sondern dann hätte sie auch nach dem Urteil der Kirche keine Schuld.

Wie dem auch sei, eine Scheidung war damals, 1960, für mich so unwirklich wie ein Flug zum Mond. Ich dachte überhaupt nicht daran und brauchte ja auch gar nicht daran zu denken, denn mein Wolfe und ich, wir würden beide den Rest unseres Lebens unwahrscheinlich glücklich sein. Ich würde meinen Schwestern beweisen, daß die Ehe nicht so schlecht ist, wie sie immer behauptet hatten.

Ich schaue mir heute meine Hochzeitsbilder an und sehe, was für ein unbedarftes Kind ich war, nicht älter und wahrscheinlich schlechter vorbereitet als die Teenager, die heutzutage da unten am Strand herumlaufen. Und doch war ich überglücklich. Ich wußte alles, ich verstand alles, ich würde die perfekte Frau und Mutter werden, alle meine Träume würden in Erfüllung gehen.

So eine alberne, kleine Närrin! Ich hatte weder eine Ahnung von der Ehe, noch von der Sexualität oder vom Leben überhaupt. Das gleiche galt für Wolfe, den armen Kerl. Wir waren jung, wir waren verliebt, uns gehörte die Welt. Wir wußten, was wir zu tun hatten, und wir würden es auch tun.

Jetzt ist er tot, und ich begehe jede Nacht Ehebruch.

Nicht alle Kinder sind in den Fünfzigern in dieser Weise erzogen worden, nicht einmal in unserer Gegend . . . Ihre Schwestern zum Beispiel nicht. Ist Ihnen klar, daß ich in dem Alter, in dem Mary Kate geheiratet hat, schon drei Kinder hatte? Als sie damals Medizin studierte und immer noch keinen Mann gefunden hatte, da dachten wir alle, die wird eine alte Jungfrau. War das nicht absurd! Und doch haben wir daran geglaubt wie an die Heilige Schrift.

Vielleicht haben es auch viele von den anderen Mädchen nicht so komplett geschluckt wie ich. Ich war das liebe, naive jüngste Kind, das jedem vertraute und jedem glaubte. Das war nicht nur schlecht, Monsignore. Sehr, sehr viele Frauen meiner Generation haben es geschafft, bei denen funktioniert es. Ich glaube nicht, daß die weniger glücklich sind als die jüngeren Frauen, die unabhängig und berufstätig sind. Ich weiß nicht, was besser ist. Ich weiß nur, daß ich keine andere Wahl hatte. Ich habe das getan, was man von mir erwartet hat.

Und dann hat auf einmal jemand die Regeln verändert.

35 Suzie Wade Quinlan

Ich war eine furchtbare Liebhaberin, eine schreckliche Bettgefährtin, eine totale Pleite im Bett. Es tut mir leid, daß ich das so hart ausdrücke, aber Sie werden mich verstehen. Ich habe in der Höheren Schule an den Exerzitien teilgenommen, bei denen der Priester flüsternd über die Sexualität gesprochen hat. Ich habe im Biologiebuch nachgelesen und die Wörter nachgeschlagen, also wußte ich, wie das alles vor sich ging. Während meines Collegejahres habe ich mich im ›Brautunterricht‹ gelangweilt. Aber ich hatte trotzdem keine Ahnung . . .

Wolfe ging es da auch nicht viel besser, um ehrlich zu sein. Ich hatte überhaupt keine Erfahrung. Er hatte wenig. Nein, ich bin sicher, er hatte viel Erfahrung vor unserer Ehe, aber das schien ihm nicht sehr viel zu nützen. Die Hochzeitsnacht war schrecklich, und die Flitterwochen nicht viel besser. Ich wollte eine wunderbare Partnerin sein. Ich dachte, ich könnte das auch ohne Schwierigkeiten sein. Statt dessen war ich eine totale Niete.

Vielleicht kam die Umstellung zu abrupt. Es wird von einem erwartet, daß man sich einem Mann völlig hingibt, dem man noch einen Tag zuvor klare und unverrückbare Grenzen gesetzt hat. »Warte, bis wir verheiratet sind.« Nun, wenn man dann verheiratet ist, entdeckt man, daß da nicht mehr viel zu geben ist, wenn die Grenzen erst einmal überschritten sind. Ich meine, die Frau läßt ihn mit ihrem Körper tun, was er will, und das ist alles.

Einmal, als er betrunken war, hat er mir erzählt, daß er während unserer Flitterwochen in Lake Louise zu einer Prostituierten gegangen ist. Waren Sie schon einmal dort, Monsignore? Es ist so schön. Ich weiß nicht, wo er da eine Nutte gefunden hat, aber ich bin sicher, er hat das geschafft. Ich glaube, ich wußte es damals schon.

Das Hotel war voll von Paaren, die dort ihre Flitterwochen verbrachten. Manche schienen sehr unglücklich zu sein, andere strahlten vor Zufriedenheit. Ich beneidete die Glücklichen und machte mir selbst Vorwürfe, weil ich so dämlich war. Die Wände der Hotelzimmer sind sehr dünn, wir konnten das Paar nebenan grunzen und quietschen hören. Die Frau schrie, als hätte ihr jemand wehgetan. Ich wußte damals schon, daß sie nicht vor Schmerzen schrie. Ich fragte mich, ob ich wohl auch jemals solche Gefühle haben würde.

Ich habe es versucht, Monsignore. Ich habe Bücher gelesen, das war zu der Zeit, als ich noch lange genug an einem Fleck sitzen konnte, um mehr als nur ein paar Seiten zu lesen. Ich habe mit Freundinnen darüber geredet, ja sogar mit einer meiner Schwestern, die mir besonders nahestand. Alle sagten: »Laß dir Zeit. Was glaubst du denn, wer du bist, daß es für dich etwas Besonderes sein sollte?« Ich habe versucht, mit Wolfe darüber zu reden, aber er weigerte sich. Was nachts im Bett passierte, war etwas, was vom Rest unseres Lebens total isoliert war. Wenn ich so daran zurückdenke, dann hat er sich damals wahrscheinlich auch für einen Versager gehalten, der arme Mann.

Ich glaube, bei den anderen Frauen war er ein besserer Liebhaber. Melanie macht hin und wieder solche ordinären Andeutungen, wenn sie sich traut. Vielleicht war es für ihn anders, wenn es nicht seine eigene Frau war. Vielleicht war ich zu rein, zu brav, zu katholisch, um ihn so scharf zu machen, wie die anderen es taten.

Ich war schwanger mit dem armen Wolfe Junior, als wir aus den Flitterwochen zurückkehrten, und gelangweilt und frustriert (man kann die Schönheit dieser Gletscherwelt nur eine gewisse Zeit aushalten, denn schreit man nach dem nächsten Dia). Mir war jeden Morgen übel, und tagsüber meistens auch. Das half also auch nicht.

Es gab auch ein bißchen sexuelle Lust in unserer Ehe. Ich war nicht total frigide. Manchmal ging es etwas besser als gewöhnlich. Ich mochte es nicht, wenn er zu den anderen ging. Ich habe ihm das sogar gesagt. Einmal. Er erklärte mir, wenn er es zu Hause nicht bekäme, müßte er es sich woanders holen. Ich habe damals drei Tage lang ununterbrochen geweint.

Was er gesagt hatte, stimmte; er bekam es zu Hause tatsächlich nicht. Ich kam zu dem Schluß, daß ich eine sexuell unterentwickelte Frau war und er ein Mann mit einem besonders starken Sexualtrieb. Wenn ich die Familie zusammenhalten wollte, mußte ich das akzeptieren und damit leben. Ich habe alles akzeptiert, Monsignore. Alles.

Was die Sexualität anbetrifft, hatten wir unsere beste Zeit, als wir in der »Charismatischen Erneuerung« waren, bevor wir der »Kongregation Gottes« beigetreten sind. Vom Ehemann wurde erwartet, daß er seiner Frau sexuelle Lust bereitete. Die Leute haben sich sogar öffentlich für die Lust bedankt, die sie in der Nacht zuvor erlebt hatten (das habe ich nie getan, ich war wahrscheinlich zu damenhaft). Wolfe ging an dieses Problem heran wie an alles andere auch. Er gab Geld aus, kaufte große Bildbände, arbeitete lang und hart daran und sparte weder Anstrengung noch Zeit. Er war sehr ernst und schwerfällig, aber es war doch besser als alles, was wir vor oder während unserer Ehe erlebt hatten. Ich habe ihm sehr oft etwas vorgespielt, damit er glücklich war – er hatte so wenig Geduld mit mir. Aber manchmal brauchte ich ihm nichts vorzuspielen.

Dann schrie ich wie das Mädchen von nebenan in Lake Louise, und ich empfand auch so. Wolfe war das peinlich, denn als ich endlich leidenschaftlich wurde, war ich ganz wild. Ich glaube, er wollte zwar, daß ich einen Orgasmus hatte, aber es sollte ein anständiger Orgasmus sein.

Oft schien der Orgasmus nicht der Mühe wert zu sein. Aber es half, unsere Ehe zusammenzuhalten und unsere Familie glücklich zu machen für Margie, Kevin und die kleine Laurel.

Ich hatte meinen Orgasmus, der normalerweise nicht sehr intensiv war, mehr für die anderen als für mich selbst, das ist mir heute klar. Mein ganzes Leben war zu einem Opfer für andere geworden. Aber ich kannte keine andere Art zu leben, keine andere Art und Weise, bei der ich das Gefühl gehabt hätte, zu etwas nütze zu sein.

Unser Sexualleben wurde schwächer, als wir der Kongregation beitraten, und noch schwächer, als wir Teil von Father Armandes Gruppe wurden. Wolfe fand andere Interessen, aber das erkläre ich später. In gewisser Weise hatte ich nichts dagegen. Ich konnte verstehen, warum sich so viele Frauen mit vierzig von der Sexualität zurückzogen.

Andere Männer? Sicher, einige haben Annäherungsversuche gemacht, aber ich habe sie prompt zurückgewiesen, manche ohne zu zögern, bei anderen war die Versuchung und die Neugier groß, vielleicht auch die Einsamkeit. In den letzten paar Jahren hatten wir keinen Kontakt mehr zu unseren Freunden und gingen auch nicht mehr in die Country Clubs (wir waren Mitglieder in dreien gewesen – Olympia, Butterfield und Long Beach). Deshalb gab es auch in meiner Umgebung keine Männer mehr, die solche Annäherungsversuche mit der gleichen Leichtigkeit machten, mit der sie sich einen Scotch mit Wasser bestellten.

Mir fehlten diese Männer. Sie waren viel menschlicher als die in unseren neuen Kirchen.

Lawrence.

Ich glaube, wenn ich mir selbst gegenüber ehrlich bin, muß ich zugeben, daß ich schon lange wußte, daß er mich haben wollte. Ich fühlte mich dadurch geschmeichelt, gleichzeitig war es mir aber auch ein Rätsel. Warum sollte sich ein so attraktiver und bedeutender Mann für eine solche nichtssagende Puppe interessieren? Ich versuchte, nicht darüber nachzudenken.

Ich hatte einfach nicht so viel Interesse am Sex, redete ich mir selbst ein. Es gab andere Dinge im Leben, die mir mehr bedeuteten, genauso wie uns die Priester und die Nonnen das auch gesagt hatten, als wir jung waren.

Und jetzt schauen Sie sich an, was passiert ist. Ich bin ein sexueller Vielfraß geworden. In mir kribbelt es schon, wenn ich nur an ihn denke, und ich möchte mich am liebsten gleich ausziehen, wenn er ins Zimmer kommt. Ich kann nicht genug von ihm bekommen, ich treibe den armen Mann noch in die totale Erschöpfung. Nicht daß er sich beschweren würde. Ich schreie jetzt viel lauter als das Mädchen von nebenan in Lake Louise. Es ist, als wären es Flitterwochen, die vierundzwanzig Jahre zu spät kommen.

Ich hätte Schuldgefühle Dorrie gegenüber, wenn sie mir nicht ausdrücklich gesagt hätte, daß sie wollte, daß wir beide zusammenkämen, wenn Wolfe etwas passieren sollte.

»Ihr paßt gut zusammen, ihr beiden«, hat sie mit ihrem spitzbübischen Lächeln gesagt. »Glaub's mir.«

Warum kann ich so bei einem Mann sein, der praktisch ein Fremder für mich ist, und nicht bei meinem Mann, den ich wirklich geliebt habe, trotz allem, was in unserer Ehe passiert ist?

Beide Männer wollten, daß ich mich ihnen hingebe. Und ich wollte mich beiden hingeben. Warum gelang mir das bei dem einen und bei dem anderen nicht? Warum fühle ich mich bei Lawrence als Frau und habe mich bei Wolfe wie ein Ding, wie ein Gegenstand gefühlt?

Es ist nicht so, daß Larry . . . nun, ich bin sicher, er hat Ihnen das erzählt. Ich meine, beim erstenmal war es nicht viel anders als bei Wolfe – ein Mann sieht mich, möchte mich besitzen und nimmt mich schließlich. Jeder Mann würde sich möglicherweise so verhalten. Es lohnt sich nicht, nein zu sagen oder ihn abzuwehren.

Und dann ist etwas passiert. Entschuldigen Sie bitte, daß ich schon wieder weine. Er muß irgend etwas in mir gesehen haben, was ihn veränderte. Ich konnte genau sehen, daß er plötzlich eine andere Frau anblickte. Das geschah alles im Bruchteil einer Sekunde. Er sah diese andere Frau und wurde sehr zärtlich. Ich haßte ihn deshalb. Ich wollte nicht so gesehen werden. Ich war bereit, mich seiner Begierde hinzugeben, ich wollte nicht . . . er sollte nicht die Frau haben, die er sah. Ich wollte ihn wegdrücken oder etwas Gemeines sagen. Ich sah, wie sie seinen Augen entglitt. Der Sekundenbruchteil war fast vorüber. Eine Bewegung, ein Wort würde ihn beenden. Ich war entschlossen.

Und dann – also, vielleicht sollte ich das nicht ausgerechnet einem Priester erzählen – brach meine Leidenschaft durch. Ich hörte auf, mir etwas vorzumachen. Ich überließ mich total meinen Gefühlen. Ich meine damit, ich ließ alle in mir aufgestaute Leidenschaft explodieren. Ich flippte aus, wie Laurel das nennen würde.

Es war gut, Monsignore, obwohl ich das nicht sagen sollte. Es war unglaublich gut, und ich wußte es. Und seitdem bin ich mit ihm zusammen immer so. Ich werde schrecklich rot; aber ich muß das doch zu Ende bringen. Ich bin gut, und ich werde immer besser.

Vielleicht stimmt mit mir etwas nicht. Vielleicht bin ich wie Wolfe. Vielleicht kann ich nur Wollust empfinden, wenn Sünde im Spiel ist. Vielleicht würde alles bald wieder genauso sein, wenn Lawrence und ich heiraten würden.

Wenn das so wäre, würde ich nicht heiraten. Ich glaube nicht, daß Gott das will. Er hat mich schließlich so gemacht, wie ich bin, nicht wahr?

Seit diesem Tag – nun, ich gebrauche diese Worte, obwohl ich sie noch nie im Zusammenhang mit mir ausgesprochen habe – seit dem Tag, seit meine . . . meine Liebesaffäre – sehen Sie, ich kann es sagen – begonnen hat, frage ich mich, ob mein Leben mit Wolfe anders verlaufen wäre, wenn ich bei ihm im Bett auch so unersättlich gewesen wäre.

Ich bin nicht einmal sicher, ob ihm das gefallen hätte. Er wäre entsetzt gewesen, wenn seine Frau sich wie eine billige Nutte benommen hätte – er hat das einmal gesagt, als ich sehr erotische Unterwäsche gekauft hatte. Trotzdem wäre unser Leben anders verlaufen, wenn ich im Bett so gewesen wäre, wie ich jetzt bin. Wir hätten die Todesfälle besser überstehen können und nicht so viel gelitten, wir hätten nie die Kirche verlassen müssen – ich bin immer noch katholisch, Monsignore, ich werde es immer sein. Ich höre noch Mary Kate, wie sie bei einem Ball im Long Beach Country Club sagt: »Einmal ein Katholik, immer ein Katholik. Wenn du diesen verdammten Papisten die ersten fünf Jahre gibst, dann sitzen sie für den Rest deines Lebens in deinem Kopf.«

Warum hat eine Frau das Bedürfnis, sich für einen Mann, den sie liebt, auf der Stelle auszuziehen, nachdem sie sich ein Leben lang beim Anblick eines anderen Mannes erschreckt zurückgezogen hat, obwohl sie den auch liebte?

Ich habe ihn wirklich geliebt, Monsignore. Wirklich. Ich sage das nicht, um Sie zu überzeugen, oder um mich selbst zu beruhigen. Aber es war nicht genug in mir, um ihn so zu lieben, wie er hätte geliebt werden müssen. Ich war nicht nur im Bett ein leeres Nichts. Da war es am auffälligsten.

Und jetzt bin ich mit Larry gut im Bett, so gut, daß ich nicht glauben kann, daß ich das bin. Was würde Laurel denken, wenn sie wüßte, was ich alles mache? Sollte ich ihr das erzählen, bevor sie heiratet? Ich glaube, ich werde das tun, mit allen widerwärtigen, großartigen Einzelheiten. Ich wäre eine viel bessere Ehefrau gewesen, wenn mir früher jemand so etwas erzählt hätte.

Nicht wirklich. So funktioniert das auch nicht. Erst muß man jemand außerhalb des Schlafzimmers sein, bevor man jemand im Schlafzimmer sein kann. Klingt das nicht sehr tiefsinnig, Monsignore? Ich bin sicher, ich habe so etwas schon im Brautunterricht am Clarke College gehört und mich damals dabei genau so gelangweilt, wie über alles andere in dem Unterricht.

Außerhalb des Schlafzimmers bin ich immer nur ein Nichts gewesen. Und ich weiß auch nicht, wie lange ich im Schlafzimmer ein Jemand sein werde.

Aber ich werde es versuchen, selbst wenn ich in Mary Kate Murphys Praxis einbrechen muß, um sie zu zwingen, mir einen ganzen Tag lang zuzuhören. Das können Sie ihr auch sagen.

Dies ist meine letzte Chance, jemand zu sein, und ich werde es versuchen, und wenn es das Letzte ist, was ich tue.

So, Monsignore John Blackwood Ryan – ich möchte Sie nicht Blackie nennen, jedenfalls noch nicht – es tut mir leid, daß mein Mann tot ist. Es tut mir leid, daß ich beinahe genau so schuldig an seinem Tod bin wie die Person, die ihn mit diesem schrecklichen Schwert getötet hat.

Erwarten Sie nicht von mir, daß ich eine weinende, gebrochene kleine Witwe bin, wie sich das eigentlich gehören würde. Ich habe in der letzten Woche einen Vorgeschmack auf das Leben bekommen, zum ersten Mal seit langer Zeit. Es hat mir gefallen. Ich möchte mehr davon. Es kann sein, daß ich das alles wieder verliere, aber nicht, weil ich nicht verdammt alles versucht hätte, etwas aus mir selbst zu machen.

Ob ich froh bin, daß die Last, die Wolfe für mich war, endlich von meinen Schultern genommen worden ist? Ich habe das noch nie so ausgedrückt, aber Sie können es mir glauben, ja, ich bin froh. Und ich danke Gott jeden Tag, daß der Horror vorüber ist.

36 Blackie

»Was haben Sie mit dem zweiten Schlüssel gemacht?« Ich unterbrach ihren Bericht, teils, weil es mir der richtige Augenblick zu sein schien, meine Falle zuschnappen zu lassen, und teils, weil ihre ruhige und freimütige Darstellung voller Tragik und Verzweiflung bei mir ein eigenartiges Brennen in den Augen auslöste.

Sie blickte von ihrem Notizbuch hoch und nahm ihre Lesebrille ab. »Den habe ich in den See geworfen.«

»Und Sie haben das nicht der Polizei gesagt?«

»Nein.« Sie klappte das Notizbuch zu, hielt aber ihren Finger zwischen den Seiten. »Ich habe ihn an dem Tag in den See geworfen, an dem das Schloß montiert worden ist. Ich wußte, daß die Polizei mir das möglicherweise nicht glauben würde, also ließ ich sie das alte Schloß überprüfen.«

»War das nicht riskant? Was wäre passiert, wenn sie herausgekriegt hätten, daß sie von Ihnen hinters Licht geführt worden sind?«

»Das waren keine intelligenten Polizisten, Monsignore.«

Sue war im Gegensatz zu Suzie eine Frau, die in der Lage war, ein gewagtes Spiel zu spielen.

»Warum haben Sie ihn in den See geworfen?«

»Nun« – sie verschränkte die Arme vor der Brust, als wolle sie sich schützen – »Wolfe hatte mir oft gesagt, ich sollte das Schloß auswechseln lassen. Wenn es um seine kleinen Schätze ging, hatte er so etwas wie Verfolgungswahn. Er hatte bis zu dem Tag nie zwei Schlüssel bestellt. Als er an jenem Abend hierhin kam, gab ich ihm einen Schlüssel, und er verlangte den anderen. Ich sagte ihm, ich würde ihm den erst geben, wenn er mir sagte, für wen er bestimmt wäre. Da wurde er sehr wütend und sagte, das ginge mich nichts an . . . er hat auch noch ein paar andere Ausdrücke gebraucht.

›Du gibst ihn Father Armande, nicht wahr?‹ habe ich ihn angeschrien.

Er versuchte mich festzuhalten, aber ich lief weg, rannte auf den Balkon und warf den Schlüssel so weit ich konnte in den See hinaus.«

»Und dann?«

Sie setzte ihre Brille wieder auf und schlug das Notizbuch

wieder auf. »Er hat mich natürlich verprügelt. Fürchterlich. Also wußte ich, daß er für Father Armande vorgesehen gewesen war. Dann . . . ich glaube, man kann diesen Ausdruck jetzt auch bei Ehemännern benützen . . . dann . . . vergewaltigte er mich. Brutal. Mir war es egal. Ich wollte jedenfalls nicht, daß dieser Mann einen Schlüssel zu meinem Schlafzimmer hatte.«

»Doch nicht direkt zum Schlafzimmer?« sagte ich und ballte meine Fäuste.

»Das ist dasselbe . . . ein paar Augenblicke lang hatte ich Angst, daß er mich hinter dem Schlüssel herwerfen würde. Aber das war mir auch schon egal. Ich wollte sterben. Aber wer hätte sich dann um die arme Laurel gekümmert?«

»Ja, ja. War seine Bindung zu Father Armande so stark?«

»Absolut.« Sie klappte das Notizbuch zu und ahnte, daß jetzt eine andere Art von Fragen auf sie zukommen würde.

»Sexuell?«

Sie legte das Notizbuch zur Seite und preßte ihre geballten Fäuste gegen ihre Stirn. »Lieber Gott, Monsignore, ich weiß es nicht. Ich nehme es an. In einigen von den billigen Filmen, die ich früher gesehen habe, wurde behauptet, daß ein Mann, der unheimlich oft fremdgeht, in Wirklichkeit versucht, seine eigene Homosexualität zu verleugnen.«

»Aha.«

»Manchmal . . . also manchmal« – sie runzelte die Stirn, als ob sie versuchte, das Ganze zu Ende zu denken – »manchmal habe ich mich gefragt, ob das der Grund war, weshalb er Larry so gern mochte. Ich meine, er bewunderte Larrys Redlichkeit und seine Tüchtigkeit, aber . . . da schien doch noch mehr zu sein, wenn Sie mich verstehen.«

»Glauben Sie, daß Mr. Burke entsprechend reagiert hat?«

»O nein, Monsignore.« Sie grinste, erst scheu, dann eher verschmitzt. »Das ist nicht sein Problem, überhaupt nicht.«

Na ja, sie mußte es ja wissen, oder?

Ich überraschte mich dabei, wie mir nicht zum ersten Mal der Gedanke kam, daß derjenige, der Wolfe Tone Quinlan aus ihrem Leben entfernt hat, ein sehr gutes Werk getan hat.

Aber wie gesagt, ich verliebe mich sehr schnell.

37 **Suzie Wade Quinlan**

Sie müssen das verstehen, Monsignore, ich bin ein Niemand. Das jüngste von sechs Kindern, vier Mädchen, verzogen, verhätschelt, verwöhnt und beschützt, dazu gemacht, mich naiv, dumm und unschuldig zu fühlen. Ich war hübsch, oder zumindest niedlich. In der achten Klasse durfte ich die heilige Mutter Gottes krönen. Ich hatte die besten Zensuren in der Schule. Im letzten Jahr der Höheren Schule war ich sogar Klassensprecherin.

Abgesehen davon bin ich nichts und habe nichts. Ich habe sechs Kinder auf die Welt gebracht, wozu nur die weibliche Biologie, ein wenig Geschlechtsverkehr und ein guter Geburtshelfer nötig waren. Ich habe sie genährt, gekleidet und in den meisten Fällen erfolglos versucht, Schaden von ihnen fernzuhalten; ich habe sie zur Schule gefahren und Pflaster auf ihre Wunden geklebt. Ich habe damals gedacht, das sei alles, was von mir erwartet würde.

Jetzt entdecke ich . . . nun, ich weiß nicht genau was. Vielleicht sollte ich das so formulieren: Ich entdecke, daß man dann, wenn man nur eine gute Mutter ist, keine gute Mutter sein kann.

Man muß Interessen und Ideen haben und sich auch über die Mutteraufgaben hinaus engagieren, um eine gute Mutter zu sein. Wenn man sich nur durch die Mutterrolle definiert, dann wird man nie eine gute Mutter sein können. Das ist doch ganz offensichtlich, nicht wahr? Aber niemand hat mir das gesagt. Man hat mir das Gegenteil erzählt: Wenn du eine gute Mutter bist, bist du auch eine gute Frau.

Nach vierundzwanzig Ehejahren und sechs Kindern entdeckte ich endlich, daß man zuerst einmal eine gute Frau, eine gute Persönlichkeit, ein guter Mensch sein muß. Und das macht mich so verdammt wütend. Es tut mir leid, Monsignore.

Dieser Gedanke – und das ist ja wirklich kein besonders großartiger Gedanke – ist der erste, den ich hatte, seit ich Wolfe geheiratet habe. Er wollte ein dummes kleines Häschen. Meine Familie sagte mir, ich sollte ein kleines dummes Häschen sein. Meine Kirche schien auch der Meinung zu sein, daß es Gott wohlgefällig wäre, wenn ich ein kleines dummes Häschen wäre. Also benahm ich mich so. Das war gar nicht schwer, denn mehr war ich ja auch nicht. Und mehr bin ich auch heute noch nicht. Mit einem anderen Mann oder sogar mit Wolfe, aber in einem anderen Leben, ohne so viele Schicksalsschläge, wäre ich als dummes Häschen sicher erfolgreich gewesen. Es sitzen heutzutage bei Gott genügend Frauen auf der Terrasse des Long Beach Country Clubs und schlürfen ihre Martini, die genauso dumme Häschen sind wie ich, und die sind glücklich und zufrieden. Jedenfalls sagen sie das.

Vielleicht ist mein Problem immer schon gewesen, daß ich in der Tiefe meiner Seele gewußt habe, daß ich nur eine Gebär- und Stillmaschine bin, eine alberne, labile, kleine Doofe. Wenn das alles ist, was kann man dann denen geben, die man liebt, wenn die mehr brauchen als Brüste und einen Schoß?

Nichts. Also macht man weiter. Man gibt nach. Man akzeptiert. Man opfert sich auf. Man erniedrigt sich. Oh, Gott, wie sehr man sich demütigen läßt! Aber was soll man machen?

Gut, gut, das klingt nicht nach einer leeren Frau. Aber Temperamentsausbrüche sind ein schlechter Ersatz für Vernunft. Es tut mir leid. Ich glaube, ich bin ganz schön durcheinander. Hier haben Sie Ihre Brille zurück.

Das einzige, was in mir nicht leer ist, ist der Gedanke, daß noch genug von meinem verrosteten Gehirn übrig ist, um zu erkennen, daß ich leer bin. Ich habe seit Jahren kein ernsthaftes Buch mehr gelesen, nein, überhaupt kein Buch. Ich habe mir Frauenmagazine angeschaut, kaum einen Blick in die Zeitung geworfen, an Konzerte oder Vernissagen denke ich schon gar nicht mehr, ich mache mir höchstens Gedaken darüber, daß ich meine geliebten Schnulzenfilme nicht verpasse. Ich habe den Vietnamkrieg und die Watergateaffäre in den Sechzigern und Siebzigern erlebt, als hätte sich das alles auf einem anderen Planeten abgespielt. Wenn ich in ein ernsthaftes Gespräch verwickelt werde, dann sage ich nichts, weil ich nichts zu sagen habe. Die Rolle des dummen Häschens paßt so gut zu mir, daß ich eins mit ihr geworden bin. Mein Gehirn hat sich zurückgebildet, ist sozusagen geschrumpft. Wenn Sie mein Selbst suchen, werden Sie nichts finden. Und das ist ein Satz, den ich schon vor fünfundzwanzig Jahren irgendwo gehört habe.

Oakland, Kalifornien? Tatsächlich? Ich war nie dort.

Verstehen Sie, was da geschehen ist? Weil ich ein dummes Häschen war, habe ich zuerst die kleinen Dinge hingenommen, wie zum Beispiel jeden Abend lange aufbleiben und Johnny Carson im Fernsehen anschauen, dann die größeren Dinge, wie seine Huren und seine Trinkerei, und schließlich die wirklich großen Dinge, daß er die Kinder verprügelte, und daß er mich schlug. Das war das Schlimmste.

Ich hätte mich schon viel früher durchsetzen müssen. Ich hätte sagen sollen, du kannst ja so lange fernsehen, wie du willst, aber ich gehe jetzt ins Bett, und wenn du das verdammte Ding endlich abstellst, dann weck mich bitte nicht auf. Ich hätte sagen sollen, klar, bums doch mit deinen Nutten, wenn's dir Spaß macht, aber erwarte nicht, daß ich ich dich zu Hause mit offenen Armen erwarte. Ich hätte sagen sollen, Junge, geh zu den Anonymen Alkoholikern, oder ich ziehe aus. Ich hätte sagen sollen, wenn du noch einmal die Hand hebst, um einen von uns zu schlagen, dann hole ich die Polizei und bestelle einen Scheidungsanwalt.

Sehen Sie, ich kenne die Worte. Ich hatte die Gedanken. Hätte er sich gebessert? Vielleicht. Vielleicht auch nicht. Aber es wäre die einzige Chance gewesen, die ich hatte, um die Situation zu verbessern. Oder schlimmer noch, es wäre die einzige Chance für ihn gewesen. Hätte ich mich früher durchgesetzt, wäre er wahrscheinlich heute noch am Leben. Ich weiß es nicht. Ich habe mich dann zum Schluß endlich durchgesetzt, da war es zu spät, weiß Gott, und jetzt ist er tot.

Ich erkläre Ihnen das später. Wenn ich die Nerven dazu habe.

Schließlich wurde aus der Rolle des alles akzeptierenden, ewig leidenden, dummen Häschens, der »armen Frau«, über die die Leute hinten in der Kirche am Sonntag redeten, der Märtyrerin mit dem Trinker und den undankbaren Kindern, meine Identität – ich *war* diese Person. Anstatt mich durchzusetzen, erniedrigte ich mich. Am Anfang wußte ich irgendwie, daß das, was ich tat, nicht richtig war. Aber nach einer gewissen Zeit gewöhnte ich mich so an die Demütigungen, daß ich gar nicht mehr darüber nachdachte. Schlag mich doch noch einmal, Wolfe, Liebling, dazu bin ich doch da.

Irgendwo in einem Winkel meines Gehirns sagte eine leise kleine Stimme hin und wieder: »Suzie, du bist doch eine komplette Idiotin, daß du dir diese Scheiße gefallen läßt.« In den letzten Jahren habe ich aber von der auch nichts mehr gehört.

Wann mir diese Einsichten gekommen sind? Nicht urplötzlich, als Lawrence mir am Swimming Pool die Kleider vom Leib gerissen hat. Das hat lange gedauert. Es sind ein paar Sachen passiert, die mich stutzig gemacht haben, ich werde noch darauf zurückkommen. Ich ging hin und wieder heimlich zur Messe in Notre Dame von Long Beach, wenn Wolfe zur Arbeit oder zum CAA gegangen war, und blieb nach der Messe noch in der Kirche, um nachzudenken und zu beten. Zuerst hatte es irgendwie keine konkrete Form. Dann zwang mich Wolfes Tod, die Wahrheit herauszukristallisieren: Ich war mein ganzes Leben ein kleines dummes Häschen voller Selbstverachtung gewesen, eine Frau, wie Wolfe sie haben wollte, aber überhaupt nicht gebrauchen konnte.

Ich habe mich schließlich gegen ihn durchgesetzt, weil er zum Schluß endgültig zu weit gegangen ist, der Mistkerl.

Jetzt, wo er tot ist, der arme Mann, kann ich meine Wut auf ihn endlich ausdrücken. Ich habe es zum Schluß auch ein oder zweimal geschafft, es ihm ins Gesicht zu sagen. Zu spät, viel zu spät.

Ich hätte ihn schon damals in der ersten Woche in Lake Louise anbrüllen sollen. Schreie ich Lawrence an? Nun ja, ein bißchen. Er verhält sich nicht so, daß das oft nötig wäre.

Wenn ich das alles so erzähle, dann lasse ich ja kein gutes Haar an Wolfe, aber ich muß doch noch einmal sagen, daß ich ihn geliebt habe, und daß ich nie aufgehört habe, ihn zu lieben.

Es war so viel Gutes in ihm, Monsignore. Wenn er nüchtern war, las er den Kindern abends Geschichten vor, spielte Ball mit den Jungen, malte mit den Mädchen, ließ sich von ihnen bei seinen Sammlungen helfen, lud mich jede Woche zum Dinner und ins Kino ein, kaufte mir alles, von dem er glaubte, daß ich es brauchte oder haben wollte, wie zum Beispiel dieses große, düstere, nutzlose Haus hier.

Wenn er seine ›Golfferien‹ machte – das hieß Nutten und Schnaps, alles nur vom Feinsten, denn für ihn war nichts zu teuer – war ich natürlich wütend, aber andererseits auch erleichtert, weil ich auf seine Wutanfälle im Suff gut verzichten konnte. Aber ich war einsam, weil mir das Lachen, die Witze und der Spaß fehlten. Gegen meine Überzeugung fiel ich ihm dann begeistert um den Hals, wenn er zurückkam. Später bin ich dahintergekommen, daß er vorher immer noch zu Melanie ging, um sich bei ihr etwas zu holen, was ich ihm nicht geben konnte. Das erschütterte mich natürlich sehr, aber ich war schon so weit in dem Prozeß der Erniedrigung fortgeschritten, daß mir das auch schon nichts mehr ausmachte.

Jedesmal, wenn er wieder nach Hause kam, betete ich zu Gott, daß sich das Leben doch ändern möge. Wenn ich dann sein Lachen sah und er seine Arme um mich legte, dann war ich ein paar Minuten, ein paar Stunden, vielleicht sogar ein paar Tage davon überzeugt, daß er sich geändert hatte.

Sie müssen das verstehen, Monsignore, der arme Mann liebte mich auch. Er wußte genauso wenig, was er mit mir anfangen solle, wie ich mit ihm.

Ein ganz schönes Durcheinander, nicht wahr? Und inzwischen glaube ich, daß es vielleicht doch möglich gewesen wäre: Hätte ich mich schon früher durchgesetzt, anstatt so lange zu warten, hätte vielleicht das Lachen und der Spaß die Oberhand gewonnen, und wir hätten das alles heute noch.

Als er schließlich das Trinken, die Frauen und das Prügeln aufgegeben hatte, da verlor er gleichzeitig auch seinen Charme und seinen Witz, da gab es auf einmal keinen Spaß mehr.

Bevor das passierte, habe ich gebetet, er möge doch die Stärke finden, der Mann zu sein, den ich geheiratet hatte, und den ich die ganze Zeit über wirklich geliebt hatte.

Beten allein genügt nie. Er war nicht bereit, über Therapie zu reden, er schwor, er würde mir die Seele aus dem Leib prügeln, wenn ich so etwas noch einmal vorschlagen sollte. Also versuchte ich es mit noch mehr Beten. Die Charismatische Gebetsgruppe war meine Idee, möge Gott mir vergeben. Ich meine, das waren nette Leute, und es ist auch eine gute Bewegung, nur ein ganz winziger Bruchteil von ihnen enden bei so jemandem wie Father Armande, der dann über ihr Leben bestimmt.

Für Wolfes Persönlichkeit, mit seinem Bedürfnis, anderen voraus zu sein, in tiefe Geheimnisse eingeweiht zu sein, über Kräfte zu verfügen, die andere nicht haben, Dinge zu tun, die andere nicht tun . . . war diese Art Religion das Schlimmste, was ihm widerfahren konnte. Es sah so aus, als würde er sich endlich zusammenreißen, so wie ich es mir immer gewünscht hatte. Aber die Kraft kam nicht von innen, sondern von außen. Erst hielt ihn die Gemeinde zusammen, dann Father Armande. Und deshalb ist er jetzt tot.

Hätte ich ihn nicht dazu überredet, zu der Versammlung dieser Gebetsgruppe zu gehen, wäre er noch am Leben.

Das ist noch ein weiterer Grund, warum ich ihn getötet habe.

38 Father Armande

Während seiner entrückten Vorbereitungen für die Opferung mußte er die Jungfrau zweimal vor seinen Meßdienern retten. Normalerweise hatte er nichts dagegen, wenn sie sich innerhalb gewisser Grenzen mit den Frauen, die für die spirituelle Transformation vorgesehen waren, ein bißchen amüsierten. Es war sogar ein kritisches Element in dem Prozeß, ihnen durch Konditionierung die Illusionen zu nehmen, und sie in Einklang mit den Lebenskräften und Energien zu bringen. Die Meßdiener verstanden das natürlich nicht, aber ihre Wollust war trotzdem sehr nützlich bei der Rückentwicklung einer Seele, auch wenn sie nicht begreifen konnten, daß sie nur als Instrumente dienten. Manche Frauen waren entsetzt von der Notwendigkeit der Transformation, andere ganz offensichtlich entzückt. Der ›Friedenstrank‹ half, die letztere sehr erstrebenswerte Einstellung zu erreichen.

Aber die Jungfrau war eine andere Sache. Sie mußte bis zum Zeitpunkt der Opferung Jungfrau bleiben; sonst würde sie ihn nicht als seine Braut auf der langen Reise durch das Reich des Lichts begleiten können.

Als er sie zum zweiten Mal dabei erwischte, wie sie an ihr herumfummelten, hatten sie ihr das Oberteil des Gewandes heruntergezogen und amüsierten sich heftig mit ihr. Die Jungfrau selbst stand unter der Droge des ›Friedenstranks‹, war hilflos an den hohen Altar gefesselt und nahm kaum wahr, was um sie herum geschah.

Hier stellte sich die Frage nach der Konditionierung überhaupt nicht, weil ihre Transformation praktisch unmittelbar sein würde. Außerdem war sie seine Jungfrau, seine königliche Gefährtin auf der himmlischen Pilgerfahrt; niemand hatte ein Recht, sie zu berühren.

Er wies sie streng zurecht und schickte sie aus dem Altarraum. Um sie zunächst wieder etwas zu besänftigen, versprach er ihnen, daß sie nach der Opferung alles mit ihr machen könnten, was sie wollten. Das schien zu reichen.

»Alles, was wir wollen, Father?«

»Alles. Das ist dann egal. Mit der anderen auch.«

Er lachte in sich hinein, als er die Geilheit ihrer Augen sah. Ihnen war nicht bewußt, erbärmliche Instrumente, die sie waren, daß sie dann längst tot sein würden.

Er ging wieder in den Keller des Hauses zurück, um seine Vorbereitungen fortzusetzen. Er schleppte mit großer Anstrengung die Kerosinfässer in den Altarraum, stellte sie in die Ecke neben dem Opferaltar und bedeckte sie sorgfältig mit einem der roten Gewänder, die während des normalen Gottesdienstes getragen wurden.

Er küßte seine jungfräuliche Königin zärtlich auf den Mund und auf die Brüste. Bald, mein Liebling, fahren wir zusammen mit unserem Himmelswagen in die reinigenden Strahlen der aufgehenden Sonne.

Dann ging er wieder in den Keller und goß das Benzin auf den modrigen Betonboden und die alten, trockenen Holzwände. Eine interessante Flüssigkeit, farblos, mit einem strengen Geruch, ein fossiler Brennstoff, aber das war unter diesen Umständen ein notwendiges Übel.

Woher stammte diese Redensart?

Aus seiner Zeit im Priesterseminar. Ja, damals wurde viel gelacht und Spaß gemacht, auch wenn seine Kommilitonen seine Größe nie verstanden und ihn oft zur Witzfigur gemacht hatten.

Er dachte über das Priesterseminar nach und über die Zeit, als er in seiner Pfarre gearbeitet hatte. Damals war er noch jung gewesen. War es zu spät, noch einmal an diesen Teil seines Lebens anzuknüpfen? War die Opferung die einzige Möglichkeit?

Er hielt inne, das Benzinfaß seitlich gekippt. Er erwartete nicht, daß er bei der Himmelfahrt ins Licht Schmerzen spüren würde. Die anderen würden intensive Schmerzen erleben, besonders die Jungfrau, denn das war eine essentielle Voraussetzung für ihre Transformation. Er als der Hohepriester würde nur einen leichten Hauch spüren, wenn sich sein Astralkörper von dem alternden Erdkörper löste. Aber konnte man das so genau wissen?

Gab es keine andere Möglichkeit?

Der strenge Geruch des Benzins erinnerte ihn an die

Tankstelle, bei der in den Seminarferien gejobbt hatte, und riß ihn aus seinen albernen Gedanken. Natürlich gab es keine andere Möglichkeit. Es war ohnehin zu spät. Glücklicherweise. Die Opferung war die einzige Möglichkeit, die heilige, die vorgeschriebene Art und Weise. So stand es geschrieben, so würde es immer sein.

Er summte einen der babylonischen Gesänge, den er aus einem Buch in der Bibliothek des Instituts für Orientalistik kopiert hatte, und goß den Rest des Benzins auf den Boden. Wenn er dann den letzten Akt der Zermonie vollziehen würde, nämlich die brennende Fackel aus dem Altarraum in den Keller zu werfen, würde das ganze Haus zu einem gloriosen Inferno der Opferung werden.

Er wusch sich sorgfältig die Hände in der Sakristei, um den Benzingeruch zu entfernen, und legte dann den Schlauch bereit, den sie benützten, damit der heilige Ort immer makellos sauber war. Es war notwendig, jedes der vorherigen Opfer zu löschen, damit nicht das endgültige ›Höchste Opfer‹ vor der Zeit stattfand.

Welche Reihenfolge würden die Opferungen haben? Die Jungfrau als letzte?

Nein, sie müßte zwischen ihren beiden Mägden geopfert werden. Aber welche Magd würde die erste sein?

Er hörte ein qualvolles Stöhnen aus dem Altarraum.

Er riß die Tür auf. Natürlich. Hilaire. Diese Frau war völlig undiszipliniert. Alle seine Bemühungen, sie zu erziehen, waren umsonst gewesen. Sie wollte nur Wollust und Geld, genau wie die Meßdiener.

»Du verletzt meine Jungfrau!« schrie er sie an.

»Wieso bist du so sicher, daß sie eine Jungfrau ist?« lachte Hilaire höhnisch und völlig respektlos. »Komm her, sollen wir einmal nachsehen?«

Auf den Schenkeln des Kindes waren dunkelblaue Flekken. Diese Schande ekelte ihn an, dieses Sakrileg einer ordinären Frau, die seine Braut und Königin verletzte.

»Heb dich hinweg«, sagte er mit donnernder Stimme.

»Schon gut, schon gut. Ich bin froh, wenn wir diese Leute

wieder auf Vordermann gebracht haben. Du bist ja nicht mehr du selbst, seit der Quinlan ins Gras gebissen hat.«

»Es war Luzifers Werk, er hat mein Gebet erhört«, brüllte er hinter ihr her. Er dankte den Kräften des Lichts, daß er sie wenigstens immer noch mit seiner Wut einschüchtern konnte.

Könnte eine solch primitive Kreatur das Ritual vergiften? War sie selbst in transformiertem Zustand überhaupt würdig, die Reise in das Reich des Lichts anzutreten? Vielleicht. Anfangs war sie ganz amüsant gewesen. Also würde er ihr erlauben, mit ihnen zu kommen, wenn auch nur als die niedrigste Dienerin. Und selbst das war noch mehr, als sie verdient hatte.

Jetzt war es keine Frage mehr, wer zuerst geopfert werden würde.

Er seufzte noch einmal über die vulgäre Art dieser Frau und ging in sein Büro, um das entscheidende Telefongespräch zu führen.

39 Suzie Wade Quinlan

Zwischen Mai 1960, als wir geheiratet haben, und Januar 1968, als Laurel auf die Welt kam, war ich von neunzig Monaten vierundfünfzig schwanger, länger als die Hälfte der Zeit. Es waren alles schwere Schwangerschaften und schwere Geburten, außer bei der armen Laurel. Margaret und Wolfe Junior waren sogenannte ›Irische Zwillinge‹, sie sind nur elf Monate auseinander.

Dann wollte ich eine Atempause machen. Das war ungefähr zu der Zeit, als katholische Frauen anfingen, die Pille zu nehmen. Mein Gynäkologe empfahl mir auch, sie zu nehmen. Wolfe wollte nichts davon hören. Als Katholiken hätten wir die heilige Pflicht, so viele Kinder zu haben, wie Gott uns schenkte. Man hätte annehmen sollen, daß ein Mann, der ständig eine oder mehrere Mätressen hatte, die alle igendeine Verhütungsmethode praktizierten, seiner Frau gestatten würde, dasselbe zu tun, nicht wahr?

Ich weiß, ich bin verbittert. Mätressen sind zum Vergnügen da, Ehefrauen sind dazu da, Kinder zu kriegen. Ich bin sogar sehr verbittert.

Zwei von diesen Kindern waren tot, als Laurel noch ein kleines Baby war. Wenn ich ein bißchen nachsichtig mit mir bin, dann sage ich mir, unter solchen Umständen nicht den Verstand zu verlieren, das ist sogar für ein dummes kleines Häschen eine Leistung. Babys, Windeln, mitternächtliches Stillen, Impfungen, Kinderärzte, Geschrei, Gestank, Durcheinander, zankende Kinder – und dann zwei kleine Särge.

Wolfe Junior ist als Säugling gestorben. Über diese Art Säuglingstod wissen wir heute mehr als damals. Damals hat man den Eltern Nachlässigkeit vorgeworfen, ja manchmal sogar Mord vermutet. Neuerdings ist man der Ansicht, daß der Atmungsapparat sozusagen vergißt weiterzuarbeiten. Ich habe wegen Wolfe Junior lange Zeit Schuldgefühle gehabt. Alle, Wolfe, meine Familie, sogar die Polizei dachte, es wäre meine Schuld gewesen. Die weibliche Polizistin hat sogar gesagt: »Lady, wenn Sie nicht so ein reiches Weibsstück aus Beverly wären, würden wir Ihren kleinen Arsch aufs Revier schleppen und Mordanklage erheben.«

Ich war schon wieder mit Kevin schwanger, obwohl ich noch nicht beim Arzt gewesen war, um das genau feststellen zu lassen. Ich hatte einfach keine Zeit. Ich stillte Margret und versuchte gleichzeitig, mit Mom zu telefonieren. Sie rief jeden Tag an und hielt mir Vorträge darüber, daß man nicht zu früh zu viele Kinder kriegen sollte. Ich versuchte, sie abzuhängen, damit ich wieder an meine Arbeit gehen konnte, aber sie ließ das nicht zu; es war fast so, als machten ihr meine vergeblichen Versuche, das Gespräch zu beenden, Spaß.

Nun ja, irgendwie hing sie dann endlich ein. Ich ging mit Margie, die noch an meiner Brust lag, ins Kinderzimmer, um nach Wolfe Junior zu sehen, der unnatürlich ruhig war.

Er war tot, Monsignore, und wurde schon blau. Ich bekam natürlich einen hysterischen Anfall. Ich rief Wolfe an, und er kam nach Hause und schlug mich, bis ich fast bewußtlos war. Es wäre meine Schuld gewesen, hat er gesagt, ich wäre nicht nur als Frau, sondern auch als Mutter nichts wert. Ich weiß nicht, wie ich die folgenden Tage überlebt habe. Ich wußte im Innersten meiner Seele, daß nach diesem Tag unsere Ehe nie wieder wirklich glücklich sein könnte. Vielleicht würde es ja mal ein paar schöne Tage geben, aber Wolfe würde mir Wolfe Juniors Tod nie verzeihen, und ich würde ihm nie verzeihen, daß er mich so geschlagen hat. Wir taten so, als sei das alles gar nicht geschehen. Ich selbst tat so, als sei es nicht meine Schuld gewesen. Aber ich kam nie wieder richtig zu mir.

Nun ja, dann bekam ich Kevin, Joe und Ellen, und schließlich Laurel. Als ich mit Laurel schwanger war, hat mir der Arzt gesagt, man müsse anschließend eine Hysterektomie vornehmen. Ich war entzückt, so wahr mir Gott helfe. Ich flehte ihn an, Wolfe nichts davon zu sagen, weil ich sicher war, daß der nie seine Einwilligung geben würde.

Als Ellen von dieser Welle fortgespült worden ist, wurde ich tagelang von dem Gedanken verfolgt, Gott wolle mich dafür bestrafen, daß ich meinen Mann getäuscht hatte. Ich fragte bei einer Beichte den Priester, ob das möglich wäre. Er sagte, ich hätte noch schlimmere Strafen zu erwarten. Er hatte recht.

Wolfe gab mir die Schuld für alle Todesfälle, sogar für Joes Leukämie. Er wollte diese neuesten Artikel über den typischen

Säuglingstod durch Ersticken nicht lesen. Wenn ich nicht am Telefon mit meiner Mutter gequatscht hätte, wäre Wolfe noch am Leben. Und das war's.

Joes Tod war am Schlimmsten. Er war schon eine richtige kleine Persönlichkeit, ungefähr so wie Tommy Burke gewesen sein muß, als er noch so klein war, nicht nur ein Säugling in der Wiege. Er war das gesündeste von allen Kindern, er war keinen Tag krank, bis er . . . Ich glaube, da habe ich alle Hoffnung aufgegeben. Die anderen – Ellen, Margie – ich war wie betäubt. Ich habe das so oft durchgemacht, daß alle Beerdigungen in meiner Vorstellung ineinander verschwimmen. Seine und meine Familie gaben mir die Schuld. Sie sagten das nicht offen, aber man konnte leicht spüren, was sie dachten; auch der Priester in unserer Gemeinde, vor allem, nachdem wir von Beverly weggezogen sind, angeblich wegen der Schwarzen, in Wirklichkeit sind wir vor den bösen Zungen geflohen . . .

Glauben Sie, daß es eine obere Grenze des Leids gibt, die man nicht überschreiten kann, ohne den Verstand zu verlieren? Ich weiß, daß Wolfe diese Grenze überschritten hatte. Was auch immer an Hoffnung übrig war, verschwand völlig, als Joe starb. Alles, was danach passiert ist, und was ich Ihnen vor Scham kaum erzählen kann, waren nicht die Aktionen des glücklichen, optimistischen Mannes, den ich geheiratet hatte. Der war mit Wolfe Junior und Joe begraben worden. Ich kann meinem Mann Dinge vorwerfen, die in den ersten acht Jahren unserer Ehe passiert sind. Aber danach war er ein verlorener Mensch.

Ich? Wie ich Ihnen schon gesagt habe, hatte ich von Anfang an wenig Charakter. Wenn ich schon nicht Frau genug war, mit einem Todesfall fertig zu werden, wie sollte ich dann vier davon verkraften?

Ich nehme an, ich habe diese Grenze auch überschritten. Wenn ich zurückblicke, kommt mir alles wie ein Alptraum vor, ein zwanzig Jahre währender Alptraum, angefangen von den Flitterwochen in Lake Louise bis zu Margies Überdosis. Manchmal verschwimmt alles. Ich kann mich nicht mehr erinnern, welcher Schmerz zu welchem Verlust gehört. Wenn mir einer erzählen würde, das alles wäre einer anderen Frau passiert, dann würde ich sagen, daß diese Frau wahrscheinlich in eine Irrenanstalt gehörte.

Aber ich bin nicht in der Irrenanstalt. Statt dessen schlafe ich jede Nacht mit einem Mann, dessen Frau in einer Irrenanstalt ist. Ich glaube, das beweist, wie leer ich in Wirklichkeit bin.

Das Nächste ist das Schlimmste von allem. Das andere bereitet das alles nur vor. Ich kann nur versuchen, Ihnen zu erklären, wie das alles geschehen ist. In Wirklichkeit, Monsignore, suche ich nur Entschuldigungen. Ich versuche, Ihnen und mir klarzumachen, daß Wolfe und ich nach allem, was geschehen war, in diesen letzten zwei Jahren so verwirrt und verrückt waren, daß man uns keine Schuld geben kann.

Fallen Sie bitte nicht auf solche faulen Ausreden herein.

Ich wollte keine charismatische Beerdigung für Margie. Wolfe zuerst auch nicht, bis dann andere Mitglieder der Gruppe ihn bearbeiteten. Ich wollte sicherlich nicht zu der Kongregation Gottes überwechseln; mir reichte schon unsere Gebetsgruppe, das kann ich Ihnen sagen. Aber ich war so daran gewöhnt, alles hinzunehmen und so starr vor, na ja, ich glaube vor Schmerz, obwohl ich jetzt aber nicht vor Selbstmitleid zerfließen will, daß ich alles mehr oder weniger benommen mitmachte. Ich redete mir selbst ein, Wolfe, der immer ein guter Katholik gewesen war, würde sich eines Tages die Sache noch einmal überlegen und wieder zur katholischen Kirche zurückkehren. Immerhin hatte er aufgehört zu trinken, ging nicht mehr fremd und verprügelte Kevin, Laurel und mich nicht mehr. Das war die erste friedliche Periode in unserer Ehe. Damit habe ich mich zufrieden gegeben.

Als Kevin uns dann mitteilte, daß er schwul wäre, gab das Wolfe endgültig den Rest. Aber anstatt sich zu betrinken und sich die teuersten Nutten von Chicago zu suchen – oder Melanie in sein Museum einzuladen –, wurde er noch ernster und noch religiöser. Die Kongregation Gottes hat uns praktisch hinausgeworfen, weil Kevin nicht bereit war, seine Homosexualität wieder zu verbergen. So sind wir an Hyde Park und Father Armande geraten.

Mir war sofort klar, daß das meiste dort Scheiße war – entschuldigen Sie meine Ausdrucksweise, Monsignore. Weiße

Gewänder, Fackeln, »natürliches« Essen und Trinken, alles albernes Theater. Ich mochte Father Armande nicht und machte mir Sorgen, weil er offensichtlich großen Einfluß auf Wolfe hatte. Ich habe mein Bestes getan, um Laurel von dort fernzuhalten, zumal sie gar nicht dorthin gehen wollte. Aber manchmal bestand Wolfe darauf.

Jetzt kommt der schreckliche Teil. Ich werde mich so kurz wie möglich fassen.

Es gibt innerhalb der Kirche der Engel des Lichts eine interne Gruppe, die ›Vollkommenen‹, die von Father Armande für eine besondere Initiation ausgesucht worden waren. Sie wurden mit anderen Mitgliedern spirituell verheiratet, ich meine mit anderen, nicht mit ihren Ehepartnern. Wolfe wurde ein hübsches, aber völlig verrücktes kleines Mädchen von der Universität zugeteilt. Ich wurde Father Armande persönlich zugeordnet.

Diese spirituellen Ehen waren gar nicht so spirituell, das sollte ich bald merken. Man gab mir etwas zu trinken, in dem eine halluzinogene Droge enthalten war, so daß ich anschließend kaum noch wußte, was ich tat. Dann ließen sie mich in einen der ›‹geheimen Altarräume‹ gehen, das waren kleine weiße Zimmer gleich neben dem eigentlichen Altarraum. Dort mußte ich meine Kleider ausziehen und mit Father Armande sexuell verkehren.

Es war oraler Sex, Monsignore. Ich war so benommen, daß ich kaum mitbekam, was ich tat. Ich hatte das Gefühl, ich schaue zu, wie eine andere Frau erniedrigt wird. Ihm hat das viel Spaß gemacht. Mir überhaupt nicht.

Ich habe das Wolfe hinterher erzählt und dachte, er würde an die Decke gehen. Aber er erklärte mir, daß ich stolz sein könnte, auf diese Weise von dem höchsten Priester der Engel des Lichts geehrt worden zu sein. Er war nicht mehr sehr an mir interessiert. Er konnte nicht aufhören, mir von seiner wunderbaren neuen Braut zu berichten.

Er hatte jetzt alles, was er brauchte, verstehen Sie, Monsignore, Religion und junge Körper.

Ich war ein paar Tage außer mir; ich fühlte mich billig, erniedrigt, ausgenützt – wie ein schmutziger Pappteller oder ein Stück schmutziges Toilettenpapier. Ich wollte sterben. Ich dachte daran, mich mit einem der Messer, die Wolfe in seinem Museum hat – hatte, zu töten. Ich schwor mir, nie wieder in diese Kirche zu gehen.

Nach und nach kam ich darüber hinweg, und Wolfe bestand darauf, daß ich wieder hinging. Natürlich gab ich wieder nach. Hatte ich das nicht mein ganzes Leben lang getan? Also ging ich wieder hin und besuchte einen Gottesdienst am Samstagmorgen. Nichts passierte. Die spirituellen Ehen wurden nach Father Armandes Lust und Laune ›rekonsumiert‹, wann immer er die Meinung war, wir hätten eine Belohnung verdient. Während des regulären Gottesdienstes wurde uns ins Ohr geflüstert, daß wir hinterher noch bleiben sollten, um noch ein Fest zu feiern.

Ich betete zu Gott, zu unserem Gott, dem wirklichen Gott, daß es diese Woche nicht passieren würde, daß eine Woche vorbeigehen würde, ohne daß ich wieder in diesen Schleim sinken müßte.

Es schien immer dann zu passieren, wenn eine gewisse Zeit verstrichen war, so daß ich schon glaubte, ich müsse nie mehr in dieses kleine weiße Zimmer gehen. Dabei war es eigentlich dort noch nicht so schlimm, das kam erst hinterher, wenn man darüber nachdachte. Während der Aktion stand man viel zu sehr unter Drogen. Während man sich sexuell betätigte, bogen sich die Wände, man sah wilde Farben, hatte seltsame Geruchsempfindungen und hörte beruhigende Laute. Einmal mußte ich es mit drei Männern tun – Father Armande und die drei anderen machten . . . machten Sachen mit mir, die mit normaler Sexualität nichts zu tun hatten. Muß ich noch sagen, daß mir das keinen Spaß gemacht hat?

Um das Ganze noch schlimmer zu machen, mußte ich sehen, wie Father Armandes Gesicht vor Ekstase glühte, wenn er sah . . . wie . . . ich erniedrigt wurde. Es sah so aus, als erwarte er, daß gleich etwas geschehen würde. Ich bin jetzt von ihm befreit, Gott sei Dank, aber es läuft mir noch jetzt kalt den Rücken hinunter, wenn ich nur daran denke.

Am nächsten Tag habe ich mich fast umgebracht. Ich hatte schon angefangen, die Schlaftabletten zu schlucken, da fiel mir

Laurel ein. Sie hat mir das Leben gerettet, nicht, daß das viel wert wäre.

Wenn man mir diese Geschichte von einer anderen Frau erzählen würde, dann würde ich sagen, warum hat diese alberne kleine Närrin ihn nicht nach Wolfe Juniors Tod verlassen? Wie hätte ich ihn denn verlassen können, mit einem kranken kleinen Baby und schon wieder schwanger? Wohin hätte ich gehen sollen? Was hätte ich machen sollen?

Es gab immer Gründe.

Wenn ich gesehen hätte, wie eine andere Frau so erniedrigt worden wäre, wie oft hätte ich da voller Wut geschrien: »Du verdammtes Arschloch, hau doch ab.«

Nach einer gewissen Zeit ist man so oft erniedrigt worden, daß so ein bißchen perverser Sex einmal im Monat oder alle sechs Wochen für die Dauer eines halben Jahres kaum noch mehr ist als die Verzierung auf dem Kuchen.

Nun, schließlich habe ich Schluß gemacht. Ich mußte. Wenn es ihn umgebracht hat, tut es mir leid, aber da war nichts zu ändern. Es war so, als ob man einen Hund tötet, der die Tollwut hat. Ich trauere um den Mann, mit dem ich mich in der Weihnachtszeit getroffen habe, als wir alle ›Chanson d'Amour‹ gesungen haben, und der mir während der Christmette einen Verlobungsring auf den Finger gesteckt hat. Ich trauere nicht um den religiösen Fanatiker, der Anfang Mai von mir verlangt hat, Laurel Father Armande zu geben. Uns beide zusammen.

Als er mich darum bat, explodierte in meinem Kopf eine Bombe. Da habe ich zum ersten Mal wieder ›nein‹ zu Wolfe Tone Quinlan gesagt. Zum ersten Mal, seit ich vor der Ehe ›nein‹ gesagt hatte, als er mit mir ins Bett gehen wollte. Ich sagte ›nein‹, und ich meinte das auch sehr ernst. Zuerst konnte er es gar nicht glauben, als er dann merkte, wie ernst es mir war, fing er an zu betteln, flehte mich an, versuchte mich zu beschwatzen.

Und ich habe ein zweites Mal nein gesagt, als es um den zweiten Schlüssel ging. Jetzt verstehen Sie, warum. Und dann habe ich noch einmal nein gesagt, aber das kommt später . . .

Ich konnte wieder klar sehen, noch nicht alles, aber genug,

um zu erkennen, was für eine hohle, törichte, gedemütigte Frau ich war.

Ich weigerte mich, noch einmal an einem Gottesdienst teilzunehmen. Ich weigerte mich, ihm zu gestatten, Laurel mitzunehmen. Ich sagte ihm, daß ich sofort die Polizei rufen würde, wenn er auch nur einmal versuchen sollte, sie dazu zu zwingen. Er glaubte mir.

Er hatte schreckliche Schuldgefühle, weil er der Meinung war, Father Armandes »schönen Plan« verdorben zu haben. Ich sagte ihm, wenn er in meiner Gegenwart noch einmal Father Armande erwähnen würde, würde ich einen Scheidungsanwalt anrufen.

Richtig tapfer war ich, nicht wahr, nur ein bißchen spät.

Wenn ich Ihnen das alles erzähle, spüre ich einen Zorn in mir, wie ich ihn nie zuvor in meinem Leben gespürt habe. Dieser dämliche, verrückte Mistkerl.

Wie dem auch sei, ich glaube, Father Armande hat diese Schuldgefühle ausgenützt, um anstelle von Laurel das Geld und die Firma zu bekommen. Ich habe Wolfe ganz kühl erklärt, daß ich gegen ihn prozessieren würde. Ich habe auch gesagt – ich habe mir das so ausgedacht, aber ich wette, daß ich damit recht hatte – daß ich gehört hätte, wie die beiden Meßdiener sich darüber unterhalten hätten, wie sie Mrs. Carson Long umgebracht hätten.

Er ist hier aus dem Zimmer gerannt und hat mich beschimpft, ich würde den größten Religionsführer seit Jesus Christus verunglimpfen; ich wäre ein moderner Pharisäer, und er würde mir beweisen, daß ich unrecht hätte.

Ich glaube, ich habe ihn aber trotzdem beeindruckt. Er hat mich diesmal nicht geschlagen oder vergewaltigt.

Den Rest kennen Sie. Wir versuchten, mit ihm zusammen hier oben eine Dinnerkonferenz abzuhalten; er war den ganzen Tag über betrunken, und in der Nacht hat ihn dann jemand umgebracht. Ich weiß nicht, warum er betrunken war; ich glaube aber, unserem Gespräch um ein Uhr nach zu urteilen, daß er entdeckt hatte, daß ich recht hatte, was Father Armande anbetraf. Dieses Detail kennen Sie noch nicht, nicht wahr?

Ich bin stundenlang am Strand entlang gewandert, habe

mich geärgert, war wütend, ja rasend vor Wut. Die Art, wie Tom Burke sich Laurel geschnappt und mit ihr das Zimmer verlassen hat, hat großen Eindruck auf mich gemacht. Ich sagte mir immer wieder, daß ich mir schon vor vielen Jahren Margie, Kevin und Laurel in derselben Weise hätte schnappen und das Haus verlassen sollen.

Ich ging in unser Schlafzimmer, machte mich immer noch wütend fertig, um ins Bett zu gehen, zog mein Negligé an und trommelte dann gegen die Tür des Badezimmers, die zum Arbeitszimmer führt. Endlich machte Wolfe auf.

Er schwankte, war unrasiert, aber es schien ihm besser zu gehen als beim Abendessen; jedenfalls war er wach genug, um zu verstehen, was ich ihm zu sagen hatte.

»Was willst du?« knurrte er.

»Ich bin heute zum letzten Mal auf einer Dinnerparty gedemütigt worden, Wolfe Tone Quinlan. Jetzt ist Schluß. Meine vierundzwanzig Jahre in der Hölle mit dir sind jetzt vorüber. Von jetzt an. Entweder hast du bis morgen Mittag das Haus verlassen, oder ich gehe. Ich sage dir in deiner eigenen eleganten Sprache: Leck mich am Arsch!«

Erst glaubte er mir nicht. Dann sah er den Ausdruck in meinem Gesicht und wußte, daß ich es ernst meinte. Eigenartig, es sah fast so aus, als bewundere er mich.

Er öffnete eine Flasche Wein, die er aus dem Schrank holte, und fing wieder an zu trinken. Er bat mich, mir das doch noch einmal zu überlegen; er versprach mir, daß alles besser würde. Er hätte gerade entdeckt, daß eine Menge Fehler gemacht worden wären. Er würde sich aber darum kümmern, ich sollte ihm doch noch eine Frist von ein paar Tagen zugestehen.

Ich wurde schwach. Er machte eine so aufrichtigen und so verwirrten Eindruck. Sogar wenn er ganz schlimm war, Monsignore, war er doch immer noch ein charmanter Mann mit großer Überredungskunst. Schließlich sagte ich: »Ich gehe, wenn du nicht gehst. Wenn du eine Therapie machst und das sechs Monate durchhältst, dann könnten wir über eine Versöhnung reden.«

»Mit mir ist doch alles in Ordnung, Schätzchen, ich brauch

eben bloß ein bißchen Liebe. Ich brauch doch keinen Klapsdoktor.«

Dann wurde er amourös. Ich wies ihn zum ersten Mal in vierundzwanzig Ehejahren zurück. Er versuchte es mit Gewalt, aber nicht so wie an dem Tag, als ich den Schlüssel in den See geworfen hatte. Ich trat ihn gegen das Schienbein, rannte durch das Bad in unser Schlafzimmer und schlug die Tür vor seiner Nase zu. Dann wartete ich völlig verängstigt darauf, daß er durch die Tür kommen würde. Ich hatte mich entschlossen, laut zu schreien und das ganze Haus aufzuwecken, falls er versuchen sollte, mich anzufassen. Statt dessen hörte ich, wie er den Schlüssel im Schloß herumdrehte. Eine Stunde später war er tot. Wahrscheinlich habe ich ihm den Rest gegeben, Monsignore. Wie gesagt, mir tut es leid, daß er tot ist, es tut mir leid, daß ich nicht Frau genug war, mich schon vor vierundzwanzig Jahren durchzusetzen. Vielleicht hätte er dann schon angefangen, mich zu bewundern und zu respektieren, und nicht erst in der letzten Stunde seines Lebens.

Wenn das, was ich in diesen letzten wenigen Tagen und in dieser letzten Nacht gesagt und getan habe, tatsächlich seinen Tod verursacht hat, dann bedaure ich das trotzdem nicht. Ich würde das alles wieder so tun.

40 Blackie

Man kann sich vorstellen, daß ich meine Worte sehr sorgfältig abwog.

»Sue, erlauben Sie mir erst einmal eine Vorbemerkung. Wie Sie wissen, geht es um das Problem einer christlichen Beerdigung als mögliche Antwort auf die Bitte eines Toten. Ich bin nicht aufgerufen, ein Urteil über Ihr Leben zu fällen.«

»Das verstehe ich.« Sie war sehr gefaßt und saß da mit gefalteten Händen, gestrafften Schultern und einem ruhigen Ausdruck in ihren grauen Augen, wie eine brave kleine Novizin.

»Ich stelle ganz generell die Genauigkeit Ihrer Beschreibungen und Interpretationen nicht in Frage.« Ich tastete mich vorsichtig an den kritischen Punkt heran. »Aber ich stelle Ihre Einschätzung Ihrer eigenen Verantwortung ganz erheblich in Frage. Dazu muß ich folgendes sagen: Wenn Sie und Ihr Mann auch die katastrophalsten Fehler gemacht haben, für die wir einem Gott die Schuldzuweisung überlassen können, der in einer fast bemitleidenswerten Weise begierig ist, uns beim kleinsten Anzeichen irgendeines Gefühls, daß man Gewissensbisse nennen könnte, zu vergeben (wir haben Glück, daß er kein Mitglied der römischen Kurie ist)« – ich tastete mich immer noch heran, aber ich kam langsam zum kritischen Punkt – »war da doch ein fundamentaler Unterschied. Ihre, wie Sie selbst gesagt haben, oft beträchtlichen Defizite waren das Ergebnis eines abgebrochenen Reifeprozesses gewisser Charaktereigenschaften, die Sie im Ansatz besaßen und auch noch besitzen. Seine Fehler resultieren aus der völligen Abwesenheit gewisser essentieller Charaktereigenschaften, die in seiner Persönlichkeit einfach nicht angelegt waren. Ein anderer Mann hätte wahrscheinlich die erforderlichen Eigenschaften bei Ihnen abgerufen – so wie es zur Zeit der Fall zu sein scheint, aber, hören Sie gut zu, liebe Frau, nur weil Sie ihm eine Chance dazu gegeben haben. Keine Ehefrau der Welt hätte das kompensieren können, was Wolfe Quinlan in tragischer Weise an seinem Charakter fehlte. Rede ich zu verworren?«

Sie lächelte schwach. »Oh nein, Monsignore Blackie, eher zu präzise. Sie geben mir die Absolution zu leicht.«

»Sue, Gott erteilt seine Absolution mit skandalöser Leichtigkeit. Beichtväter, die das in seinem Namen machen, sind da etwas vorsichtiger. Ich rede im Moment nicht über Vergebung. Ich spreche von einer realistischen Anaylse der Dynamik Ihres Lebens.«

Sie nickte. »Irgendwie ist mir klar, daß Sie recht haben. Ich glaube, ich habe das schon eine Zeitlang gewußt. Aber es wird dauern, bis ich mich daran gewöhnt habe. Es wird allerdings die Zukunft leichter machen.«

»Und es wird eine größere Herausforderung sein.«

Das Telefon klingelte. Sie hob es in einem anderen Zimmer ab. Sie mußte nach Chicago fahren und Laurel abholen. Ob ich etwas dagegen hätte; Greg Foster würde jeden Augenblick herüberkommen.

Sie ging die Treppe hinauf und kam nach wenigen Augenblicken wieder zurück. Ich bemerkte ganz nebenbei, daß sie jetzt dunklere Strumpfhosen trug.

Ich war froh, daß sie weg war, denn ich wäre in ihrer Gegenwart gefühlsmäßig nicht in der Lage gewesen, über die Geschichte, die sie mir erzählt hatte, nachzudenken. Außerdem könnte ich, nachdem ich mit dem farblosen kleinen Mr. Foster fertig war, gewisse, eh, Nachforschungen im Haus anstellen und nach Beweisen suchen, die vielleicht noch irgendwo verborgen waren.

Also gut, du Schnüffler.

Beweise, die ich lieber gar nicht finden würde.

Ich konnte die gewaltige Wirkung, die ihre Bekenntnisse auf Lawrence Burke gehabt hatten, jetzt gut verstehen. Zweifellos war mir die Geschichte noch wirkungsvoller erzählt worden – wenn auch in einer weniger gefühlsbeladenen Situation –, sowohl weil sie sie zum zweitenmal erzählte, als auch weil sie jetzt das Selbstbewußtsein hatte, das aus dem Erlebnis der Partnerschaft einer tiefempfundenen körperlichen Liebe stammte.

Ich hatte keine richtigen Tränen in den Augen, als sie meine Brille zum zweitenmal nahm und sie saubermachte. Nein, keine richtigen.

Sue Quinlan hatte erstaunlicherweise überlebt. Ganz tief im

Inneren dieses bedauernswerten Dummchens fand sich noch genügend von der biblischen Sanftmut, um sie vierundzwanzig Jahre in der Hölle aushalten zu lassen. Einiges in dieser Hölle hatte sie selbst gemacht, den Rest hatte sie ohne jeden Sinn einfach ausgehalten. Nichtsdestoweniger hatte sie es geschafft zu überleben, weil es in ihr Reste von Intelligenz gab (deren Existenz in einer gewissen Periode ihres Lebens niemand bestritten hatte), und Reste von Zähigkeit (deren Existenz niemand, am wenigstens ihr Mann, vermutet hatte).

Außerdem hatte sie Blackie Ryan beinahe zu Tränen gerührt – ein sehr ungewöhnliches Phänomen.

Das Problem, mit dem ich konfrontiert war, war – das wird der Leser mit Sicherheit auch schon bemerkt haben – Gottes Schuld. Er ist ein notorisch prinzipienloser Typ, wogegen man natürlich nichts einwenden kann, da Er sich ja schließlich die Prinzipien ausgedacht hat. Die Lady Gott tanzt die meiste Zeit unseres Lebens um uns herum, und Ihre Sehnsucht nach uns läßt die Besessenheit, mit der Larry Burke sich nach Suzie gesehnt hat, sanft erscheinen. Sie wartet nur auf die Augenblicke der Sanftmut, die es Ihr erlauben, in unser Leben einzudringen, von uns Besitz zu ergreifen, uns zu packen und zu verändern.

Die beiden sitzen da zusammen am Swimmingpool; sie fangen an, das gewohnte menschliche Verhaltensprogramm abzuspulen. Gott der Herr lauert ihnen förmlich auf, er schleicht wie ein Tiger mit fast unanständiger Freude um sie herum; vielleicht wird sich eine kleine Chance ergeben, sie beide in Seine Richtung zu steuern, das Heben einer Augenbraue oder die Berührung einer Hand, wodurch sie sich beide einem viel anspruchsvolleren Liebhaber öffnen, als sie es sich überhaupt vorstellen können.

Und dann läßt Suzie, vielleicht aus Erschöpfung, die an Verzweiflung grenzt, und unter dem Druck ihrer sexuellen Bedürfnisse, die sie sich kaum bewußt macht, die Maske der Unterwerfung fallen, die sie ihr Leben lang getragen hat, und ersetzt sie einen Augenblick lang durch Hingabe. In denselben wenigen Sekunden nimmt Larry sie nicht als ein Objekt wahr, das man benützt, sondern als eine Frau, die geliebt werden will. Als Gefangener seiner eigenen Verzweiflung und in den Klauen einer Leidenschaft, die er selbst überhaupt nicht verstehen kann, liebt er sie. Sie merkt, daß sie geliebt wird, und fühlt sich möglicherweise zum ersten Mal in ihrem Leben, obwohl das unwahrscheinlich klingt, liebenswert.

Das ist alles, was die prinzipienlose Lady Gott braucht. Ihre Liebesaffäre ist jetzt eine ›ménage à trois‹, eine Dreiecksbeziehung. Gottes Freude ist unendlich viel größer als der Orgasmus der beiden Liebenden, die vielleicht ganz verschwommen am Rande ihres Bewußtseins spüren, daß sie dem Großen Voyeur in die Falle gegangen sind.

Larry stellt seine ganze Energie in den Dienst seiner Liebe zu ihr; Sue, so wie sie jetzt ist, aalt sich förmlich wie eine verwöhnte Katze und genießt seine Zuneigung. Sie entdeckt in sich ein starkes Selbst, von dessen Existenz sie nichts gewußt hat, und von dem tatsächlich vorher nur Spuren vorhanden waren.

Hoch lebe unser Herrgott! Die Liebe triumphiert. Stimmt's? Stimmt!

Gibt es da vielleicht noch so ein paar lästige Kleinigkeiten die geklärt werden müssen, so wie Mord, Ehebruch und Teufelsanbetung? Die Lady Gott zieht verächtlich die Nase hoch. Wozu habe ich denn Leute wie Blackie Ryan, den Priester, der sich um solche Dinge kümmert, während ich im Kosmos herumturne und meinen unersättlichen Leidenschaften fröne?

Ich rede in Metaphern und neige zur Vermenschlichung? Na klar! Wie soll man denn sonst mit dem Absoluten umgehen? Aber die Metapher ist nicht mehr als die Realität, sondern weniger.

Also sollte sich Blackie Ryan, der Priester, ranhalten und das Durcheinander wieder in Ordnung bringen, bevor der Herrgott zurückkommt und eine Erklärung verlangt. Versuchen Sie einmal, einem wütenden Liebhaber etwas zu erklären!

Sue (geborene Suzie) wurde in Gottes Vorsehung eine zweite Chance zugestanden. Würde sie die vertun? Das tun wir ja alle, manchmal jedenfalls. Würde sie genug daraus machen, um sich in Sanftmut weiterzuentwickeln?

Viele von uns würden ihr dabei helfen. Was soll man sonst noch sagen?

Ich werde Ihnen sagen, was man sonst noch sagen muß. Wenn sie ihre zweite Chance vertut, dann wird die Lady Gott von ihr eine Erklärung verlangen. Und wenn diejenigen, die, ohne daß sie gefragt worden wären, dazu bestimmt worden sind, Sue zu helfen, nicht wieder Suzie zu werden, ihre Aufgabe nicht erfüllen, wird Gott sehr unglücklich wegen uns sein. Unter solchen Umständen kann Sie außerordentlich unangenehm werden: Ich wollte wegen Meines neuerworbenen Wertes geliebt werden, und ihr habt Mich nicht geliebt.

Ist ja gut, ist ja schon gut. Ich nehme an, Du hast es der Frau erlaubt, mir den Kopf etwas mehr als nur ein bißchen zu verdrehen, damit ich nicht aussteige. Ja, sie ist immer noch ein süßes Schätzchen, aber jetzt eins, daß respektiert und gewürdigt werden muß – und deshalb ein noch süßeres Schätzchen. Ach ja, wie sagt doch Professor Whitehead so richtig, eine Wahrheit ohne Interesse ist irrelevant.

War die Geschichte meines neuen Schützlings ungewöhnlich? Vielleicht, wenn man die Kombination der einzelnen Elemente betrachtet. Ungewöhnlich ist auch, daß sie überlebt hat. Aber es gibt viele Beziehungen zwischen Mann und Frau, die so sind wie ihre. Und viele Religionen, die Sex und Drogen benützen, um die Persönlichkeiten ihrer Mitglieder zu beherrschen. Die Macht, die eine mißbrauchte Religion über Leute ausüben kann, ist in Jonestown so eindrucksvoll demonstriert worden, daß jede weitere Demonstration überflüssig ist. Außerdem scheinen manche Familien Opfer einer solchen Konzentration von Tragödien zu werden, daß man es a priori für unmöglich halten würde. Es gibt Familien, in denen zwei, drei, ja sogar vier Todesfälle vorgekommen sind. Einige von ihnen sogar in meiner Gemeinde. Oft brechen diese Überlebenden unter dieser Last total zusammen. Ich kenne einen Fall, in dem eine Mutter die Lösung bei einem bizarren katholischen Kult gesucht hat.

Es gibt wahrscheinlich noch andere Frauen in unserem Land, die ähnliche Geschichten erzählen könnten. Nur der Ausgang wäre ein anderer.

Und es war meine unglückselige Aufgabe, diesen Ausgang in Frage zu stellen. Sie hatte zugegeben, daß sie im Arbeitszimmer ihres Mannes war, und sie war auch der Grund, warum er wieder angefangen hatte zu trinken. Sie hatte gesagt, daß er versucht hätte, sie zu vergewaltigen. Angeblich hatte er es sich dann anders überlegt, was nicht sehr plausibel war. Sie hatte in ihrem Bericht großen Wert auf das Detail gelegt, daß er seine Tür abgeschlossen hat; damit wollte sie mich wahrscheinlich zufriedenstellen.

Aber hat er sie wirklich abgeschlossen? Könnte sie nicht die Statue auf ihren Mann gestoßen haben, durch die Tür des verbindenden Badezimmers geflohen sein, und dann einen großen Lärm an der Haupttür des Arbeitszimmers veranstaltet haben? Dann hat sie möglicherweise ihren Verehrer überredet, die Badezimmertür mit den Schüsseln, die nach Aussage von Laurel immer auf dem Schreiblisch lagen, abzuschließen, und die Schlüssel dem Toten in die Tasche zu stecken.

Das war ein ziemlich plausibles Szenario. Kevin und Laurel schliefen noch. Tommy könnte ein willfähriger Mitverschwörer gewesen sein. Die Fosters waren noch nicht eingetroffen, Kienan O'Rourke war in seinem Zimmer und rief die Polizei an. Einfallsreichtum, Mut und Geistesgegenwart waren gefordert. Lawrence Burke besaß alle diese Eigenschaften im Übermaß, und er hatte außerdem ein starkes Motiv.

Und ohne die Sache zu gefährden, konnte Sue mir die ganze Wahrheit erzählen – sogar, wie leid es ihr tat, daß Wolfe tot war – sie brauchte sich nur durch eine kleine Lüge zu schützen. Ihr Mann hatte die Tür zwischen dem verbindenen Badezimmer und dem Eheschlafzimmer nicht abgeschlossen.

Das Rätsel des verschlossenen Zimmers war gelöst. Brillant.

Verdammt noch mal.

Sicherlich würde kein Geschworenengericht in der Republik sie verurteilen, vor allem nicht angesichts der versuchten Vergewaltigung und der haarsträubenden Geschichten von den Spielchen bei Father Armande. Die meisten Staatsanwälte würden einen solchen Fall überhaupt nicht vor Gericht bringen, weil ihnen von Anfang an klar wäre, daß sie ihn verlieren würden – trotz der aufgebrachten Öffentlichkeit.

Das Bild, das ich in meinem Kopf von dem Beweis hatte, den ich finden würde, war jetzt ganz deutlich, klar und provozierend.

Ein vernünftiges Szenario, sehr wahrscheinlich die Wahrheit. Allerdings schwer zu beweisen. Tatsächlich war das fast unmöglich. Natürlich war es nicht meine Aufgabe, Beweise für einen Mord – oder einen Totschlag – zu finden. Konnte man einen Gegenbeweis antreten?

Ich dachte sehr lange nach und fand eine Möglichkeit, wie man einen Gegenbeweis gegen Larry Burkes Komplizenschaft antreten könnte. Eine ganz vage Möglichkeit, aber es lohnte sich, der Spur nachzugehen. Dann dachte ich noch länger nach, suchte ein Szenario, in dem sie den Trick mit der verschlossenen Tür auch ohne Larry als Komplizen hätte ausführen können. Vielleicht sie und Tommy . . .

Hallo, sagen Sie, was ist los mit Ihnen, Blackie Ryan, Sie Priester? Wir dachten, Ihnen liegt etwas an der Frau! Hat sie nicht sehr geschickt die verdrängten Erinnerungen wachgerufen, wie Sie voller Bewunderung zu ihr hochgeblickt haben, als sie als Schülerlotsin die Kreuzung 93ste und Glenwood bewachte, eine erstaunlich hübsche Schülerlotsin? Warum wollen Sie jetzt eine Mörderin aus ihr machen?

Ich habe nicht Mörderin gesagt, ich habe gesagt, daß sie ihn getötet hat, das ist ein Unterschied.

Auch wenn ich das Überleben der Sanftmut, wie die Bibel sie definiert, in ihrer Seele bewundere – und sie war nie sanftmütiger, als damals, als sie diesen paar Irren erklärt hat, daß keiner von ihnen eine Hand an ihre Tochter Laurel Flavia legen würde –, heißt das noch lange nicht, daß ich der Wahrheit gegenüber indifferent bin und nicht wissen möchte, was mit ihrem Mann passiert ist. Auch das Rätsel des verschlossenen Zimmers ist mir nicht gleichgültig.

Ich möchte, wie sich das für einen guten Philosophen gehört, die Wahrheit suchen. Und dann entscheiden, was zu tun ist.

Ich vertraue der Weisheit Rich Daleys weit mehr als der des Staatsanwalts von LaPorte, Indiana, trotz allem Respekt vor der alten, wunderschönen Stadt.

War diese wirklich hinreißende kleine Blonde, die mir da auf dem rötlich braunen Sofa mit geballten Fäusten und glänzenden Augen gegenüber gesessen hatte, deren Körper noch in der Erinnerung an vergangene Schmerzen angespannt war, wirklich in der Lage, diesen psychopathischen, brutalen Kerl, der ihr Mann war, umzubringen?

Lassen die Bären ihre Exkremente im Wald?

Bevor ich diesen genialen Gedanken weiterverfolgen oder meine restlichen provisorischen Szenarios überprüfen konnte, erschien Mr. Gregory Foster – klein, übergewichtig, teigiges Gesicht, halbe Glatze, nervös nestelnde Finger, feuchte Lippen, ausdruckslose Augen – an der Tür des Quinlan-Anwesens.

41 Sue

Sie hat sich wütend durch den Spitzenverkehr auf Stony Island und durch die Baustelle auf der Autobahn gekämpft. Noch wütender war sie auf diesen Widerling Armande, der den Nerv gehabt hat, sich einfach ihre Tochter zu schnappen. Sie quetscht den BMW in eine leere Parklücke, schlägt die Tür zu und geht die Straße hinunter auf ein großes altes Holzhaus zu, das an der Ecke auf einem großen Grundstück steht.

Der Idiot hatte vielleicht Neven. Sie war es jetzt endgültig leid mit ihm. Sie würde der Polizei morgen alles erzählen, alles, egal was dann passieren würde. Das wäre dann sein Ende.

Sie hatte vorher versucht, Lawrence von Long Beach aus anzurufen, aber er war mit einem Kunden unterwegs. Tommy war beim Football-Training. Also wird sie sich allein mit denen auseinandersetzen, Laurel bei der Hand nehmen und dieses Haus nie wieder betreten.

Junge, Junge, Suzie, du bist ja vielleicht ein wütendes kleines Weibsstück geworden. Nachdem du diesen armen, niedlichen kleinen Priester zu Tränen gerührt hast.

Die Tatsache, daß der Priester dir den ganzen Nachmittag geduldig zugehört hat, hat dich noch wütender gemacht, weil du dir diese ganze Scheiße hast gefallen lassen. Aber jetzt nicht mehr, nicht mehr von Armande.

Sie hatte die Polizei deshalb nicht gleich angerufen, weil sie der Meinung war, daß sie mit Armande allein fertigwerden würde, und nicht weil der alte Idiot ihr gesagt hatte, sie sollte das besser nicht tun. Außerdem wollte sie, wenn möglich, vermeiden, daß die Zeitungen davon Wind bekamen, allein schon in Laurels Interesse.

An ihrem Schenkel spürt sie den schwachen Druck des hauchdünnen Messers, das sie sich aus Wolfes Sammlung genommen und mit durchsichtigem Klebeband an der Innenseite ihres Schenkels direkt oberhalb des Knies befestigt hat, bevor sie aus dem Haus gestürzt ist.

Du bist auch ganz schön blutrünstig geworden, nicht wahr?

Nun ja, wenn sie sich an Laurel vergreifen . . .

Die schwarze Sekretärin öffnet nicht wie sonst die Tür. Wahrscheinlich ist sie schon nach Hause gegangen. Statt dessen steht einer von Armandes ›Meßdienern‹ an der Tür. Er sieht in seinem Straßenanzug auf eine brutale Art ganz gut aus. »Guten Tag, Mrs. Quinlan. Nett, Sie mal wiederzusehen. Möchten Sie Ihre Kleider jetzt schon ablegen oder erst später?«

Sie geht an ihm vorbei durch das Büro der Sekretärin bis in Armandes ›Bibliothek‹, dabei knallen ihre Absätze wütend auf den Boden. Der größere der beiden ›Meßdiener‹ sitzt an dem großen Eichenschreibtisch und hat seine Beine bequem auf die Tischplatte gelegt.

»Ich will Laurel haben, und zwar sofort.«

»Ach nee?« Er grinst böse.

»Sie haben gehört, was ich gesagt habe«, schnauzte sie ihn an.

»Nun, was würden Sie denn sagen, wenn wir Ihnen erklären, daß Sie sie nicht bekommen können?«

»Ich verlange, daß Sie mich sofort zu ihr bringen. Sofort.«

»Sie können nicht zu ihr. Sie ist bei dem BOTEN.«

»Gut, dann komme ich mit der Polizei zurück. Das wollen wir doch einmal sehen.«

Sie dreht sich auf dem Absatz um und stürmt in das Büro der Sekretärin. Sie ist schon halb an der Tür angelangt, als sie der Mann von hinten packt.

»Keine Scheißbullen, Lady. Der BOTE hat große Pläne mit euch. Er wird dir und deiner ausgeflippten kleinen Fotze eine Lektion erteilen. Eine, die ihr schon lange nötig habt.«

Sie tritt, strampelt und schreit. Der kleinere Mann kommt von draußen herein und schlägt sie brutal ins Gesicht.

»Halt's Maul, Fotze.«

Während sie nach Atem ringt, bindet ihr der erste Mann schnell einen Knebel vor den Mund. Dann schleppen sie sie in die ›Bibliothek‹.

Der erste Mann reißt ihr die Bluse herunter.

42 Gregory Foster

Ich werde Ihnen helfen, so gut ich kann, Father. Das habe ich Mrs. Quinlan versprochen. Aber ich kann Ihnen nicht viel erzählen, was Sie nicht schon wissen. Ich würde alles für sie tun. Sie ist eine Klassefrau, das ist sie immer schon gewesen. Auch wenn mir Wolfe fehlen wird – mein Gott, jedem in der Firma wird er fehlen – wird es gut sein, wenn sie die Leitung übernimmt. Sie wird alles fest im Griff haben.

Ich glaube nicht, daß aus dem Geschäft mit Father Armande etwas wird. Es wird nicht schwer sein, den Prozeß gegen ihn zu gewinnen. Ich nehme an, wir werden ein paar Hunderttausend bezahlen müssen, damit er seinen Mund hält. Aber das ist Sache der Anwälte. Es wird niemals zu einer Verhandlung kommen. In der Zwischenzeit muß ich das tun, was ich schon seit über zwanzig Jahren tue – dafür sorgen, daß der Laden weiterläuft.

Mißverstehen Sie mich nicht, ich will mich nicht beschweren. Mir macht meine Arbeit Spaß, und ich werde gut dafür bezahlt. Wolfe war immer ein großzügiger Mann. Ich bin nicht sicher, ob Sie wissen, wie unsere Zusammenarbeit aussah. Ich habe sozusagen den Innendienst gemacht und Wolfe den Außendienst. Er hat die Kontakte geknüpft, neue Konzepte entwickelt, war für die große Linie im Design zuständig, hat die Designer und sogar einige unserer Facharbeiter ausgesucht, hat sich mit unseren Stammkunden getroffen, nahm an Zusammenkünften und Kongressen der Industrie teil und unterbreitete den Kunden persönlich unsere größeren Angebote.

Das konnte niemand auf der Welt besser als er, Father, niemand. Er kannte alle Tricks. In seiner verrückten Art war er ein Genie, weiß Gott, ein selbstzerstörerisches Genie, aber trotzdem ein Genie.

Ich bin eher ein häuslicher Typ, ein Mann für den Innendienst. Ich führe die Tagesgeschäfte der Firma, das betrifft alles, von den Produktionsplänen bis zum Rechnungswesen. Ohne mich könnte die Firma nicht einen Tag laufen. Aber ohne Wolfe, der hinausgeht, neue Ideen mitbringt und Kunden anschleppt, wüßte die Firma nicht, wofür sie laufen sollte.

Die Leute haben immer gesagt, wie kannst du die Firma führen, wenn er jeden Tag im CAA oder in den Umkleideräumen des Olympia oder Butterfield herumhängt?

Dann habe ich gesagt, mir ist das egal, wo er ist, solange er neue Ideen hat und sich mit neuen Kunden trifft. Nur mußte man ihn vom Firmengelände fernhalten, denn da verhielt er sich wie ein Elefant im Porzellanladen.

In den letzten Jahren hatte er viel Schwierigkeiten mit seiner Familie und war deshalb nicht mehr so gut. Wir fahren seit der Zeit sozusagen auf Reserve. Es gab nicht mehr so viele brillante Innovationen oder größere neue Kunden. Das erste, was die neue Chefin tun muß, sie muß jemanden finden, der das übernehmen kann. Es gibt eine Menge junger Leute, die erstklassig sind. Aber ich sag es Ihnen ganz ehrlich, keiner wird so gut sein wie Wolfe.

Und soll ich Ihnen noch etwas sagen? Es hätte nicht einmal eine Möbelfirma sein müssen. Es hätten auch Fernsehgeräte sein können, oder eine Fluglinie. Es hätte alles sein können. Die Leute sagen, sein Vater hätte ihm einen großen Gefallen damit getan, daß er ihm die Firma hinterlassen hat. Quatsch. Der alte Mann hat ihn damit möglicherweise sogar behindert. Wahrscheinlich wäre er in einer anderen Branche noch größer geworden. Jedenfalls ist dies jetzt nicht mehr dieselbe Firma, die wir 1965, vor fast zwanzig Jahren, übernommen haben – ja, das war, nachdem sein erstes Kind gestorben war, aber vor dem Tod des zweiten.

Sehen Sie, der alte Herr hatte während der Depression ein Möbelgeschäft auf einem Speicher in der Ashland Avenue. Während des Krieges bekommt er Geld von der Regierung für einen Rüstungsbetrieb draußen in Harvey und produziert Sitze für Bomber oder so etwas. Dann läßt er sich 1945 mit einem schönen kleinen Geschäft nieder und profitiert von den fetten Nachkriegsjahren, ohne sich wirklich anzustrengen oder viel drüber nachzudenken. Er ist der Ansicht, daß er so viel über dieses Spiel weiß, wie man wissen muß, weil er so viel Geld gemacht hat.

Schon in den fünfziger Jahren, als wir noch zur Höheren Schule gingen, sah Wolfe ein, daß das dumm war. Der alte Herr hat in Wirklichkeit gar nicht viel Geld gemacht. Und er hat es in Anleihen gesteckt und auf Bankkonten deponiert, wo es die Inflation nach und nach aufzehren würde, anstatt es wieder zu investieren und den Betrieb zu vergrößern. Als ich mit dem College fertig war, arbeitete Wolfe schon in der Firma, obwohl er wußte, daß es eine Klitsche war. Er hat den Alten um den Finger gewickelt, weil er ihm immer recht gab.

Das ist große Scheiße, Wolfe, sage ich zu ihm. Das weiß ich, sagt er, aber sieh mal, wenn der alte Knacker glaubt, daß ich ihn mag, dann wird er mir eines Tages den Laden vermachen, und dann geht's los. Willst du mitmachen? Wenn du Lust hast, dann sage ich ihm, er soll dich einstellen, damit du dich mit unserer Buchführung herumschlägst, dann können wir den Rest unseres Leben viel Spaß haben.

Es macht mir nichts aus, Ihnen zu sagen, daß ich die Gelegenheit direkt beim Schopf ergriffen habe. Ich habe schon seit der Grundschulzeit Wolfes Tasche getragen und bin stolz darauf. Er ist ein bißchen verrückt, Schnaps, Weiber, Sie wissen schon, und Suzie, das arme Mädchen, ist nicht die Frau, die ihn bändigen konnte. Aber soweit mich das angeht, was soll's? Es hat immer Spaß gemacht, mit ihm zusammen zu sein.

Vielleicht hatte ich immer schon Angst, daß so etwas eines Tages passieren würde, daß sein Privatleben ihn einholen würde. Nur Gott weiß, durch welche Hölle sie gegangen sind. Ich habe mich da rausgehalten. Melanie – ich habe viel später geheiratet als Wolfe – hat versucht zu helfen, aber das hat nur zu Mißverständnissen geführt. Also versuchen wir, uns so weit wie möglich aus allem herauszuhalten. Ja, wir wohnen direkt nebenan. Aber sehen Sie, das Haus nebenan war das Ferienhaus meiner Familie. Wolfe hat diesen Klotz hier gekauft, damit wir zusammensein konnten, so wie in alten Zeiten, verstehen Sie? Nur ist er nicht viel hier, und Melanie und Suzie sind grundverschiedene Typen, also gibt es nicht viel Geselligkeit. Trotzdem sind wir befreundet. Das war immer so und wird immer so sein.

Ich will Ihnen einmal etwas über die Firma erzählen. Als wir sie übernahmen, wurde Wolfe Geschäftsführer und ich sein Stellvertreter, obwohl wir beide noch keine dreißig waren, also was kostet die Welt! Es geht uns geschäftlich ganz gut, aber wenn wir wirklich groß werden wollen, brauchen wir mehr Kapital als das, was wir aus den Banken an Krediten herausquetschen können. Ich habe etwas Geld, das meine Eltern mir hinterlassen haben, es war zu der Zeit ein ganz schöner Batzen und hat sich auf dem Aktienmarkt ganz ordentlich entwickelt. Ich verfolge den Aktienmarkt aufmerksam, mache ein paar gute Geschäfte und lande ein paar Glückstreffer. Also sage ich zu ihm – wohlgemerkt, Father, es war meine Idee – willst du dir von mir Geld für deine Firma leihen? Zum Teufel, was heißt hier leihen, ich verkaufe dir fünfundvierzig Prozent. Auf diese Weise wirst du in den nächsten zehn Jahren einen großen Zinsgewinn machen.

Ich hätte mit meinem Geld nicht einmal damals fünfundvierzig Prozent der Firma kaufen können, Father. Aber so war Wolfe. Große Gesten, ein großzügiges Geschenk, und kein Wort mehr darüber. Also bin ich plötzlich Besitzer von fünfundvierzig Prozent der Firma, und das in einem Augenblick, wo die Inflation anfängt, den Aktienmarkt kaputtzumachen. Als ich zehn Jahre später wieder verkauft habe, habe ich einen Gewinn von dreihundert Prozent nach Steuern in harten Dollars gemacht. Wolfe zuckt nicht einmal mit der Wimper.

Klar, ich habe immer schon vorgehabt, wieder zu verkaufen. Wir haben das beide so geplant. Als Burke es schließlich vorgeschlagen hat – und das ist ein cleverer Junge –, haben wir beide gesagt, ja, jetzt ist der richtige Moment. Wolfe besteht darauf, nicht etwa ich oder Burke, daß ich einen Vertrag auf Lebenszeit bekomme und ein Gehalt in inflationsfreien Dollars. Father Armande hätte verdammt große Schwierigkeiten, den zu brechen, nicht daß er jemals eine Gelegenheit dazu bekommen wird. Das ist Wolfes Werk. Ich hätte nie daran gedacht, ihn darum zu bitten.

Dann habe ich in den nächsten fünf oder sechs Jahren mit dem Geld ziemliche Dummheiten gemacht. Sie wissen, was in den Jahren in der Handelskammer los war. Die Regierung hatte die Dynamik des Aktienmarktes zerstört, und es gab keine Möglichkeit mehr, der Inflation auszuweichen. Also verlegten sich die cleveren Jungs auf die Warentermingeschäfte. Ich habe diese Aktivitäten schon einige Jahre in der Zeitung verfolgt und komme zu der Überzeugung, daß man auf diese Weise genügend Dollars anhäufen kann, um zehnfacher Millionär zu werden. So eine Art Richard Dennis der späten Siebziger, wenn Sie verstehen, wie ich das meine.

Ich will Sie nicht mit meinem Klagelied langweilen, Father. Ich habe alles verspielt, alles, bis auf den letzten Cent. Ich lernte, daß es ein Unterschied ist, ob man in Gedanken spekuliert oder in Wirklichkeit. Na ja, ich habe immer noch meinen Job, unser Lebensstil muß sich nicht ändern. Melanie regt sich ein bißchen auf, aber was soll's, sie wird schon darüber wegkommen. Also, was macht es schließlich aus? Ich investiere hier und da immer noch ein bißchen, nur so zum Spaß, und ich komme immer so ungefähr glatt wieder heraus. Aber die Firma ist mein Lebensinhalt. Und das Leben wird dort ohne ihn ziemlich leer sein, auch wenn er in den letzten Jahren nicht mehr ganz auf dem Damm war.

Schwierigkeiten mit Armandes Wirtschaftsprüfern? Das sind Arschlöcher, wenn Sie mich fragen. Entschuldigen Sie den Ausdruck, Father. Sehen Sie, der arme alte Kiernan hat schon von Anfang an lange Finger gemacht, getürkte Honorarrechnungen und so weiter. Das habe ich schon in der ersten Woche nach dem College gemerkt. Wolfe sagt, macht nichts, laß den armen Hund; ich sage, das gibst du mir aber besser schriftlich. Ich habe die Aktennotizen aufbewahrt, um das beweisen zu können.

Die denken, sie könnten mir etwas anhängen. Klar, Wolfe weiß, daß ich mir hin und wieder etwas Geld borge, und nach ein, zwei Monaten, spätestens aber nach einem Jahr wieder zurückzahle, vor allem, nachdem ich alles verspekuliert hatte. Es macht ihm nichts aus. Ich habe Notizen von ihm, die das beweisen. Armandes schäbige Anwälte – und trotz ihrer hochgestochenen LaSalle Street-Art sind sie genau so schäbig wie Kiernan – können mir nichts am Zeug flicken.

Was mir Sorgen macht, Father, ist Wolfe. Er ist ein anderer Mensch, nicht mehr der Typ, den ich von früher von Little Flower kannte, nicht der Typ, der hundert Fensterscheiben der Schule in einer Nacht zertrümmert hat, nicht der Typ, der die

Frauen auf dem Rücksitz meines Autos im Ryan-Wald verrückt machen konnte. Ich bin für ihn auf einmal Mr. Foster. Er spricht mit diesem Widerling im roten Gewand und sagt dann zu mir, ich müßte für meine Verbrechen bezahlen.

Der ist ganz einfach verrückt geworden, Father. Er tut mir leid, aber ich muß meine eigene Haut retten, also sage ich nichts zu ihm, so lange die Anwälte dabei sind. Als Suzie dieses Treffen am vierten Juli ansetzt, sage ich, gut. Zum Teufel, vielleicht können wir wieder zusammenkommen, so wie in den alten Tagen. Aber er hat sich einen angesoffen, zum ersten Mal seit langer Zeit. Ich denke so bei mir, daß Armande ihn endlich so weit hat, und daß Wolfe in ein paar Wochen für längere Zeit in ein Krankenhaus muß. Kein Wunder, wenn man daran denkt, was sie alles durchgemacht haben. Ich habe allerdings nie daran gedacht, daß er uns einfach wegsterben könnte, Father. Ich dachte nicht, daß es schon so weit mit ihm wäre.

Ja, er war ziemlich wild und außer sich. Suzie erzählt mir, er sei ausgeflippt. Aber sich in ein Schwert stürzen? Junge, Junge! Ich kann das immer noch nicht glauben.

Das ist die einzige plausible Erklärung. Wissen Sie, in gewisser Weise ist es für alle das beste. Ich hätte es furchtbar gefunden, wenn Wolfe – ein rechter Freigeist, Father, wenn es je einen gab – den Rest seines Lebens im Irrenhaus hätte zubringen müssen. Und dadurch ist es jetzt auch verdammt viel leichter, mit diesem Widerling Armande, oder wie der heißt, fertigzuwerden.

Es ist meine Firma, und niemand wird sie mir wegnehmen, vor allem kein bescheuerter Priester. Wenn man mir die Firma nimmt, dann nimmt man mir mein Leben.

43 Sue

Sie hört nicht auf, sich zu wehren, obwohl sie geschlagen wird. Solange du kämpfst, können sie dich nicht demütigen. Sie hatten strikte Order, sie nicht zu vergewaltigen, sonst hätten sie das längst getan. Ihre Hände sind gefesselt, und ihr Körper weist überall Spuren der Schläge auf. Trotzdem gelingt es ihr, durch die ständigen Bewegungen, das Strampeln und Treten ihre Strumpfhose anzubehalten und die dünne, kleine Stahlklinge zu schützen, die sie mit Klebeband an ihrem Oberschenkel befestigt hat. Sie ist so wütend, daß sie ohne Gewissenbisse töten würde.

Sie fummeln an ihr herum und spielen mit ihr, sie kneifen und zwicken sie und tun ihr dabei schrecklich weh. Aber sie gibt nicht auf.

Endlich kommt Armande. Er beschimpft seine Schläger, stammelt unverständliches Zeug, sie würden die Opferung verderben. Er befiehlt ihnen, sie ins Erdgeschoß in den Altarraum zu bringen. An den kalten, sauberen weißen Wänden brennen Fackeln und werfen wilde Schatten in den Raum. Sie wird mit dicken Bandagen an einen der Marmoraltäre gefesselt, ihre Hände liegen an den Seiten an. Sie spürt die Todeskälte des Marmors an ihrem Körper. Der alte Mann – jetzt sieht er so alt und hager aus, als ob er bereit sei zu sterben – schickt seine Schlägertypen weg. Er lehnt sich über sie und streichelt sie mit seinen schmutzigen Klauen, dabei murmelt er noch mehr unverständliches Zeugs. Sie tut so, als ob sie seine Zärtlichkeiten akzeptiert, und spielt ihm sogar vor, daß sie dabei Wollust empfindet. Sie weiß, daß ihre Hand so nah an dem Messer ist, daß sie sehr bald in der Lage sein wird, es herauszuziehen. Der alte Mann, dessen Atem nach Kloake riecht, drückt einen lüsternen Kuß auf ihre Lippen. Sie seufzt und täuscht Erregung vor. Er streichelt sie zufrieden, deckt sie mit einem roten Toch zu und geht hinaus.

Erst als er schon gegangen ist und sie angefangen hat, durch ständige Drehbewegungen ihrer Hand unter dem Stoff an das Messer zu kommen, wird ihr klar, daß das leise atmende Objekt auf dem Altar neben ihr Laurel ist.

Mach dir keine Sorgen, Schatz, sie versucht die Botschaft durch den Knebel zu denken, ich werde sie alle für dich umbringen.

Es ist sehr schwierig und anstrengend, das Messer frei zu bekommen. Strümpfe bekommen Laufmaschen, wenn sie nicht sollen, aber wenn sie kaputt gehen sollen, dann sind sie sehr stabil. Ihre Finger haben kaum die kalte Klinge berührt, da kommt der alte Mann mit seinen Schlägern mit einer neuen Last zurück. Es ist ein protestierendes, sich windendes, geknebeltes Bündel in einem weißen Gewand. Schwester Hilaire.

Das Gewand wird ihr brutal heruntergerissen, und dann wird sie an den Altar auf der anderen Seite neben Laurel gefesselt.

Der alte Mann flüstert seinen Ganoven ein paar zustimmende Worte zu. »Die hier kommt zuerst dran, die anderen erst, wenn ich es sage.«

Sie greift wieder nach ihrem Messer und überlegt sich, wen sie zuerst erstechen soll. Ihre Chancen sehen ziemlich schlecht aus, aber sie ist so wütend, daß ihr das gleich ist.

Die Ganoven spielen mit Schwester Hilaire herum und haben es mit ihrem Amüsement gar nicht so eilig. Die Frau protestiert geräuschvoll, aber wegen des Knebels werden ihre Beschwerden zu einem gedämpften Schluchzen reduziert.

Der alte Mann kehrt zurück, und sie drückt ihre Schenkel wieder gegen die jetzt offenliegende Klinge und tut so, als könne sie sich nicht bewegen. Er trägt einen größeren Gegenstand vorsichtig in beiden Händen. Leise tritt er hinter den größeren der beiden Männer und hält den Gegenstand gegen dessen Kopf.

Es gibt einen Lichtblitz und eine ohrenbetäubende Explosion, dann verschwindet der Kopf des Meßdieners im Pulverqualm und in der Dunkelheit. Ruhig richtet der alte Mann den Revolver auf den anderen und schießt ihm ein großes Loch durch die Brust. Der zweite Meßdiener sinkt zu Boden.

Sie spürt, wie Galle aus ihrem Magen aufsteigt. Sie würgt

sie wieder hinunter. Sie möchte ihn jetzt noch nicht in ihrer Nähe haben, noch nicht.

Er öffnet eine Schiebetür. Sie sieht ein Licht und eine Treppe, die hinunterführt. Ganz langsam, als hätte er viel Zeit, zieht Armande de St. Cyr, Bote des Lichts und Hohepriester des Luzifer, den Leichnam zu der Tür und läßt ihn die Treppe hinunterpoltern.

»Weder Sie noch Mrs. Foster sind nach dem Dinner noch einmal in das Quinlan-Haus zurückgegangen?« fragte ich vorsichtig.

Er rutschte unbehaglich auf seinem Stuhl herum, aber die ausdruckslose Härte in seinen Augen änderte sich nicht.

»Nein. Wir haben natürlich darüber geredet. Mel – sie ist emotionaler als ich – dachte, wir müßten versuchen zu helfen. Ich habe gesagt, daß alles, was wir täten, mißverstanden werden könnte. Wenn Wolfe auf so einer Sauftour war, dann ließ man ihn am besten in Ruhe. Wenn ich auch nur eine Ahnung von dem gehabt hätte, was dann noch passieren würde, hätte ich anders darüber gedacht. Aber trotzdem weiß ich nicht, was wir hätten tun können.«

»Und Sie schliefen beide, als Tommy Burke kam, um Ihnen zu sagen, daß Wolfe tot war?«

»Ich war kaum im Bett, da schlief ich schon fest. Ich schlafe immer sehr fest. Mel hörte das Geräusch und stand auf, ohne mich aufzuwecken. Sie mußte mich wachrütteln, um mir die traurige Neuigkeit mitzuteilen.«

»Sie haben nie etwas von einem zweiten Schlüssel zu Wolfes Bibliothek gehört?«

Er schien sich zu entspannen, so als ob ich auf dem besten Wege gewesen wäre, in ein für ihn gefährliches Fahrwasser zu kommen und jetzt abgedreht hätte. Seine Augen waren so ausdruckslos wie immer. »Ich habe mich nicht so sehr für seine Sammlung interessiert. Sie war in Ordnung, verstehen Sie, Kinderkram, aber harmlos, ich glaube, das gehörte zu Wolfes Kreativität. Eine Geschäftspartnerschaft ist wie eine Ehe, glaube ich. Man gewöhnt sich an die Eigenheiten seines Partners. Ich habe Wolfes Begeisterung für seine Sammlung respektiert, und er hat mein Desinteresse akzeptiert.«

»Ich verstehe. Glauben Sie, daß sein Tod ein Unfall war?«

Seine Augen zuckten einen Moment. »Das hat der Coroner gesagt, nicht wahr?«

»In der Tat.«

Er atmete langsam und erschöpft aus. »Zum Teufel, Father, ich weiß es nicht. Es scheint keine andere Erklärungsmöglichkeit zu geben. Aber es ist schon verdammt eigenartig, wenn Sie mich fragen. Wir hatten allen Grund, ihm den Tod zu wünschen, wenn man darüber nachdenkt, und doch fehlt er uns allen. Ohne Wolfe wird das Leben nie wieder so sein, wie es einmal war. Aber wir müssen alle einmal gehen, nicht wahr? Aber ich wünschte mir trotzdem, er hätte etwas mehr Zeit gehabt.«

Er meinte das ehrlich und doch auch wieder nicht. Gregory Fosters Gefühle seinem lebenslangen Helden gegenüber waren so widersprüchlich, daß es durchaus möglich war, daß er sie selbst nicht verstehen konnte.

Oder er wollte, daß ich dächte, er könnte sie nicht verstehen.

45 Blackie

Als ich mit meinen, hm, Nachforschungen in dem Quinlan-Anwesen anfing, dachte ich darüber nach, wie anders doch das Bild war, das Melanie Foster von ihrem Mann hatte, als die Art, wie er sich selbst darstellte. Sie hatte beharrlich behauptet, er würde über die Affäre zwischen Quinlan und ihr reden, was er aber tatsächlich nicht getan hat. Sie bezeichnete ihn als einen Trottel, während er auf mich eher wie ein engagierter Geschäftsmann und sehr kluger Verhandler wirkte, der sich in jeder Weise absicherte.

Seine Bewunderung für Wolfe war sicher ehrlich gemeint. Aber der Neid, den er so gut hinter seinen grauen Augen verbarg, war sicherlich auch stark ausgeprägt. Wenn ich die Dynamik dieses schlimmsten aller menschlichen Laster richtig verstehe, dann ist dieser Neid durch Wolfes Großzügigkeit noch verschlimmert worden.

War seine Position in der Firma wirklich so sicher, wie er behauptet hatte? Das mußte noch überprüft werden. Vielleicht. Er hatte selbst gesagt, daß es für alle besser sei, daß Wolfe tot war. Die Firma befand sich seit seinem Ausflug, erst in den Pentecostalismus und dann in die Teufelsanbetung, auf dem absteigenden Ast. Sie brauchte neues Blut, Männer und Frauen mit neuen Ideen. Wolfe wäre nicht damit einverstanden gewesen, das war sicher. Vielleicht hatte Foster Wolfes emotionalen Kollaps schon antizipiert und Pläne gemacht, die neue Ziele und neue Leute betrafen. Vielleicht wollte er nach seinem Fehlschlag mit den Warentermingeschäften jetzt die Spitzenposition in seiner eigenen Firma einnehmen. Dann würden die kreativen Leute für ihn arbeiten müssen und nicht umgekehrt. Eine solche Umkehrung wäre doch trotz allem nicht unfair, oder?

Fast ohne Vorwarnung erscheint plötzlich Wolfe mit Armande und seinen Anwälten und Wirtschaftsprüfern in der Firma. Greg fühlt sich bedroht, egal wie sicher er seine angestammte Position sieht. Ein Rechtsstreit, der sich lange hinziehen könnte, wäre eine unerträgliche Belastung für einen Mann, der wenig eigenes Geld besitzt – und immer noch gerne spekuliert. Die neuen Inhaber könnten seinen Vertrag anfechten, sein Gehalt einfrieren und ihm die Illusion nehmen, daß die Firma praktisch ihm gehörte.

Suzie dagegen würde sie mit Sicherheit nicht ohne ihn weiterführen, nicht wahr?

Wenn Wolfe ohnehin nur noch ein Schatten seiner selbst war, weit entfernt von dem Helden seiner Kindertage, und außerdem dazu verdammt, den Rest seines Lebens in einer Irrenanstalt zuzubringen, warum sollte er sich da nicht die Treppe hinaufschleichen, ganz leise durch den Flur zum Museum gehen und Wolfe in das Paradies der charismatischen Genies schicken?

Wenige von unseren Verdächtigen hatten ein stärkeres Motiv, und wenige hätten die Tat auch so leicht durchführen können.

Aber da blieb immer noch das Rätsel des verschlossenen Zimmers. Könnte es sein, daß Melanie einen zweiten Schlüssel hatte? War es möglich, daß sie und Greg eine eigene kleine Verschwörung ausgeheckt und sich gegenseitig gelobt hatten, daß einer den anderen decken würde, egal was passierte? Sie verbargen etwas, das war klar. Vielleicht nur einen noch späteren Besuch bei Wolfe. Ein Mann wie Foster, der sich seinem Partner und Rivalen gegenüber immer unterlegen gefühlt hatte, könnte Angst haben, daß man ihn verdächtigen würde, den Mord begangen zu haben.

Wie immer die Beziehung der Fosters in Wahrheit auch aussehen mochte, sie würden in einer Krise in jedem Fall loyal zueinander sein. Wenn sich die beiden wirklich miteinander verschworen hatten, erfolgreich oder nicht, wie sollte ich das je herauskriegen?

Mit diesem glücklichen Gedanken begab ich mich in den zweiten Stock, nahm Larry Burkes Skizze aus meiner großen Aktentasche und begann meine Nachforschungen.

Am oberen Treppenabsatz stieß ich mit Wolfe Tone Quinlan zusammen.

46 Sue

Der alte Mann beseitigt langsam und in aller Ruhe die Spuren seines Doppelmordes. Die Leichen liegen unten im Keller. Er geht hinunter und macht sich an ihnen zu schaffen. Sie hört, wie er eine Flüssigkeit über sie gießt. Dann kommt er leise summend die Treppe wieder hoch, holt einen Schlauch aus der Sakristei und spült die Stelle unterhalb von Hilaire ab und wischt sie sauber. Die Frau jammert erbärmlich, aber er ignoriert das. Sue arbeitet vorsichtig an der Bandage, mit der ihr rechtes Handgelenk gefesselt ist. Sie drückt und zieht die glatte Klinge, die ihr immer wieder wegrutscht, über die Fessel und schneidet sich dabei fast genau so oft in ihr eigenes Fleisch, wie sie die Fessel trifft. Sie hat ungefähr die Hälfte geschafft.

Sie sagt sich, daß der alte Mann ihr einen großen Gefallen damit getan hat, daß er die beiden Ganoven umgebracht hat. Jetzt ist das Verhältnis eins zu eins. Und Laurel ist der Preis. Plötzlich bekommt sie Angst. Die Klinge entgleitet ihr, sie greift verzweifelt danach und bekommt sie wieder zu fassen.

Sie könnte verlieren – der Gedanke war ihr bisher nicht gekommen. Er könnte sie beide umbringen. Sie denkt an Wolfe und sein vergeudetes Leben. Sie denkt an Lawrence und daran, wie sehr sie ihn liebt, obwohl sie erst so kurze Zeit zusammen sind. Sie möchte noch ein bißchen länger leben, und wenn auch nur, um die Fehler der Vergangenheit wieder gutmachen zu können.

Bitte, so betet sie zu dem richtigen Gott, zu dem, an den sie immer geglaubt hat, es liegt bei Dir. Ich bin Dir auch schon für die letzte Woche dankbar. Wenn du nichts dagegen hättest, mir noch ein paar Wochen zu gönnen, dann wäre ich Dir sehr dankbar.

Auf diese Weise wieder etwas beruhigt, fängt sie wieder an, an der Fessel herumzusägen.

Der alte Mann läßt den Schlauch auf dem Boden liegen und bringt die Eimer und die Aufnehmer wieder weg. Dann zieht er in einer Ecke des Raums ein purpurrotes Gewand von einem Stapel weg – noch mehr Behälter, vielleicht Feuerlöscher. Das Blut stockt in ihren Adern. Er wird uns verbrennen.

Er legt sein rotes Cape und sein weißes Gewand ab. Sein Körper, der in den letzten paar Augenblicken buchstäblich verfallen und gealtert ist, ist nur mit einem seidenen Lendenschurz bekleidet. Er zieht die roten Decken von Hilaire und Laurel weg. Sie versteckt schnell das Messer unter ihrem Bein, bevor er auch ihre Decke wegzieht, und sie zu den anderen in eine Ecke des Raums wirft.

»Meine lieben Freundinnen« – er klingt jetzt wie der alte Monsignore in St. Praxides, als sie klein war – »wir stehen kurz vor unserer lang erwarteten Pilgerfahrt in die Region des Lichts, in das absolute Zentrum des Lichts. Wir werden dort glücklich sein und regieren, bis es dem Prinzen des Lichts gefällt, uns wieder hierhin zu seiner und unserer zweiten Ankunft zurückzuschicken.«

Wahrscheinlich hat das alles als fauler Zauber angefangen, aber der Verrückte glaubt inzwischen selbst daran. Sie zittert vor Angst.

»Es wird eine lange, aber angenehme Reise sein. Wir werden fröhlich durch den Kosmos tollen, meine jungfräuliche Königin, ihr beiden Mädge und meine königliche Person. Der erste Teil der Reise wird eine kurze Zeit lang beschwerlich sein, vor allem für die Jungfrau. Das Leiden ist ein notwendiger Teil der Transformation. Je schrecklicher und qualvoller das Leiden ist, um so glorreicher ist der Lohn der Transformation, dessen seid versichert. Jetzt werde ich euch für unsere Reise baden und salben.«

Er holt aus der Sakristei zwei Becken und geht noch einmal zurück, um ein Handtuch und einen Schwamm zu holen. Er fängt bei ihr an, indem er ihre Strumpfhose mit einem langen Messer wegschneidet. Sie windet sich vor Scham.

»Nun komm schon, Magd«, murmelt er beruhigend, »du brauchst dich deiner reifen Schönheit nicht zu schämen. Gib dich den süßen, natürlichen Energien des Kosmos hin.«

Sie zwingt sich zum Gehorsam. Je schneller er fertig ist, um so schneller kann sie weiter an ihrer Fessel arbeiten.

Er reibt ihren Körper fest mit dem Schwamm ab, so als sei er schmutzig. Dann salbt er sie mit einem billigen Badeöl. Er konzentriert sich besonders auf ihre Brüste und verharrt dort, als könne er sich nicht von ihnen trennen.

Sie denkt an Lawrence und betet.

Der Scheißkerl konnte nicht einmal ein besseres Öl kaufen, denkt sie unnötigerweise und versucht, die Demütigung und Erniedrigung zu verdrängen. Das riecht wie Kaffee, in dem zu viel Zucker ist. Wird er denn nie fertig? Ihre Brustwarzen werden nicht vor Erregung, sondern vor Kälte hart. Er drückt sie in paar Mal spielerisch und geht dann wieder weg.

Es war zu dunkel, und er war zu sehr damit beschäftigt, mich zu befummeln, daß er das Messer nicht bemerkt hat, denkt sie und greift danach.

Da ist er wieder über ihr und streut Blüten über ihren Körper.

Oh mein Gott, das ist der helle Wahnsinn. Sie versteckt das Messer schnell, damit er es nicht diesmal sieht. Sie wird noch reichlich Zeit haben, sich zu befreien, wenn er mit den anderen herumspielt.

Ihre Fingernägel kratzen über den glatten Marmor. Das Messer ist außerhalb ihrer Reichweite; sie hat es zu weit unter ihr Knie geschoben. Sie kommt nicht mehr daran.

Sie hat verloren.

47 Blackie

Ich hob meine Aktentasche auf und sammelte den Inhalt wieder ein.

Niemand hatte mir gesagt, daß oben im zweiten Stock an der Flurwand ein lebensgroßes Bild des Toten hing. Warum hatte Sue es dort hängen lassen?

Wahrscheinlich, weil es mit der Zeit so zu der allgemeinen Szenerie gehörte, daß kaum jemand Notiz davon nahm.

Es war eine gute Arbeit, Wolfe hatte sich offensichtlich den besten Portraitisten gesucht, den er für sein gutes Geld bekommen konnte – und hatte dann so getan, als ob er begeistert wäre, obwohl der Maler sehr gewissenhaft ein ehrliches Abbild seines Modells geschaffen hatte.

Ich war dem Mann nie begegnet, obwohl wir im gleichen Viertel großgeworden sind. Aber ich hatte eben Pech gehabt, denn bei mir hatten die Mädchen damals nicht den Verstand verloren, weil ich auf dem Rücksitz mit ihnen im Ryans-Wald knutschte.

Der Künstler muß ehrlich gewesen sein, weil er diese ganz leichte Andeutung von Unsicherheit und Angst in seinen braunen Augen durchscheinen ließ. Eine Andeutung, die hinter der Jovialität und der aggressiven Freundlichkeit dieses gutaussehenden, erfolgreichen, klugen Mannes eine Leere erkennen ließ, die er selbst kaum wahrgenommen hatte.

Ein Charakterdefekt, murmelte ich zu mir selbst und leistete mir auf diese Weise einen Fehler, der immer wieder von meiner Schwester Mary Kate gebrandmarkt wurde, nämlich ein Etikett mit der Diagnose zu verwechseln.

Wie hatte Larry Burke ihn genannt? Buffotenor einer komischen Oper? Ein Mann, der gefehlt hatte, als Substanz verteilt wurde? Einer von den leeren Menschen des alten T. S. Elliot?

Aber auf jeden Fall mit genügend Verletzlichkeit, daß man ihn nur sehr schwer hassen konnte. War er im Augenblick leidenschaftlichen Hasses getötet worden? Wenn der Beweis, den ich erwartete und gleichzeitig fürchtete, dort sein sollte, wo ich glaubte, ihn zu finden, dann mußte der Mörder guten Grund zum Hassen gehabt haben.

Aber das Verbrechen mußte nicht unbedingt in einem

Ausbruch von Haß begangen worden sein. Ganz und gar nicht. Das war, wenn mein Szenario stimmte, die entscheidende Frage.

Also ignorierte ich Wolfe Quinlans wachsame Augen und machte weiter mit meiner Untersuchung. Ich deponierte meine Aktentasche auf dem obersten Treppenabsatz, nahm Lawrence Burkes Skizze in die Hand und stellte mich dort oben im zweiten Stock hin. Ich hatte vorher alle Türen zu den Zimmern geöffnet. Wenn ich mir jetzt vorstelle, ich bin Lawrence F. X. Burke frühmorgens am 5. Juli im Jahre des Herrn neunzehnhundertvierundachtzig, dann kann ich direkt gegenüber durch die offene Tür des Arbeitszimmers, Museums oder wie man das immer nennen will blicken. Ich kann den Arbeitstisch sehen, wo der Körper in dieser seltsamen erotischen Umarmung mit Tancredi lag. Ich kann im Inneren des Zimmers die Schiebetür sehen, die sich in der Verglasung befindet, die den ganzen zweiten Stock umgibt. Ich kann weder den Schrank noch die Tür zu dem verbindenden Badezimmer sehen.

Alles genauso, wie Lawrence es beschrieben hat.

Außerdem kann ich die Tür zum Eheschlafzimmer sehen, das leer ist, weil Suzie, damals hieß sie ja noch so, hinuntergelaufen war, um die Telefonnummer der Notre Dame-Kirche herauszusuchen. Man nahm jedenfalls an, daß sie das tat. Schließlich kam ja dann auch ein Priester.

Ich kann die geschlossene Tür von Laurels Schlafzimmer sehen. Da sie einen sehr tiefen Schaf besitzt, hat sie nichts gehört. Auch die Tür von Kevins Schlafzimmer ist geschlossen. Die Tür meines Zimmers ist offen, aber da es zwischen meinem und Kevins Zimmer keine Verbindung gibt, kann er nicht durch mein Zimmer nach draußen gelangen, falls er das aus irgendeinem Grund vorhaben sollte. Kiernan ist direkt neben mir in seinem Zimmer am Telefon und ruft die Polizei. Ich kann ihn sehen, und er kann mich sehen. Tommy ist schon zur Garage hinuntergelaufen, um die Fosters zu holen. Keiner kann über den Flur, ohne von mir gesehen zu werden.

Keiner kann in das Mordzimmer hinein oder aus ihm heraus, ohne sowohl von Kiernan als auch von Larry gesehen zu werden. Ich kann mich auch nicht von der Stelle rühren, ohne daß Kiernan das sieht, und umgekehrt.

Dann kommt Suzie hysterisch zurück, und man weckt die Kinder, denen der Tod den Vater genommen hat.

Aha.

Ich gehe in Kiernans Zimmer, hebe das Telefon ab. Die Nummer habe ich mir aus dem Telefonbuch in der Küche im ersten Stock herausgesucht (in dem, da bin ich sicher, auf einer Liste von Notrufen auch die Nummer des örtlichen Priesters steht), und rufe diesen werten Herrn Anwalt in seinem Büro in Chicago an. Keine Antwort. Dann bei ihm zu Hause. Auch keine Antwort.

Wahrscheinlich treibt er sich in einer Kneipe herum, dieser schleimige Bastard.

Trotzdem weiß ich jetzt, was passiert ist. Ich fürchte, ich weiß es.

Ich ließ mir alles noch einmal durch den Kopf gehen. Das wäre jedenfalls eine Lösung. Mal sehen, ob es so geht.

Ich ging in das Museum, aus dem inzwischen ein bedeutend freundlicherer Raum geworden war, seit Sue die Vorhänge aufgezogen hat und das helle Sonnenlicht des Lake Michigan hereinfällt. Eine Rüstung stand immer noch an ihrem Platz. Tancredis Kumpel. Ich befühlte die Spitze des Breitschwerts. Oh ja, damit würde es gut gehen.

In dem Zimmer herrschte ein angenehmes Durcheinander: Samtportieren, Rohrstühle, vollgepackte antike Tische, Bücherregale und Schränke aus Mahagoni. Ein bißchen überladen, aber geschmackvoll. Die drei hingebungsvollen kleinen italienischen Marmormädchen würden zweifellos die Mitglieder meiner Gemeinde schockieren, die, wenn sie könnten, Michelangelos wiederauferstandenem Jesus am liebsten ein Suspensorium und seiner Eva einen Büstenhalter anziehen würden. Aber sie waren keusch und anmutig genug, um als präsentable Kunstwerke zu gelten. Meine Theologie, die orthodoxer ist als die der Leute in meiner Gemeinde, sagte mir, daß der so kunstvoll geformte Marmor und noch mehr die drei wunderschönen Bauernmädchen, die dem Künstler als Modelle gedient hatten und jetzt zweifellos im Himmel (und damit noch schöner) waren, Sakramente von Gottes strahlender Schönheit darstellten, Hinweise auf die Lebenspendende, nährende Zärtlichkeit der Dame Gott.

Wahrscheinlich hat Wolfe Quinlan sie nicht so gesehen. Der arme Mann. Solche Einsichten konnten den Kunstgenuß eher noch steigern als mindern.

Nein, diese Statuen waren gewiß nicht schmutzig. Vielleicht war ihr Besitzer ein Mann mit einer schmutzigen Fantasie, und die mußte durchaus nicht seine Schuld sein.

Aber sie waren auch nicht sanftmütig, nicht nach meiner Definition des Begriffs. Um die leidenschaftliche Bescheidenheit der Dame Gott zu reflektieren, hätte es eines Hinweises bedurft, daß sie unter den entsprechenden Umständen ihre Finger an der Brust eines Mannes und unter das elastische Band seiner Unterhose gleiten lassen würden (oder was man im neunzehnten Jahrhundert in Italien Entsprechendes getragen hat). So anmutig sie waren, so waren sie doch zu passiv für ein solches Gefühl.

Vielleicht fand sich in den Modellen kein solcher Hinweis, oder der Künstler war womöglich zu bange, ihn wahrzunehmen. Wenn dieser Hinweis sich in den Statuen ausgedrückt hätte, hätte Wolfe Quinlan sie nicht gekauft. Er hätte die Herausforderung nicht ertragen.

Obwohl außer dem lieben Gott niemand zuhörte, seufzte ich tief, so wie ein Ire fern der Heimat. Aber der liebe Gott war inzwischen immun dagegen.

Die Welt war einfach nicht in Ordnung.

Zurück zu meiner aktuellen Sorge, hätte sich jemand hinter den Statuen verbergen können? Das war nicht sehr wahrscheinlich, aber es gab eine Menge anderer Stellen, wo man sich hätte verstecken können, obwohl kaum vor den wachen Augen eines Larry Burke. Die Schranktür war offen, innen war genügend Platz, sogar für den Eisschrank und den kleinen Herd. Ich borgte mir aus dem Eisschrank eine Flasche Mineralwasser.

Dann ging ich durch das verbindende Badezimmer in das zartrosa und pinkfarbene, duftige Eheschlafzimmer. Feminin wäre zu schwach ausgedrückt. Nun ja, Sue hatte ein Recht darauf. Das Bett war auch gemacht. Eine ordentliche Frau, vielleicht sogar ein bißchen zwanghaft. Jedes Schminktöpfchen und jeder Kamm an seinem Platz. Das morgendliche Make-up wurde wahrscheinlich wie ein Pontifikalamt zelebriert.

Dann Laurel Flavias Zimmer, genauso makellos, wie es der hochgeschätzte Thomas Burke beschrieben hatte – nur die Michael Jackson- und Ryne Sandberg-Poster und der Notre Dame-Wimpel über dem Bett ließen erkennen, daß dieses Zimmer von einer Sechzehnjährigen bewohnt wurde. Es war beige, nicht rosa wie das der Mutter; unter einem Regal mit Penguin-Klassikern stand ein Apple-Mackintosh-Computer komplett mit Drucker. Das Ambiente der Laurel Flavia wies darauf hin, daß sie wohl eher eine junge Intellektuelle war als eine Stammeshexe.

Man konnte natürlich beides gleichzeitig sein.

Ich ging zu den verschiedenen Ausgängen, um mich zu vergewissern, daß die Schlösser so waren, wie man sie mir beschrieben hatte. Dann rekonstruierte ich den Mord so pedantisch genau, daß ich sogar Baldwin (wie ich den überlebenden Ritter vorläufig getauft hatte) von seinem Podest hinunterstieß und gegen den Arbeitstisch fallen ließ. Er fiel leicht um, prallte mit einem dumpfen Knall gegen die spiegelblank polierte Platte und hinterließ einen scharfen Kratzer.

Das tut mir leid.

Der Mörder hatte eine brillante Vorstellung geliefert. Kein Wunder, daß die Polizei ausgetricks worden war.

Jetzt war nur noch nötig, nach dem Beweis zu suchen, den ich glaubte finden zu müssen. Ohne ihn war nichts zu beweisen. Mit ihm war alles bewiesen.

Ich fand ihn genau an der Stelle, wo ich erwartet hatte, ihn zu finden. Und er sah genauso aus, wie ich es mir vorgestellt hatte.

Diesmal mußte ich mich nicht übergeben.

Aber ich war doch wieder dicht daran.

Armer Irrer, sagte ich im Geiste zu dem Mörder.

Verdammter armer Irrer.

48 **Sue**

Sie gibt auf und gerät in Panik, während er die wütende Hilaire und die fast bewußtlose Laurel salbt. Ihre Tochter windet sich gequält unter seinen Küssen.

Die Wut bringt ihre Energien zurück; sie streckt sich gegen die Fesseln, so weit sie kann, zwängt ihre Hand unter ihren Schenkel und in die Kniekehle.

Ihre Fingernägel berühren das Messer, kratzen an ihm, lösen es. Sie versucht es noch einmal. Es rutscht weg.

Er geht leise pfeifend aus dem Raum.

In schierer Verzweiflung versucht sie es noch einmal; der Schmerz scheint ihr Arme und Beine zu zerreißen.

Aber sie hat das Messer.

Er kommt zurück und legt ein rapierähnliches Schwert auf den Boden. Oh, mein Gott. Was will er damit machen?

Ihr Ausruf wird zu einem Gebet. Jetzt liegt alles bei Dir. So viele Wochen, wie Du willst. Oder keine. Danke, daß Du mir Lawrence geschickt hast.

Und Tommy.

Und Monsignore Ryan. Blackie.

Er geht wieder, kehrt zurück, erneuert alle Fackeln, zieht eine aus dem Wandhalter, nimmt einen der geheimnisvollen Behälter, die neben dem Vorbereitungsaltar stehen und kommt zu ihr, sein Gesicht strahlt im flackernden Licht der Fackeln wie das eines abgemagerten Weihnachtsmannes.

»Die Zeit ist gekommen, mein Kind«, sagt er leise. »Sei tapfer.«

Lieber Gott, ich liebe Dich. Es tut mir leid.

49 Blackie

Ich legte den Beweis in meine Aktentasche. Was ich damit tun würde, wenn überhaupt etwas, blieb abzuwarten.

Ich konnte mir vorstellen, wie ich damit in Rich Daleys Büro erscheinen und versuchen würde, ihm zu erklären, wie ich daran gekommen bin. Egal ob er Kriminalromane las oder nicht, er würde mir kaum Zeit lassen zu erklären, wie ich das Rätsel des verschlossenen Zimmers gelöst hatte.

LaPorte? Das wäre vielleicht etwas anderes.

Ich machte noch eine Runde durch die verschiedenen Zimmer, um sicher zu sein, daß ich keine Spuren meiner, hm, Nachforschungen hinterlassen hatte. Im Arbeitszimmer stellte ich Baldwin wieder an seinen Platz zurück, was mir einige Schwierigkeiten bereitete, und schob sein Schwert wieder in die Senkrechte. Draußen vor dem Fenster war der Himmel wolkenlos und der See ruhig. Der Horizont sah aus wie eine Linie zwischen zwei verschiedenen blauen Farbflecken in einem warmen, beruhigenden Federbett.

Der schönste Sommer, an den ich mich erinnern kann, sagte ich mir, als ich mich mit meiner Aktentasche in der Hand auf den strategischen Rückzug begab und darüber nachdachte, was ich als nächstes tun sollte. Sogar die Cubs hatten gewonnen.

Als ich auf der ersten Stufe der Treppe war, hörte ich ein dumpfes Geräusch aus dem Arbeitszimmer, so als ob jemand mit einem Vorschlaghammer auf den Boden schlägt.

Ruhig sagte ich zu mir, daß es ein solches Geräusch gar nicht geben könnte. Also war es auch nicht da. Ich hatte nichts gehört.

Ich ging eine Stufe weiter.

Noch ein dumpfer Knall.

Und eine intensive Kälte – nicht in der Umgebung, sondern in meinen Adern.

Blackie Ryan, du Priesterdetektiv und Graue Eminenz des Kardinals, du hast Angst?

Da kannst du aber Gift drauf nehmen!

50 **Armande**

Er betrachtete die Frau ganz genau, ihr üppiger kleiner Körper leistete tapfer Widerstand. Sie war so reizend. Ihre steifen braunen Brustwarzen erinnerten ihn an die erste Frau, die er hatte, Mutter eines der schwarzen Schulkinder in seiner ersten Pfarre. Sie hatte sich in der Sakristei ausgezogen, und er, der noch nie zuvor eine nackte Frau gesehen hatte, war völlig fasziniert. Irgendwie hatte sie gewußt, daß er mit ihr experimentieren wollte.

Aber er hatte nicht so weit gehen wollen. Nicht bis zum Geschlechtsverkehr.

Aber er konnte nicht mehr aufhören, er konnte nichts mehr dagegen machen.

Es war unerträglich schön. Und noch schöner war es, sie hinterher zu bestrafen, wobei diese Aktion so spontan ablief wie sein erstes sexuelles Erlebnis mit ihr. Und sie schien das auch so zu wollen.

Aber später hatte sie sich dann beim Bischof beschwert. So hatte alles angefangen, so war er in Ungnade gefallen. Sein Leben hätte einen anderen Verlauf nehmen können, wenn sie ihn nicht verführt hätte.

Er hatte sie vorher mit Gewalt geküßt, das mußte er zugeben. Sie war die erste Frau, die er je geküßt hatte. Aber das sollte schließlich nur ein Zeichen der Zuneigung sein. Sie hätte nicht sofort ihre Bluse ausziehen müssen, unter der sie, schamlose Wilde, die sie war, nichts trug.

Er hatte oft davon geträumt, ihre Bestrafung zu vollenden.

Jetzt hatte er eine Chance dazu.

Er kippte die Kerosinkanne nach vorn.

51 Blackie

Neugier triumphierte über die Furcht. Vorsichtig und, das gebe ich freimütig zu, mit wie verrückt klopfendem Herzen schlich ich mich in das Zimmer zurück.

Die provozierende Videocamera lag friedlich auf dem Arbeitstisch.

»Okay«, sagte ich und versuchte so zu klingen wie ein registrierter Exorzist. »Und was jetzt?«

Einer der Schränke fing an zu poltern, so wie es mir angekündigt worden war. Da ich mit mehr Neugier als gesundem Menschenverstand gesegnet bin, untersuchte ich die Türen und Einlegebretter des Schranks. Das Poltern hörte auf.

Ich untersuchte weiter.

Es gab da eine Stelle in dem Schrank, ungefähr in Augenhöhe (meine Augen, wahrscheinlich nicht Ihre), wo eine Schublade hätte sein sollen, aber keine war.

Ich druckte und fummelte, klopfte und stieß dagegen, drehte und zog.

Niente, wie sie in Rom sagen, wenn man fragt, wieviel Macht der amerikanische Katholizismus in der Kurie hat.

Dann drehte ich instinktiv an dem Knopf der nächsten Schublade.

Wieder nichts. Dummkopf. Larry Burke hätte das auch versucht.

Okay, sie gehört ihm, und das ist in Ordnung, aber ein bißchen Konkurrenz in Findigkeit hat noch nie geschadet. Woran könnte er nicht gedacht haben, woran ein kaputter Typ wie Wolfe Quinlan gedacht haben könnte?

Vielleicht derselbe Knopf an dem gegenüberliegenden Schrank.

Ich drehte ihn zuversichtlich.

Nichts, verdammt noch mal.

Aha. Diesmal drückte ich, und das Geheimfach flog auf. Ihr denkt, Ihr könnt Blackie Ryan an der Nase herumführen, nicht wahr?

Und was war drin?

Aber natürlich, ein VHS-Videoband und ein kleiner, unversiegelter Umschlag. In dem Umschlag lagen zwei Dokumente, die so gefaltet waren, daß man die Unterschrift Wolfe Tone Quinlan unter Zeugen notariell beglaubigen konnte, ohne den Inhalt zu lesen. Beide Unterschriften trugen das Datum 3. Juli.

Beide waren ordnungsgemäß mit dem Siegel eines Notars versehen.

Ich öffnete den ersten.

Da stand: »Hiermit widerrufe ich mein Testament vom 1. Juni vollinhaltlich. Ich möchte der Kirche der Engel des Lichts nichts hinterlassen. Mein vorher abgefaßtes Testament ist hiermit wieder gültig.«

In dem anderen stand: »Hiermit wiederrufe ich alle Schenkungen, die ich der Kirche der Engel des Lichts gemacht habe, aus Gründen, die auf dem beiliegenden Videoband erklärt werden.«

Ich dachte über die Bedeutung dieses Materials nach. Es war im Augenblick in meinem Besitz bestimmt sicherer aufgehoben als irgendwo anders. Ich legte den Umschlag in meine Aktentasche und sah mich nach einem Videorecorder um. An der gegenüberliegenden Wand stand einer in einem Regal. Ich legte die Kassette ein, drückte auf den Knopf und wollte das Fernsehgerät einschalten.

Der Recorder funktionierte nicht.

Ich seufzte und legte auch die Kassette in meine Aktentasche.

Gar nicht so schlecht für einen Einbruchsnachmittag.

Ohne große Eile ging ich die Treppe hinunter zu dem alten Flügeltüren-Mercedes meines Vaters, der inzwischen eine nagelneue Maschine bekommen hatte, und fuhr nach Grand Beach zurück.

Den gemütlichen Weg am Ufer des Sees entlang.

52 Sue

Er steht mit einem entschuldigenden Grinsen über ihr. »Ich bitte dich tausendmal um Verzeihung, mein Kind. Eine, die so schön ist wie du, sollte nicht mit dieser vulgären Frau verwechselt werden, die uns nur deshalb begleitet, weil wir keine andere finden konnten. Du wirst als letzte von euch dreien transformiert, nach der Jungfrau, deren Magd du bist.«

Er geht zu Schwester Hilaire hinüber und gießt liebevoll den Inhalt des Eimers über den Körper der Frau. Der Geruch erinnert sie daran, wie ihre Mutter ganz früher Blaubeermarmelade gemacht hat.

Kerosin!

Noch hat sie Zeit. Sie fängt an, fieberhaft an ihrem Handgelenk zu sägen, ohne auf ihre Wunden zu achten. Besser verbluten als verbrennen.

Laurel vor mir! Lieber Gott, nein. Nicht die einzige, die mir noch geblieben ist.

Armande hält die Fackel in einer Hand, das Schwert in der anderen. Er steht über der Frau wie ein wahnsinniger Aztekenpriester und singt ein langes, unverständliches Lied.

Sie reißt wild an ihren Fesseln. Sie ist fast frei.

Armande berührt die Füße der Frau ganz leicht mit der Fackel.

Langsam kriecht das Feuer an ihrem Körper hoch. Hilaire schreit vor schrecklichem Schmerz.

Vorübergehend wie hypnotisiert unterbricht Sue ihre Arbeit. Lieber Gott im Himmel, hilf ihr!

Dann arbeitet sie weiter. Schnell, aber nicht zu schnell ist die Frau in lodernde Flammen gehüllt. Der Geruch des Kerosins mischt sich mit dem schrecklichen, süßlichen Geruch von brennendem Menschenfleisch.

Armande singt weiter. Die Flammen steigen höher. Der Geruch schnürt ihr die Kehle zu. Sein Gesang erreicht einen Höhepunkt. Er stößt sein Schwert in den Körper der brennenden Frau. Eine Blutfontäne schießt in die Flammen.

Sue verliert das Bewußtsein.

53 Blackie

Als ich am Haus meines Vaters und meiner Stiefmutter angekommen war – die beiden Hochgeschätzten waren ins Glendlord--Restaurant gegangen, um dort die beste Pasta in diesem Teil der Welt zu essen – rief ich zuerst bei Kiernan O'Rourke an.

Er war da.

»Aber natürlich, Monsignore. Ich bin immer froh, wenn ich der Kirche helfen kann. Nun, ich kann mich nicht mehr genau an alles erinnern. Es ist schließlich schon ein paar Wochen her. Ja, das stimmt; ich habe die Polizei von meinem Schlafzimmer aus angerufen – den normalen Notruf neun-eins-eins.

Ob ich die Tür zum Arbeitszimmer des armen Wolfe sehen konnte? Ja, das konnte ich tatsächlich. Nee. Da ist keiner 'rausgekommen. Burke hat den Kerl nach nebenan geschickt, die Fosters holen. Ganz schön raffinierte Art, den Jungen aus dem Haus zu kriegen, nicht wahr?

Ob jemand auf dem Flur war? Niemand außer Burke, und der stand die ganze Zeit wie ein verdammter Wachhund am Treppenabsatz, verstehen Sie? Entschuldigen Sie die Ausdrucksweise, Father.

Aber jederzeit, Father. Jederzeit. Grüßen Sie Seine Eminenz von mir.«

So.

Und dann die Videokassette auf meines Vaters riesigem Bildschirm, der von seinen Enkeln einstimmig als »plump« bezeichnet wurde, was sie aber nie daran hinderte, ihn zu benutzen.

Ich wußte, was ich sehen würde, war aber trotzdem schockiert: Wolfe Quinlan, unrasiert, mit verschlafenen Augen, gerötetem Gesicht in seinem purpurnen Morgenmantel. Seine Botschaft war kurz.

»Ich bin durcheinander, und ich fühle mich nicht wohl, also mache ich es kurz. Ich habe herausbekommen, daß Father Armande ein Betrüger und ein Mörder ist. Er hat Mrs. Carson Long umgebracht, weil sie zuviel wußte. Egal wie ich es herausgekriegt habe, ich habe es jedenfalls herausgekriegt. Ich widerrufe alle meine Schenkungen an ihn. Es kann sein, daß er versuchen wird, mich umzubringen, deshalb mache ich dieses

Band und lege es zusammen mit diesen Dokumenten weg, damit er nicht damit durchkommt.

Er ist ein verdammter Halunke. Er hat mich völlig übertölpelt. Ich habe ihm vertraut. Ich dachte, er würde mein Leben wieder auf die Reihe bringen.

Es tut mir leid, ich habe wieder einmal Scheiße gebaut.«

Tränen liefen an seinem Gesicht hinunter, bevor auf dem Bildschirm nur noch Schnee zu sehen war.

Das genügte, um ein christliches Begräbnis zu rechtfertigen. Elmhurst liegt in einer anderen Diözese, aber Mount Carmel ist in Chicago. Ein Begräbnis und eine Totenmesse in der Friedhofskapelle.

Das Telefon klingelte. Larry Burke. Ob ich wüßte, wo Sue wäre? Er hätte den ganzen Tag noch nichts von ihr gehört. Er sei dabei, zum Haus zu fahren; er mache sich Sorgen. Laurel sei auch nicht aufzufinden.

Ich wußte Bescheid, verdammter Trottel, der ich war.

Ich sagte ihm, ich würde ihn sofort zurückrufen.

Mike, der Polizist, ging in ihrem Apartment in Hancock ans Telefon. Ich sagte ihm, was zu tun sei. Ich hatte noch einen brillanten Geistesblitz, der etwas von meiner Dummheit wiedergutmachte, und schlug vor, auch die Feuerwehr zu alarmieren. Auch wenn ich nicht an eine Hölle mit wirklichem Feuer glaubte, hieß das noch nicht, daß der arme, verrückte Louis Connery nicht daran glaubte.

Dann rief ich die Küstenwache in Michigan City an. PO/3d CS. McLeod, Freundin von Mary Kates ältestem Sohn Pete hob ab. Ich sagte ihr, was ich brauchte und warum.

»Klaro, Priester«, antwortete Cindasoo.

Ich hatte kaum meinen Rückruf mit Larry beendet, da landete der große, weiße Sikorsky Hubschrauber der Küstenwache mit seinem trutzigen roten Streifen auch schon auf der Wiese des Vorgartens, und PO/3d McLeod persönlich schob die Tür auf. Sie sah aus wie ein Dreizehnjähriger, der Küstenwache spielt. Mit 280 Stundenkilometern brauste sie mit mir über den mit Schaumkronen bedeckten Michigan See auf die untergehende Sonne zu in Richtung Hyde Park. Ich betete die ganze Zeit zu Gott, Maria und zu allen Heiligen und Engeln, deren

Existenz mir bewußt war. Wir konnten dem Turm der Laura Spelman Rockefeller Memorial Kapelle gerade noch haarscharf ausweichen und kamen gleichzeitig mit der Feuerwehr an. Ich rannte auf das Haus zu, das von schmutzigen, orangefarbenen Flammen eingehüllt war, Cindasoo lief hinter mir her.

54 Sue

Ihre Augen öffneten sich. Der alte Mann beseitigt in aller Ruhe die Überreste seiner ersten ›Opferung‹. Schwester Hilaires verkohlter Leichnam wird sehr unzeremoniell die Kellertreppe hinuntergeworfen. Fröhlich pfeifend beginnt er, den Altar sauber zu schrubben.

Zuerst glaubt sie zu träumen. Aber der schreckliche Geruch von verbranntem Fleisch ist nur zu wirklich. Sie erinnert sich, daß sie vorher die Augen schon einmal geöffnet hatte. Da war er gerade dabei gewesen, den brennenden Körper mit einem Feuerlöscher abzuspritzen.

Er benützt den Schlauch, um den Altar zu reinigen. Dann versprüht er ein Raumspray in dem Altarraum. Der beruhigende Geruch des Deodorants nimmt den Kampf gegen den fürchterlichen Gestank des verbrannten Fleisches auf und unterliegt.

Dann erinnert sie sich, daß Laurel die nächste sein soll. Sie greift nach dem Messer, kann es aber nicht finden.

Der alte Mann zieht sich sein weißes Gewand und sein rotes Cape an.

»Für die Jungfrau muß ich entsprechend angezogen sein. Sie ist die Botschaft, die der Bote schickt.«

Ihre inzwischen abgebrochenen Fingernägel finden endlich die dünne Stahlklinge. Mit kalter Wut versucht sie, die Fesseln durchzuschneiden. Es ist immer noch Zeit. Es muß noch Zeit sein. Lieber Gott, gib mir noch etwas Zeit.

Der alte Mann bringt den zweiten Eimer voll Kerosin und bestreicht liebevoll Laurels Körper damit. Im flackernden Licht der Fackeln kann sie die Verblüffung in den Augen ihrer Tochter sehen und die beginnende Furcht.

Halt aus, Liebling, deine Mutter kommt.

»Wisse, o Jungfrau«, spricht er in sanftem Singsang, »daß ich es war, der Hohepriester, der dich aus der Unterdrückung deines Vaters befreit hat. Die Macht Luzifers, des Trägers des Lichts, hat mir dabei geholfen. Ich befahl, ihn zu töten, und er starb.«

Sie schneidet die letzte Fessel durch und reißt ihren Arm los. Er kommt schlurfend zu ihr, sofort liegt sie wieder unbeweglich. Sie muß jetzt klug sein. Sie darf erst zuschlagen, wenn sie ganz frei ist und mit ihm kämpfen kann.

Er schlurft zurück, in der einen Hand die Fackel, in der anderen das Schwert.

»Wisse, o heilige Jungfrau, daß du meine Braut sein wirst, meine Königin, meine Gemahlin. Wir werden Jahrtausende lang durch das Reich des Lichts reisen. Wir werden Ewigkeiten lang Frieden, Glück und Lust erleben. Eine Welt ohne Ende. Amen. Eines Tages, wenn die Zeit sich erfüllt hat, werden wir dann wieder mit Feuer und Licht zurückkehren. Als Vorbereitung auf deine Reise mußt du jetzt erst ein wenig leiden. In ein paar Stunden wird dir das als ein Nichts erscheinen. Jetzt im Augenblick wird es schmerzhaft sein. Außerdem kann ich deine kleinen Qualen nicht so beenden, wie ich das bei dieser Sklavenfrau gemacht habe. Das Schwert wird dein jungfräuliches Fleisch erst durchbohren, wenn du auf der Reise bist. Warte noch eine kleine Weile, dann bin ich bei dir.«

Er beugt sich nieder, um Laurel zu küssen, dabei hält er die beiden Waffen hoch über seinen Kopf. Die Augen des Kindes sind jetzt vor Entsetzen geweitet.

Er wendet Sue seinen Rücken zu. Mit zwei brutalen Bewegungen schneidet sie die Fesseln des anderen Arms durch und bringt sich eine blutende Wunde am Handgelenk bei. Sie behält die Hand im Auge, die die Fackel hält, und schneidet die Fesseln an ihrem rechten Fuß durch. Sie ist steif, kalt und unbeholfen. Bei dem Versuch, ihren linken Fuß zu befreien, entgleitet ihr das Messer und fällt klappernd zu Boden.

Der alte Mann, der weiter seine babylonischen Gesänge singt, hört das Geräusch des fallenden Messers nicht. Mit einer umständlichen Zeremonie segnet er Laurel mit der Fackel und macht über dem Kind ein groteskes Kreuzzeichen.

Jesus, hilf mir, betet sie. Sie beugt sich über die Kante des Altars, auf dem sie gefesselt war, und sucht panisch in der Dunkelheit auf dem Boden des Altarraums nach dem Messer.

Ganz vorsichtig, so wie eine Mutter die Flasche an die Lippen ihres Säuglings legt, bewegt er die Fackel auf Laurels Füße zu.

Sie findet das Messer, zieht sich wieder am Altar hoch und stürzt sich dann, ohne an ihr noch angebundenes linkes Bein zu denken, auf den Hohepriester des Luzifers.

Ihre Nerven sind so stark wie der Schaft der Klinge, und ihre Hand ist genauso ruhig. Ihre Augen sind hart, und ihr Ziel ist tödlich.

In unbändigem Zorn stößt sie die Klinge seitlich in seinen Hals, drückt mit all ihrer Kraft gegen den Widerstand des Fleisches, der Muskeln und des Knorpels. Dann zieht sie die Klinge zu seiner Kehle hinüber, so als schnitte sie eine Scheibe Roastbeef ab, das noch von gestern übriggeblieben wäre.

Er quietscht wie ein abgestochenes Schwein. Sein Rapier knallt auf den Boden. Die Fackel in seiner anderen Hand wackelt, sie ist Laurel gefährlich nahe.

Sie schneidet weiter. Blut quillt schäumend aus der Seite seines Halses, dunkelrot. Sie läßt den Dolch los.

Ich werde notfalls das Feuer mit meinem Körper ersticken, denkt sie, und reißt in Panik mit blutigen Händen an der letzten Fessel. Endlich bekommt sie ihr Bein frei und blickt nach oben. Der Hohepriester kommt auf sie zugewankt, und sein Gesicht glüht ekstatisch. Der Dolch steckt in einem grotesken Winkel hinter seinem Ohr gleich einem monströsen Tumor.

Er hat die brennende Fackel auf sie gerichtet.

Sie rollt sich an der anderen Seite von der Marmorplatte hinunter. Sie stürzt auf den harten Steinboden und ist vorübergehend benommen. Dann sieht sie den alten Mann, der gefährlich schwankend über ihr steht und mit der brennenden Fackel unbeholfen in ihre Richtung stößt.

Sie rollt sich noch einmal zur Seite und kriecht davon; dabei muß sie in diesem völlig unpassenden Augenblick an die kleine Olympia-Turnerin denken, die die Goldmedaille gewonnen hat. Er torkelt hinter ihr her, sein Leben schwindet, aber sein Gesicht zeigt ein triumphierendes Lächeln.

Sie ist immer noch steif und unbeholfen. Ihre Muskeln schmerzen, und ihre Handgelenke bluten. In einer Ecke bricht sie zusammen. Er steht schwankend über ihr.

Besser ich als Laurel, denkt sie, während sie schwer atmend und im Bewußtsein ihrer Niederlage auf das Feuer wartet. Er wird niemals lange genug leben, um zu ihr zurückgehen zu können.

Dann denkt sie an Lawrence und stößt mit einer letzten gewaltigen Kraftanstrengung die Beine des alten Mannes weg. Er fällt gegen die Wand, die Hand mit der Fackel rutscht nach unten, die Flamme steht jetzt auf halbmast.

Sie zieht sich an der Wand hoch und nimmt eine andere Fackel aus ihrem Halter. Man muß Feuer mit Feuer bekämpfen.

Sie winkt ihm mit ihrer eigenen Fackel zu. Er weicht zur Kellertreppe zurück. Sie setzt ihm nach. Jetzt ist sie siegessicher.

Mit einer letzten Anstrengung stürzt er sich auf sie. Die Flamme geht nur um Zentimeter an ihrem Gesicht vorbei. Sie riecht den Qualm, spürt die Hitze und zuckt vor Schmerz zusammen.

Er verfehlt sie.

Sie wehrt sich mit einem Gegenstoß. Sein weißes Gewand lodert auf wie Seidenpapier. Schreiend fällt er in Richtung der Kellertreppe, schwankt einen Augenblick und stürzt dann wie ein Feuerball die Treppe hinunter. Seine Stimme wird schwächer, wie eine ersterbende Fabriksirene.

Sie läuft zur Tür und schließt sie ab. Er wird nicht von selbst wieder von den Toten auferstehen, so wie das Monster in *Halloween*.

Sie bewegt sich völlig unbewußt, nur noch ihren Instinkten folgend, stürzt in die Sakristei, dreht den Wasserhahn auf, mit dem der Schlauch verbunden ist, und läuft dann zurück in den Altarraum. Der Schlauch windet sich wie eine wilde Schlange. Sie zähmt ihn und bespritzt Laurels Körper mit Wasser, um das Kerosin abzuwaschen. Ihr kleines Mädchen ist inzwischen bewußtlos geworden.

Sie läßt den Schlauch fallen, ohne auf das Wasser zu

achten, das über den Boden spritzt. Sie zerrt an Laurels Fesseln. Noch ein paar Sekunden, dann würden sie diesen schrecklichen Ort verlassen können. Splitternackt auf der 57. Straße. Typische Hyde Park-Freaks.

Dann spürt sie, wie sie plötzlich emporgehoben wird und dann auf Laurel hinunterstürzt. Sie hört ein tosendes Geräusch, erst wie ein Wasserfall, dann wie eine explodierende Kanone. Der Raum wird sehr heiß.

Benzin, denkt sie, Benzin, das im Keller explodiert. Das ganze Haus brennt. Es wird in Sekunden wie Zunder brennen.

Furcht packt sie, verzehrt sie, übermannt sie. Sie rappelt sich wieder vom Körper ihrer Tochter hoch und läuft entsetzt zur Tür des Altarraums. Dort ist ein Flur und ein Ausgang an der Seite des Hauses.

Sie reißt die Tür auf. Der Flur ist frei, nur ein paar Rauchschwaden. Freiheit und Leben sind nur zehn Meter entfernt. Sie tut den ersten panischen Schritt.

Dann erinnert sie sich an das Gesicht ihres kleinen Mädchens, ein paar Augenblicke, nachdem es aus ihrem Schoß gekommen war. Schon damals hübsch, als man das ganze Blut von ihr abgewaschen hatte.

Nein. Ich kann nicht zulassen, daß sie stirbt.

Der Altarraum füllt sich mit Rauch. Der Steinboden, der eben noch so kalt war, ist jetzt unerträglich heiß, wie der Sand am Strand bei fünfunddreißig Grad im Schatten.

Sie tastet in der Dunkelheit und in dem Rauch nach Laurel, findet sie und reißt wild an den Fesseln, mit denen ihr bewußtloses Kind angebunden ist. Drei von ihnen geben sofort nach. Die vierte, mit der ihre rechte Hand an einen der Altarringe gefesselt ist, weigert sich loszugehen.

Sie ist jetzt so müde, nur noch eine erniedrigte, gedemütigte Masse von Schmerzen, ihre Muskeln sind steif und unbeholfen, im Bein hat sie einen Krampf, und ihre Hand ist feucht von ihrem eigenen Blut. Der Rauch hüllt sie völlig ein. Die Tür zum Keller brennt lodernd. Wenn sie nachgibt, wird alles im Altarraum verbrennen.

Armande wird doch noch gewinnen.

Niemals!

Sie reißt die letzte Fessel von Laurels Hand und zieht ihre bewußtlose, schwere Tochter bei den Schultern vom Altar auf den Boden herunter.

Laurel schlägt dumpf auf.

Tut mir leid, Kind.

Mit einer Kraft, die sie sich selbst nie zugetraut hätte, packt sie Laurel unter den Achseln und zieht sie zum Flur hin.

In der Entfernung hört sie das Geräusch der Feuerwehr. Die kommen aber schnell, denkt sie, aber ich werde es niemals bis zur Tür schaffen. Ich bin zu müde, zu schwach, zu kaputt.

Sie zieht Laurels Körper halb in den Flur. Die Tür des Kellers explodiert, das Feuer und dicker Qualm strömen in den Altarraum wie eine Meute hungriger roter Wölfe.

Mit einer gewaltigen Anstrengung zieht sie Laurel aus dem Raum heraus und knallt die Tür zu, die das Feuer vorübergehend abhält.

Es sind nur noch zehn Meter bis zum Ausgang, aber Laurel ist so schwer, das Feuer ist so heiß, der Rauch so dicht und Sue so erschöpft, daß es ihr wie zehn Meilen vorkommt.

Sie verzweifelt tausendmal, aber sie gibt nicht auf. Sie ist nur noch einen halben Meter vom Ausgang entfernt, da explodiert die Tür zum Altarraum auch, und die feurige Wolfsmeute stürzt sich wieder auf sie.

Sie wirft sich gegen den Ausgang; aber die schwere Eichentür rührt sich nicht. Sie wirft sich noch einmal dagegen, und dann gibt sie widerstrebend nach. Sie zieht Laurel auf die Beine, taumelt mit letzter Kraft auf die kleine Veranda und stolpert dann die zwei Stufen hinunter auf den Bürgersteig. Feuerwehrleute in gelbschwarzen Anzügen besprühen sie sofort mit Wasser. Es fühlt sich kalt und sauber und gut an. Wie der Michigan-See am Morgen. Ein Kind in einem Matrosenanzug und drei Männer warten an der Treppe, ängstlich und völlig überrascht. Einer ist Lawrence. Sie reicht ihm Laurel, das ist jemand, der beschützt werden muß. Der zweite ist ein dünner, gutaussehender Mann mit grauen Haaren und einem warmen Lächeln. Der dritte ist ein rundlicher kleiner Priester.

Sie kann nur verschwommen sehen. Vielleicht muß sie jetzt sterben. In ihrem Gehirn wird ein neues Videoband aufgelegt. Schwarzweiß, nicht in Farbe. Ein alter Film.

Nein, kein Priester. Ein kleiner Junge an der Ecke 93ste und Glenwood, der voller Bewunderung zu der Schülerlotsin aus der sechsten Klasse aufblickt. Wahrscheinlich stirbt sie, vielleicht ist sie schon tot. Aber sie ist wieder in der sechsten Klasse.

»Oh, hallo, Blackie.«

Dann bricht sie vor seinen Füßen zusammen.

55 Blackie

Die drei saßen um meinen Kaffeetisch herum, ein kleines Gespinst aus Sanftmut. Möglicherweise würde ich in ein paar Augenblicken dieses Netz entweder zerstören, oder ihm noch mehr Festigkeit vermitteln. Aber es gab keine andere Wahl. Sie brauchten alle dringend die Wahrheit.

Lawrence und Sue nippten sehr vorsichtig an ihren Gläsern mit dem zwanzig Jahre altem Jameson's – es gibt auf der Welt nichts Großartigeres –, Laurel spielte mit einer Diätcola herum.

Zuerst mußte ich Sue ein paar Philosophiekurse in Loyola empfehlen. Sie klammerte sich an ihr Vorlesungsverzeichnis, wie sich ein kleines Mädchen an seine Puppe klammert. Ihr brauner Anzug und der dünne, beige Pullover, im Stil sehr maskulin und so geschnitten, wie das die Modebeilage der *New York Times* letzte Woche verlangt hatte, gaben ihr das Aussehen einer »College Professional«. Die Sonne des Labor Day und das Make-up verdeckten ihre Blässe.

»Wer ist Whitehead?« fragte sie, Suzie war angesichts der Tatsache, daß die Öffentlichkeit sie als Heldin feierte, völlig hilflos und verwirrt; außerdem hatte sie einen Horror vor dem Tag der Immatrikulation. Aber nachts war sie Sue, und das bestimmt schon in der ersten Nacht, nachdem sie aus dem Krankenhaus entlassen worden war. Und sie war entschlossen, auch tagsüber Sue zu sein.

»Ein Prozeß-Philosoph. Gott ist Prozeß. Ein Pilgergenosse, der leidet.«

»Okay!«

»Hört euch die junge Studentin an!« Laurel kicherte. »Die bereitet sich schon auf das Studentenleben vor, auf das Versumpfen. Na ja, wenigstens brauchst du dir keine Sorgen über deine ›Freshmen Fifteen‹ zu machen.«

»›Freshmen Fifteen‹?« Ihre Mutter nahm die Brille ab, um über diese Drohung nachzudenken.

»Na klar, die Studienanfänger nehmen immer fünfzehn Pfund zu. Vielleicht wirst du auch fünfzehn Pfund zulegen« – Laurel dachte mit diebischem Vergnügen über diese Möglichkeit nach – »auch wenn du nicht mehr gerade ein ›Freshman‹ bist.«

»Unverschämt«, murmelte Larry.

»Wenn das passieren sollte, dann ist das ganze Jahr Fastenzeit.« Sue reckte ihr Kinn selbstbewußt. »Vierzig und noch 'was bin ich ja vielleicht, aber ich werde nie vierzig und fett sein.«

»Ein paar Wochen lang wäre das aber doch ganz komisch«, kicherte Laurel, die noch nicht bereit war, auf ihren Witz zu verzichten. Sue war so mit ihrer Immatrikulationsangst befaßt, daß sie den gutmütigen Spott ihrer Tochter ignorierte und sich wieder in ihr Verzeichnis vertiefte. Das Problem mit den »Freshmen Fiefteen« lag in weiter Ferne. Die Immatrikulation stellte die unmittelbare Schwierigkeit dar.

Laurels graue Augen waren fast immer auf ihre Mutter gerichtet; sie sah sie mit einer faszinierten Bewunderung an. Sie war auch mehr oder weniger nüchtern gekleidet, und zwar in hellblau. Wenn die beiden im goldenen Licht der Woche nach dem Labor Day über die Michigan Avenue gingen, hätte man sie aus der Entfernung für Schwestern Mitte zwanzig halten können – wenn Laurel nicht so krumm gehen würde.

Larry betrachtete die beiden Frauen, die im Augenblick unter seinem Schutz standen, mit amüsierter Bewunderung. Er war entspannter und fröhlicher als bei seinen früheren Besuchen hier im Pfarrhaus. Die Freuden der körperlichen Liebe waren in seinem Leben nicht geringer geworden. Wahrscheinlich eher größer.

Laurel war schon nach einem Tag aus dem Billings Hospital entlassen worden. Tom Burke, Biddy Murphy, O'Connor The Cat und die ganze fröhliche Bande waren an dem Abend an »Flavs« (wie sie jetzt hieß) Bett aufgetaucht, als hätten sie Robins Horn mitten im Sherwood Forest gehört. Sie unterliefen alle Versuche des Hospitalpersonals und der Sicherheitsorgane, sie wieder hinauszubefördern.

Die Ärzte beschlossen daraufhin, Flav zu entlassen, teils, weil sie unverletzt war, und teils, weil sie diese Horde irisch-katholischer Halbstarker so schnell wie möglich wieder loswerden wollten.

Die Krankenhäuser der Universität von Chicago, mögen sie auch noch so bewundernswerte Institutionen sein, haben keine

Erfahrung im Umgang mit Kobolden und Feen, wenn sie in Horden auftreten, so wie der Tuatha Dé Danann, der hier mit seinen Truppen aus dem Altertum auftauchte.

Sue war fünf Tage später entlassen worden und von den Ärzten sowohl körperlich als auch seelisch für gesund erklärt worden. Larry hatte sie dann noch ein paar zusätzliche Tage dort gelassen, bis der Presserummel sich etwas gelegt hatte. Ich gab ihm das Band und die Dokumente, die sich beide Frauen sofort ansahen. Wir hielten eine private Messe in der Kapelle in Mount Carmel, wo Wolfe Quinlans Sarg im Familiengrab beigesetzt wurde. Überraschenderweise nahm Kevin daran teil.

Ich gab ihnen eine Woche Zeit, sich auszuruhen, bevor ich sie mit der Wahrheit konfrontieren wollte.

»Es gibt da noch ein paar Sachen, die wir klären müssen.« Ich goß mein Glas wieder voll und gab mir selbst eine Anzahl Punkte, weil ich nicht gesagt hatte »ein oder zwei Fragen«, wie sie das in den englischen Kriminalromanen immer tun. »Zunächst einmal das Poltergeist-Phämomen, dessentwegen ich zu Anfang in die Sache eingeschaltet wurde.«

Stille.

Dann ein verschämtes Lächeln von der jetzt ganz krumm gebückten Laurel, die in der Stellung viel zu jung für ihre Kleider aussah.

»Sie wissen doch, daß ich das war, Onkel Blackie.«

»Laurel!« rief ihre Mutter aus.

»Ich meine, ich konnte nichts dafür. In der letzten Nacht habe ich es im Schlaf gemacht. Deshalb bin ich ja auch weggegangen. Ich wollte doch nicht das Haus in Brand setzen, wie das Mädchen in *Carrie,* oder so etwas Ähnliches.«

Das war nicht die ganze Wahrheit. Die Literatur sagt, daß die Pubertierenden (meistens weiblich, aber nicht immer), die Poltergeist-Phänomene produzieren, eine gewisse Kontrolle darüber haben. Aber genug von dieser Wahrheit.

»Also ich wußte, daß ich als ganz kleines Mädchen schon einmal ein paar solche Sachen gemacht hatte. Das machte mir Angst. Dann habe ich *Carrie* gesehen und bin total ausgeflippt. Ich habe später ein Buch darüber gelesen, und da stand drin, daß die Kraft wieder verschwinden würde, so ungefähr mit fünfzehn. Ich war irgendwie wütend auf dich, weil Daddy gestorben war, und ich dachte, es wäre deine Schuld, aber ich wollte dir nicht wirklich weh tun oder irgend so etwas. Ich hoffe, es kommt nicht mehr vor. Ich werde mich wirklich anstrengen . . .«

Sue begegnete der Situation mit einer Sanftmut, die beeindruckend war.

»Oh, Schatz« – sie umarmte ihre Tochter – »ich finde es schön, daß mein kleines Mädchen übersinnlich ist.«

»Größer als du.« Larry mußte lachen.

»Nur länger«, konterte Sue und wurde dann rot.

Sie lachten alle herzlich. Laurel murmelte etwas wie »typisch Studentin«, als ihre Mutter sie wieder losließ.

Ich enthielt mich aller Kommentare über das Thema der vergleichenden Messungen des Brustumfangs.

Den ersten Test hatten sie mit Glanz und Gloria bestanden. Jetzt kam der schwere.

»Jetzt gibt es schließlich und endlich noch das Problem des Mordes an Wolfe Quinlan.«

Absolute Stille, so wie auf dem Mount Carmel-Friedhof um Mitternacht.

»Aber, Father Armande . . . ich meine, in den Papieren stand doch . . .« Suzie gab eine kurze Vorstellung von Hilflosigkeit.

»Father Armande hatte den Verstand verloren.« Larry rieb sich sein Gesicht mit den Händen, so als sähe er die Freude aus seinem Leben verschwinden.

»Darf ich fortfahren mit meinem Szenario und sagen, was wirklich passiert ist?« Ich nahm Larrys Skizze aus meiner Aktentasche, die ich gegen den Kaffeetisch gelehnt hatte (Sue hatte mir versprochen, mein Wohnzimmer zu renovieren, damit es noch eine intensivere Charles Dickens-Atmosphäre bekäme).

Sie nickten alle traurig.

»Zunächst einmal bin ich weder von der Polizei noch von der Staatsanwaltschaft. Ich sehe keine Notwendigkeit, Fragen aufzuwerfen, die die Gerichte des Staates Indiana beschäftigen könnten. Aber trotzdem müssen wir die Wahrheit wissen, erstens als Grundlage für das zukünftige Leben, und zweitens als Schutz gegen jeden, der zufällig über dasselbe Szenario stolpern sollte. Verstanden?«

Sie nickten noch einmal, auch nicht viel glücklicher.

»Sue, einige Zeit, nachdem Sie das Arbeitszimmer verlassen hatten und Ihr verstorbener Mann es vorgezogen hatte, Ihnen nicht zu folgen – er hätte das gekonnt, denn Sie konnten die Verbindungstür des Badezimmers nicht abschließen, das steht jedenfalls so in den Protokollen – gab es im Arbeitszimmer noch einen letzten Besucher, jemanden, der vorher schon einmal dort gewesen war; alle waren ja vorher schon einmal dort gewesen. Dieser Besucher war entweder von Wolfe eingeladen worden, oder er war *sua sponte* gekommen, wie wir in unserer Muttersprache sagen.

Es gab eine Diskussion. Nach und nach wurde daraus eine Auseinandersetzung. Der Besucher schob Tancredi von seinem Podest – über die Gründe werden wir später reden – auf Wolfe Quinlan, der sich in diesem Augenblick entweder gerade über den Arbeitstisch gebeugt hatte oder sich gerade wieder aufrichten wollte.

Wolfe Quinlan verblutete. Der Mörder – ich gebrauche das Wort einmal, ohne damit moralische oder rechtliche Schuld zu implizieren, aber vorläufig auch, ohne ihn davon freizusprechen – ist entsetzt. Der Gedanke, bloßgestellt zu werden und eine öffentliche Erklärung abgeben zu müssen, ist für ihn unerträglich. Also trifft der Mörder die erste von zwei genial improvisierten Entscheidungen. Die Schrankschlüssel liegen auf dem Arbeitstisch, wo sie immer liegen. Der Mörder möchte sich verstecken. Da sich der Boden nicht auftut, gibt es nur noch eine andere Möglichkeit. Er schnappt sich die Schlüssel und ein bestimmtes Beweisstück und läuft zum Schrank. Vielleicht ist der Schrank ja schon offen. Vielleicht hat er die Schlüssel nur für den Fall gegriffen, daß er abgeschlossen sein sollte. Vielleicht hat der Mörder schon erkannt, wie klug es ist, den Schrank von innen abzuschließen. Oder vielleicht wollte der Mörder auch für immer entkommen. Aber das ist unwichtig.

Die Tür wird aufgebrochen. Der schreckliche Anblick wird in

Augenschein genommen. Die verschiedenen Parteien werden mit ihren Aufträgen weggeschickt. Der Mörder hat jetzt eine zweite, noch brillantere Inspiration, eine, die den Mut der Verzweiflung voraussetzt.

Die Schranktür wird ganz vorsichtig aufgeschlossen und geöffnet. Der Mörder blickt hinaus. Die gruselige Umarmung auf dem Arbeitstisch ist immer noch zu sehen. Aber niemand sonst ist im Zimmer. Außerdem ist vom Schrank aus niemand an der Tür oder auf dem Flur zu sehen. Der Mörder entschließt sich, das Risiko einzugehen.

Zuerst muß er sich mit dem Beweisstück an der Wand entlang ins Badezimmer schleichen. Ich zeige es Ihnen hier auf der Skizze. Der Mörder, der seinen Plan möglicherweise immer Schritt für Schritt entwickelt hat, schließt die Tür zum Eheschlafzimmer auf – vorausgesetzt allerdings, daß sie überhaupt abgeschlossen war . . .«

»Ich habe es geprüft.« Larry Burke sah mich mit harten Augen an.

»In der Tat. Jedenfalls öffnet der Mörder die Tür des Eheschlafzimmers, stellt den Riegel so ein, daß er abschließt, wenn man die Tür zumacht, klemmt einen braunen Papierkorb dazwischen, der gerade dort unter dem Waschtisch steht, und läuft zurück in das Arbeitszimmer, immer noch für niemanden sichtbar und unentdeckt.

Ist der Schrank jetzt abgeschlossen, oder war er vorher schon abgeschlossen? Meiner Meinung nach lief das Gehirn des Mörders auf höchsten Touren, angetrieben durch das Entsetzen und die Panik, und er hat seinen Plan Schritt für Schritt entwickelt. Also ist der Schrank solange offen, bis er aus dem Badezimmer zurückkommt.

Was jetzt? Der Mörder kann die Schlüssel nicht behalten. Soll er sie auf den Tisch legen? Dann könnte jemand anderes hinter den Plan kommen. Nein. Man muß schon viel Mut haben, um sich so nah an eine Leiche heranzuschleichen und die Schlüssel in die Morgenrocktasche des Toten zu stecken. Vielleicht macht der Mörder auch eine Pause, krank vor Entsetzen beim Anblick der Leiche und voller Angst, entdeckt zu werden. Trotzdem setzt er seinen Plan in die Tat um. Die Schlüssel werden dort deponiert. Der Mörder hat immer noch dieses schreckliche, belastende Beweisstück bei sich. Er läuft damit ins Badezimmer, tritt den Papierkorb weg und stürzt in das Eheschlafzimmer. Die Tür fällt zu. Die Illusion des verschlossenen Zimmers bleibt gewahrt. Dann entledigt sich der Mörder des Beweisstücks und gesellt sich zu der Gruppe am oberen Ende der Treppe. Eine außergewöhnliche Leistung, glauben Sie nicht, Sue?«

»Ich war es nicht.« Sie war in sich zusammengesunken und spielte nervös mit ihrem Vorlesungsverzeichnis. »Ich war es wirklich nicht. Ich war in der Küche und habe den Priester angerufen.«

»Sie wissen, daß sie es nicht war, Onkel Blackie.« Laurel saß aufrecht, sie war jetzt wieder eine Frau. »Sie wollen mir nur eine Chance geben zuzugeben, daß ich ihn getötet habe. Sie wissen, daß ich es war, aber vielen Dank, daß Sie mir erlauben, es zuerst zu sagen. Ja, ich habe ihn mehr geliebt als alles andere, und ich habe ihn getötet.«

»Du bist durch das Zimmer deiner Mutter gerannt. Sie hat dich nicht sehen können, weil sie, wie sie sagt, unten telefoniert hat. Dann bist du durch das Badezimmer gegangen, das dein Zimmer mit ihrem verbindet. Danach hast du das Beweisstück weggelegt, hast etwas Bestimmtes getan, und dann den anderen Gelegenheit gegeben, dich aus dem vorgetäuschten Schlaf zu wecken und auf den Flur zu bringen. Du schläfst angeblich sehr fest, aber du bist doch von Poltergeist-Phänomenen im Zimmer deiner Mutter wachgeworden.

»Die habe ich ja selbst verursacht. Aber das ist jetzt auch egal.«

»Was das Beweisstück anbetrifft« – ich griff in meine Aktentasche und zog ein dunkelgrünes Schlaf-T-Shirt mit Aufdruck vom Dartmouth College heraus, das von oben bis unten zerrissen war. – »Ich wußte, daß es hier irgendwo sein mußte, denn du hattest es an, als du mit Tom auf dem Balkon geredet hast. Aber als du aufgeweckt worden bist, erschienst du in einem kurzen blauen T-Shirt, zweifellos University of Michigan, das viel weniger sittsam war. In der Eile hast du dir irgend etwas geschnappt, es übergezogen und erst zu spät gemerkt, daß es ein normales T-Shirt und kein Nachthemd war.«

Sie nickte ruhig. »Ich weiß, ich hätte es verbrennen sollen, aber ich habe versucht, das Ganze zu vergessen, so als hätte ich es nicht getan.«

»Wenn du es zerstört hättest, wäre das ein schrecklicher Fehler gewesen, Laurel«, sagte ich so sanft, wie ich konnte. »Einer der Hauptgründe für das heutige Zusammentreffen ist, daß ich mich bei dir entschuldigen möchte, weil ich deine persönlichen Sachen durchsucht habe. Übrigens möchte ich dich zu deiner hervorragenden Ordnung beglückwünschen; so etwas ist in deiner Generation sehr selten. Sogar dieses Kleidungsstück war ordentlich zusammengefaltet. Es war tatsächlich dein guter Ruf im Hinblick auf Ordnungsliebe, die du zweifellos von deiner Mutter geerbt hast, der mich veranlaßt hat, gleichzeitig zu hoffen und zu fürchten, daß du das zerrissene T-Shirt an seinem angestammten Platz aufbewahren würdest. Ich rechtfertige mein eigentlich nicht zu tolerierendes Verhalten damit, daß ich Angst hatte, es könnte das Beweisstück sein, das ich erwartet hatte. Dann nämlich bestand die Gefahr, daß du es zerstört hättest oder noch zerstören würdest. Und das wäre ein tragischer Fehler gewesen. Dieses Stück Stoff und die Bedeutung, die wir ihm geben, ist deine beste Verteidigung, falls jemals jemand dieses erstaunliche Rätsel lösen sollte.« Ich gab Sue das zerrissene Stück Baumwolle. »Es hätte eine so durchschlagende Wirkung, daß die Sache sofort fallengelassen würde.«

Ich sagte ihnen nicht, wie groß meine Erleichterung gewesen war, als ich festgestellt hatte, daß das T-Shirt zerrissen war.

»Schatz.« Sue hatte ihre Brille aus der Handtasche genommen und betrachtete das T-Shirt. »Warum ist es zerrissen?«

Laurel sah mich fragend an. Ich nickte.

»Er hat versucht, mich zu vergewaltigen«, sagte sie mit dumpfer Stimme. »Er klopfte so um viertel vor zwei an meine Tür und weckte mich aus dem tiefsten Schlaf, Onkel Blackie« – sie brachte ein flüchtiges Grinsen zustande –« und bat mich, ihm bei seinen Steinen zu helfen. Ich war so benommen, daß ich gar nicht richtig mitkriegte, was er wollte. Ich rieb meine Augen und ging mit ihm. Als wir im Museum waren, merkte ich, daß er wieder angefangen hatte zu trinken und ziemlich weggetreten war. Ich bekam irgendwie Angst, aber er wollte die Tür nicht wieder aufmachen.

Dann, ja . . . dann zog er mir mein Hemd aus und spielte an mir herum. Ich . . . ich versuchte zuerst nicht, mich zu wehren, weil ich Angst vor ihm hatte, und weil ich ihn doch so liebte. Dann sagte ich mir aber doch, daß das aufhören müßte. Also trat ich ihn und lief um den Arbeitstisch herum. Er lief hinter mir her, grinste und lachte und packte mich wieder. Ich stieß ihn so fest zurück, wie ich konnte, so daß er auf den Arbeitstisch fiel. Dann sprang ich auf das Podest zu Tancredi und wollte mich hinter ihm verstecken, glaube ich – ich war inzwischen völlig außer mir. Er richtete sich an dem Tisch wieder auf und, nun, ich . . . Sie wissen ja, was ich getan habe, Onkel Blackie. Ich stieß Tancredi auf ihn. Ich hätte nie gedacht, daß ihn das töten würde. Es war ein Unfall. Ich geriet in Panik, weil ich wußte, daß ich den Leuten hätte erklären müssen, was er getan hat. Ich wollte ihn davor schützen. Alles andere war so, wie Sie es beschrieben haben, Onkel Blackie.«

»Hast du dich nicht dadurch, daß du deinen Vater decken wolltest, in große Gefahr gebracht, sowohl emotional als auch rechtlich?« fragte ich so sanft, wie ich konnte.

Sie hob ihre gebeugten Schultern. »Was machte das schon? Ich mußte ihn doch vor dem Gerede der Leute schützen, oder nicht?«

»Aber mußtest du dich nicht auch selbst schützen?«

»So viel bin ich nicht wert.« Ihr Gesicht war wie versteinert, ihre Augen trocken.

»Das ist aber ziemlich verrückt, so etwas zu sagen, junge Frau.«

Sie lächelte dünn. »Vielleicht, Onkel Blackie. Kathleen O'Connor würde mich für komplett beknackt erklären.« Sie atmete tief. »Es stimmt auch nicht. Ich bin etwas wert. Vielleicht sogar eine ganze Menge.«

So, das Kind hieß also Kathleen? Ausgerechnet die verträumte Laurel wußte etwas, was sonst niemand wußte. Vielleicht . . .

Sue hatte offensichtlich die Feinheiten überhaupt nicht mitgekriegt, sie sprang auf und stand stocksteif mit blitzenden Augen da. »Woher willst du wissen, daß er dich vergewaltigen wollte, du verdammtes kleines Miststück?« Jetzt kam die Stunde der Wahrheit.

Laurel war wieder in ihrem Stuhl zusammengesunken, so als wünschte sie schon wieder, die Erde würde sich auftun und sie verschlingen. Sie blickte mich an, als wollte sie sagen: »Sehen Sie, so ist das immer schon gelaufen.«

»Weil er es früher schon gemacht hat. Ich kann mich an keine Zeit erinnern, in der er mich nicht ständig befummelt hätte. Er liebte mich mehr als alles andere auf der Welt, aber ich glaube, in seinem Kopf war da einiges durcheinandergeraten. Ich wußte, daß es nicht in Ordnung war, aber ich verstand es nicht. Dann . . . muß ich, Onkel Blackie . . .?«

»Ja.«

»Gut . . . also, als ich in der sechsten Klasse war und gerade meinen ersten Büstenhalter trug, weißt du, Mom, ich war jünger als die anderen Mädchen, da . . . oh, Gott . . . da hat er mit mir geschlafen. Vielleicht fünf oder sechs Mal. Wenn er betrunken war. Ich weiß nicht einmal, ob er sich am nächsten Tag noch daran erinnern konnte. Ich konnte . . . ich konnte es nicht richtig verstehen, aber ich hatte Angst und fühlte mich, nun ja, mißbraucht. Als er dann aufgehört hat zu trinken, ist es nie wieder passiert. Ich sagte mir selbst, daß alles nur ein Traum gewesen wäre. Komisch, nicht wahr? Father Armande hätte gar keine Jungfrau opfern können.«

»Warum hast du mir das nicht gesagt?« brüllte Suzie sie an – jetzt war sie wieder die Suzie, hundertprozentig. »Warum in Gottes Namen hast du mir das nicht gesagt?«

»Ich hab's doch versucht, du blödes Weib!« Laurel sprang explosionsartig aus ihrem Stuhl hoch und schrie vor Wut. »Ich habe es auf jede mögliche Art und Weise versucht. Du wolltest ja nicht zuhören. Du wolltest einfach nicht zuhören, was ich zu sagen hatte. Du hattest einfach Angst vor dem, was ich sagen wollte. Du wußtest einfach nicht, wie du mit ihm fertigwerden solltest. Es ist alles deine Schuld.«

»Ich kann mich nicht erinnern.« Suzie schluchzte und suchte in ihrer Handtasche nach einem Taschentuch. »Ich kann mich nicht erinnern.«

»Natürlich nicht.« Laurel war erbarmungslos. »Mich hattest du völlig verdrängt, also gab es da auch nichts, woran du dich erinnern könntest.«

Suzie preßte ihre Hände gegen die Schläfen und versuchte, sich an ein Gespräch zu erinnern, das für sie ohne Bedeutung gewesen wäre, selbst wenn sie sich erinnern könnte.

»Deine Mutter hat den Kopf sehr voll«, sagte Larry sehr ruhig.

»Das ist mir egal. Das ist mir völlig egal!« Noch ein kleines bißchen mehr Emotion, und Laurel würde so hysterisch werden, daß wir sie in ein Krankenhaus bringen müßten. Lieber Gott, hilf ihnen. Antwort: Das ist dein Bier, Blackie Ryan.

»Was ist dir egal?« wollte ich wissen.

Sie zögerte. Die ganze Welt, ihre ganze Welt hing an einem Faden, der zu reißen drohte. Nun sag schon was, Blackie, du Trottel.

»Jetzt flipp nicht aus, Flavs«, brüllte ich sie an, »und komm endlich raus damit!«

»Oh, Onkel Blackie.« Da ging auf einmal die Luft heraus. »Ich meinte, es ist mir egal, was passiert ist, ich denke immer noch, daß meine Mutter echt total furchtbar ist.«

Und dann lagen sich die beiden Frauen plötzlich in den Armen, lachten und weinten, drückten sich und küßten sich. »Es tut mir so leid, Schatz, so schrecklich leid«, murmelte Sue an der Schulter ihrer Tochter.

»Ich liebe dich, Mommy.« Laurel hob die Mutter mit ihren langen Armen hoch. »Ich liebe dich.«

Larry Burke beobachtete das Ganze, als wäre er Zeuge der Segnung des Heiligen Sakraments.

Die Sanftmut hatte nur um Haaresbreite gesiegt, und mehr kann sie auch nicht erwarten.

Larry schlang seine Arme um die beiden. Zwei Arme, einer

blau gekleidet, der andere beige, schlossen ihn in die Umarmung ein.

Laurel und Sue würden weiter miteinander streiten. So hat der liebe Gott nun einmal Mütter und Töchter erschaffen. Ich habe den Verdacht, SIE hat das absichtlich so gemacht, weil SIE sich hin und wieder ganz gerne einmal einen guten Kampf anschaut. Nichtsdestoweniger würde ihre Liebe wachsen und gedeihen.

»Als Trancredi ihn traf, hat er gesagt, ›tut mir leid, Kleines‹«, murmelte Laurel unter Tränen. »Ich glaube, er sah ganz erlöst aus, bevor er starb.«

Dieser Fall hatte viele ironische Aspekte. Wolfe Tone Quinlan war von den beiden Frauen getötet worden, die er am meisten auf der Welt liebte. Als Sue drohte, ihn zu verlassen und seine Annäherungsversuche zurückwies, griff er verletzt und wütend wieder zur Flasche. Später, als er sich wieder etwas beruhigt hatte, aber immer noch Sehnsucht nach Liebe hatte, rief er Laurel, wahrscheinlich zunächst ohne die bewußte Absicht, mit ihr gewaltsam sexuell zu verkehren. Einsam und enttäuscht wie er war und ohne sich klarzumachen, was er da vorhatte, versuchte er, seine sexuellen Bedürfnisse bei ihr zu befriedigen und sich von ihr in seinem Schmerz trösten zu lassen.

Er war genügend gereift, um mit Hilfe seiner Frau von Father Armande loszukommen. Aber dieses Loskommen hatte eine Kette von Ereignissen in Gang gesetzt, die schließlich zu seinem Tode führten. Sues beginnender Reifeprozeß rettete ihren Mann vor Armande, brachte ihm aber später den Tod. Mir war klar, daß die beiden Frauen sich über diese ironischen Aspekte keine großen Gedanken machen wollten. Ich würde sie natürlich ihnen gegenüber auch niemals erwähnen.

»Es tut mir leid. Ich habe wieder einmal Scheiße gebaut.« Ein passender Nachruf für Wolfe Tone Quinlan, aber gleichzeitig auch ein Gefühl, das seine Seele gerettet hat.

Er war nicht der erste, und er wird auch nicht der letzte Vater sein, der so etwas tut. Gott möge uns dabei helfen, die jungen Frauen nicht nur von den Vergewaltigern auf der Straße und vor religiösen Fanatikern wie Father Armande zu beschützen, sondern viele von ihnen auch vor ihren eigenen Eltern. Laurel wird sich wahrscheinlich den Rest ihres Lebens mit häßlichen Erinnerungen herumschlagen müssen.

Was Laurel anbetrifft, so ist unsere Prognose notwendigerweise nur mit Einschränkungen hoffnungsvoll zu nennen. Sie ist schlimm verletzt worden. Sie wird die Narben ihr Leben lang zurückbehalten und unter enormen und permanenten psychischen Behinderungen zu leiden haben.

Sie wird wahrscheinlich nie völlig von ihnen geheilt werden können. Vielleicht gelingt es ihr eines Tages, sie zu transzendieren.

Wir tranken noch ein Glas zusammen; Laurel bestellte sich einen »Onkel-Blackie-Schokoladeneisbecher« und kam langsam wieder zu sich. Da lauerte noch viel Schmerz hinter den lächelnden, tränenverschmierten Gesichtern. Man würde wahrscheinlich schon sehr bald Mary Kate um Hilfe bitten, da war ich mir sicher. Ich wurde in angemessener Weise umarmt, gedrückt und geküßt, und das Versprechen, mein Wohnzimmer zu renovieren, wurde auf feierliche Weise bekräftigt. Ich verlangte meinerseits, daß Lawrence F. X. Burke am Sonntag wieder zur Messe ging.

»Ich werde wahrscheinlich nicht allein dort an der Kommunionsbank stehen.« Er sah mich fragend an.

»Ich überlasse Gott die Beurteilung solcher Dinge.«

Das würde sich mit der Zeit alles wieder einrenken. Mir erschien es ganz offensichtlich absurd anzunehmen, daß der Heilige Geist den Wunsch haben könnte, daß ich sie wieder trennen oder ihnen verbieten sollte, an der Kommunion teilzunehmen. Der Heilige Geist ist weder Kirchenrechtler noch ein Bürokrat im Dicasterium der Kurie. Und dafür müssen wir alle zutiefst dankbar sein.

Als ich sie zur Tür des Pfarrhauses brachte, blieb er noch zurück, um ein kurzes Wort mit mir zu wechseln.

»Was hat eigentlich das Rappeln des Schrankes und die Bewegungen der Videokamera veranlaßt?« fragte er. »Laurel war doch zu der Zeit gar nicht dort, oder?«

»Aha.«

Die Temperatur in dem halbdunklen Flur schien plötzlich um zwanzig Grad zu sinken.

»Als Poltergeist-Phänomen können wir es nicht deklarieren, oder?«

»Ich wüßte nicht wie.«

»Da bekomme ich eine Gänsehaut.« Er schüttelte sich, um seine Worte zu untermalen.

»Das brauchen Sie mir nicht zu sagen.«

Wir gingen schweigend, jeder in seine Gedanken versunken, zur Pfarrhaustür. Ich wurde noch einmal abgeküßt, und man versprach mir, daß wir uns bald wiedersehen würden, so Gott wollte.

»Ich schaff' das schon, Onkel Blackie«, versprach mir Laurel und drückte mich noch einmal ganz fest. »Sie werden es sehen.«

Dann drückte sie ihre Mutter und auch Larry noch einmal.

»Natürlich schaffst du das«, sagte Sue mit grimmiger Entschlossenheit. »Aber echt.«

Dann gingen die drei, in der Mitte Sue, bewacht von ihren beiden Beschützern, die mit vierundzwanzig Jahren Verspätung auf ihre berüchtigten fünfzehn Pfund »Studentenfett« zusteuerte; sie gingen, glücklich eingehüllt in die Wärme ihrer Liebe und die Wärme der Septembersonne, die Wabash hinunter Richtung Chicago Avenue. In diesem Moment lauerte kein dunkler, böser Vogel hinter ihnen.

Wie sagt doch die unvergeßliche O'Connor The Cat: »Der Sommer ist vorbei, aber das Leben geht weiter.«

ENDE

Aus dem who's who

Ryan, John Blackwood. Priester, Philosoph; geboren in Evergreen Park, Illinois, am 17. September 1945; Sohn des Konteradmirals Edward Patrick Ryan, Usnr (im Ruhestand) und Kate Collins; B. A. St. Mary of the Lake Seminar, 1966; Stl St. Mary of the Lake Seminar, 1970; Dr. phil. Seabury Western Theological Seminary, 1980. Priesterweihe der römisch-katholischen Kirche 1970; Kaplan der St. Fintan's Kirche, Chicago 1970–1978; Dozent für klassische Theologie am Quigley Seminar 1970–1978; seit 1978 Rektor der Holy Name Cathedral; 1983 zum Prälaten (Monsignore) ernannt. Autor von *Erlösung als Prozeß: Der Katholizismus und die Philosophie Alfred North Witheheads, 1980; Die Wahrheit bei William James: Wie ein Ire es sieht, 1985.* Mitglied: MED. AM. PHILOS. ASC., – SOC. SCI. STUD. REL., Chicago Jacht Club Adresse: Pfarrhaus der Holy Name Cathedral, 732 North Wabash, Chicago, Il 60611.

Band 28 172

Andrew M. Greeley

Planet der Verheißung

Deutsche Erstveröffentlichung

Von Ferne wirkt Zylong wie ein wunderschöner, friedfertiger Planet. Und die Weltraum-Pilger des Heiligen Ordens von St. Brigid und St. Brendan beschließen, ihn als letzten Hafen auf ihrer langen Reise anzulaufen. Ihr Schiff ist mittlerweile ein Wrack, gerade noch gut genug für die endgültige Landung.
Aber die heiligen Ordensregeln besagen, daß sie niemals einen Planeten betreten dürfen, ohne eingeladen zu sein. In ihrer Not schicken sie Seamus O'Neil aus. Als Troubadour verkleidet, soll er Spion sein und mit seinen telephathischen Kräften seine Brüder informieren.
Seamus ist wirklich ein guter Offizier, aber als Spion? Nein, diese Rolle liegt dem heißblütigen jungen Mann nicht. Er ist kein Diplomat, wenig einfühlsam, und unauffällig schon gar nicht, was bei einer Größe von fast zwei Metern und einem leuchtend roten Bart nicht verwundert.
Die Menschen auf Zylong geben Seamus Rätsel auf. Zwar sind die Männer freundlich, die Frauen liebenswürdig, doch gleichen die Städte schwerbewachten Festungen. Überall in den Straßen sieht er Soldaten, obwohl die Zylongi versichern, keine Feinde zu haben.
Als Seamus endlich hinter das entsetzliche Geheimnis der Planetenbewohner kommt, vergißt er seinen wichtigen Auftrag. Fortan muß er ums eigene Überleben kämpfen, und nur ein Wunder kann ihn retten …

BASTEI LÜBBE

Sie erhalten diesen Band im Buchhandel, bei Ihrem Zeitschriftenhändler sowie im Bahnhofsbuchhandel.